d

Martina Borger
Maria Elisabeth Straub

Sommer mit Emma

Roman

Diogenes

Umschlagillustration: Xenia Hausner, ›You and I‹, 2008
© Xenia Hausner

www.diogenes.ch
156/09/52/1
ISBN 978 3 257 06713 2

I

14. August

Immerhin haben sie nie ein Geheimnis daraus gemacht. Ich habe es immer gewusst, so lange ich denken kann, aber so richtig darüber geredet haben wir erst jetzt. Früher wurde es nicht besonders oft erwähnt, eigentlich immer nur kurz vor Weihnachten, wenn sowieso Stress angesagt war und M gefragt hat, ob P an das Geschenk für Amerika gedacht hat. Sie hat nie das Geschenk für Emma gesagt, immer nur das Geschenk für Amerika, mit dieser besonderen Stimme, der man anmerkt, dass sie sich ärgert, es aber nicht zeigen will. P hat dann immer übertrieben gegrinst und gefragt, ob sie eine Idee hat, worüber Emma sich freuen würde. Er hat Emma gesagt. Und sie hat ihn nur irgendwie bedeutungsvoll angesehen und ihren Kopf geschüttelt. Und er hat gesagt, na ja, dann guck ich mich mal um, oder so was Ähnliches.

Als ich klein war, fand ich es klasse, dass ich irgendwo noch eine Schw hatte. Ich habe mir vorgestellt, sie ist genauso wie ich, in allem. Sie sieht genauso aus, und sie denkt dasselbe wie ich, immerzu. Dass sie schläft, wenn ich schlafe, und dass sie Fenchelgemüse essen muss, wenn ich Fenchelgemüse essen muss. Ich hasse Fenchel, obwohl er schön aussieht, wenn er noch roh ist, und angeblich gute Laune macht, wahrscheinlich, weil er gegen Blähungen hilft. Ich weiß noch, ganz früher, wenn ich irgendwo Stress hatte, im Kindergarten oder zu Hause, wenn ich heulen musste, dann habe ich mit ihr gesprochen. Heimlich. Und ich habe gewusst, ich bin nicht allein. Dass sie so was wie mein Klon ist, habe ich mir vorgestellt, obwohl ich damals natürlich noch nicht wusste, was ein Klon ist. Dass irgendeine fiese Fee sie irgendwie wegtransportiert hat, zack, nach Amerika, aus dem Kinderwagen raus, mitten auf der Straße wahrscheinlich. Ich war ganz schön blöd damals.

Es war gut, dass ich sie hatte, und nicht nur J, der mich meistens nur geärgert hat, große Br sind doch echt zum Kotzen. Naja, allmählich habe ich mich an ihn gewöhnt. Wenn man Glück hat, kann er inzwischen auch mal ganz nett sein, aber eigentlich immer nur dann, wenn sein Freund bei ihm ist, dann macht er auf cool, um gegen Can nicht abzukacken. Einmal haben die beiden mich sogar ins Kino mitgenommen, total dämlicher Science-Fiction-Schrott mit Geballer ohne Ende, aber immerhin. Wenn ich eine Schw hätte, ich meine, wenn Emma so richtig mit in unserer Familie leben würde, hätte ich es bestimmt leichter. Gemeinsam ist man stark.

Ich weiß nicht mehr genau, wann ich M gefragt habe, warum ich eine Schw habe und sie nicht kenne, auf dem Gymnasium war ich jedenfalls noch nicht, aber wie sie Kinder machen, wusste ich natürlich längst, das haben sie J und mir ja dauernd erklärt. Warum Emma immer in Amerika ist und ich hier in München, habe ich gefragt. M hat rumgestottert und dann gesagt, ich soll P fragen. Er ist mit mir an die Isar gegangen, Enten füttern, und dann hat er mir das mit seiner Freundin gesagt, dass es nur was Kurzes war, so zwischendurch mal eben, und dass er eigentlich nur M liebt. Dass so was vorkommen kann, hat er gesagt. Und dass ich es erst dann so richtig verstehen werde, wenn ich größer bin.

Manchmal habe ich mich gefragt, ob er vielleicht irgendwo noch andere Kinder hat und nur nicht rausrückt damit. Ob ich vielleicht noch 3 oder 4 andere Schw habe, irgendwo in Hongkong oder Karlsruhe, im Prinzip könnten es Hunderte sein, über die ganze Welt verstreut, früher ist er ständig auf Reisen gewesen, als er noch Autos und irgendwelche Fabriken und Maschinen fotografiert hat. In der Zeitung stand mal was von einem alten Baum, irgendwo in Schweden, eine Fichte, die haben sie vermessen, Kohlenstoff-Varianten und so was, die sind auf 9550 Jahre gekommen. Wie viele Samen macht so eine Megafichte im Jahr? Mal angenommen, nur 20 von den vielen Tausenden fangen pro Saison an zu keimen, und nur die Hälfte von denen schafft es, ein Baum zu werden. Dann hat diese eine Fichte 95 500 Nachkommen. Falls P alles in allem echt nur 3 gemacht hat, ist das eigentlich ziemlich armselig, aber ob ich 100 Schw haben möchte, ist auch noch die Frage.

Erst mal kommt Emma. Eigentlich sollten wir sie heute Morgen in London am Flughafen treffen, aber dann wurde durchgesagt, dass der Flug aus Los Angeles verspätet ist oder irgendwie umgeleitet werden muss, und P hat mit ihrer Mutter telefoniert und hin und her. M hat schlechte Laune gekriegt, sie hat gesagt, sie hat keine Lust, einen halben Tag im Flughafen rumzuhängen, und dass uns das Hausboot flöten geht, wenn wir nicht rechtzeitig zur Übergabe dort sind. P hat gesagt, er regelt das alles, sie soll sich nicht aufregen. Er hat das Mietauto besorgt und uns hierher zur Marina gefahren, alles hat geklappt, obwohl sein Englisch von vorgestern ist, der Typ vom Bootsverleih hat dauernd nachgefragt, Can und J haben dann immer geantwortet, bevor P den Mund aufmachen konnte. M hat sich bei all den technischen Sachen total rausgehalten, aber ich habe ihr angesehen, dass sie vor Ungeduld fast geplatzt wäre. Manchmal denke ich, sie schämt sich für P, weil er nicht so schnell ist wie sie und kaum Geld verdient und in der Küche immer so ein Chaos macht. Aber neulich, als die Eltern von Can zu uns kamen, um alles zu besprechen, hat sie wie verrückt gestrahlt, als sie sich begrüßt haben. Sie kennen ja meinen Mann, hat sie gesagt, er ist hier der Hausmann und der Künstler. Jeder hat gesehen, dass sie hammer stolz auf ihn ist.

Jetzt ist er wieder unterwegs, um Emma abzuholen, und ich bin wahnsinnig aufgeregt, aber irgendwie weiß ich nicht, ob ich mich freue oder Schiss habe, wahrscheinlich beides.

Aber schon komisch, dass ich das erst so spät kapiert habe. Dass es da noch eine andere Mutter gibt und dass Emma nur meine halbe Schw ist. Klar habe ich verstanden, was P mir damals beim Entenfüttern erzählt hat, aber Verstehen und wirklich Verstehen sind zwei Sachen. Was das mit Emma tatsächlich bedeutet, in Wirklichkeit und für mich, das habe ich eigentlich erst gerafft, als sie anfingen, Fotos zu schicken, immer nach den amerikanischen Sommerferien. Und als ich gesehen habe, dass wir uns überhaupt nicht ähnlich sind, sie ist ein Strohhalm mit Haaren, und sie spielt Tennis und macht Tai-Chi oder so was. J sagt, sie sieht rattenscharf aus, aber ich glaube, große Br finden alle Mädchen hübscher als die eigene Schw, das ist ein Naturgesetz. Mal davon abgesehen: Wenn Emma ein Flamingo ist, bin ich eine Assel.

Bei den Fotos vom letzten Sommer ist eins, da steht sie auf einer Düne, im Hintergrund sieht man das Meer, wahrscheinlich den Pazifik, mit Schaumkronen, und die Sonne scheint, und der Wind weht, und Emmas Haare flattern bestimmt einen halben Meter zur Seite, man sieht, dass sie Locken hat. Meine sind wie Schnittlauch. Wenn man uns in echt nebeneinander sieht, habe ich gedacht, werden alle uns immerzu vergleichen, weil wir Halbschw sind und fast gleich alt, das ist sowieso der Hammer. Und ich zieh 100 pro die Arschkarte, weil an mir nichts so toll ist wie an ihr.

Als ich Becky das Foto gezeigt habe, hat sie sofort kapiert, warum ich total die Panik hatte, und sie hat mir von dem Laden in der Hohenzollernstr. erzählt, wo sie immer Modelle suchen, zum Üben für ihre Lehrlinge, und dass es keinen Cent kostet. Ich hab bis zum letzten Schultag gewartet, damit ich mir nicht am nächsten Morgen von der ganzen Klasse die Sprüche anhören muss. Becky ist mitgekommen, und eigentlich wollte ich nur kinnlang, aber als ich dann vor dem Spiegel gesessen habe und das Mädchen mich gefragt hat, wie ich es haben will, hab ich gesagt, alles ab, ohne irgendwie nachzudenken. So ähnlich wie auf dem Dreimeterturm, als ich zum ersten Mal gesprungen bin.

Becky hat gesagt, ich bin verrückt, aber dann fand sie es cool. Es ist raspelkurz. Und dann hab ich mir auch noch das Leopardenmuster reinfärben lassen, wenn schon, denn schon.

Hat ewig gedauert, mein ganzes Taschengeld ist draufgegangen (50 € !!!), weil sie nur das Schneiden umsonst machen, aber jetzt seh ich wenigstens nicht mehr so aus, als würde ich versuchen, so auszusehen wie Emma, und schaffe es nicht.

Auf der Straße haben die Leute mir nachgeschaut, und Becky hat gesagt, sie will sich über die Ferien überlegen, ob sie ihre auch abschneidet. J fand es scheiße, war ja klar. Er hat getan, als müsste er kotzen, und gesagt, ich komm daher wie die letzte Punkerbraut, fehlen bloß noch Piercings in der Nase und im Mund. M hat fast geheult, als sie mich gesehen hat, die schönen schönen Haare, wie kann man nur! Und P hat mich gefragt, wie sich das anfühlt, wenn man fast nichts mehr auf dem Kopf hat, bei ihm fallen sie nämlich aus, oben in der Mitte kann man schon die Kopfhaut sehen. Er hat Schiss, dass da bald gar nichts mehr ist, deswegen lässt er sie an den Seiten umso länger werden, sie hängen ihm schon über die Ohren, außerdem werden sie grau. Ich finde, er sollte dazu stehen, dass ihm die Haare ausgehen, weil dieses So-tun-als-ob eh nicht funktioniert.

Die schönsten Haare, außer Emma wahrscheinlich, hat Can. Er ist überhaupt ganz okay. Ich finde es gut, dass er jetzt auch dabei ist, dann habe ich wenigstens Ruhe vor J. Als ich heute Morgen in der Wartehalle vorm Abflug ein bisschen geschrieben habe, wollte er wissen, ob es ein Tagebuch ist. Mein idiotischer Br hat verächtlich geschnauft und die Augen verdreht, aber Can hat gesagt, er findet es gut, wenn man Sachen aufschreibt. Warum, habe ich gefragt, und er hat eine Weile nachgedacht und dann gesagt, weil man beim Tagebuchschreiben die Chance hat, ehrlich zu sein. Ich weiß nicht, warum J so bescheuert gelacht hat. Can hat doch recht.

Hier wohnen wir jetzt:

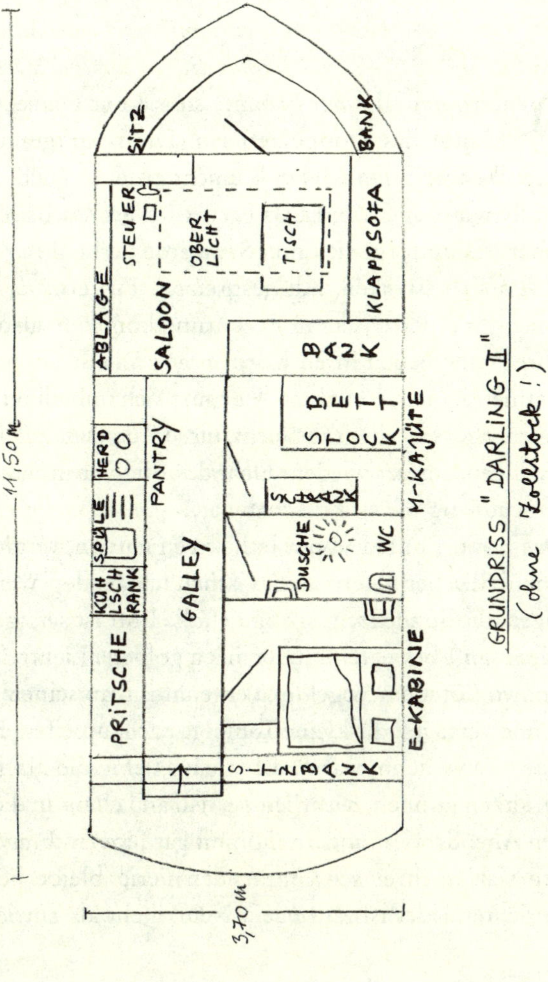

2

Den größten Teil der Kabine, die sie mit Daniel teilt, nimmt das Doppelbett ein. Die volantgesäumte Tagesdecke mit ihrem wilden Blumenmuster in Gelb, Rosa und Lila wirkt speckig, Luisa breitet ihr großes Badetuch darüber aus und legt sich hin. Sie würde gerne ihre Arme weit von sich strecken, mit gespreizten Fingern, aber sie will nicht mit der Decke in Berührung kommen, also legt sie ihre Arme neben ihren Körper. Sie schließt die Augen und atmet tief ins Kreuzbein. Sie muss sich unbedingt entspannen, aber es gelingt ihr nicht, ihre Gedanken zur Ruhe zu zwingen. Immer wieder taucht das Bild vor ihr auf, das sie monatelang vor sich gesehen hat.

Das Boot. Ein Hausboot in heiteren Farben, vertäut an einem idyllischen Uferplatz zwischen hängenden Weidenzweigen, die Sonne steht schon tief, die Luft ist seidig, und auf dem sanft bewegten Fluss tanzen goldene Lichtreflexe. Irgendwo flötet ein Vogel, Lea erkennt ihn an seinem Gesang und versucht, die kleine Tonfolge nachzupfeifen. Es ist gerade so angenehm warm, dass sie bis tief in die Nacht an Deck sitzen können, natürlich bei fish and chips an diesem ersten Abend, etwas anderes kommt gar nicht in Frage. Sie haben sich in ihrer schwimmenden Ferienbleibe bereits eingerichtet, jeder ist zufrieden. Nein, mehr als zufrieden.

Glücklich. Begeistert. Und sie sind auch schon ein Stück weit den Fluss hinaufgefahren, vielleicht nur eine Stunde; jetzt fachsimpeln Daniel und Jasper einträchtig über Bootsmotoren oder Schleusenmanöver, Lea schreibt eine hübsche Postkarte an die Großmutter, und sie selbst hat die Füße auf die Reling gelegt, nippt an einem netten Drink und ist wunderbar relaxed. Und dann geht der Mond auf, und es gibt nur noch ganz viel Natur und das Boot und ihre Kleeblattfamilie. Und die Aussicht auf zwei unbeschwerte Wochen auf dem Wasser. So hat Luisa sich diesen ersten Abend vorgestellt, während sie erschlaffte Muskulatur bearbeitete, Schlammpackungen verabreichte oder sich mit der Buchführung herumschlug.

Sie hat sich ein Klischee vorgegaukelt, einen naiven Wunschtraum, ausgerichtet an bunten Bildchen in den Prospekten, die natürlich immer nur den schönen Teil der Wirklichkeit zeigen. Außerdem hat sich ja schon vor einiger Zeit ergeben, dass sie nicht zu viert sein werden, wie sie es sich erhofft hatte. Warum also hängt sie immer noch einer Fiktion nach? Und warum war ihr vor allem diese erste gemeinsame Mahlzeit an Deck so wichtig, diese kleine fish-and-chips-Orgie?

Damit wird es nicht klappen, sie rechnet es zum x-ten Mal aus. Selbst wenn das Flugzeug tatsächlich zum angegebenen Zeitpunkt in Heathrow landet, wenn die Gepäckausgabe zügig abläuft und nicht eine Dreiviertelstunde dauert, wie bei ihrer eigenen Ankunft heute Morgen, und selbst wenn Daniel auf der Rückfahrt glatt durchkommt, was um diese Uhrzeit kaum zu erwarten ist, wird er es nicht schaffen, mit dem Kind vor halb zehn hier zu sein. Dann ist der fish-and-ships-Laden vorne an der Hauptstraße längst geschlossen. Und auf diesem Boot gibt es keinen Backofen, in dem sie das Essen warmhalten könnte.

Egal. Es ist nicht wichtig. Sie können noch zwei Wochen lang fish and chips essen, es kommt auf diesen einen Abend nicht an. Sie sagt es sich wieder und wieder, und dennoch bleibt in ihr ein beharrliches Gefühl der Enttäuschung. Eine Weile noch hebt und senkt sie ihr Kreuzbein mit der Atmung, dann gibt sie auf. »Das Kind kann nichts dafür«, sagt sie laut und fährt zusammen, als draußen, wie ein spontanes Widerwort, ein krächzender Möwenschrei ertönt. Luisa öffnet die Augen und sieht gerade noch einen Schatten dicht am Fenster vorbeifliegen. Luisa mag keine Möwen, sie sind ihr zu laut, zu gierig und zu aggressiv. Und das Fenster müsste dringend geputzt werden.

Sie würde lieber liegen bleiben, aber sie steht auf und macht sich daran, den Inhalt von Daniels Reisetasche in den zweiten der beiden schmalen Einbauschränke zu stopfen. Die Schranktüren sind verzogen, sie kann sie nur mit Gewalt öffnen und schließen, jedes Mal gibt es ein hässliches Geräusch. Außerdem wird das ganze Zeug garantiert nach zwei Tagen modrig riechen. Der Kamerakoffer passt nicht hinein, überall wird er im Weg sein, wo sie ihn auch hinstellt. Sie deponiert ihn erst mal auf dem Bett, soll doch Daniel ihn irgendwo unterbringen, wo er nicht stört. Sie sprüht reichlich Parfüm in beide Schränke und dann, mit weit von sich gestrecktem Arm, in den Raum. Daniel wird sagen, es riecht wie im Puff.

Diese sogenannte master cabin ist wirklich ein Loch. Das Bett mit der schmuddeligen Decke, ein Miniwaschbecken, die beiden Schränke und zwei kärgliche Regalbretter – es ist kaum Platz, die mitgebrachten Bücher aufzustellen. Und wo soll sie die leeren Gepäckstücke unterbringen? Natürlich hat sie den Grundriss des Bootes zu Hause genauestens studiert, sie hat sich auf eine Situation gefreut, in der sie sich nicht aus dem Weg gehen können, aber mit dieser Enge hat sie nicht gerechnet. Sie werden alle viel Geduld und Toleranz aufbringen müssen, aber sie will es positiv sehen. Enge bedeutet auch Nähe, Intensität, genau das, was sie sich erhofft.

Und außerdem. Wer weiß, wie oft sie noch zusammen mit ihren beiden Kindern Urlaub machen werden. Eher nie. Jedenfalls nicht in absehbarer Zeit. Es war schwierig genug, Jasper zu motivieren. Seine Zustimmung zu diesem Urlaub haben sie über Wochen durch Druck und Geldentzug und endlose Appelle an sein schlechtes Gewissen zu erkämpfen versucht, bis Daniel endlich auf die Idee kam, Can einzuladen. Natürlich wollte daraufhin auch Lea ihre Freundin mitnehmen, nur gut, dass deren Eltern ihre Ferienpläne nicht mehr so kurzfristig ändern wollten, sonst wären sie jetzt zu siebt hier, das will sie sich lieber gar nicht erst vorstellen. Und Lea hat ja jetzt Emma, eigentlich hat sich alles ganz gut gefügt. Hoffentlich zeigt sich ihre Tochter ein bisschen geselliger als üblich und versteckt sich nicht ewig hinter ihren Büchern und ihrem Tagebuch. So unternehmungslustig sie offenbar zusammen mit Becky ist, auf deren Konto garantiert auch diese neue Frisur geht, so sehr verkriecht Lea sich zu Hause in ihrem Zimmer, liest und schreibt und schreibt und liest.

Luisa respektiert die Privatsphäre ihrer Kinder, sie schnüffelt nicht in deren Sachen herum. Nur ein einziges

Mal, etwa vor einem Jahr, hat sie nicht widerstehen können. Sie waren zu zweit auf dem Balkon, an einem Samstag, Luisa brütete über der Spezialtherapie für einen schwierigen Patienten, und Lea verspürte urplötzlich das Bedürfnis nach Eis. Das Tagebuch blieb aufgeschlagen auf den Steinplatten liegen, Luisa brauchte sich nur etwas vorzubeugen. Da stand, dass Lea am Tag zuvor in der Bio-Ex voll ungerecht nur eine Drei bekommen, auf dem Heimweg von der Schule einen Platten und auch der idiotische Jasper kein Fahrradflickzeug hatte. Harmloser Kinderkram, der Luisa auf unerklärliche Weise erleichterte, obwohl sie nie im Leben Hinweise auf irgendetwas Erschreckendes in den Aufzeichnungen ihrer Tochter erwartet hätte, oder auch nur Überraschendes. Wenn da gestanden hätte, Mami und Papa sind bescheuert, weil sie dies oder das verboten haben, hätte sie das nur normal gefunden. Sie weiß noch genau, wie sie selber war in der Pubertät, ihre eigenen Eltern waren der pure Horror.

Eigentlich hat erst Daniel das Verhältnis zum Guten gewendet, in seiner ruhigen und freundlichen Art. Seitdem er dabei war, kam es kaum noch zum Streit zwischen ihr und ihren Eltern, und jetzt ertappt sie sich manchmal sogar bei plötzlichen Anfällen von Sehnsucht nach ihrem Vater, der nun schon über vier Jahre tot ist. Er hat Daniel immer ganz besonders gern gehabt und ihm zu Luisas Verblüffung nie einen Vorwurf daraus gemacht, dass sie nicht verheiratet sind. Die Kritik kam immer nur von ihrer Mutter, die sich bis heute nicht damit abgefunden hat.

Luisa steht am verschmierten Fenster, schaut auf den grauen Fluss und lächelt in sich hinein. Beim ersten Besuch hat Daniel ihrer Mutter Blumen mitgebracht, absolut altmodisch und ein bisschen zu aufwendig für den Anlass. Gelbe Freilandrosen, mitten im Winter. Ihre Mutter war entzückt und stopfte die Rosen in ein Ungetüm von Kristallvase, Luisa sah, wie Daniel innerlich zusammenzuckte, als das Arrangement hereingetragen und akkurat in die Mitte des Wohnzimmertischs gestellt wurde, auf einen Untersetzer mit geschwungenem Goldrand. Nach dem Tee gab es den zweitbesten Cognac, und ihr Vater befragte Daniel nach seiner politischen Einstellung. Daniel blieb ausnehmend höflich, und auf der Rückfahrt sagte er, Luisa könne froh und dankbar sein, solche Eltern zu haben.

Wie lange her? Bald zwanzig Jahre. In all dieser Zeit hat er sich nicht ein einziges Mal abfällig über den Kuhgeschmack ihrer Mutter und die Rechtslastigkeit ihres Vaters geäußert. Vielleicht hätte er es mal tun sollen? Ist es das, was sie an ihrem Mann stört? Dass er alles widerspruchslos hinnimmt und nie über die Stränge schlägt? Dass sie ihn so genau kennt? Dass er immer nur stillhält, abwartet, sich eingerichtet hat, nie ausbricht und voranprescht. Und mit seiner sogenannten Kunst seit Jahren nicht vorwärtskommt.

Sie merkt, dass sie immer noch den Zerstäuber in der Hand hält, und überlegt, wo sie ihn hinstellen könnte. Die Überdecke muss auf jeden Fall nach draußen, zum Lüften. Die Kinder müssen essen. Sie hat plötzlich das Gefühl, sich verlaufen zu haben. Was tut sie hier.

Sie deponiert den Zerstäuber unter dem Waschbecken und dreht den Hahn auf. Irgendwo im Bauch des Bootes setzt ein dumpfes Pumpgeräusch ein. Sie werden mit dem Wasser sparen müssen, wenn sie nicht jeden Tag an einer öffentlichen Stelle anlegen und auftanken wollen. Aber auch das haben sie so gewollt: für eine Weile auf überflüssigen Luxus verzichten. Sie können im Fluss baden, nachts beim Licht von Petroleumlampen zusammensitzen, ihr Essen auf einem Grill zubereiten. Es gibt so vieles, was sie nicht brauchen.

Der Spiegel über dem Waschbecken hat von Ecke zu Ecke einen diagonalen Sprung und ist nicht größer als ein Frühstücksbrettchen, Luisa kann ihr Gesicht nur sehen, wenn sie die Knie biegt wie ein Affe. Eine Narbe zieht sich von ihrer Schläfe über die Nase zum Kinn, erst nach einer Schrecksekunde merkt sie, dass der Spiegel ihr einen Streich spielt.

Sie versucht, die falsche Narbe zu ignorieren und sich mit den Augen von Emma zu betrachten, die jetzt neben Daniel im Mietwagen sitzt. Worüber werden die beiden wohl miteinander reden? Und was für einen Eindruck wird das Kind von ihr haben, wenn sie sich nach über sieben Jahren wieder begegnen? Falls sich Emma überhaupt noch an die Begegnung im Tierpark erinnert, damals, bei der Schnitzeljagd an Leas sechstem Geburtstag. In Luisas Gedächtnis hat sich dieser Tag eingebrannt, sie erinnert sich genau an den Streit am Abend, die Kinder Gott sei Dank längst erschöpft im Bett, sie haben nichts mitgekriegt von ihrem Wutanfall, zumindest hofft sie das heute noch. Sie wolle weder Daniels Kebsweib noch sein Kuckuckskind je in ihrem Leben wiedersehen, hat sie damals geschrien, und schon fünf Minuten später die hässlichen Worte bereut. Ob Daniel sich an ihren Ausbruch erinnert? Sie weiß es nicht, sie hat nie gewagt, darauf zurückzukommen. Schlafende Hunde.

Wie Emmas Mutter wohl inzwischen aussieht? Seit jener Begegnung im Tierpark nennt Luisa sie insgeheim die Krampfhenne, sie war rappeldürr, als hätte sie einen Hang zur Magersucht. Vermutlich ist sie permanent und nahtlos gebräunt von der kalifornischen Sonne und modisch up to date, teuer angezogen war sie schon damals. Ob sie wohl jemals so anstrengende Arbeitstage überstehen musste? Sich den Kopf zerbrechen, ob am Monatsende das Geld für die Gehälter der Angestellten reicht? Und nebenbei eine vierköpfige Familie ernähren und eine teure Altbauwohnung bezahlen? Und dazu noch Alimente für ein fremdes Kind? Luisa nimmt den Spiegel von der Wand und trägt ihn zum Fenster. Sie sieht so aus, wie sie sich fühlt, blass, müde, zweigeteilt.

So wird sie sich Emma nicht präsentieren. Sie wird sich zusammenreißen, freundlich und heiter sein. Emma ist unschuldig, und sie kommt nicht aus freien Stücken, sondern weil die Erwachsenen es so beschlossen haben, über ihren Kopf hinweg.

Luisa hebt ihre Mundwinkel und probiert ein warmherziges Lächeln. Dann wirft sie den Spiegel aufs Bett, zieht das Gummiband von ihrem Pferdeschwanz und schüttelt die Haare aus. Offene Haare machen sie jünger.

3

Der Verkehr auf der M11 ist mörderisch, viel schlimmer als am Vormittag. Er fühlt sich noch unsicher im Linksverkehr und kann trotzdem nicht damit aufhören, sie immer wieder anzusehen. Sie bemerkt seine schnellen Seitenblicke nicht, sie hat das Fenster halb heruntergelassen und schaut hinaus. Sie hat den Kopf so weit weggedreht, dass er außer der Linie ihres Kinns nichts von ihrem Gesicht sieht, nur die im Fahrtwind fliegenden Locken. Er ist sich sicher, dass sie sich unbehaglich fühlt, seit einer Stunde im Auto eingesperrt mit einem Mann, den sie kaum kennt und der ihr Vater ist. Und der schon viel zu lange geschwiegen hat, weil er nicht weiß, wie er es anstellen soll, ein Gespräch mit ihr zu führen, das jetzt angemessen wäre. Das anhaltende Schweigen quält ihn, er zermartert sich den Kopf, aber es fallen ihm nur banale Themen ein. Für banale Themen ist diese Situation zu speziell, also greift er schließlich zum Radioknopf.

»Verdammter Mist.«

Sie wendet den Kopf, ihre Augen glänzen, die Iris sind von ungewöhnlich hellem Grau, er muss an nasses Gestein denken. Eine Strähne fliegt ihr vors Gesicht, sie wischt sie mit schneller Bewegung beiseite und klemmt sie hinter ihr linkes Ohr.

»Entschuldige«, sagt er. »Ich dachte, wir könnten ein bisschen Musik hören, aber das blöde Ding ist tot. Hatte ich vergessen.«

»Schon okay.« Sie lächelt ihn an, bevor sie den Kopf wieder zum Fenster dreht. »Ich hab's gern mal ruhig.«

Sie ist schön geworden während der sieben Jahre, in denen er sie nicht gesehen hat, auf eine Art, die Fotos nicht wiedergeben können. Seit sie nach Kalifornien gezogen sind, hat Sophie ihm regelmäßig Bilder geschickt, immer nach den Sommerferien, in denen sie mit ihrem Wohnmobil offensichtlich kreuz und quer durch die Staaten und bis hinauf nach Kanada gereist sind. Emma in New Orleans, noch vor Katrina, Emma mit Luftballon auf dem Empire State Building, Emma vor den Niagarafällen, in blauer Schutzkleidung. Es hat ihn eigenartig berührt, das Heranwachsen seines Kindes aus der Ferne zu verfolgen. Wenn die Post mit den Fotos kam, hat er, um keine Heimlichkeiten aufkommen zu lassen, Luisa sowohl den Begleitbrief von Sophie als auch die Bilder gezeigt. Ein schwieriger Moment jedes Mal, auf den Luisa entweder mit freundlicher Gelassenheit oder mit verbissenem Schweigen reagiert hat, je nach Verfassung. Vor ein paar Tagen hat er sämtliche Fotos herausgeholt, chronologisch auf seiner Arbeitsplatte aufgereiht und die Veränderungen verfolgt, wie sich aus dem schlaksigen Gör mit mürrischem Gesichtsausdruck und Schultüte ein tennisspielender Teenager mit Zahnspange und kleinen Brüsten entpuppt hat, auf den letzten Fotos ein fast zu makelloses Geschöpf vor glitzerndem Ozean.

Er hat sich darauf vorbereitet, seine Tochter perfekt zu finden. Dennoch irritiert ihn jetzt, wie wenig kindlich sie wirkt. Auf den ersten Blick hätte er ihr Alter auf achtzehn oder neunzehn Jahre geschätzt, als sie durch die automatischen Türen in die Wartehalle kam, mit ihrer überdimensionalen Sonnenbrille und den Zeitschriften unterm Arm, den lässigen Bewegungen. Keine Spur von Unsicherheit oder Angst in ihrem Gesicht. Kein schweifender Blick, keine Suche nach dem Mann, der für ihre Existenz mitverantwortlich ist. Ohne nach rechts oder links zu sehen, ist sie mit ihrem Rollkoffer geradeaus marschiert, erhobenen Kopfes. Lange Beine, kurzer Rock, nackte Arme, die Jacke leger über der Schulter. Von den Blicken, die sie auf sich zog, nahm sie keine Notiz, offensichtlich ist sie daran gewöhnt.

Vor seinem inneren Auge taucht Lea auf, wie sie mittags mit ihm zum Auto gegangen ist, während Luisa und die Jungs sich im Boot einrichteten. Mit ihrem Rücken hat Lea sich an seinen Bauch gedrängt und ihn quasi rückwärts umarmt, weil sie sonst an ihm festkleben würde, wie sie sagte, ihre Saftbox war auf der Hinfahrt geplatzt, ihr Sweatshirt feucht und fleckig. »Ich finde es gut, dass man nur einen einzigen Vater haben kann«, hat sie gesagt. Und: »Grüß Emma von mir.« Er ist losgefahren und hat im Rückspiegel beobachtet, wie sie ihm nachwinkte und immer kleiner wurde.

»Übrigens. Ich soll dich von Lea grüßen. Sie freut sich auf dich.«

Sie dreht ihm wieder das Gesicht zu, wieder flattert die Strähne, wieder fasziniert ihn ihre Augenfarbe.

»Danke.«

Die Strähne wird ein weiteres Mal hinter das Ohr geklemmt. Der Kopf dreht nach links. Schweigen.

»Wie geht es deiner Mutter?«

Den auf seine Frage folgenden Bewegungsablauf kennt er bereits so gut, als wären sie nie getrennt gewesen.

»Okay«, sagt sie. »Bisschen viel Stress. Wegen des Umzugs. Und Amos und so.«

Am Telefon hat Sophie ihm erzählt, dass sie mitten in einer hässlichen Scheidung steckt und zurück nach Deutschland geht, in Köln hat sie schon einen Job, aber noch keine Wohnung. Dass sie sich deswegen nicht um Emma kümmern kann, und dass sie im Moment auch nicht so gut mit ihr klarkommt. Er hat sich darüber nicht gewundert, Sophie war schon damals eine extrem launische Frau.

Endlich löst sich die zähe Autoschlange vor ihnen auf, er gibt Gas, überholt und verpasst um ein Haar die Abzweigung. Er kann sich mit knapper Not vor einem Laster wieder links einordnen, er muss sich besser konzentrieren.

»Bist du traurig, dass du aus San Diego wegmusst?«

»Köln ist bestimmt auch okay.«

Man hört ihr kaum an, dass sie wenig Deutsch gesprochen hat in den vergangenen Jahren. Man merkt es nur am R, das sie ein bisschen gurgelt.

»Schade, dass ihr nicht nach München zieht, dann könnten wir uns öfter sehen.«

Er meint es wirklich so, obwohl er dieses Kind nicht haben wollte und erleichtert war, als Sophie Deutschland verließ. Er war fassungslos gewesen, als sie schwanger wurde, er hatte ihr sogar Geld angeboten für einen Abbruch, aus Angst vor Luisas Reaktion.

»Ich glaube nicht, dass das deiner Frau gefallen würde.« Sie rutscht auf ihrem Sitz herum und streckt die Beine aus.

Aus den Augenwinkeln nimmt er den Schimmer bräunlich-glatter Haut wahr und hat plötzlich Appetit auf Sahnebonbons. Der Rock ist wirklich sehr kurz, an Sophies Stelle hätte er Bedenken gehabt, Emma so in die Welt zu schicken.

»Ich hab mich sowieso gewundert, dass ihr mich eingeladen habt«, sagt sie. »Deine Frau kann mich doch garantiert nicht leiden.«

»Wie kommst du darauf?«

Im Stillen tut er einen spontanen Schwur: Er wird sie beschützen, er wird ihr endlich ein Vater sein, viel zu lange hat er sich davor gedrückt. Immer war er mit sich selber beschäftigt, mit Luisa und den Kindern, mit seinen Bildern und seiner ausbleibenden Karriere. Über Emma hat er wenig nachgedacht. Und so erwachsen sie auch tut, es muss extrem schwierig für sie sein, seiner Familie gegenüberzutreten, diesem eingespielten Team. Er ist voller Mitgefühl und voller Reue. Er hat sich benommen wie ein Arschloch.

»Denk ich eben«, sagt Emma leise.

Er nimmt die linke Hand vom Steuer und greift nach ihrer Rechten, sie ist warm und trocken und fühlt sich gut an. »Ich bin jedenfalls froh, dass du da bist«, sagt er. »Meine große Tochter.«

Sie legt den Kopf ein bisschen schief. »Danke.« Sie drückt seine Hand und lächelt und sagt: »Daddy.«

Er ist so froh über ihr Entgegenkommen, dass er laut auflacht. Mit einem Mal fühlt er sich großartig, und erst jetzt merkt er, wie sehr ihn die Angst vor den ersten Momenten der Nähe und vor dem Vorwurf, er habe keine Verantwortung übernommen, belastet hat.

»Erzähl mir von euch«, sagt sie. »Damit ich vorbereitet

bin. Ich weiß fast gar nichts, außer den Namen. Und dass Lea sieben Monate jünger ist als ich. Auf den Tag genau. Oder?«

Er nickt. Hat sie sich über diesen Altersunterschied Gedanken gemacht? Unser Versöhnungskind, hat Luisa einmal von Lea gesagt, eine entsetzliche Bezeichnung, obwohl sie den Tatsachen entspricht.

»Jasper und Lea«, sagt Emma, und es klingt so zufrieden, als hätte sie nach langem anstrengendem Marsch endlich das Ziel erreicht. »Meine Geschwister. Komisches Gefühl irgendwie. Seh ich ihnen ähnlich?«

Wieder lacht er unwillkürlich auf. »Überhaupt nicht. Finde ich jedenfalls.«

Er würde ihr gerne sagen, wie stolz er darauf ist, eine so hübsche Tochter wie sie in die Welt gesetzt zu haben. Aber das könnte distanzlos wirken, so gut kennen sie sich schließlich noch nicht. Außerdem will er Jasper und Lea gegenüber nicht illoyal sein.

Sie scheint seine Gedanken zu lesen. »Aber du und ich«, sagt sie, »wir haben schon Ähnlichkeit. Die Haarfarbe, und dass ich so groß bin und so dünn.«

»Du bist hübscher«, sagt er und lächelt. In diesem Zusammenhang ist das Kompliment unverfänglich.

»Und deine Frau? Hat die mich überhaupt schon mal gesehen? Ich hab echt alles vergessen von früher.«

»Luisa? Doch. Einmal. Als Lea sechs wurde, wir haben eine Schnitzeljagd gemacht, im Tierpark. Alle zusammen.«

Es klingt so, als seien sie und ihre Mutter damals eingeladen gewesen, dabei war es ein Zufall, dass sie sich an jenem Tag auf dem Abenteuerspielplatz begegnet sind. Er lässt es so stehen und hofft, dass sie nicht nachfragt. Er denkt nicht gern an dieses Zusammentreffen zurück, vor allem nicht an Luisas Tränenausbruch in der folgenden Nacht und ihr überraschend ordinäres Geschrei. Sie war in Not, und er hat sie nicht trösten können. Jeden Tag hat sie von neuem mit der Chose angefangen, wochenlang.

»Im Tierpark? Echt? Auch meine Mom?«

»Ja. Ihr habt euch also alle schon mal getroffen.« Er grinst kurz in ihre Richtung, konzentriert sich dann wieder auf die Straße.

»Kein Schimmer«, sagt sie. »Wahrscheinlich irgendwie ins Unterbewusstsein gerutscht. Aber vielleicht macht es ja klick, wenn ich sie nachher sehe. Sie ist Ärztin oder so was, stimmt's?«

»Physiotherapeutin. Mit eigener Praxis. Und vier Angestellten.«

Oder im Moment nur drei? Hat sie nicht neulich erwähnt, dass sie jemanden sucht? Daniel muss sich eingestehen, dass er es nicht genau weiß. Dabei bewundert er Luisa für ihre berufliche Karriere, aber er ist auch stolz auf sich selber, weil er ihrem Erfolg ganz bewusst nicht im Weg gestanden hat, immer hat er ihr und ihrer Arbeit den Vorrang gelassen. Dass er seit Jahren finanziell von ihr abhängig ist, hat er früher eher sportlich genommen, es war modern und zeugte von Aufgeklärtheit, wenn ein Mann zu Hause bei den Kindern blieb. Inzwischen fühlt er sich in dieser Rolle nicht mehr so wohl. Am meisten macht ihm zu schaffen, dass der Unterhalt für Emma vom gemeinsamen Konto abgebucht wird, auf das er selber kaum etwas einzahlt. Er verkauft kaum mehr als zwei oder drei Bilder pro

Jahr, und obwohl er inzwischen für die großen mindestens fünftausend verlangt, sind die Preise ein Witz, gemessen am Aufwand.

»Wie lange kennt ihr euch?«

»Im nächsten Oktober zwanzig Jahre.« Er wechselt die Spur, allmählich gewöhnt er sich ans Linksfahren.

»Wahnsinn. Meine Mom hat es nicht mal fünf Jahre ausgehalten. Dabei ist Amos ganz okay, finde ich. Und davor war sie schon mal verheiratet.« Ihr bräunliches Knie berührt seinen Oberschenkel.

»Ich hab Glück gehabt mit Luisa«, sagt er und nimmt sein Bein eine Winzigkeit zur Seite. »Wir sind aber nicht verheiratet.«

»Echt? Und warum nicht?«

»Wer braucht schon einen Trauschein. Wenn man sich liebt?«

»Stimmt.« Sie denkt einen Moment nach, dann stemmt sie beide Hände gegen den Autohimmel, dehnt sich mit einem kleinen Seufzer und sagt: »Ich glaube, ich werde auch nicht heiraten. Ich nehme mir ein Beispiel an dir.«

Er sieht eine glatte Achselhöhle und schaut schnell wieder auf die Straße. Soweit er weiß, rasiert Lea sich noch nicht, weder die Achseln noch die Beine, sie schminkt sich auch nicht, in ihrem Fach im Badezimmerschrank stehen außer Waschlotion nur ein Deoroller und irgendwas für die Haare, seit ihrem radikalen Haarschnitt sind auch sämtliche Spangen und Haarreifen verschwunden. Emma benutzt Make-up, sie ist viel zu blond, um von Natur aus so tiefschwarze Wimpern zu haben.

Er muss akzeptieren, dass sie kein kleines Mädchen mehr

ist, wie Lea. Er darf sich von diesem Körper nicht irritieren lassen, es ist der Körper seiner eigenen Tochter. Er braucht nur eine Gewöhnungszeit, morgen oder übermorgen wird er sie mit den gleichen Augen betrachten wie die beiden anderen. Ganz und gar väterlich.

Aber ist diese kleine Phase des Kennenlernens nicht etwas Wunderbares? Ein unerwartetes Geschenk? Er hätte nicht gedacht, dass sie ihm so offen und ohne Vorbehalte gegenübertreten würde und dass er mit ihr so ungezwungen reden kann, wie es ihm mit Jasper schon lange nicht mehr gelingt, mit Lea ist es sowieso etwas völlig anderes. Er will nicht, dass es schon bald zu Ende ist, die Harmonie soll andauern, sie brauchen noch Zeit für sich.

Er schaut auf die Uhr und sagt: »Hast du auch Hunger? Sollen wir irgendwo anhalten und einen Happen essen?«

»O Gott«, sagt sie erschrocken.

Irritiert schaut er zu ihr hinüber.

»Jetzt hab ich die Geschenke für euch vergessen. Fällt mir grad ein, die liegen zu Hause auf meinem Bett. Ich hab sie nicht eingepackt. Ich war so aufgeregt, weißt du?«

Er lächelt. »Wir haben alles, was wir brauchen. Hauptsache, du bist da.«

4

Wenn du den ganzen Schrott hier neu erfinden müsstest. Wie würde das aussehen?«

Jasper fixiert den schillernden Ölfleck, der unter ihnen träge auf dem schmutzigen Wasser schaukelt. Neben ihm sitzt Can, beide haben die Hände aufgestützt und schlagen in unregelmäßigem Rhythmus mit den Füßen gegen die Kaimauer. Es ist fast windstill, der Himmel ist von gleichmäßigem Grau überzogen. Von einem der zahllosen Boote, die in Reih und Glied an den Stegen liegen, klingen Gelächter und Musik herüber.

»Neu erfinden? Wie meinst du das?«

»Na ja. Die Welt und so. Alles eben.«

»Wie Gott?«

»Wenn du an den Alten glaubst? Ich würde jedenfalls Geschichte abschaffen, als Erstes.«

»Schaff doch gleich die ganze Schule ab.«

»Treffer«, sagt Jasper. »Und England. Poff und ex.«

»Dann wärst du jetzt auch weg.«

»Quatsch. Vorher würde ich mich natürlich nach Frankreich beamen«, sagt Jasper. »Sète käm echt gut jetzt. Bestimmt geiles Wetter da. Sauheiß.«

Mit der ganzen Clique in Sète, davon hat er monatelang phantasiert, den ganzen Tag am Strand abhängen, endlos am Wasser lang laufen, möglichst nur er und Natalie, ohne die anderen. Und nachts in die Disco. Jetzt hockt sie in ihrem dänischen Ferienhaus und er auf diesem beschissenen Kahn.

Er schaut rüber zur Darling II, die ausgerechnet zwischen zwei frischlackierten Cremeschnitten ihren Platz hat. Die schmutziggrünen Aufbauten erinnern Jasper an ausgekotzten Spinat. An der Wäscheleine auf dem Hinterdeck hängt was widerlich Geblümtes, sieht echt aus wie ein Spießerboot, die Schaluppe.

»Liebling zwei«, sagt er abfällig, beugt sich vor und spuckt ins Wasser. »Doch voll madig, so einen abgefuckten Kasten Liebling zu nennen. Und wieso eigentlich zwei?«

»Na ja? Vielleicht gibt es ja ein halbes Dutzend von diesen abgefuckten Kästen. Liebling eins bis sechs. Weil die Typen hier zu faul sind, sich Namen auszudenken.«

»Quatsch. Liebling kann immer nur einer sein, du kannst nicht sechs Lieblinge gleichzeitig haben. Wahrscheinlich ist Liebling eins abgesoffen, und jetzt ist es nur eine Frage der Zeit, bis der zweite Liebling da drüben auch weggluckert.«

»Schiffe sind weiblich«, sagt Can.

»Eben. Die Liebling. Total daneben. Wo bist du in den Ferien gewesen? Auf der Liebling zwei.«

Sie schweigen und schauen ins Wasser. Dann sagt Can: »Komisch eigentlich. Ich meine, dass Schiffe immer weiblich sind.«

»Flüsse sind es auch.«

»Nur die kleinen. Der Rhein, der Orinoko, der Amazonas. Der Nil. Na, und der Po.«

»Der Ganges.«

»Nur bei uns. In Indien ist er weiblich.«

»Wer. Der Ganges? Die Ganges?«

»Unsere Nachbarn waren da«, sagt Can, »letztes Jahr. Oben an den Quellen, im Himalaya. Die sind total heiß, da baden die drin, die Inder. Die beten den Ganges an, glaube ich, er ist ein Gott für sie.«

»Was jetzt. Gott oder Göttin.«

»Göttin. Sie nennen den Ganges die Ganga.« Can hebt seine Beine, stellt die angewinkelten Füße übereinander und peilt über die Spitze seines Turnschuhs. »Siehst du den Turm da drüben? Wie weit weg, was schätzt du?«

Jasper sucht das jenseitige Ufer ab. »Das Teil da hinten auf dem Hügel?«

»Na?«

»Und wie willst du das kontrollieren?«

»Vielleicht weiß ich's einfach besser als du.«

»Klar«, sagt Jasper. »Du mal wieder. Vierzehn Komma drei?«

»Meilen oder Kilometer?«

Jasper zögert. »Meilen«, sagt er dann.

»Exakt«, sagt Can.

Wieder starren sie eine Weile schweigend ins Wasser. Dann stöhnt Jasper auf. »Die Liebling«, sagt er. »Poff.«

»Jetzt warte doch mal ab. Vielleicht wird's gar nicht so schlimm.«

»Glaubst du doch selber nicht.« Jasper reibt sich die bloßen Unterarme, er hat Gänsehaut, es ist kühl geworden. Auf einem der Hausboote kreischt ein Kind auf, jemand klopft irgendwo Metall gegen Metall. »Wenn wir wenigstens schon unterwegs wären«, sagt er. »Alles nur wegen dieser amerikanischen Tennismaus.«

»Poff«, sagt Can.

»Genau. Poff«, erwidert Jasper. »Weißt du, was ich echt scheiße finde? Dass meine Mutter mir nicht erlaubt hat, wenigstens eine kleine Runde zu drehen. Als wenn ich nicht wüsste, wie man so einen Kahn bewegt. Doch lachhaft.«

»Geiles kleines Rennboot könntest du herlegen. Ich mein, wenn du sowieso alles neu erfindest.«

»Und einen Heli, der bringt uns dann nach Sète.«

»Jetzt? Oder vor einem Jahr?«

»Zeitreise, ey. Gute Idee. Sag mal, hast du zufällig was dabei?«

Can klopft auf seine Hosentasche. »Zufällig. Oder glaubst du, ich lass das auf dem Boot?«

»Okay, okay«, sagt Jasper. »Aber meine Mutter schnüffelt echt nicht rum.«

»Und deine Schwester?«

»Vergiss meine Schwester. Die weiß sowieso Bescheid. Seilen wir uns kurz ab?«

»Wir haben gesagt, wir bleiben in der Nähe, oder? Dein Vater kann jeden Moment zurück sein.«

»Na und? Wir vertreten uns nur mal eben die Beine, nur mal kurz um den Schuppen da hinten. Jetzt mach schon.« Jasper steht auf, vergräbt seine Hände in den Hosentaschen und wippt ungeduldig in den Knien. »Wenn er inzwischen kommt, gibt's doch erst mal stundenlanges Tralala mit der Amimaus und meiner Mutter. Bis die sich eingekriegt haben, sind wir längst zurück.«

»Ich glaub nicht, dass wir das hinkriegen«, sagt Can und

nickt zur Darling II hinüber. Lea ist mit einem Eimer an Deck aufgetaucht und winkt ihnen zu, sie sollen kommen.

»Fuck«, sagt Jasper.

5

immer noch 14. August

Nur ganz schnell, weil wir gleich in den Ort gehen, fish and chips essen. M hat gesagt, dass wir jetzt nicht länger auf P und Emma warten. Sie hat sich geschminkt und ihre Perlen an die Ohren gesteckt, ich glaube, sie hat auch Schiss. Mein idiotischer Br und Can müssen sich saubere T-Shirts anziehen, damit Emma keinen falschen Eindruck bekommt, und mich hat sie gezwungen, mein Sweatshirt einzuweichen, vor ihren Augen, in einem total gammligen Eimer, damit es bei Emmas Ankunft 100 pro aus dem Verkehr gezogen ist. Sie glaubt echt, dass ein sauberes Sweatshirt einen besseren Menschen aus mir macht. P stören meine Klamotten nie. Ob er wohl so viel meckern würde wie M, wenn er das Geld verdienen würde und nicht sie?

In dem Buch, das ich vor der Abreise gelesen habe, steht, wie der Name Känguru entstanden ist. Als James Cook nach Australien kam, sah er jede Menge komische Tiere auf ihren Hinterbeinen rumhüpfen, und er hat einen Aborigine gefragt, auf Englisch natürlich, wie diese Tiere heißen, how do you call these animals wahrscheinlich. Der Aborigine hat Känguru gesagt, das ist Aboriginesprache und bedeutet, ich verstehe nicht. Und James Cook hat gedacht, die Tiere heißen so. Und jetzt heißen sie so. Bis später.

PS. Ich bin total gespannt auf Emma!!! Außerdem sterbe ich vor Hunger!

6

Auf dem Rückweg spielt sie mit den beiden Schlüsseln in der Tasche ihrer dicken grünen Strickjacke, ihre Kleidung riecht nach Fisch und Frittierfett, aber nicht unangenehm. Neben ihr trottet Lea, immer einen Schritt hinterher. In einiger Entfernung laufen Jasper und Can mit der Taschenlampe voraus, deren Strahl sie sinnlos durch die Dunkelheit fahren lassen. Blitzartig erhellt er die Fassade eines Andenkenshops, die überquellende litterbox neben einer Holzbank, bohrt sich wie ein Disco-Laserstrahl in den sternenlosen Nachthimmel, um abzukippen und einen schwankenden Lichtkegel auf den gepflasterten Gehweg zu werfen, alles in hastigem Hin und Her. Es ist nicht so dunkel, dass sie den Weg nicht finden würden, und wenn Luisa wüsste, dass es ihr Sohn ist, der die Lampe trägt, würde sie ihn auffordern, die Batterie zu sparen.

Sie hat nach den fish and chips noch ein zweites stout getrunken und findet jetzt nichts mehr dabei, dass sie die Tür am Heck verschlossen hat, als sie vorhin losgegangen sind. Man hat ihnen bei der Übergabe der Darling 11 zwei flache Schlüssel an einem Schlüsselring ausgehändigt, kann sie etwas dafür, dass Daniel nicht daran gedacht hat, einen davon mitzunehmen? Sie selber hat auch nicht daran gedacht, aber sie muss ja auch kein Kind vom Flughafen abholen.

Zu Hause, gestern Nacht, als Lea und endlich auch Jasper schlafen gegangen waren und sie und Daniel, wie immer in letzter Minute, ihre Reisetaschen gepackt haben, hat er sich bei ihr bedankt. Er hat sie großherzig genannt, weil sie sich so spontan bereiterklärt hatte, Emma einzuladen. Sie hat leichthin abgewiegelt, aber in Wahrheit ist sie seiner Meinung. Nicht viele Frauen würden das Nebenkind ihres Mannes mit auf einen Familienurlaub nehmen. Daniel glaubt, sie hat seinen Betrug längst verwunden, hat ihm verziehen, ein für alle Mal. Lange genug ist er damals mit eingezogenem Schwanz herumgeschlichen, was Luisa einerseits mit Genugtuung erfüllt hat, ihr andererseits auf die Nerven gegangen ist. Wahrscheinlich gibt es nach einem Vertrauensbruch für den Missetäter keine richtige Methode des Verhaltens oder Wiedergutmachens. Ein Bruch ist ein Bruch ist ein Bruch.

Aber es stimmt, dass sie Emma gegenüber keine besonderen Vorbehalte hat, ihr anhaltender Zorn, von dem Daniel nichts ahnt, richtet sich gegen die Frau, die in ihre Ehe eingebrochen ist und mit allen Mitteln versucht hat, ihr den Mann wegzunehmen. Dass die Krampfhenne damals so schnell schwanger wurde, war mit Sicherheit ein Erpressungsversuch. Unverzeihlich. Und wenn sie jetzt in Schwierigkeiten ist, kümmert das Luisa eigentlich einen Dreck. Dass sie dennoch bereit war, Emma einzuladen und damit deren Mutter zu helfen, hat andere Gründe, über die Luisa im Moment nicht nachdenken möchte.

Sie hat Urlaub, sie wird sich um ihre Familie kümmern, sie wird die beiden Wochen genießen, und nicht zuletzt wird sie ihr angeschlagenes Verhältnis zu Daniel in Ordnung bringen. Wenn sie nur ausgeruht ist, wenn sie Zeit füreinander haben, wird sie seine Qualitäten wieder schätzen lernen und seine kleinen Schwächen vielleicht sogar liebenswert finden können.

Sie hält inne, legt ihren Arm um Leas Schultern und wechselt den Schritt, um im Gleichtakt mit ihrer Tochter weiterzugehen. »Wir werden es wunderbar haben, mein Schatz. Morgen scheint bestimmt die Sonne.«

»Jedenfalls müssen wir irgendwohin, wo man schwimmen kann.« In Leas Stimme schwingt ein vorwurfsvoller Unterton mit, Luisa wird ihn ignorieren. »Hast du gesehen, wie dreckig das Wasser ist, da im Hafen? Ich hab zwei tote Fische gesehen, Bauch nach oben. Außerdem ist mir ein bisschen schlecht. Dir auch?«

»Du kannst dich gleich hinlegen«, sagt Luisa, zum ersten Mal an diesem Tag fühlt sie sich entspannt und optimistisch. »Es war anstrengend heute. Und vielleicht hättest du nicht so viel von der fettigen Mayonnaise essen sollen.«

»Von Mayonnaise ist mir noch nie schlecht geworden.«

»Es gibt Mayonnaise und Mayonnaise«, sagt Luisa und zieht Lea enger an sich. »Das ist nun mal so. Du isst hundert Äpfel, und sie sind alle prima, und dann erwischst du einen, der hat einen Wurm.«

»Man kann Mayonnaise nicht mit Äpfeln vergleichen.«

»Du weißt, was ich meine. Dass es im Leben immer mal irgendwie schiefgehen kann. Vorübergehend. Wenn man das von vornherein einplant, kann man sich Enttäuschungen ersparen.«

»Machst du das so? Du planst schon ein, dass irgendwas schiefgeht?«

»Na ja. Ich plane es nicht direkt ein. Aber ich weiß, dass es passieren kann. Und weil ich es schon weiß, theoretisch, ist es dann vielleicht nicht so schlimm.«

»Aber wie kannst du wissen, was alles passieren kann. Wenn jetzt ein Meteorit einschlägt zum Beispiel. Genau hier. Das geht wahnsinnig schnell, der zischt nur so runter, und alles verglüht.«

Luisa fragt sich, ob sie selber als Kind Angst vor einem möglichen Meteoriteneinschlag gehabt hat, sie kann sich nicht daran erinnern. Sie hat Angst vor Schlangen gehabt und vor schwarzen Kapuzenmännern, die nachts draußen hinter den Büschen lauerten oder auch im Haus, hinter der Kellertür, und später dann vor unsichtbarer atomarer Verseuchung, als ihr Vater überlegt hat, einen strahlensicheren Raum zu installieren und ihre Mutter endlose Vorräte anschaffte. Aber Meteoriten?

»Klar beobachten sie den Himmel immerzu«, sagt Lea. »Aber vielleicht kommt mal einer runter, der ist so schnell, dass sie uns gar nicht warnen können.«

»Du hast nicht im Ernst Angst davor, oder?«

»Wir würden zusammen sterben«, sagt Lea. »Alle. Auf einen Schlag. Wär doch gar nicht so schlecht. Wenn schon, denn schon.«

Luisa bleibt stehen. Dass Lea solche Gedanken hat, schockiert sie. »Wieso denkst du an so etwas!«

Lea geht ungerührt weiter. »Wieso nicht?«

Luisa setzt sich wieder in Bewegung und schließt zu Lea auf. »Weil es so negativ ist. Ich meine, in deinem Alter, das ganze Leben liegt doch vor dir. Und die Wahrscheinlichkeit ist gleich null, mit dem Meteoriten, das musst du zugeben.«

Lea lässt nicht locker. »Jedem kann alles passieren, jederzeit, an jedem Ort. Dann ist es doch eigentlich egal, ob du das vorher eingeplant hast oder nicht.«

Luisa unterdrückt einen Seufzer, sie will keine seufzende Mutter sein. Sie würde gerne das Thema wechseln, dieses Gespräch geht ihr auf die Nerven, es macht sie ungeduldig. In letzter Zeit geht es ihr mit Lea oft so, und mit Jasper und Daniel läuft es nicht viel besser. Aber hat sie sich nicht vorhin noch vorgenommen, Geduld aufzubringen und Toleranz?

»Okay«, sagt sie und bemüht sich, ihre Stimme leicht klingen zu lassen. »Und was willst du mir damit sagen?« Der Umgang mit ihren Patienten hat sie gelehrt, dass freundliches Nachfragen beruhigend wirkt.

»Keine Ahnung«, sagt Lea, während sie um den großen Hafenschuppen biegen, der grobe Schotter knirscht unter ihren Füßen. »Ich hab es mir nur gerade mal vorgestellt. Darf man das nicht?«

Ein halbes Dutzend Laternen werfen fahles Licht auf die Hausbootflotte. Luisa späht hinüber zur Darling II, Jasper und Can sind mit ihrer Taschenlampe schon an Deck. Die beiden anderen Gestalten müssen Daniel und das Kind sein.

»Wir haben Ferien, mein Schatz«, sagt sie. »Da stellt man sich nicht den Weltuntergang vor. Am ersten Tag.«

»Du hast damit angefangen«, sagt Lea. »Du hast gesagt, man muss damit rechnen, dass irgendwas schiefgehen kann.«

»Aber es ging um Mayonnaise, wenn ich mich richtig erinnere. Nicht um den Weltuntergang«, sagt Luisa und stellt fest, dass das Kind neben Daniel fast so groß ist wie er.

7

Er hat sich mit seiner Teetasse auf den Rand des Sofas gehockt und überlegt, wie er sich aus dem saloon verpfeifen kann, ohne unhöflich zu wirken. Einerseits findet hier zwar gerade so etwas wie die erste vollständige Crew-Versammlung statt, andererseits handelt es sich aber um eine rein familiäre Angelegenheit. Er ist der Einzige, der nicht wirklich dazugehört.

Neben ihm auf dem Sofa sitzen Lea und ihre Eltern, die Mutter in der Mitte. Sie hat Beuteltee und Kekse aufgefahren und in die Tasse für das amerikanische Mädchen drei Stück Zucker geworfen, ohne vorher zu fragen. Das amerikanische Mädchen isst grundsätzlich keinen Zucker, Lea hat die Tasse freiwillig übernommen, aber bis jetzt noch keinen Schluck getrunken, garantiert schmeckt ihr das pappsüße Zeug auch nicht. Das amerikanische Mädchen sitzt auf einem von den Klappstühlen, auf der anderen Seite des Esstischs, Jaspers Vater hat ihr den untergeschoben und ihr seinen Pullover umgehängt, sie war total durchgefroren. Sie haben über eine Stunde gewartet, weil die Tür verschlossen war. Und dann ging es eigentlich nur um diesen verfickten Schlüssel, den Jaspers Vater mitzunehmen vergessen hat, obwohl beide Eltern die ganze Zeit versuchen, unbefangene Konversation zu machen. Die beiden sind echt

Weltmeister in Unterschwelligkeiten. Jaspers Mutter hat dreimal gefragt, ob das Mädchen etwas essen möchte, sie muss doch ausgehungert sein nach der langen Warterei. Und wie die Reise war, ob sie bequem gesessen hat und etwas gesehen hat von oben, weil das doch immer die Höhepunkte eines Flugs sind, wenn man die Kontinente aus der Vogelperspektive sieht und dann den übrigen Stress besser verkraften kann. Sie sagt Stress und meint den Schlüssel. Jaspers Vater betont dauernd, wie spannend es für alle sein wird, auf dem Boot, Abenteuer pur, Fische angeln und auf irgendwelchen Feuern braten, huckleberryfinnmäßig. Lea sagt überhaupt nichts, und Jasper kniet vor dem Wandschrank gegenüber dem Sofa und versucht, mit einem Schraubenzieher die klemmende Tür aufzustemmen.

»Someone more tea?« Jaspers Mutter schwenkt die Teekanne und strahlt in die Runde. »Ich hab mir gedacht, wir lernen ein bisschen Englisch auf der Fahrt, wenn ihr Lust habt. Emma könnte uns doch wunderbar auf die Sprünge helfen. Wouldn't you, Emma?«

»Weiß nicht, ob ihr das so witzig findet, wenn ich euch immerzu verbessere«, sagt das Mädchen.

Sie sieht nicht besonders glücklich aus, findet Can, ihr Gesicht wirkt irgendwie zu klein zwischen den vielen Haaren, und dazu noch die Vermummung mit dem Pullover über der Jacke.

»Zwei oder drei von uns hätten es jedenfalls ziemlich nötig«, sagt Jasper und schlägt wütend mit der flachen Hand gegen die Tür. Klar, dass er angepisst ist, sie haben Ferien, wer denkt da ans Lernen.

»Vor allem einer, würde ich sagen. Wenn ich an dein letztes Zeugnis denke, mein lieber Sohn?« Jaspers Vater zwinkert dem Mädchen zu und schiebt den Teller mit Keksen zu ihr rüber, sie lehnt ab.

In Jaspers Gesicht leuchtet ein »Arschloch« auf. Can muss grinsen, er kennt solche Situationen. Man will und traut sich nicht.

Der Teller wird auf Wanderschaft geschickt. Can nimmt einen Keks und lässt ihn nach einer Weile unauffällig in seiner Hosentasche verschwinden. Lea nimmt zwei Kekse, ihre Mutter einen. Sie reden darüber, ob sie Deutsch oder Englisch sprechen wollen, oder vielleicht vormittags Englisch und nachmittags Deutsch. Oder eine Woche lang so, die andere so. Das kann endlos so weitergehen, weil es endlos viele Möglichkeiten gibt. Can wäre gern irgendwo draußen, in aller Ruhe eine rauchen, auch mal ohne Jasper am Hals zu haben. Jasper ist schon okay, aber auf die Dauer kann er nerven. Jeder nervt auf die Dauer.

Ins Bett zu gehen, wär auch okay, aber er soll auf diesem Sofa schlafen, man kann es irgendwie aufklappen, wenn man vorher den Tisch runterklappt, auf jeden Fall wird es für ihn zu kurz sein. Diese amerikanische Emma hat die ganze Planung durcheinandergebracht, eigentlich sollte Lea hier schlafen, die hätte gut draufgepasst, und er und Jasper hätten die Zweibettkajüte gehabt, mit einer echten Tür zum Zumachen. Jetzt muss Jasper nachts auf die schmale Bank in der galley, direkt vor der Kabine seiner Eltern, und er auf dieses Klappmöbel hier im saloon. Jasper hat rumgemotzt, aber ihm selbst ist es eigentlich ganz recht. Wenigstens nachts wird er seine Ruhe haben, er kann das ewige Gelaber wegen Sète nicht mehr hören.

Das Camp in Südfrankreich ist seit einem Jahr das Dauerthema. Vor allem während des letzten, elend langen Winters mit dem Endlosstress in der Schule und mit ihren Eltern war es für sie beide so etwas wie ein Silberstreifen am Horizont. Jasper wollte in diesem Sommer unbedingt wieder hin, und zwar mit der ganzen Clique, Flip, Gino, Kiki, Julian, Flo und natürlich Natalie, aber dann sind alle der Reihe nach abgesprungen, Kiki wollte mit ihrem neuen Lover losziehen, Flo hatte keine Kohle, und Natalies Eltern wollten sie nicht mitlassen, als einziges Mädchen, am Ende waren nur er und Jasper übrig. Und dann kamen die Zwischenzeugnisse, drei Fünfer bei Jasper, bei ihm nur einer, aber es hat gereicht, dass ihre Väter Sète abgeblasen haben; insgeheim ist Can erleichtert gewesen. Es war schon okay in Südfrankreich, aber er denkt nicht annähernd so gern daran zurück wie Jasper. In Sète hat er zum ersten Mal gemerkt, dass es zwischen ihnen beiden nicht mehr so ist wie früher, dass das Gleichgewicht nicht mehr stimmt. Niemand kann etwas dafür, es ist einfach passiert, ganz von allein, er hat jedenfalls nichts mit Absicht verändert. Aber in Sète hat er zum ersten Mal gelogen.

Am letzten Abend gab es eine Fete am Strand, mit Grillfleisch und Unmengen von Bier, und Jasper hat sich immer noch nicht getraut, diese schlampige Schwedin anzuquatschen, wie hieß sie noch, Ellen? Ebba? Jasper ist vom ersten Moment an in sie verknallt gewesen, allerdings nicht als Einziger, sie war permanent umringt von tausend Jungs, und Jasper ewig irgendwo am Rand. Can hat echt nichts an ihr gefunden, und trotzdem ist er mit ihr in den Dünen verschwunden, als Jasper besoffen im Sand lag. Sie haben nur geknutscht, ziemlich heftig, ihre Hand einmal kurz in seiner Hose, mehr war nicht. Aber am nächsten Tag musste er schwindeln, was hätte er sonst tun sollen. Jasper erzählen, dass er ausgerechnet mit dem Mädchen rumgemacht hat, dem sein bester Freund drei Wochen lang vergeblich nachgegeiert hat?

Jaspers Vater faltet eine Wasserkarte auseinander und sagt, dass Jasper endlich mit dem Schrank aufhören soll, ehe er was kaputtmacht, was sie dann bezahlen müssen. Sie sollen jetzt lieber gemeinsam beschließen, in welche Richtung sie morgen früh fahren wollen, auch diese Diskussion kann sich hinziehen. Can lässt seine Augen durch den Raum wandern, ihm ist es egal, wohin sie schippern. Jedenfalls würde er jetzt nicht ewig rumquatschen, er würde einfach losfahren. Notfalls kann man umkehren.

An der Holzwand über dem Sofa hängt ein Bild, eine wüste Pinselei, mit einer Reißzwecke festgepinnt, ohne Rahmen. Er versucht zu erkennen, was das bunte Geschmier darstellen soll. Viel Blau und Grün, wahrscheinlich Wasser, der graue Klumpen in der Mitte soll wohl ein Fisch sein, genau, er hat so etwas wie Flossen und ein Glubschauge und ein Grätenskelett. Irgendwelche Vorgänger auf der Darling II müssen ein kleines Kind dabeigehabt haben. Ob sie es Tag und Nacht in eine Schwimmweste gezwängt haben? Vielleicht haben sie es auch mit einer Leine festgebunden, damit es nicht aus Versehen über Bord plumpst. Kleine Kinder sind eine einzige Plage, Cans ältere Schwester Yağmur hat zwei von der Sorte, er weiß Bescheid. Wenn Natalie echt schwanger ist, ist er am Arsch.

Sie beugen ihre Köpfe über die Karte und reden durcheinander, Jaspers Mutter kann ziemlich laut werden, man merkt, dass sie der Chef ist, sie hat sich auf irgendein Kaff mit einer Ruine eingeschossen, sie hat einen Roman gelesen, der da spielt. Lea will irgendwohin, wo man schwimmen kann, und Jasper quatscht dazwischen, dass er bestimmt nicht nach England geflogen ist, um Tag und Nacht tote Hose zu haben. Jaspers Vater steht auf, um seinen Reiseführer zu holen, und wirft dabei seine Teetasse um, Schweinerei auf der guten Karte. Jaspers Mutter zieht ein Päckchen Papiertaschentücher aus ihrer Strickjackentasche, alle sollen wischen.

Und als würde sie spüren, dass Can sich ebenso wenig angesprochen fühlt wie sie selber, schaut die amerikanische Emma auf und direkt in Cans Augen, so zielsicher, als hätte sie den Winkel, in dem sie ihren Kopf heben muss, vorher genau berechnet. Ihre Iris stehen grau und kreisrund im Weißen, sie starrt ihn an, und er sieht, wie ihre Lider mit den gebogenen Wimpern sich fast unmerklich zusammenziehen. Die Iris, eben noch kreisrund wie Knöpfe, sind jetzt oben und unten angeschnitten.

Er verpasst den Moment, in dem er den Blickkontakt abbrechen, sonst wohin schauen und so tun könnte, als seien ihre Augen sich nur zufällig begegnet. Er starrt zurück und spürt, dass sie nicht als Erste aufgeben wird. Was will sie von ihm?

Can kennt seine Wirkung auf Mädchen, er müsste blind sein, um die Blicke zu übersehen, die sie ihm zuwerfen, ihr Tuscheln, ihr Lächeln. Wie sie ihre Lippen anfeuchten und ihre Haare zurückwerfen. Er bildet sich nichts darauf ein, er kann ja nichts dafür, er hat einfach Glück gehabt. Es ist nicht seine Schuld, dass Jasper neben ihm abstinkt, mit seinen Pickeln und seiner zu großen und ein bisschen schiefen Nase. Eigentlich komisch, seine Eltern sehen schließlich beide ganz gut aus. Dafür ist er witzig und schlagfertig, ausgenommen bei Mädchen, und er ist echt ein guter Kumpel, wenn es darauf ankommt. Am meisten mag Can an Jasper dessen Intelligenz, die er um einiges höher einschätzt als seine eigene. Aber was ist schon Intelligenz? Alles, worauf es im Moment ankommt, ist ihre Wirkung auf Mädchen.

Can unterdrückt sein Verlangen, kurz mal auf seine Uhr zu sehen. Wie lange haben sie sich jetzt schon angestarrt? Bestimmt über eine Minute. Komischerweise kriegt er genau mit, was um ihn herum passiert. Jaspers Mutter fummelt immer noch an der Karte herum, Lea hat sich den Teller mit Keksen geschnappt, Jasper kratzt sich einen Mückenstich am Arm auf. Jaspers Vater kann den Reiseführer nicht finden, er ist in der Elternkabine verschwunden und brüllt, dass es da wie im Puff stinkt, und Jaspers Mutter brüllt zurück, woher er weiß, wie es im Puff stinkt.

Auf dem Gesicht des Mädchens taucht ein Lächeln auf. Can grinst erleichtert zurück, fährt sich übers Kinn, steht auf und sagt: »Bin gleich wieder da.«

»Wo gehst du hin?«, fragt Jasper.

Hoffentlich wird das kein Dauerzustand, dass der ständig an ihm klebt. »Nasszelle«, sagt Can. »Bathroom. Just for answering the call of nature.«

Jaspers Mutter schaut auf. »Was will er?«

»Er. Muss. Pissen.«, sagt Jasper.

Can ist schon in der Tür. Er braucht Jaspers Gesicht nicht zu sehen, um zu wissen, wie triumphal es bei dieser

Antwort aussieht. Und nicht, dass er seinem Freund diese kleine Freude nicht gönnt, aber er findet es trotzdem absolut scheiße, dass sich jetzt alle vorstellen müssen, auch die amerikanische Emma, wie er seinen Schwanz rausholt und pinkelt.

8

Mitten in der Nacht wacht er voller Schrecken auf und weiß nicht, wo er ist, bis er Luisas Atem hört. Und bis er den aufdringlichen Geruch, der ihn bis in den Traum verfolgt hat, als ihr Parfüm einordnen kann. Er hat eine endlose, erschöpfende Hetzjagd hinter sich, durch eine kahle, gebirgige Landschaft, er zu Fuß und sie von oben, mit dröhnenden Hubschraubern, aus denen Pestizide geschüttet wurden, ein gelblicher Nebel, der ihm die Luft nahm. Als sich urplötzlich eine Schlucht vor ihm auftat, unabsehbar tief, hat er mit einem Mal die Kamera dabeigehabt, und er hat gewusst, im Stürzen und Sterben, dass er die Chance seines Lebens verpasst, noch nie hat jemand einen Hubschrauber aus so geringer Entfernung direkt von unten fotografiert. Wie ein höhnischer Schemen ist das Bild, das er nie bauen wird, aufgetaucht und gleich wieder verblasst: der Panzerbauch der Maschine, der zugleich ein Gesicht war. Eine zyklopische Fratze.

Nach einer Weile kann er auch das Geräusch identifizieren, jemand von den Kindern ist auf der Toilette gewesen, jetzt klappt die Tür, das wummernde Pumpen wird leiser und hört schließlich ganz auf. Er bleibt bewegungslos liegen, bis sein Herzschlag sich beruhigt hat, dann wälzt er sich vorsichtig, um Luisa nicht zu wecken, auf die Seite und schaut zum Dämmerrechteck des kleinen Fensters. Wie spät mag es sein? Er hat keine Lust, auf die Uhr zu sehen. So zerschlagen, wie er sich fühlt, liegen hoffentlich noch ein paar möglichst traumlose Stunden Schlaf vor ihm.

Völlig verrückt, dieser Traum, ganz und gar überflüssig, die Autofahrt gestern mit Emma ist so entspannend, so befreiend gewesen. Nur ärgerlich, dass er vergessen hatte, den Schlüssel mitzunehmen, und nicht wusste, wo Luisa mit den Kindern hingegangen war, sie hätte ruhig einen Zettel hinterlassen können. Er hat versucht, sie über ihre Handys zu erreichen, aber Lea hatte ihres ausgeschaltet, bei Jasper lief die Mailbox, und Cans Nummer hatte er nicht. Luisa hat ihr Telefon absichtlich zu Hause gelassen, um nicht ständig wegen irgendwelcher Kleinigkeiten aus der Praxis angerufen zu werden. Es war zum Verrücktwerden. Auf der anderen Seite haben Emma und er auf diese Weise mehr Zeit miteinander gehabt als erwartet. Es wurde ziemlich kühl, aber im Dunkeln nebeneinanderzusitzen und auf die Hafenlichter zu schauen, hat es leicht gemacht, das Gespräch weiterzuführen. Sie hat von ihrer Schule erzählt, welche Sportarten sie ausprobiert hat und warum sie hin und wieder mit ihrer Mutter aneinanderkracht. Sie hat gesagt, dass sie Daniel immer vermisst hat. Das war das Traurigste und zugleich Schönste.

Als die beiden Jungs an Bord kamen, hat sie im ersten Moment Can für ihren Bruder gehalten, er trug die Taschenlampe. Sie hat ihm die Hand hingestreckt und »hallo Jasper« gesagt. Daniel hat unwillkürlich zu Jasper geschaut, um zu sehen, wie der darauf reagiert, aber das Gesicht seines Sohnes war im Dunkeln. Einen Moment lang hat keiner etwas gesagt, dann hat Can den Strahl der Lampe auf Emmas ausgestreckte Hand gesenkt und gesagt, er sei der andere. Dann hat er Jasper angeleuchtet, Jasper hat gegrinst, und alle haben gelacht.

Auch Luisa hat das Zusammentreffen offensichtlich leicht genommen. Die späte Teestunde ist anfangs etwas mühsam gewesen, alle waren erschöpft, kein Wunder. Aber die Kinder waren nett miteinander, Jasper hat sogar gesagt, dass Emma ihn jederzeit um Hilfe bitten kann, wenn sie etwas braucht. Das hat er, soweit Daniel weiß, zu Lea noch nie gesagt. Und in der Mädchenkajüte hat Lea in Windeseile ihren ganzen Kram, der schon auf der unteren Bettetage lag, nach oben geräumt, sie hatte den besseren Platz extra für Emma freigehalten, aber nach einem Blick in Emmas Gesicht ohne zu zögern umdisponiert.

Sie werden sich alle verstehen. Sie werden voneinander profitieren, es ist immer belebend, wenn frischer Wind in so einen eingefahrenen Familienverband kommt. Auch gut, dass Can dabei ist, eine Dreierkonstellation hätte vielleicht schwierig werden können, vor allem für Jasper.

Und es ist Luisa gewesen, die darauf bestanden hat, dass Sophie noch angerufen werden musste, bevor sie schlafen gingen. Emma fand es nicht so wichtig, »no news is good news«, hat sie gesagt, und Daniel ist für beides dankbar: für Luisas unerwartete Loyalität mit Sophie – und für Emmas vertrauensvolle Zuwendung. Würde sie sich nicht wohl fühlen in seiner Familie, und vor allem bei ihm, hätte sie ganz sicher mit ihrer Mutter sprechen wollen.

Diese Sache mit Sophie damals. Jahrelang hat er sich vorgeworfen, in die Affäre hineingeschlittert zu sein, er hätte viel dafür gegeben, sie rückgängig machen zu können. Wenn er jetzt darüber nachdenkt, in dieser ersten Nacht auf dem Familienboot, ist er geneigt, sich zu verzeihen. Ein ganz neues Gefühl für ihn, warm und hell. Wenn aus einem Treuebruch ein Mensch wie Emma entsteht, kann der Fehltritt so verwerflich nicht gewesen sein. Im Gegenteil. Nach so vielen Jahren zeigt sich endlich, dass alles seinen Sinn hat. Natürlich kommt es darauf an, wie großzügig sich alle Beteiligten verhalten, wie gelassen sie sein können, wie wichtig ihnen ihre eigenen Bedürfnisse sind und wie wichtig die der anderen. Aber seine Familie verhält sich großartig.

Er lauscht auf Luisas gleichmäßigen Atem und fühlt sich freigesprochen. Es ist geradezu ein Glück, dass es Emma gibt, weil sie ihn zu solch liebevollen Gedanken animiert und ihn auffordert, ein besserer Mann zu werden, aufmerksamer für die Menschen um ihn herum, freundlicher, fürsorglicher. Er erweitert den Schwur, den er im Auto getan hat. Emmas Ankunft soll eine Zäsur für ihn sein. In Zukunft wird er sein Leben anders anpacken, mehr Energie zeigen, mehr Umsicht.

Im Grunde hat er schon damit angefangen, als er vor acht Tagen Herringer angerufen hat. Es hat ihn Überwindung gekostet nach dem Flop vor fünf Jahren, er ist tagelang um das Telefon herumgeschlichen, er hasst diese Gespräche, in denen er sich und seine Arbeit anpreisen muss. Aber dann war es erstaunlich einfach, Herringer war nicht nur freundlich, er wirkte regelrecht erfreut über den Anruf und verabredete ein Treffen schon für den nächsten Tag. Seine Begeisterung über die neuen Bilder war echt, da ist sich

Daniel sicher, er hat die ausgereifte Montagetechnik gelobt und mehrfach betont, dass das Publikum alle Objekte liebt, die zur Interaktion auffordern. Vor den großen Marathonbildern ist er bestimmt ein Dutzend Mal auf und ab gegangen, der Effekt, dass die Läufer mal von links, mal von rechts angetrabt kommen, hat ihn beeindruckt. »Fast wie umgekehrtes Kino«, hat er beim Abschied gesagt, »bei Ihnen laufen nicht die Bilder, mein Lieber, sondern Ihre Bilder zwingen den Betrachter zum Laufen. Im Prinzip nicht neu, aber sehr interessant.«

Klar, dass Herringer nicht auf der Stelle eine feste Zusage geben konnte, jeder seriöse Galerist muss Ausstellungen gründlich kalkulieren, überlegen, wie und wann sie in sein Programm passen und in den sogenannten Markt, der bestimmt nicht einfacher geworden ist in den letzten Jahren. Zu übertriebener Erwartung besteht kein Anlass. Trotzdem darf er doch wohl hoffen und träumen, dass es diesmal klappt, dass er seine Bilder endlich einmal wieder in einer erstklassigen Galerie ausstellen kann, im Stadtzentrum, nicht in irgendwelchen Bankfilialen oder Büchereien in den Vororten, wie in den letzten Jahren. Vielleicht kommt sogar noch ein Bildband dazu, ein großformatiges coffeetable book, Herringer hat so etwas angedeutet, er hat guten Kontakt zu einem renommierten Kunstverlag. Zur Presse sowieso, seine Galerie in der Maximilianstraße gilt als eine der wichtigsten in München, nie übersieht das Feuilleton eine seiner Ausstellungen. In allen namhaften Zeitungen, so malt Daniel sich aus, bevor er wieder einschläft, werden hymnische Rezensionen über ihn und seine Bilder stehen. Und Luisa. Luisa wird Augen machen.

9

Seine Eltern sitzen vor ihm auf der halbrunden Bank im Bug und lächeln ihm verklärt zu, sobald sein Blick versehentlich ihre Sonnenbrillen streift. Sie schmiegen sich aneinander und stoßen in unregelmäßigen Abständen entzückte Schreie aus, der Fluss, der Himmel, die Landschaft, die Farben, die Ruhe, alles ganz ganz toll. Auf Jasper wirkt ihr Erholungsgehabe wie anstrengende körperliche Arbeit. Sie müssen jetzt auf Teufel komm raus Begeisterung demonstrieren, weil sie für den Urlaub geblecht haben. Er hat mitgekriegt, dass die Bootsmiete für zwei Wochen zweieinhalbtausend Euro beträgt, von Flugtickets und Leihwagen, Treibstoff, Essen und allem anderen Schrott ganz zu schweigen. Eine schweineteure Aktion, das Ganze. Und jetzt ist der Gegenwert fällig. Es soll schließlich eine unvergessliche Erinnerung dabei rausspringen.

Stur schaut er an seinen Eltern vorbei auf den Fluss, der erst in endloser Entfernung die nächste Biegung macht. Die pure Eintönigkeit, links Bäume, rechts Bäume, dazwischen Wasser. Wenigstens scheint heute die Sonne, er hat den Pullover ausgezogen, bevor seine Mutter ihn dazu auffordern konnte. Wetten, demnächst sagt sie, er soll kurze Hosen anziehen, damit Sonne an seine Beine kommt? Als wenn er noch im Sandkasten spielen würde.

Sein Vater kommt ihr zuvor und fragt zum dritten Mal, ob er ihn am Steuer ablösen soll. Jasper schüttelt nur knapp den Kopf und wirft einen Blick auf den Geschwindigkeitsmesser, ob sie schneller sind als die erlaubten fünf Meilen pro Stunde, was verdammt wenig ist. Er hat das Gefühl, nicht vom Fleck zu kommen. Eine tödlich langweilige Art der Fortbewegung.

Ihm hat die Idee mit dem Boot von vornherein nicht gepasst, aber er hat sich nicht durchsetzen können, weil Lea ihm in den Rücken gefallen ist, zu zweit hätten sie die Sache locker zu Fall gebracht. Er wollte auf keinen Fall mit, wer fährt denn noch mit siebzehn mit seinen Eltern in den Urlaub, er macht sich doch zur Witzfigur. Er darf gar nicht drüber nachdenken, dass sie jetzt in Sète sein könnten, Can und er, wenn auch ohne den Rest der Clique, und vor allem ohne Natalie. Nutzlos, haben seine Eltern zu dem Trip gesagt, nach seiner Französisch-Fünf im Zwischenzeugnis. Und zu teuer. Dabei wär Sète nicht halb so kostspielig gewesen wie dieser Törn hier, jetzt mal nur für seine Person, er hat es ihnen vorgerechnet, aber natürlich vergeblich. Weil es ihnen in Wahrheit um was ganz anderes geht, sie wollen unbedingt einen Urlaub in kompletter Besetzung. Mit der ganzen Familie, wie seine Mutter wochenlang gepredigt hat, nur wegen ihrer überflüssigen Schuldgefühle, weil sie so viel Zeit in der Praxis verbringt. »Ich würde mich ja gerne zerreißen«, sagt sie bei jeder Gelegenheit, »aber ich bin auch nur ein Mensch.«

Jasper hasst diese Floskeln. Für ihn braucht sich keiner zu zerreißen, je weniger er von der Familie mitbekommt, desto besser. Er ist wild entschlossen gewesen, die Reise zu boykottieren, er hätte es echt darauf ankommen lassen, und wenn es so wüst gekracht hätte wie noch nie.

Sie müssen es gerochen haben. Sie haben sich mit Cans Vater kurzgeschlossen und Can als Köder ausgeworfen, und er hat in der Zwickmühle gesessen. Weil Can andernfalls in irgend so ein verficktes Lern-Camp an der Ostsee hätte gehen müssen, haben sie schließlich gemeinsam kapituliert. Es gab keine Alternative.

Can ist ein klasse Typ. Mit ihm hat er sein ganzes bewusstes Leben verbracht, gemeinsam haben sie die beiden fiesen Erzieherinnen im Kindergarten überlebt und eine üble Endloskette von Schuljahren, vor allem das letzte mit dem dauernden Notenproblem und insgesamt fünf Verweisen, und obendrauf die Sache, wie er mit seinem Fahrrad den neuen Audi von Cans Vater geschrammt hat. Can hat es irgendwie für ihn ausgebügelt, er ist der einzige Sohn neben zwei Schwestern, und sein Vater steht total auf ihn, auch wenn er tierisch streng ist. Außerdem spielt Geld bei denen nicht so die Rolle, gegen Cans Taschengeld ist das von Jasper mehr als mickrig. Aber Can ist großzügig. Sie sind Freunde, sie sind an Stress gewöhnt, sie sind abgehärtet, sie werden auch diese beiden Wochen auf dem verdammten Boot und den Punk um die amerikanische Tennismaus überstehen.

Der hat er gestern Abend sogar gesagt, dass sie ihn ruhig fragen kann, wenn sie mit irgendwas nicht zurechtkommt, weil Lea sich mal wieder total in den Vordergrund spielen musste, mit ihrem stundenlangen Willst-du-lieber-oben-oder-unten-schlafen-ich-richte-mich-ganz-nach-dir. Sein Vater hätte fast geheult vor Rührung, und wer stand wie ein Vollspast daneben? Der grandiose Jasper, der nicht mal eine dämliche Schranktür aufkriegen konnte. Also hat er seine Hilfe angeboten, damit sie ihm hinterher nicht vorwerfen können, dass er den heiligen Familienfrieden unterläuft.

Can hat es echt gut, mit »danke« und »bitte« kommt er klasse über die Runden, hin und wieder mal eine höfliche Bemerkung, und schon werfen sich Jaspers Eltern einen dieser Spezialblicke zu: »Was für ein netter Junge, warum um alles in der Welt kann unsrer nicht auch so sein.« Das nervt. Dabei könnten sie sich an den Fingern abzählen, dass umgekehrt Jasper in Cans Familie auch immer höflich ist und sich nach dem Essen bedankt und so was. Bei anderen Leuten tut man das eben, aber in der eigenen Familie? Wär doch komplett verlogen. Bei sich zu Hause benimmt Can sich auch nicht so übertrieben.

Wenn Jasper über seine rechte Schulter guckt, sieht er seinen Freund im Schneidersitz auf dem elenden Klappsofa hocken, auf sein Handy konzentriert, irgendein Spiel, den Ton hat er ausgeschaltet. Kein Gepiepe und Gedudel auf dem Boot, hat Jaspers Mutter schon in München verkündet, als die Reise besprochen wurde. Die Ruhe genießen, war die Parole. Und jetzt? Der Dieselmotor macht einen solchen Lärm, dass man Ohrenschützer verteilen müsste. Und alles vibriert, Jaspers Glas auf der Ablage neben dem Steuer wackelt die ganze Zeit.

»Eine alte Windmühle!«, ruft seine Mutter und fuchtelt herum. »Jetzt guckt doch mal.«

Ständig schreibt sie einem vor, was man sich anzusehen hat, im Auto, auf dem Fahrrad, überall.

»Geil«, sagt Jasper und wirft einen flüchtigen Blick in die von ihr gewiesene Richtung, so hat man es am schnellsten hinter sich, er weiß doch, wie sie ticken.

Kleine Gegenprobe. »Willst du dir nicht kurze Hosen anziehen, Can? Bei der Hitze?« Er grinst kurz über seine Schulter zu Can hinüber, er gibt seiner Mutter keine halbe Sekunde.

»Du aber auch«, ruft sie. Es funktioniert. »Jetzt haben wir so schönes Wetter, und du läufst rum wie im Winter.«

»Ich sitze«, sagt Jasper.

»Ich kann übernehmen«, sagt sein Vater. »Wenn du dich umziehen willst?«

Der nervt auch tierisch, der Alte, das Angebot macht er jetzt zum vierten Mal. Dabei hat er schon zwei Stunden am Steuer gehabt, das ganze Ablegemanöver und die Strecke bis zur Abzweigung vom Hauptfluss.

»Später«, sagt Jasper. »Ich sag schon Bescheid, wenn ich keinen Bock mehr hab.«

Sein Vater natürlich in kurzen Hosen, bisschen zu neue Khakibermudas, man sieht noch die Knicke. Die Sneakers sind okay, und seine Beine halbwegs erträglich, aber irgendwie sieht man ihm den Touri von weitem an. Echt spießig, wenn man sich im Urlaub anders anzieht als sonst. Jetzt legt seine Mutter ihre Hand auf das nackte Touri-Knie seines Vaters und lächelt ihn an, er grinst zurück, ihre vorgegaukelte Einigkeit geht ihm auf den Sack, er weiß genau, dass sie Stress miteinander haben.

»Hast du dich eingecremt, Lea?«

Wenn seine Mutter keine Fragen stellen kann, ist sie krank. Ihm ist aufgefallen, in letzter Zeit, dass sie auf die

Antworten nicht wirklich hört, weil sie in Gedanken wahrscheinlich schon bei der nächsten Frage ist. Neulich hat er mal gesagt, dass sie langsam verkalkt, er hat es als Witz gemeint, aber sie ist komplett ausgerastet.

»Ja, Mami.«

Seine Schwester klingt irgendwie weggetreten, sie hat sich aufs Dach verzogen, durchs Oberlicht kann er sie sehen, mit ihrem Tagebuch, aber sie schreibt nicht, sie kramt in ihrem Rucksack.

»Ist dir nicht zu heiß da oben?«

»Nein, Mami.«

»Nicht, dass du einen Sonnenstich bekommst, Schatz.«

Jasper beißt die Zähne zusammen. Man müsste mal aufnehmen, was seine Mutter den ganzen Tag über so absondert. Unter der Woche geht es noch, abends nach der Praxis ist sie zu müde, aber an den Wochenenden und in den Ferien ist sie nicht zu halten. Als er am Freitag vom Fußballtraining gekommen ist, hat er schon in der Wohnungstür gehört, wie sie pausenlos geredet hat. Er hat gedacht, Besuch ist da, aber sie war allein, hat Einkäufe ausgepackt, in der Küche. Und dann war sie nicht mal verlegen, als sie gesagt hat, sie hat mit sich selbst gesprochen. Minutenlang mit sich selbst quatschen? Doch voll neben der Spur. Vielleicht die ersten Anzeichen von Alzheimer, sein Großvater hat das auch gehabt und ist daran krepiert.

Aber vielleicht hat sich seine Mutter gar nicht verändert, vielleicht ist sie schon immer so gewesen, und Jasper hat es nur nicht gemerkt. Vielleicht ist er es, der sich verändert hat? Gestern zum Beispiel, als sie in dem Fish-and-chips-Laden waren. Am liebsten hätte er sich verdrückt, als sie irgendwelche wildfremden Leute gefragt hat, ob deren Tisch demnächst frei wird. Holländer waren das, und als sie das gemerkt hat, musste sie natürlich sofort rumposaunen, dass sie mal für zwei Tage in Amsterdam gewesen ist, vor tausend Jahren. Wer will denn das wissen. Überhaupt mit ihr in Restaurants zu gehen. Immer fällt sie unangenehm auf, weil sie am Essen rummäkeln muss und sich mit den Kellnern anlegt. Einmal hat sie sogar den Geschäftsführer kommen lassen, beim Italiener, am letzten Geburtstag seines Vaters, den Rest des Tages wurde über nichts anderes mehr gesprochen als über angeblich muffigen Parmesan. Und ständig quatscht sie Leute an, die sie überhaupt nicht kennt, in der Bank, in der U-Bahn, im Wartezimmer beim Zahnarzt. Am allerschlimmsten ist es, wenn sie beim Spazierengehen singt.

Sein Vater hat ihm mal gesagt, dass Mütter einem zwangsläufig auf die Nerven gehen, es liegt in der Natur der Sache. Jasper glaubt das nicht, er würde sofort mit Can tauschen. Dessen Mutter ist echt locker drauf, die regt sich weder über laute Musik auf noch über chaotische Zimmer oder miese Zensuren. Sie begrüßt Cans Freunde immer mit einem total herzlichen Lächeln, stellt ihnen geile Snacks hin und lässt sie dann in Ruhe. Und auch ansonsten nervt ihn keiner, seine Schwestern wohnen nicht mehr zu Hause, und sein Vater ist meistens bis nachts in seiner Kanzlei, Can ist echt zu beneiden.

Drinnen quietscht eine Tür, kurz darauf geht die Pumpe los, die Tennismaus ist auf dem Klo. Auch so ein Ding, dass sie die mitnehmen mussten, als wenn es auf dem Kahn nicht schon eng genug wär. Natürlich sind weder er noch Lea gefragt worden, ob sie einverstanden sind. Stattdessen haben sie ihnen die Aktion unter dem Deckmantel christlicher Nächstenliebe verkauft. Das arme Mädchen wird von Kalifornien nach Köln verpflanzt, es verliert seine vertraute Umgebung und seine Freunde. Seine Mutter hat Probleme und kann sich im Moment nicht kümmern, das bedauernswerte Ding, in dieser Tonlage. Jasper findet, dieser ganze Scheiß geht ihn nichts an. Nur weil sein Vater vor Urzeiten mal fremdvögeln musste, hat er jetzt diese Maus am Hals.

Das anhaltende Pumpgeräusch hört sich an, als wenn ein Nilpferd im Karree kotzt. Hat die Maus nicht gestern Nacht erst geduscht? Stimmt also, was man sich so erzählt, dass alle amerikanischen Mädchen einen Hygienetick haben.

»Sollen wir vielleicht da drüben mal anlegen? Schöner Platz, oder?«

Sein Vater ist aufgestanden und schaut in Fahrtrichtung. Auf halber Strecke ist links eine Anlegestelle zu sehen, mit Picknicktischen und Klohäuschen, zwei Hausboote haben dort festgemacht, man hört Kindergeschrei, jetzt riecht es nach Grillwurst und Rauch, Jasper bekommt schlagartig Hunger. Lea geht es offenbar ähnlich, sie klettert vom Dach, ihren Rucksack über der Schulter.

»Aber da sind schon so viele.«

Seine Mutter schiebt ihre Sonnenbrille in die Haare und späht mit zusammengekniffenen Augen hinüber. Warum zum Teufel trägt sie das Ding, wenn sie damit nicht richtig sehen kann.

»Vielleicht möchte unser Sohn sich mal die Beine vertreten.«

»Ach, hör doch auf, Daniel. Du willst ans Steuer, das ist alles. Vorführen, wie elegant du anlegen kannst.«

Jasper verkneift sich eine Anmerkung. Soweit er informiert ist, hat sein Vater noch nie in seinem Leben ein Motorboot angelegt. Sie sind alle noch nie auf einem Hausboot gewesen, der Typ in der Marina gestern hat nicht mal eine Probefahrt mit ihnen gemacht, nur kurz alles erklärt, die Schlüssel übergeben und weg, einen defekten Motor reparieren, irgendwo.

»Mami?« Lea hat diesen Jammerton drauf, der einen in den Wahnsinn treiben kann. »Ich glaub, ich hab mein Handy vergessen. Im Auto, gestern. Können wir noch mal umkehren?«

Er hält kurz die Luft an, um den Schrei zu unterdrücken, der ihm in der Kehle sitzt. Aber er schafft es nicht, auch das einsetzende Stimmengewirr auszublenden, die total sinnlosen Fragen, wie, wann, wo, warum hast du nicht, wie sollen wir denn. Das kann jetzt Ewigkeiten dauern, echt die Hölle. Ihm so was von scheißegal, was sie machen, von ihm aus können sie zwei Wochen lang im Kreis fahren. Wenn sie bloß endlich die Klappe halten würden.

Er fasst die Flussbiegung wieder ins Auge, erhöht das Tempo und konzentriert sich auf den Versuch, sich das Mittelmeer vorzustellen. Sète.

10

15. August, Darling 11 (Dach)

Das mit meinem Handy ist die Katastrophe, ich kapier nicht, wie mir das passieren konnte. Hätte ich bloß gestern Abend noch eine SMS an Becky geschrieben, aber in der ganzen Aufregung um Emma hab ich es total vergessen. Sie weigern sich umzukehren, M hat gesagt, ich komm gut mal ohne das Ding aus, die wichtigen Menschen sind doch sowieso bei mir. Woher will sie wissen, wer für mich wichtig ist! Außerdem sagt sie dauernd, dass wir hier alle Zeit der Welt haben, kein Stress, keine Hektik, also wär es auch kein Problem, zurück zur Marina zu fahren. Aber sie ist taub auf dem Ohr.

Immerhin hat P mir erlaubt, mit seinem Handy eine Nachricht an Becky zu schicken, dass sie mich nicht erreichen kann. Ich vermisse sie jetzt schon. Wir simsen uns sonst jeden Tag, wenn wir nicht zusammen sind. Ich weiß echt nicht, wie ich das aushalten soll.

Jetzt suchen sie einen Anlegeplatz zum Picknicken. Vorhin war ein schöner auf der linken Seite, mein idiotischer Br wollte quer über den Fluss, fast hätte er ein Boot gerammt, das uns entgegengekommen ist, weil er die Geschwindigkeit nicht richtig eingeschätzt hat. P hat die Panik gekriegt und das Steuer wieder übernommen, er hat sowieso die ganze

Zeit gemeckert, dass J zu schnell fährt. J will natürlich action, und die hat für ihn grundsätzlich mit Geschwindigkeit zu tun. Als ob eine Schnecke ohne action wäre! Wenn der erst mal den Führerschein hat, wird er als Erstes unser Auto zu Schrott fahren, wetten?

Er ist stinkig, er hockt mit Can im Heck und schwallt über die Unlogik, dass auf den englischen Straßen Linksverkehr vorgeschrieben ist, auf den Wasserwegen aber Rechtsverkehr. Ich könnte es ihm erklären, überall auf der Welt funktioniert das so, ausnahmslos. Das ist uralt, das mit dem Rechtsfahren auf dem Wasser, weil die meisten Menschen Rechtshänder sind und deswegen ihre Einbäume immer schon auf der rechten Seite vorwärtsgepaddelt haben und sich mit den Paddeln nicht ins Gehege kommen wollten. Wenn man das weiß, vergisst man es nie wieder, aber ich sag nichts, sonst komm ich wieder als Klugscheißer rüber. Und meinen idiotischen Br interessiert das sowieso nicht. Känguru.

Ich möchte mal wissen, wieso sie es Verkehr nennen, wenn sie Sex haben. Muss ich mal googeln.

Wie das bei M und P aussieht, möchte ich nicht wissen. Ehrlich nicht. Und auch nicht, wie P es mit der Mutter meiner Halbschw gemacht hat.

Im letzten Jahr ist der Fisch des Jahres der Bitterling gewesen, so eine Art kleiner Karpfen, er stirbt gerade aus. Er kann es nur zu dritt machen, der weibliche Fisch legt die Eier in eine ganz bestimmte Sorte Muscheln, und dann kommt der männliche Fisch und befruchtet die Eier in der Muschel. Ohne diese Muschel geht es nicht. Aber wenn die Flüsse und Seen zu dreckig sind, kann die Muschel da nicht leben, und das Fischweibchen weiß nicht, wohin mit den

Eiern. Wahrscheinlich lässt sie sie irgendwo fallen, und das Männchen ist zu beschränkt, sie zu finden. Als ich davon gelesen habe, musste ich an Emma denken, irgendwie kam sie mir vor wie ein verlorenes Ei, aber das ist natürlich Schwachsinn.

Sie hat ein bisschen geschnarcht heute Nacht, aber nur kurz. Danach war sie total still, ich hab überhaupt nichts mehr gehört, ich hab gedacht, sie ist tot. In meiner Panik hab ich Licht angemacht und nach unten geguckt, danach konnte ich bestimmt eine Stunde lang nicht mehr einschlafen. Ich hab wach gelegen und mir überlegt, was ich sie alles fragen will. Vielleicht hat sie ja genauso oft an mich gedacht wie ich an sie. Vielleicht hat sie auch gedacht, dass ich so bin wie sie, und jetzt ist sie total enttäuscht. Aber das würde sie bestimmt nie zugeben, sie ist viel zu nett. Also brauch ich sie auch nicht zu fragen.

Gestern Abend, als wir Tee getrunken haben, konnte ich sie mir in aller Ruhe ansehen, sie saß mir genau gegenüber. Sie ist echt schön, noch viel schöner als auf dem Foto mit dem Pazifik dahinter, ich möchte auch mal so dünn sein.

Gesagt hat sie nicht so viel, ich glaube, sie sagt nur dann was, wenn sie was sagen will. Und wenn sie nichts sagt, will sie nichts sagen. Ich selber denke immer, ich muss antworten, wenn mir jemand eine blöde Frage stellt. Wenn M mich achtmal fragt, ob ich Hunger habe, sag ich achtmal nein danke. Emma lächelt dann nur, aber so, dass es überhaupt nicht unhöflich wirkt. Ich bin gespannt, was sie macht, wenn sie mit mir hier auf dem Dach liegt und M unten sitzt und ihre Fragen abschießt, dann geht das mit dem Lächeln ja nicht.

Vor dem Tee habe ich ihr die Nasszelle gezeigt, weil sie

pinkeln musste. Wir nennen sie alle nur noch die Zelle, weil es echt eine Strafe ist, da drin zu sein. Der Boden war immer noch klatschnass, M hat geduscht, bevor wir essen gegangen sind, und der Duschvorhang funktioniert nicht richtig. Er ist echt eklig, man darf ihn nicht genau angucken, er besteht aus 100 % Siff. Das Klo und das Waschbecken sind immer überflutet, von der Dusche, das Klopapier kann man auswringen. Als sie wieder rauskam, hat sie gesagt, ihre Mom würde so einen Duschvorhang auf der Stelle abreißen und nicht losfahren, bevor nicht ein neuer dran wäre, überhaupt würde sie nie einen Fuß auf so ein Boot setzen. Ich habe Emma gefragt, ob sie selber es auch so schlimm findet. Erst hat sie mich irgendwie seltsam angesehen, aber dann hat sie gelacht und gesagt, es ist okay. Und dann hat sie gesagt, dass sie meine Haare toll findet, und wie oft man sie nachschneiden und färben muss, weil das Muster garantiert nach einer Woche rausgewachsen ist. Ich hab gesagt, es ist ganz neu, und dass es mir ziemlich egal ist, wie ich aussehe. Sie hat natürlich gemerkt, dass das gelogen war, sie hat gelacht und mit ihrer Hand über meinen Kopf gewuschelt. Sie hat little sister zu mir gesagt und ihren Arm um meine Schulter gelegt und mich in den saloon gezogen, als ob ich schon immer zu ihr gehöre. Und wenn P sie nicht gleich auf einen Stuhl gedrückt hätte, hätten wir nebeneinander auf dem Sofa gesessen, das hätte mir gefallen.

Can hat neben mir gesessen, auf der Lehne. Er hat die ganze Zeit Abstand gehalten, bestimmt 20 cm. Muss er so tun, als wenn ich eine ansteckende Krankheit hätte? Aber vielleicht ist er nur schüchtern. Außerdem mag er keine Haferkekse.

Emma isst nichts, wo Zucker drin ist. In ihrem Gepäck hat sie Müsliriegel, wahrscheinlich mit Süßstoff. Sie ist heute noch keinen Schritt vor die Tür gegangen, ich glaube, sie ist in unserer Kajüte und packt ihre Sachen aus. Wir haben schon Mittag, und sie hat noch nicht mal gefrühstückt, ich versteh nicht, wie sie das aushält, ich hatte schon Bohnen und Toast und Eier mit Speck, M hat ein echt englisches breakfast gemacht. Wahrscheinlich isst sie ganz wenig, kein Wunder, dass sie so dünn ist. Ich werde sie fragen, wie sie das schafft. Vielleicht kann ich mir was von ihr abschauen und endlich ein bisschen abnehmen, neben ihr seh ich echt aus wie ein Mastschwein!!!

11

Tief genug?«, ruft Jaspers Vater.

Can späht ins Wasser, mit einer Hand hält er sich an der Reling fest, in der anderen hat er die Leine. Der Bootsrand unter seinen nackten Füßen ist warm von der Sonne. Er kann keinen Grund sehen. »Glaub schon. Siehst du was?«

»Njet«, schreit Jasper, der im Heck über der Reling hängt. »Grundloses Unternehmen, würde ich sagen.«

»Kannst du bitte mal mit deinen negativen Anmerkungen aufhören«, sagt Jaspers Mutter. Sie stellt sich neben seinen Vater und legt ihm die Hand auf die Schulter. Sie sieht so nervös aus, als müsste sie gleich ins Steuer greifen. Sie traut ihm nichts zu.

Die allgemeine Stimmung ist angeschlagen, Jasper ist beleidigt, weil sein Vater darauf bestanden hat, ihn am Steuer abzulösen. Jetzt suchen sie seit Ewigkeiten nach einem geeigneten Picknickplatz, Jaspers Mutter hat ständig was auszusetzen. Dieser Platz passt ihr eigentlich auch nicht, weil er zu nahe an einer Ortschaft liegt, man sieht in der Ferne Dächer zwischen den Bäumen. Sie hat schließlich klein beigegeben, weil alle endlich an Land wollen, nur das amerikanische Mädchen hat sich immer noch nicht blicken lassen.

Bei gedrosseltem Motor lenkt Jaspers Vater die Darling

11 am Ufer entlang, lässt sie langsam immer näher ranfahren. Macht er gar nicht so schlecht, er ist vorsichtig, Can wirft ihm einen anerkennenden Blick zu. Jaspers Vater hebt seine Hand und grinst. Auf dem Dach zieht Lea sich ein T-Shirt über, sie hockt auf den Knien, Can sieht nur ein hellgrünes, zappelndes Knäuel und dann auch ihre Arme.

Er wendet sich wieder dem Ufer zu und kontrolliert den Abstand. Als das Boot einen knappen Meter entfernt ist, gibt er Jasper ein Zeichen. »Los!« Und springt. Aus den Augenwinkeln nimmt er Jaspers Bewegung wahr, sie landen genau zeitgleich, das Gras ist weich und trocken.

Sie schlingen die Leinen um den nächsten Baumstamm, verständigen sich per Blick, und während Jaspers Vater ihnen zuruft, dass jetzt die Haltepflöcke in den Boden geschlagen und die Leinen seemännisch verknotet werden müssen, sprinten sie schon los. Jaspers Mutter ruft ihnen nach, dass sie allerspätestens in einer halben Stunde zurück sein sollen, aber sie drehen sich nicht einmal um.

Der Uferweg ist schmal, auf der einen Seite vom Fluss und einem Grasstreifen begrenzt, auf der anderen stehen Laubbäume, dazwischen dichte Büsche mit weißen Blüten, es riecht nach Katzenpisse. Es ist heiß, eine fette Fliege schrammt haarscharf vor Cans Augen vorbei. Sie verlangsamen ihr Tempo und gehen jetzt schnell und schweigend nebeneinander her, ab und zu schaut einer von ihnen zurück, um die Entfernung zur Darling 11 abzuschätzen.

Sie setzen sich unter einen Baum, von hier aus können sie den Weg und den Anlegeplatz im Auge behalten, vor ihnen schimmert der Fluss im Gegenlicht und macht schwappende Geräusche, irgendwo in der Ferne tuckert ein Boot.

Can zieht die Blechschachtel aus der Hosentasche und pustet ein paar Kekskrümel vom Deckel, bevor er sie öffnet.

»Ich mach nur einen kleinen«, sagt er. »Nicht, dass sie gleich heute was mitkriegen.«

Er muss den Stoff von diversen Lagen Alufolie befreien, er war nicht sicher gewesen, ob sie am Zoll Drogenhunde einsetzen würden.

»Die schnallen doch nie was«, meint Jasper und kratzt den Schorf ab, der sich über Nacht auf seinem Mückenstich gebildet hat. »Hau richtig rein, anders halt ich das nicht aus.«

Can baut den Joint in aller Ruhe. Wenn er Jasper dranlässt, krümelt die Hälfte daneben. Als er das Papier anleckt, hört er, wie an der Anlegestelle die Pflöcke eingeschlagen werden.

»Seemannsknoten«, sagt Jasper. »Poff und ex. Und Väter. Und Picknickplätze. Und Mütter als Allererstes.«

Der erste Zug ist immer der beste. Can zieht den Rauch tief in die Lunge, hält ihn dort fest, schließt die Augen. Er stellt sich vor, wie die Dope-Schwaden in grün schillernden Spiralwellen durch seine Gehirnwindungen treiben, langsam, langsam, sanft verwirbeln, sich in Schleiern auflösen.

»Bis auf deine vielleicht«, sagt Jasper und nimmt ihm ungeduldig den Joint aus den Fingern. »Mit der hast du echt Glück. Finde ich jedenfalls.« Er inhaliert, hält die Luft an, länger noch als Can, und atmet seufzend aus.

Hoffentlich hält er mal eine Weile die Klappe, Can will jetzt nicht reden, schon gar nicht über Mütter. Wozu kifft er sonst. Er legt seinen Kopf an den Stamm, öffnet die Augen und schaut hinauf, ein grün-silbriges Glitzern. Er kann die einzelnen Adern der Blätter erkennen, er versteht jetzt den Stoffwechsel, der da oben passiert, er fühlt ihn, aus Licht macht er Grün, er ist Teil des Stoffwechsels, er ist eins mit der Fotosynthese. Silber und Grün. Er muss lachen.

Jasper reicht ihm den Joint. »Was ist?«

»Nur so ein Flash.«

»Sète, oder? Denk ich auch die ganze Zeit dran. Wie endgeil das wär.«

Mit einem halben Grinsen gibt Can die Tüte zurück und schließt wieder die Augen. Er kann es natürlich nicht sagen, aber wenn es nach ihm ginge, würde er Sète als Allererstes abschaffen, poff und ex, sogar noch vor dem ganzen Schulschrott, am liebsten rückwirkend. Und wenn der Gedanke nicht so gemein wäre, würde er auch Natalie abschaffen. Oder jedenfalls, dass sie auf seine Schule gewechselt ist vor einem Jahr. Oh, Gott, er ist so komplett am Arsch, wenn das stimmt. Er kann nur abhauen, oder sein Vater bringt ihn um.

Woran hat er eben noch gedacht, bevor Jasper wieder mit der Sète-Leier anfing? Chlorophyll, Sauerstoff, Fotosynthese, genau. Irgendwann haben sie das in Bio durchgenommen, ewig her, damals hat er noch gute Noten gehabt. Früher hat er alles irgendwie schneller begriffen. Und auch behalten. Jetzt kennt er sich eigentlich nur noch mit Cannabis sativa aus. Auf dem Gebiet ist er richtig gut.

»Hey«, sagt Jasper. »Wahnsinn.«

»Hm?«

»Jetzt sieh dir die an, Mann!«

Can öffnet widerwillig seine Augen. Ein Kanu gleitet lautlos vorbei, zwei Mädchen, ein gigantischer Hund im

Bug, mit runder Schnauze, unbewegt, wie ausgestopft. Die Oberkörper der Mädchen fast schwarz gegen das Licht, ihre Arme und Schultern bewegen sich im Gleichtakt, Silbertropfen fallen von den Paddeln. Die auf dem vorderen Sitz hat schulterlange dunkle Locken, die hinten einen kurzen weißblond leuchtenden Haarschopf, Can durchzuckt die Erinnerung an einen Vollmondlampion, mit dem er als Kind Laternelaufen war.

»Ich dreh durch«, stöhnt Jasper. »Die haben nichts an.«

Can beschattet mit der Hand seine Augen. »Bikini«, stellt er fest. »Aber kaum der Rede wert.«

»Was jetzt. Der Bikini oder die Titten?«

»Na, guck doch hin.«

»Körbchengröße? Was schätzt du.«

»Schlecht zu sagen. Die vorne knapp B, die hinten C?«

»Ich tipp auf D.« Jasper lacht, aufgedreht, bekifft. »Was ist. Hinterher?«

»Klar. Und zwei Meter vor der Darling holen wir sie ein.«

»Stimmt auch wieder. Merde.«

»Außerdem nicht hübsch genug«, sagt Can, weil er das Gefühl hat, Jasper irgendwie trösten zu müssen.

»Hast du doch gar nicht genau gesehen, Mann, auf die Schnelle. Hast doch nur auf die Titten geguckt.«

»Du etwa nicht?«

»Die hintere hat mich jedenfalls angelächelt«, sagt Jasper. »Die ist bestimmt scharf auf mich.«

»Na, Glückwunsch.« Can rappelt sich hoch, ihm ist schwindelig, er stützt sich einen Moment lang am Baumstamm ab. »Die läuft dir bestimmt wieder vor die Füße. Geht hier doch gar nicht anders.«

Er wartet, bis Jasper den letzten Zug genommen und die Kippe ausgedrückt hat. Dann streckt er ihm die Hand hin.

»Wär immerhin der erste Lichtblick in diesem Elend hier«, sagt Jasper.

Can zieht ihn hoch, es kommt ihm vor, als wäre sein Freund so schwer wie noch nie. Sie überqueren den Weg, stehen nebeneinander auf dem Uferstreifen und schauen schweigend dem Kanu nach.

Es riecht immer noch nach Katzenpisse, der Fluss glänzt, ein Fisch springt klatschend aus dem Wasser und ist gleich wieder verschwunden. Das Boot mit den Mädchen entfernt sich schnell, und Can ist plötzlich ganz und gar von dem Wunsch erfüllt, nicht die Mädchen, sondern er säße in dem Boot. Der Hund dürfte bleiben.

12

Sie hat alles hergerichtet. Sie hat den klappbaren Picknicktisch vom Boot geschleppt und die vier Stühle, ein fünfter und ein sechster fehlen, sie werden improvisieren müssen. Sie hat das mit stilisierten Blumen dekorierte Geschirr rübergetragen und Besteck, drei Wasserflaschen und Papierservietten. Keiner hat ihr geholfen, die Jungs sind noch nicht zurück, und Lea assistiert Daniel beim Grill. Sie pflückt sechs Gänseblümchen und steckt eins in jede Serviette, da sagt Daniel, dass Emma Vegetarierin ist.

»Was?« Sie starrt ihn ungläubig an, das sechste Gänseblümchen segelt aus ihrer Hand.

»Sie isst kein Fleisch.« Daniel spricht undeutlich, er reißt mit den Zähnen die Plastikverpackung der Würstchen auf, die sie heute Morgen gekauft hat.

»Ich weiß, was Vegetarier sind«, sagt sie. »Warum hast du mir das nicht eher gesagt. Ihr seid zusammen essen gewesen, gestern. Da ist das Thema doch wohl zur Sprache gekommen.«

Daniel zuckt die Schultern. »Vergessen. Sorry. Wo ist das Problem?«

Manchmal könnte sie ihm ihre Fingernägel durchs Gesicht ziehen. Sie atmet tief durch, dann sagt sie betont langsam: »Das Problem ist, dass wir nichts zu essen haben für sie. Außer Brot. Und ein paar Tomaten. Davon wird sie kaum satt werden.«

Sie schaut hinüber zur Darling II, Emma sitzt hinten auf der kleinen Bank neben dem Eingang zur galley und bürstet ihre frischgewaschenen Haare, mit selbstvergessenen, gleichmäßigen Bewegungen, die in Luisa spontan Widerwillen und zugleich auch Bewunderung hervorrufen. Die Verszeile »Sie kämmt ihr goldenes Haar« kommt ihr in den Sinn, das Mädchen sitzt wirklich da wie die Lorelei.

»Haben wir nicht noch Käse?« Daniel legt die ersten Würstchen auf den Rost. »Und Joghurt und solche Sachen?«

»Das sollte unser Abendessen sein. Und morgen das Frühstück.«

Vor der Abfahrt hat Luisa im Supermarkt an der Marina eingekauft, sie hat sich genau überlegt, was sie für jede Mahlzeit brauchen, damit sie nicht gleich wieder losrennen müssen. Sie will im Urlaub ihren Tagesablauf nicht danach ausrichten, ob und wo es Einkaufsmöglichkeiten gibt. Zu Hause hat sie genug derartige Pflichten am Hals.

»Ich glaub nicht, dass Emma Stress macht«, sagt Lea. »Sie kann meinen Käse haben, ich bin sowieso zu fett.«

»Du bist genau richtig«, sagt Luisa. »Hier geht es auch um etwas ganz anderes.« Mit einem scharfen Blick zu Daniel fügt sie hinzu: »Man nennt es Kommunikation und Logistik.«

»Gehen wir eben in ein Pub heute Abend, hm?« Daniel grinst sie an, dann beugt er sich vor und pustet in die Glut.

Luisa presst die Lippen zusammen. Sie schaut zu, wie er sich um das Feuer kümmert, als gäbe es nichts Wichtigeres.

Ins Pub, ja? Vielleicht jeden Abend, weil es so einfach ist. Mit sechs Leuten, davon zwei Jungs, die einen Appetit mitbringen wie die Scheunendrescher. Sie hätten auch nach Mecklenburg-Vorpommern fahren können, wo das Leben billiger ist als in England, da gibt es auch Seen und Flüsse und Hausboote. Aber sie sind sich einig gewesen, dass sie den Kindern etwas Besonderes bieten wollen, das fremde Land, die anderen Sitten, die Sprache und so weiter. Dafür wollten sie sparsam sein mit wirklich überflüssigen Extraausgaben. Wer zahlt denn hier jeden Penny.

Sie bemerkt Leas Blick und zwingt sich zu einem Lächeln. Keine Auseinandersetzungen vor den Kindern, dieser Grundsatz ist ihr von ihren eigenen Eltern mitgegeben worden, bis heute zweifelt sie an seiner Richtigkeit. Das Zusammenleben in einer Familie ist nun einmal nicht immer die pure Harmonie, je eher Kinder das lernen, desto besser sind sie später gewappnet. Soll sie ihnen eine falsche Einigkeit vorgaukeln? Auf der anderen Seite denkt sie, dass Eltern ihre Probleme unter sich ausmachen und nicht ihre Kinder damit belasten sollten. Es ist manchmal schwer, die richtige Lösung zu finden.

Sie winkt Lea leicht zu und schlendert zurück aufs Boot. Sie weiß, dass ihre Tochter ihr nachschaut, Lea reagiert von allen Familienmitgliedern am sensibelsten auf Unstimmigkeiten, auch wenn sie es nicht offen zeigt. Sie gibt viel zu oft nach, der Harmonie zuliebe. Früher war das anders, da hat Lea sich viel energischer für ihre eigenen Ziele eingesetzt, als ganz kleines Mädchen hat sie sich mit Jasper leidenschaftlich gefetzt, bei jeder Gelegenheit hat sie durchdringend gekreischt, sie hat gebissen und gekratzt. Alles weg.

Seit wann eigentlich? Und warum? Weil ihre Eltern immer seltener einig sind?

Aber dafür machen sie ja diesen Urlaub. Sie hat das Gefühl, dieses Mantra im Halbstundentakt zu wiederholen. Sie werden alle wieder zueinander finden, und wenn es in den ersten zwei, drei Tagen noch knirscht, darf sie das nicht so ernst nehmen, alle brauchen eine kleine Anlaufphase. Und Daniel hat ja recht, mit dem Pub und überhaupt. Sie selber muss sich nur anders programmieren, wahrscheinlich nur einen winzigen Schalter umlegen in ihrem Kopf. Sich immer wieder sagen, dass sie relaxen muss. Nein, nicht muss. Sie darf relaxen. Und in diesem Urlaub wird es funktionieren, sie ist sich so sicher wie nie. Was hat es denn für einen Sinn, wenn sie sich ständig Gedanken macht, über die Praxis, die Verantwortung für die Angestellten, die Kinder, Daniels berufliche Karriere oder Nicht-Karriere. Dabei kommt es ja doch, wie es kommt. Wie viele Sorgen haben sich nachträglich als völlig überflüssig herausgestellt.

Als sie in der pantry das eingeschweißte Käsestück aus dem Kühlschrank nimmt, taucht Emma neben ihr auf, langbeinig, winzige verblichene Shorts, wahrscheinlich für viele Dollar x-mal vorgewaschen, das Hemdchen in einem bräunlichen Rosa, das man in normalen Läden nicht findet. Und dann diese Haare.

»Kann ich helfen?«

»Gern. Die Tomaten rausbringen, Salz und Pfeffer«, antwortet Luisa freundlich. »Hübsch siehst du aus. Wie die Lorelei.«

Emma schaut sie verständnislos an.

Luisa lacht. »Kennst du nicht? Sehr deutsch. Heinrich

Heine, ein Gedicht, ein Lied, ein sehr berühmtes. Die Lorelei sitzt am Rhein auf einem Felsen, ganz in der Nähe von Köln. Die wird dir garantiert nicht erspart bleiben, wenn du dort wohnst.«

»Und was macht sie auf dem Felsen?«

»Sie kämmt sich, und sie singt. Sag mal, du isst ja kein Fleisch, soll ich dir stattdessen ein paar Eier machen?«

Luisa wechselt schnell das Thema, sie schämt sich, die männermordende Sirene erwähnt zu haben, und will verhindern, dass Emma weiter nachfragt. Sie könnte den Vergleich als bösartig verstehen.

»Ess ich auch nicht«, sagt Emma, »ich bin Lactovegetarierin.«

»Heißt das, auch keinen Käse?«

»Kommt darauf an.«

»Und auf was?«

»Na ja, wie er hergestellt ist.«

»Und woher weiß ich das?«

Luisa versucht, die Herstellerhinweise zu entziffern, sie hätte sich längst eine Lesebrille anschaffen sollen. Blöde Eitelkeit.

Emma kommt nah heran, ihre Haare streifen Luisas Wange, sie riechen nach Kokos.

»Also… so wie der aussieht…«

»Wie sieht er denn aus?«

Emma wendet sich schon wieder ab und nimmt den Teller mit den Tomaten vom Tisch. »Na irgendwie künstlich. Nach Farb- und Konservierungsstoffen und so Zeug. Ich ess ihn lieber nicht.«

Obwohl ihr klar ist, wie kindisch das ist, fühlt Luisa

sich persönlich angegriffen. Es gab nun einmal keine große Auswahl in dem kleinen Laden. »Und wo kauft ihr euren Käse?«, fragt sie etwas spitz.

»Health shop«, sagt Emma. »So Bioläden, du weißt schon. Meine Mom ist total streng mit Ernährung. Denaturierte Lebensmittel kommen ihr nicht ins Haus.«

Luisa verspürt sofort Schuldgefühle. In jedem Frühjahr nimmt sie einen neuen Anlauf und achtet penibel auf gesunde Ernährung für die ganze Familie, entsorgt die Vorräte an Dosenmais und Fertigsoßen, presst morgens frischen Saft für Jasper und Lea und macht ihnen Müsli, das die beiden in der Regel stehenlassen. In ihrer Mittagspause rast sie zum nächsten Biomarkt, abends kocht sie gezielt nach speziellen, ausgewogenen Rezepten, immer gibt es frischen Salat dazu. Nach einer Weile geht ihr regelmäßig die Luft aus, vor allem, wenn sie beim Heimkommen Pizzaschachteln vorfindet, im Müll die Verpackungen der Schokoriegel. Die langen Gesichter ihrer Kinder angesichts von Tofuburgern und Fenchelgemüse sind auf die Dauer unerträglich, von den Preisen für Bioprodukte ganz abgesehen, der letzte Osterbraten hat fast achtzig Euro gekostet. Die Krampfhenne kann sich das teure Zeug natürlich leisten, nicht zuletzt von Daniels Geld. Beziehungsweise Luisas.

»Das wird wohl ein bisschen schwierig«, sagt sie. »Ich meine, solche Läden hier auf dem Land zu finden.«

»Ess ich eben hauptsächlich Obst und Gemüse. Sowieso am besten für mich.«

Emma greift nach Salz und Pfeffer im Regal, das kurze Hemd rutscht hoch und entblößt gebräunte Haut.

Automatisch zieht Luisa ihren Bauch ein. Nach monatelangem, verbissenem Training hat sie in letzter Zeit aufgehört, auf ihre Figur zu achten. Sie geht nicht mehr zur Kosmetikerin, verbringt nicht mehr halbe Sonntage im Badezimmer, mit Gesichtspackungen, Peeling und Cellulitecreme. Am Tag, als Ivan gekündigt hat, war Schluss mit all diesen Anstrengungen.

Sie schaut Emma nach, die leichtfüßig von Bord steigt, den Teller balanciert sie auf dem Kopf.

Was für eine perfekte Szene: Wie sie da geht, mit den leuchtenden Tomaten auf den goldenen Haaren und den eleganten Bewegungen, wie sie ihren flachen Bauch zeigt. Wenn doch bitte wenigstens eine einzige Tomate runterfallen würde, hofft Luisa, wenn doch irgendein winziges Detail an diesem Mädchen nicht so vollkommen wäre. Und im gleichen Moment ruft sie sich zur Ordnung. Ist sie etwa neidisch auf Emma? Neidisch auf ein vierzehnjähriges Kind? So weit kommt es noch.

Entschlossen wendet sie sich dem Käse zu, schneidet die Folie auf und nimmt sich vor, kein Stück von den fettigen Würstchen zu essen. Im nächsten Dorf wird sie nach frischem, ungespritztem Obst fragen. Sie wird die Finger vom Bier lassen, sie wird Wasser trinken, viel schwimmen und ihre Bauchübungen wiederaufnehmen. Sie wird es für sich selber tun, aber auch für Daniel. Sie schuldet es ihm schon viel zu lange.

13

Mit der Zeitung von gestern hat er es sich auf der Bank im Bug bequem gemacht, aber er kommt nicht zum Lesen, er ist viel zu sehr damit beschäftigt, glücklich zu sein. Immer wieder sieht er zu den Kindern hinüber, und jedes Mal hat er so etwas wie einen Freudenschub. Er kann sich nicht daran erinnern, wann er zum letzten Mal so heiter und zufrieden gewesen ist, tief aus seinem Innersten heraus. Er hat den Eindruck, perfekt in seine eigene Haut zu passen, alles fühlt sich gut an, die warme Luft an seinem Hals und seinen Armen, das lockere Hemd an seiner Brust, sogar die Zeitung auf seinen nackten Knien. Alles stimmt. Auch, dass er hier für eine Weile ganz für sich ist, dass er sich nicht in Bewegung setzen muss für irgendwen oder irgendetwas, dass niemand etwas von ihm erwartet, ist wundervoll. Er darf hier einfach sitzen und seine Gedanken und seine Blicke schweifen lassen.

Eigentlich wollten sie gleich nach dem Essen weiterfahren, sie haben heute kaum zwanzig Meilen geschafft, aber Luisa war müde, sie hat gebeten, ihr eine Stunde Siesta zu gönnen, und sich mit einem Buch ins Bett gelegt. Ihm war es nur recht, sie haben kein festes Ziel, und die Kinder scheinen sich an Land ohnehin wohler zu fühlen als auf dem Boot.

Ein hinreißendes Bild, wie sie da am Ufer im Gras lagern, alle vier, in schönster Eintracht. Er ist kurz versucht gewesen, seine Kamera zu holen, aber er weiß, dass sie sich belästigt fühlen würden, Lea wird sofort steif und unbeholfen, sobald er die Kamera auf sie richtet, und Jasper schneidet hässliche Grimassen oder dreht sich weg. Nur als kleine Kinder haben sie sich bereitwillig fotografieren lassen.

Fluss, Jugend, Freundschaft, Sommer – schade, dass er die Szene nicht festhalten kann. Wie Emma da sitzt, aufrecht, mit untergeschlagenen Beinen, mit ihrer überdimensionalen Sonnenbrille, wie sie gestikuliert, eine Hand in der Luft stehenlässt, endlos lange. Wie sie ihre Schultern nach hinten zieht, ihr kleines Kinn hebt, die Haarsträhne hinters Ohr klemmt, seit der Autofahrt gestern liebt er diese Geste. Sie ist eindeutig die Wortführerin, vielleicht erzählt sie den anderen von ihrem Leben in Kalifornien. Alle drei sehen zu ihr auf, sie liegen im Halbkreis um sie herum und hören wie gebannt zu, hin und wieder brechen sie in Gelächter aus. Emma scheint Entertainerqualitäten zu haben.

Um den Genuss vollkommen zu machen, würde er jetzt gerne eine rauchen. Offiziell hat er damit aufgehört, als das Rauchen in den öffentlichen Lokalen verboten wurde und Luisa ständig an ihm herumgemeckert hat, wenn er auf eine Zigarette vor die Tür ging, sie fand es erniedrigend für beide, für sie und für ihn. Seitdem raucht er quasi heimlich, was er im Grunde ebenso erniedrigend findet, aber er kann es nicht lassen. Als er gestern auf dem Flugplatz auf Emma warten musste, hat er ein Päckchen Dunhill gekauft und sich vor der Tür gleich zwei hintereinander reingezogen, er war nervös, er brauchte das. Mit Emma im Auto und dann in der Raststätte ist es ihm leichtgefallen, sich zu beherrschen.

Absurd, dieses Versteckspiel, kindisch und peinlich. Er wird auf der Stelle damit aufhören. Ein Mann von fünfundvierzig, der stundenlang seinen eigenen Arbeitsraum lüftet und Raumsprays verteilt, um nicht wie ein Schuljunge von seiner Frau getadelt zu werden. Er hat eine Schwäche, na und? Er wird dazu stehen. Hat sie etwa keine?

Er tappt auf bloßen Füßen durch den saloon zum Schrank und holt aus seiner Jacke die Zigaretten und die kleine Dose, die einmal Fisherman's Friend enthalten hat, seit Urzeiten benutzt er sie als transportablen Aschenbecher.

Auf dem Rückweg nimmt er sein Handy mit, das er neben das Steuerrad gelegt hatte. Es würde so perfekt passen, wenn Herringer jetzt anriefe, mit einem positiven Bescheid, der seinem Leben die ersehnte Wendung geben würde. Den Schub nach vorne, den er so dringend braucht. Für sich selbst, aber auch für Luisa. Die jahrelang so gut funktionierende Rollenverteilung zwischen ihnen stimmt nicht mehr, er spürt, dass Luisa ungeduldig auf eine Veränderung wartet. Dass er endlich wieder so produktiv und erfolgreich ist wie damals, als sie sich kennengelernt haben, er mit seinen sechsundzwanzig Jahren ein gefragter Industriefotograf mit vollgestopftem Terminkalender und unablässig läutendem Telefon, heute Hamburg, morgen Mailand, seine Tageshonorare übertrafen bisweilen die Summe, die sie für den ganzen Monat zur Verfügung hatte, sie war noch in der Ausbildung. Damals hat sie ihn bewundert.

Er zündet die Zigarette an, streckt die Beine von sich und legt den Arm auf die Reling, in demonstrativ entspannter Haltung. Sollen die Kinder ihn doch rauchen sehen. Wenn Luisa jetzt überraschend dazukommt, wird sie vermutlich nichts sagen, ihm nur diesen speziellen Blick zuwerfen. Sie setzt ihn auch bei anderen Gelegenheiten ein, wenn die Wohnung mal wieder aussieht wie Sau, wenn die Wäsche, die sie morgens in die Maschine gestopft hat, abends noch nicht aufgehängt ist, wenn er vergessen hat, Milch zu kaufen, für ihren Kaffee morgens, er trinkt ihn schwarz. Sie zieht dann, ganz kurz nur, die Mundwinkel in die Breite und runzelt die Stirn. In solchen Momenten wirkt sie so verbittert, dass es ihm weh tut. Am liebsten würde er ihr jedes Mal einen Spiegel vorhalten, um ihr zu demonstrieren, wie abstoßend sie sich macht.

Gleichzeitig kann er ihre Enttäuschung aber auch verstehen. Wenn man die üblichen Karrieremaßstäbe anlegt, ist seine Waagschale heute so gut wie leer. Was hat er schon vorzuweisen? Seit dem ersten Preis damals im Wettbewerb von Brandner & West und der Gestaltung ihres Foyers hat er nicht einen großen Wurf mehr gelandet, und die Sache ist über zehn Jahre her. Kein Stipendium, keine wirklich wichtige Einzelausstellung, keine Besprechung in einer renommierten Tageszeitung oder gar einem Kunstjournal. Zuletzt haben seine Scanalati in der Stadtbücherei eines Provinzkaffs gehangen, den Namen des Ortes hat er verdrängt, die Vernissage eine deprimierende Spießerveranstaltung, die Ansprache der zuständigen Kulturtante eine einzige Peinlichkeit, ein halbes Dutzend Mal hat sie die Vokabel »innovativ« benutzt, ohne den blassesten Schimmer, dass die von ihm angewandte Technik mindestens seit dem siebzehnten Jahrhundert bekannt ist. Und dass er durchaus nicht der einzige Künstler ist, der sich auf diese Art der optischen Täuschung spezialisiert hat. Er ist nur heilfroh gewesen, dass kaum einer seiner Freunde und Bekannten etwas von der Ausstellung gewusst hat, er hätte ihre tröstenden Kommentare beziehungsweise ihr nachsichtiges Schweigen nicht ertragen. Aber all das kann sich ändern. Ein einziger Anruf von Herringer, und er ist wieder im Geschäft.

Er nimmt einen letzten, tiefen Zug. Als er die Kippe in der Dose ausdrückt, fällt ein Schatten auf seine Beine, Lea springt an Bord, das Boot schaukelt, die Zeitung rutscht von seinen Knien. Er bückt sich, um die Blätter aufzusammeln, den provisorischen Aschenbecher stellt er ostentativ vor sich auf den Boden.

Lea lässt sich neben ihn auf die Bank fallen, lehnt den Kopf an seine Schulter und schnüffelt. »He, du hast geraucht.«

Er zögert nicht. »Hab ich. Ja.«

»Ich dachte, du hast aufgehört.«

»Tja.« Eigentlich hat er keine Lust auf das Thema, obwohl er es selber herausgefordert hat.

»Ich könnte es bestimmt auch nicht lassen«, sagt sie. »Ich glaube, es gibt Menschen, die werden leichter süchtig als andere, und zu denen gehöre ich. Ich meine, zu den Suchtgefährdeten.«

Ihre Solidarität überrascht und rührt ihn, er würde sie gern in den Arm nehmen und an sich drücken, aber er tut es nicht, wegen der anderen drüben am Ufer, sie könnten sich lustig machen. »Papas Schoßhündchen«, hat Jasper verächtlich gesagt, als Daniel kürzlich beim Fernsehen ein bisschen mit Lea gekuschelt hat, seitdem ist sie zurückhaltend mit Körperkontakten, zumal dann, wenn andere in der Nähe sind. Und auch er selber verspürt einen Hauch von Distanz, seitdem sie diesen Leopardenkopf hat. Bis vor drei Tagen noch hat sie bei jeder Gelegenheit ihre Haare wie einen schützenden Vorhang vors Gesicht fallen lassen, ständig hat sie auf ihren Haarspitzen herumgekaut und nach Spliss Ausschau gehalten, natürlich lauter pubertäre Ablenkungsmanöver. Die hat sie hinter sich gelassen.

»Dann ist es ja nur gut, dass du mit der Qualmerei gar nicht erst angefangen hast«, sagt er.

»In der Schule nehmen sie alles Mögliche. Und wer nicht mitmacht, ist ein Weichei.«

»Hör nicht auf die Idioten. Du bist ein ausgesprochen willensstarker Mensch. Außerdem hast du Mut.«

»Findest du?«

Er fährt mit einem Finger vorsichtig über ihre gefärbten Haarstoppeln.

»Ach das«, sagt sie und grinst ihn schräg an. »Dazu gehört kein Mut. Eher das Gegenteil.«

»Jedenfalls habe ich den Eindruck, dass du immer nur deiner inneren Stimme folgst.«

»Eben nicht«, sagt Lea. »Jedenfalls nicht immer. Ich mach ständig Sachen, von denen ich genau weiß, dass ich sie nicht tun soll.«

»Zum Beispiel?«

»Na ja.« Sie hebt ihren Blick und verfolgt einen kleinen Vogel, der in hüpfendem Flug den Fluss überquert. »Schau mal, glaubst du, das ist eine Heckenbraunelle? Ich hab noch nie eine gesehen.«

Ihm fällt ein, dass sie in den Weihnachtsferien einen Roman verschlungen hat, der in England spielt und dessen Heldin eine Heckenbraunelle ist. Sie hat mehrfach versucht, auch ihn für das Buch zu begeistern, sie hat es sogar auf seinen Nachttisch gelegt, aber er hat es nicht gelesen. Warum eigentlich nicht, wenn es ihr so wichtig war? Es hätte ihn im Höchstfall zwei Abende gekostet, die er wahrscheinlich mit Nichtigkeiten verbracht hat.

»Du denkst an dieses Buch, hm? Tut mir leid, dass ich es nicht gelesen habe. Ich hole es nach. Versprochen.«

»Sie muss ein Kuckucksjunges großziehen«, sagt Lea. »Es schmeißt ihre eigenen Jungen aus dem Nest. Es ist schrecklich traurig, wahrscheinlich gefällt es dir gar nicht.«

»Wieso nicht? Denkst du, ich mag keine traurigen Geschichten?«

Sie zuckt nur die Achseln.

Ein erschreckender Gedanke überfällt ihn: Zieht sie etwa eine Parallele zwischen dem Kuckucksjungen und Emma? Hat sie Angst, dass sie von ihrem Platz verdrängt wird? Er hat keine Ahnung, wie sehr und in welcher Weise es Lea beschäftigt, dass sie so plötzlich diese schöne Schwester neben sich hat. Er wüsste auch nicht, wie er es in Erfahrung bringen sollte, Lea gibt nur selten etwas über ihr Seelenleben preis. Auch Luisa weiß nie so genau, was sich im Kopf dieses Kindes abspielt.

Er räuspert sich, dann sagt er vorsichtig: »Wir waren bei den Sachen, die man nicht tun soll und trotzdem tut. Also gut, ich rauche manchmal. Und du?«

Sie schüttelt den Kopf. Auf ihrer Nase entdeckt er ein paar winzige Sommersprossen, die gestern noch nicht da waren.

»So schlimm?«

»Was denkst du denn jetzt wieder.« Sie klingt plötzlich genervt. »Dass ich klaue oder deale? Ich ess nur zu viel.«

Seine Antwort kommt um den Bruchteil einer Sekunde zu spät, er merkt es selbst. »Blödsinn«, sagt er. »Du hast die athletische Figur einer Schwimmerin, es würde gar nicht zu dir passen, so spargeldünn zu sein wie…« Er bricht ab, er hat sich verplappert.

»Wie Emma, meinst du«, sagt Lea. »Vielen Dank. Weiß ich selber, dass ich nie so aussehen werde wie sie.«

Den Vergleich hätte er sich wirklich sparen sollen. Er fühlt sich hilflos und wünscht sich Luisa herbei, sie würde die richtigen Worte finden.

»Du bist ein ganz anderer Typ«, sagt er. »Und das ist auch gut so.«

»Jaja.« Sie steht auf und schiebt mit dem Fuß den Aschenbecher in seine Richtung. »Schönheit kommt von innen, und es kommt nur darauf an, ein guter Mensch zu sein. Sonst noch was?«

Sie reckt den Saum ihres T-Shirts und fächelt sich Luft auf den Bauch. Das Hemd gehörte mal ihm, vor Urzeiten hat er es auf einer seiner USA-Reisen gekauft, es ist längst aus dem Leim gegangen, er hat es wegwerfen wollen, aber Lea hat es sich geschnappt, sie liebt weite, labberige Kleidungsstücke. Und er mag es, wenn sie seine Sachen trägt.

»Also gut«, sagt er. »Du willst weniger essen. Und ich nicht mehr rauchen. Darf ich dir drei Sachen dazu sagen?«

Sie zieht ihre Stirn in Falten.

»Erstens. Wir haben Ferien und sollten uns nicht ausgerechnet in dieser Zeit unter Druck setzen. Du isst, und ich rauche. Was hältst du davon?«

»Zweitens?«

Sie lässt nicht erkennen, ob sie den Vorschlag gut findet.

»Nach den Ferien, wenn wir wieder zu Hause sind, hör ich endgültig mit dem Rauchen auf, und du lässt einfach mal den Zucker und das Fett weg oder so was. Da gibt es doch tausend Möglichkeiten.«

»Was ist mit Pizza?«

»Hm. Grenzwertig wahrscheinlich. Vielleicht nicht so oft? Und drittens sagen wir niemandem etwas davon. Wir schließen einen geheimen Pakt, du und ich. Und wenn wir ins Schleudern kommen, können wir uns gegenseitig bestärken.«

Innerlich klopft er sich auf die Schulter. Lea und er mit einem Geheimprojekt, die Idee ist wirklich gut, das wird sie miteinander verbinden und die Kommunikation verbessern.

»Klingt irgendwie nach Kindergarten«, sagt Lea gedehnt.

»Aber zu zweit geht es leichter, glaub mir. Und ja auch erst in zwei Wochen.«

Sie schaut ihn an, mit einem Ausdruck, den er nicht einordnen kann. Mitleid? Ungläubigkeit? Enttäuschung? Vielleicht von allem etwas.

»War ja nur ein Vorschlag«, sagt er. »Ich mag es nicht, wenn du Kummer hast. Ich möchte dir nur helfen.«

»Hab ich gesagt, ich hab Kummer?«

Sie blickt über ihre Schulter zum Ufer, wo gerade wieder eine Gelächtersalve losgeht, Emmas Stimme hell über den Stimmen der Jungs.

»Und warum bleibst du nicht bei den anderen? Ihr scheint euch doch bestens zu verstehen.«

»Ich wollte nur was zu trinken holen. Keine Nüsse, keine Kekse. Oder nur eine kleine Handvoll.« Sie zieht eine komische kleine Grimasse und verschwindet im saloon. »Mach dir keine Gedanken, ich krieg das schon in den Griff, mit dem Essen. Und du bestimmt auch mit dem Rauchen. Sei einfach nur willensstark.«

Nicht schlecht, seine kleine Tochter. Haut ihm kurz, aber charmant sein eigenes Argument um die Ohren. Er grinst in sich hinein. Sie ist großartig, sie wird alles schaffen, was sie sich vornimmt. Vielleicht ist sie nicht so hübsch wie Emma, trotzdem ist sie etwas ganz Besonderes.

Er ist ein Glückspilz, er hat eine wunderbare Familie, er hat Urlaub, er wird noch eine rauchen, und während dieser Zigarette wird Herringer anrufen. Garantiert.

14

15. August, 23 Uhr

Sie hatte schon geschlafen, immer noch Jetlag. Ich hab sie aus Versehen geweckt, als ich von meinem Bett gestiegen bin, weil ich in die Zelle musste, dabei ist das Tagebuch runtergeknallt und auf ihren Arm gefallen, sie war auf der Stelle so quietschwach, als hätte sie überhaupt noch kein Auge zugetan. Ich brauch immer ewig, bis ich richtig wach bin, egal, wann und wovon ich geweckt werde, meistens habe ich das Gefühl, dass der Schlaf mich festhalten will. Am schlimmsten ist es im Winter, dann kann der Wecker so lange klingeln, wie er will, ich hör ihn einfach nicht. Vor einer Weile hat mir M einen zweiten gekauft, mit besonders fiesem Fiepton, sie hat ihn auf die Kommode gestellt, damit ich aufstehen muss, um ihn auszuschalten, aber es hat nichts genützt. Jetzt kommt sie immer in mein Zimmer und rüttelt mich und brüllt mich an, ich hasse es, wenn der Tag so anfängt. Dass ich hier auf der Darling 11 irgendwie viel weniger Schlaf brauche, ist super, ich kann in Ruhe über alles nachdenken und schreiben, keiner quatscht mich voll und fragt dauernd, ob es mir gutgeht.

Jedenfalls war sie sofort wieder wach, sie hat mein Tagebuch festgehalten und gefragt, ob spannende Geheimnisse darin stehen. Nur so das Übliche, hab ich gesagt, über die

Schule und wo wir mit dem Boot hinfahren und so was, ich wollte es ihr abnehmen, aber sie hat es nicht hergegeben. Das glaubt sie mir nicht, hat sie gesagt und gelacht, jeder Mensch hat Geheimnisse, sonst wär das Leben stinklangweilig. Ich bin so bescheuert, einen Moment hatte ich echt Angst, sie will es mir wegnehmen, wenn ich jetzt daran denke, schäme ich mich richtig. Klar hat sie losgelassen, ganz plötzlich, und dann hat sie mich gefragt, ob sie mir das tollste Geheimnis aller Zeiten erzählen soll. Ich bin in die Zelle gerast, das Tagebuch habe ich vorsichtshalber mitgenommen, danach habe ich es unter mein Kopfkissen gesteckt. Sie wollte, dass ich zu ihr nach unten komme, sie hat mir alles erzählt. Sie hat geflüstert, die Wände hier sind wie aus Pappe. Und jetzt kommt's: Sie hat einen Freund, er heißt Frederick, er ist 19 und findet es oberscheiße, dass sie aus San Diego wegzieht. Er hat gesagt, er bringt sich um, er kann nicht ohne sie leben. Und jetzt hat sie immerzu Panik, dass er es wirklich macht, sie hat geheult. Sie tut mir wahnsinnig leid, und dieser Frederick auch. Sie haben sich beim Tennis kennengelernt, er ist fast 2 m groß und sieht super aus, und sein Vater hat so viel Schotter, dass er nicht weiß, wohin damit. So einen Jungen trifft sie nie wieder im Leben, hat sie gesagt, er ist absolute Spitze, er hat ein eigenes Auto, einen orangefarbenen Cadillac. Emma sagt, in Europa gibt es solche Wagen überhaupt nicht, mit Ledersitzen und eingebauter Kühlbox. Und vor vier Tagen hat sie ihm erlaubt, dass sie Sex haben, beim Abschied. Damit er sie nicht vergisst. Sie haben es im Gartenhaus von Fredericks Eltern gemacht, beinah hätte der Gärtner sie überrascht. Wenn ihre Mom das rausgekriegt hätte, wär Stress ohne Ende ange-

sagt gewesen, nie im Leben hätte sie zu uns kommen dürfen.

Ich versteh nicht, wie sie das macht, den ganzen Tag über total lustig sein und witzige Geschichten erzählen und dabei pausenlos an ihren Frederick denken. Ich könnte meine Gefühle nicht so gut verstecken, ich habe ja schon ein Problem, wenn Can mich nur anschaut, jedes Mal denke ich, jetzt merkt er gleich, dass ich ihn gut finde. Sogar sehr gut, wenn ich ehrlich bin. Er ist total anders als mein idiotischer Br. Ich weiß nicht, warum ich es nicht schon früher gemerkt habe, ich kenne ihn schließlich seit 1000 Jahren. Aber ich habe nicht gewusst, dass er so ein supertoller Schwimmer ist, er kann Butterfly, total perfekt. Er ist im Wasser so schnell, dass mein id Br ganz schön abschmiert daneben. Geschieht ihm recht, er hat Fettsack zu mir gesagt, und alle haben es gehört. Wir waren an einer echt geilen Badestelle, M hat sie entdeckt, P wär glatt vorbeigefahren. Da ging ein ganz schmaler Kanal vom Fluss ab, die Einfahrt war fast zugewachsen, wir mussten die Zweige wegdrücken, um durchzukommen, und dann war da dieser See, das Wasser ein bisschen bräunlich, aber total klar, und außer uns kein Mensch. Ich habe noch nie so viele Libellen gesehen, ganz kleine mit blauem Körper wie Stahlnägel, und riesige, grüngolden schillernde, manche haben zusammengeklebt, wahrscheinlich befruchten sie sich beim Fliegen.

Wir waren bestimmt eine Stunde im Wasser, Can und ich, und um uns herum waren die Libellen. Den anderen war es zu kühl, Emma hat richtig geschnattert, klar, sie hat kein Gramm Fett auf den Rippen. Ich kann ewig drinbleiben, ich krieg nie blaue Finger oder so was, aber wenn ich mich entscheiden könnte, lieber so dünn wie Emma und keine Ausdauer im Wasser – oder so ein Fettsack wie ich, dann würde ich lieber dünn sein wollen. Ich würde trotzdem besser schwimmen können als sie, ich würde halt trainieren wie verrückt. Na ja, dafür spielt sie Tennis und hat diese Beine. Und wenn sie nass ist und schnattert, sieht sie immer noch toll aus. Ich habe genau gesehen, wie J zu ihr hingeschielt hat. Can übrigens auch.

WÜRG!!!

Er hat gesagt, dass ich für ein Mädchen eine erstaunlich gute Atemtechnik habe, wir sind dreimal über den See und zurück gekrault, das eine Mal habe ich die Wendung verpatzt, aber er hat es zum Glück nicht gesehen. Als wir uns abgetrocknet haben, hat er gesagt: Das war jetzt echt geil mit dir. Ich glaube, ich bin rot geworden, gut, dass ich das Handtuch hatte. Mit dir, hat er gesagt. Er hätte es ja auch weglassen können. Hat er aber nicht!

Wir haben erst kurz vor der Dämmerung wieder abgelegt, zurück auf den Fluss, der Himmel war so rot, als würde eine ganze Stadt abbrennen, P hat Fotos gemacht. Übrigens wollte er mich für seinen Nikotinentzug einspannen, den er nie packt, und hat mal wieder versucht, mir genau das Gegenteil zu verkaufen, er hat gesagt, er ! will mir ! helfen. Völlig verdreht. Dass er das nicht merkt! Känguru!

Den Plan mit dem Pub haben wir aufgegeben, an einer Anlegestelle konnten wir noch Kartoffeln und Eier und Salat kaufen, von so einem zerknitterten Alten, der gerade seinen Stand schließen wollte. M hat total mit ihm geflirtet, echt mega peinlich, aber ihm hat es gefallen. Er hat beauti-

ful lady zu ihr gesagt und gefragt, ob wir alle vier ihre Kinder sind. Sie hat gelacht und gesagt, only two of them, und er hat natürlich auf Can und Emma gezeigt. Sie hat das ganz gut weggesteckt, aber der Opa hat sich geschämt, glaube ich, er hat ihr eine Tüte Äpfel geschenkt und gesagt, an apple a day keeps the doctor away. Und als M gesagt hat, three apples a day keep three doctors away, hat er wie verrückt gekichert und ihr noch eine Tüte gegeben.

Drei oder vier Meilen weiter haben wir festgemacht, für die Nacht, keine Ahnung, wie das hier heißt, vielleicht hat der Ort gar keinen Namen. Ob es das in Europa überhaupt noch irgendwo gibt? Dass ein Ort keinen Namen hat? Den hier würde ich Cosy Corner nennen. Wir liegen an einem ziemlich wackeligen Steg, P hat zur Sicherheit noch eine Trosse um eine Esche geknotet, jedenfalls sage ich Trosse zu den Dingern, und nicht Tau, auch wenn sie mich alle immer anschauen, als hätte ich sie nicht alle. Sie reden auch von links und rechts, backbord und steuerbord kriegen sie irgendwie nicht hin, M hat anfangs nicht mal gewusst, was der Bug ist und was das Heck. Wahrscheinlich haben sie nie Robinson Crusoe gelesen, aber ich bin immer der Klugscheißer.

GRRRMPF!

Vom Steg aus muss man durch ein Brennnesselgebüsch, Emma wollte erst nicht, klar, auf ihren Beinen ist viel mehr Platz für Angriffe. Ich wollte ihr zeigen, wie man es machen muss, damit es fast nicht brennt, einfach schnell durch, die Zähne zusammenbeißen und fertig, aber sie hat sich nicht getraut. Can und J hatten lange Hosen an, sie zeigen ja fast nie ihre Beine, irgendwie sind sie in dem Punkt total ver-

klemmt. Sie haben die Brennnesseln runtergetreten und einen Trampelpfad angelegt, nur ein paar Meter bis zu einem Wäldchen, da haben wir gegessen, unter einer Eiche. J hat rumgemotzt, weil wir all die Sachen vom Boot rüberschleppen mussten, zur Strafe ist ihm dann das Rührei vom Teller gerutscht.

Es war schön da, ich wünschte, ich könnte immer am Wasser leben. M hat gesungen, all die alten Lieder von früher, als ich klein war, weißt du wie viel Sternlein stehen und so was, ich hätte eigentlich ganz gern mitgesungen, aber vor Can war es mir peinlich. Mein id Br hat gesagt, wenn M mit diesem Katzengejaule weitermacht, kriegen wir morgen Regen.

Emma seufzt, wahrscheinlich träumt sie von Frederick. Dass sie mir das mit ihm erzählt hat, finde ich super nett. Ich war bloß froh, dass sie mich nicht ausgequetscht hat, wegen Jungs und so, sonst hätte ich erzählen müssen, dass ich noch nie einen Freund hatte und überhaupt erst ein einziges Mal richtig geknutscht habe, mit Mirko am letzten Abend auf der Klassenreise, und auch nur, weil wir betrunken waren. Es hat mir überhaupt nicht gefallen, ich gehe ihm seitdem aus dem Weg, und er mir auch. Emma hatte bestimmt schon 100 boyfriends.

Sie hat gewollt, dass ich ihr schwöre, meine Klappe zu halten wegen Frederick. Ob sie mir vertrauen kann, hat sie gefragt, und ich habe es ihr versprochen. Ich werde es nie im Leben weitererzählen, nicht mal Becky. Und wenn man mich foltert!

15

Seine Eltern ficken, mindestens zehn Minuten schon. Zuerst hat er das Kopfkissen aufs Ohr gepresst, er ist fast erstickt an dem muffigen Geruch, aber genützt hat es nichts. Jetzt stopft er sich beide Mittelfinger in die Gehörgänge, aber er kann das Stöhnen immer noch hören. Das Einzige, was helfen würde, ist sein iPod, auf volle Lautstärke gestellt, aber er hat keine Ahnung, wo der sein könnte.

Was denken sich die beiden eigentlich. Sie wissen doch, dass er kaum fünf Meter entfernt liegt, nur durch eine windige Tür getrennt. Glauben die etwa, es ist witzig, die eigenen Eltern rammeln zu hören? Wahrscheinlich finden sie sich auch noch irrsinnig cool und unverklemmt und sind stolz, weil sie es in ihrem Alter überhaupt noch miteinander treiben. Vielleicht machen sie zur Feier der heiligen holiday auch noch irgendwelche perversen Kunststücke, die die ganze Nacht dauern, er könnte kotzen bei dem Gedanken.

Das Schlimmste ist, dass er selbst scharf wird bei diesen Geräuschen, so wie bei dem Porno, den sie sich neulich bei Flip zu Hause angesehen haben, es war geil und mega peinlich zugleich, sie haben ihre Verlegenheit alle mit extracoolen Sprüchen überspielen wollen, aber er hat gemerkt, dass die anderen sich genauso wenig wohl gefühlt haben wie er selbst. Wahrscheinlich muss man allein sein beim Pornogucken. Oder mit jemandem zusammen, vor dem man sich nicht schämt, so wie Can, der einzige Mensch, vor dem er keine Hemmungen hat. Er vertraut ihm total, nie würde Can ihn verarschen oder verraten, das weiß er einfach. Und das wird immer so bleiben, ihr ganzes Leben lang.

Er hört seine Mutter aufjaulen, wann sind die endlich fertig, zum Teufel. Ihre Stimme erinnert ihn an die von Natalie, so hat sie neulich im Kino geklungen, als in dem Splatterfilm die Köpfe über die Leinwand geflogen sind. Alle anderen haben laut gejohlt und gelacht, aber sie hat den Kopf auf die Knie gelegt und die Hände auf die Ohren, sie wollte überhaupt nicht mehr hochgucken. Hinterher haben sich die anderen über sie lustig gemacht, »Pussy« hat Gino sie genannt, sie war nicht sauer, hat nur gesagt, dass sie nie wieder in einen Horrorfilm mitkommt, schade um die Zeit und das Geld. Und dabei wird sie bleiben, sie kann total stur sein, wenn sie sich mal für etwas entschieden hat, ihm gefällt das. Bei ihr weiß man, woran man ist.

Was sie wohl beim Ficken für Geräusche macht? Er glaubt nicht, dass sie es schon mal getan hat, sie ist nicht wie Annalena oder Nadja, die jeden Montagmorgen rumerzählen, wen sie am Samstag im ›P1‹ oder in der ›Max Suite‹ abgeschleppt haben, nach ein paar spendierten Cocktails steigen die doch mit jedem in die Kiste, allein in seiner Klasse weiß er es von mindestens drei Typen sicher. Natalie würde es bestimmt nur machen, wenn sie richtig verliebt ist, und auch dann nur nach einer langen Probezeit, sie ist einfach so. Sie ist auch die Einzige, die neulich in der Ethik-Stunde beim Thema Lebensplanung zugegeben hat, dass sie mal heiraten will und Kinder kriegen. Alle anderen fanden das superspießig, sogar Can hat abfällig gegrinst. Jasper war der Einzige, der sich nicht lustig gemacht hat, er hat sie insgeheim bewundert für ihren Mut, aus der Reihe zu tanzen. Sie legt sich kein falsches Image zu, nur um cool rüberzukommen, sie ist einfach wie sie ist, Natalie eben.

Sein Vater macht ein mega fieses Grunzgeräusch, jetzt hat er es hoffentlich hinter sich.

Er nimmt die Finger aus den Ohren und dreht sich auf die Seite, der Schlafsack klebt an seinen nackten Schenkeln, es ist viel zu heiß, um sich zuzudecken, hier in der galley steht die Luft. Keine einzige Nacht wird er mehr hier verbringen, so viel ist mal klar. Can hat bestimmt nichts dagegen, wenn sie sich die Klappcouch im saloon teilen, in Sète letztes Jahr hatten sie auch ein Doppelbett zusammen.

Ob Natalie wohl schon schläft, in dem dänischen Ferienhaus, in das sie mit ihren Eltern und ihrem kleinen Bruder gefahren ist? Und ob sie daran denkt, ihm eine Postkarte zu schicken, wie sie es versprochen hat?

Am letzten Schultag sind sie alle zusammen im ›Feierwerk‹ gewesen, bei der traditionellen School's-Out-Party, sie war für ihre Verhältnisse ungewöhnlich mies drauf, alle haben sich gewundert, immerhin hatte sie das beste Zeugnis der ganzen Klasse gekriegt. Sie hat ziemlich gebechert, viel mehr als das bei ihr übliche eine Bier. Und später an der Bar ist sie plötzlich in Tränen ausgebrochen, keiner wusste, warum, er hat sie noch nie weinen sehen. Flip musste natürlich wieder einen Scheißspruch ablassen, ob sie ihre Tage kriegt, hat er gefragt, er hätte ihm eine knallen sollen. Normalerweise ist Natalie nicht auf den Mund gefallen, mit einem einzigen Satz kann sie einen Volldeppen wie Flip fertigmachen, aber sie hat nur ihre Tasche geschnappt und ist rausgerannt. Er hat überlegt, ihr nachzugehen, mit ein bisschen Glück hätten sie draußen einen Moment miteinander allein sein können, vielleicht hätte er sich sogar getraut, sie in den Arm zu nehmen, so kumpel- und trostmäßig, aber dann hat er an die Kommentare gedacht, die unweigerlich gekommen wären, »Hey, Alter, wusste ich's doch, du bist scharf auf Natalie!«. Aber am nächsten Tag hat er ihr eine SMS geschickt, »Geht's dir besser?«, total unverfänglich, besorgter Freund und so. »Ja, danke«, hat sie zurückgeschrieben, und: »Schöne Ferien! Ich schreib dir!«

Sie wird es bestimmt nicht vergessen. Wenn er aus England zurück ist und sie aus Dänemark, wird er sie anrufen und sich für die Post bedanken, und bei der Gelegenheit kann er sie fragen, ob sie Bock hat auf das Coldplay-Konzert im September, er hat die beiden Karten schon vor Monaten gekauft. Die eine hat er zwar Can versprochen, aber der ist sowieso nicht so scharf drauf, neulich hat er gesagt, Coldplay wär seichter Mainstream.

Aus der Kabine seiner Eltern hört er Gemurmel, dann das leise Lachen seiner Mutter. Denen geht's natürlich super. Und er ist hellwach.

Er schwingt die Beine von der Pritsche, greift nach der Jeans, die auf dem Fußboden liegt, und steigt rein. Wenn er Glück hat, ist Can noch wach, hoffentlich hat er von dem Gerammel nichts mitgekriegt, die Tür zum saloon ist jedenfalls geschlossen. Trotzdem wird er seinen Eltern morgen sagen, wie scheiße er es findet, dass sie nicht mal ein paar Tage Rücksicht nehmen können, von ihm verlangen sie das schließlich ständig.

Im saloon nur ein bisschen Mondlicht. Can hockt auf dem ausgeklappten Sofa, sein Handy vor der Nase, es leuchtet blau.

»Hi«, flüstert Jasper und drückt die Tür vorsichtig hinter sich ins Schloss. Es ist viel kühler hier als in der galley, luftiger, man hört das Wasser gegen den Steg platschen. Eindeutig der bessere Schlafplatz. Ab sofort auch seiner.

»Was spielst du?« Behutsam setzt er Fuß vor Fuß, um nicht über Schuhe oder Klamotten zu stolpern.

Can brummt ein nichtssagendes Hm, schaltet das Handy aus und legt es weg. »Bin irgendwie noch nicht müde. Ziemlich warm hier.«

»Frag mich mal. Dahinten ist es wie im Backofen. Wir könnten noch mal schwimmen gehen. Oder einen rauchen.«

Can lacht kaum hörbar auf, das Weiß in seinen Augen schimmert. »Ich wär für beides. Auch auf die Gefahr hin, dass wir dann überhaupt nicht mehr schlafen können.«

»Ferien, Alter.« Jasper tappt bereits nach draußen zum Bug. »Wer will da schon pennen.«

Er schaut flussaufwärts, alles dunkel, dabei ist es gerade mal kurz nach Mitternacht. Echt null action in dieser Pampa. In München geht um diese Zeit der Punk ab, hier machen sie um elf die Kneipen dicht, komisches Land. Er steigt auf die Bank, um auch die andere Richtung zu kontrollieren, und entdeckt einen schwachen Lichtschein, in der Dunkelheit ist schlecht abzuschätzen, wie weit er wirklich entfernt ist. Egal. Sie werden landeinwärts gehen. Da, wo sie abends gegessen haben, ist auch jetzt garantiert kein Schwein.

Hinter ihm schließt Can leise die Außentür zum saloon.

»Hast du alles?«, flüstert Jasper.

»Glaub schon. Und wenn deine Eltern wach werden? Und wir sind nicht da?«

Er hat also nichts mitgekriegt, zum Glück. »Dann denken sie hoffentlich, wir sind ersoffen. Und fahren ohne uns weiter.«

Lautlos klettern sie auf den Steg, die Planken beben unter ihren Füßen. Sie wollen gerade losgehen, als Jasper ein Geräusch hört. Auf dem Boot. Eine Tür.

Er flucht in sich hinein, scheiße, garantiert sein Vater, der noch mal aufs Klo muss, nach erfolgreichem Fick. Wenn der sie jetzt abfängt, o Mann! Das Generve, wohin sie wollen, ob sie eine Taschenlampe brauchen, Mückenspray, Hunger haben, Durst. Er schaut über seine Schulter, was er jetzt braucht, ist eine verdammt plausible Erklärung.

Am schmalen Umriss und den hellen Haaren erkennt er Emma. »Ey«, hört er sie flüstern. »Wohin geht ihr? Ich will mit.«

16

Den ersten Zug hatte er ihr überlassen, sie war total scharf drauf, aber dann hat sie ewig vergessen weiterzugeben, Jasper musste ziemlich deutlich werden, bis sie kapiert hatte, sie scheint nicht gerade die Hellste zu sein. Jasper war mega nervös, wahrscheinlich weil er nicht wusste, ob man ihr wirklich trauen kann. Aber wenn sie mitkifft? Wo ist da das Risiko. Jedenfalls hat Jasper ihr den Joint so fahrig aus den Fingern gerissen, dass er runtergefallen ist, ausgerechnet in sein eigenes fettiges Rührei, mindestens zwei Drittel im Arsch. Und Can hatte noch keinen einzigen Zug.

Jetzt hockt sie vor ihm und beleuchtet seine Finger, während er den nächsten baut. Sie hat die Taschenlampe mitgebracht und noch irgendwas, es liegt, in ein T-Shirt gewickelt, vor ihren nackten Füßen. »Little bit of fun«, hat sie gesagt und draufgetippt, vorhin, als sie sich ins Gras geschmissen haben, an der Stelle, wo es noch runtergedrückt war, das verfickte Rührei hat natürlich keiner von ihnen auf der Pfanne gehabt in dem Moment. Bloß weg vom Boot und außer Hörweite, an was anderes haben sie nicht gedacht.

Als sie vorhin so plötzlich aufgetaucht ist, auf dem Steg, hat Can sie zum Teufel gewünscht, aber sie hat sich nicht abwimmeln lassen. Sie war schon vor ihnen auf dem Brennnesselpfad, bevor er und Jasper sich verständigen konnten, ob sie sie dabeihaben wollten oder nicht, sie war einfach schneller. Und dann war es ihm auch egal. Oder doch nicht? Seit ihrem Augenduell am ersten Abend hat er ein komisches Gefühl, was sie angeht. Irgendwas könnte link an ihr sein, egal wie toll sie aussieht.

»Eigentlich war ich schon weg.« Sie spricht verzögert, wie im Halbschlaf. »Aber die waren so was von noisy?« Für einen Moment schickt sie den Lichtstrahl in Cans Gesicht. »Und immer gegen die Wand? Dabei ist noch die Zelle dazwischen.«

Er kneift geblendet die Augen zusammen, er weiß nicht, wovon sie redet, und hat keine Lust nachzufragen. Wenn er die Taschenlampe hätte, könnte er mit einem einzigen flash feststellen, ob sie unter ihrem Longshirt einen Tanga anhat oder gar nichts, so wie sie da vor ihm hockt. Er traut ihr alles zu. Möglicherweise ist sie ein Miststück.

»Machst du echt gut«, sagt sie. »Soll ich dir mal erzählen? Von meinem ersten Joint?«

Sie redet und redet, schwerfällig, nach jedem Satz geht ihre Stimme nach oben, als wenn ihr Bericht nur aus Fragen besteht, die langsam in ihr aufsteigen wie Gasblasen aus einem Sumpf.

Can hört nicht zu, ihre Stimme vermischt sich mit dem Rauschen der Baumwipfel. Alles schwarz um sie herum, nur das Licht auf seinen Händen, und wenn er hochschaut, der Mond da oben, fast voll. Er fühlt sich gut. Cosy Corner hat Jaspers Schwester diesen Platz genannt, wenn die wüsste, wie recht sie hat, die kleine Wasserratte. Überhaupt war der Tag alles in allem okay, das ausgiebige Schwimmen war klasse, irgendwie fühlt er sich wie befreit seitdem, und jetzt, hier, mitten in der Nacht eine kleine Dope-Session. Könnte schlimmer sein. Die Gedanken an Natalie kann er heute jedenfalls besser wegdrücken als gestern, genauso wie ihre SMS vorhin, als Jasper dazugekommen ist. Vielleicht liest er sie morgen. Vielleicht liest er sie aber auch erst dann, wenn er wieder zu Hause ist. Scheiß auf alle Probleme.

Als er Spucke sammelt, um das Papier anzulecken, schwenkt sie den Lichtstrahl auf Jasper, er liegt mit ausgebreiteten Armen und gespreizten Beinen selig grinsend neben ihnen, eine Hand an ihrem Fußgelenk, die andere fährt, auf der Suche nach Can, durchs Gras.

»Lass mich los«, sagt sie.

»Hey, du bist meine Schwester.«

»Nur zur Hälfte, na und? Machst du das mit Lea auch?«

»Fettsack-Lea«, sagt Jasper und kichert.

Sie pflückt seine Hand von ihrem Knöchel und legt sie auf den Boden. »Wie findet ihr eigentlich ihre Haare?«

»Mäusefraß«, kichert Jasper. »Mopsgesicht mit Mäusefraß.«

»Hör schon auf«, sagt Can.

Er muss daran denken, wie zornig Lea ausgesehen hat, nachmittags am See, als Jasper sie angemacht hat. Wie mühsam sie sich beherrscht hat, die Fäuste geballt und den Unterkiefer vorgeschoben, als würde sie im nächsten Moment explodieren. Poff! Aber dann ist sie noch mal ins Wasser gegangen, und danach war sie wie immer, irgendwie unauffällig.

»Ich finde Lea ganz okay«, sagt er.

»Ach ja?«

Wieder schwenkt sie die Lampe, leuchtet ihm ins Gesicht, dann lässt sie den Lichtstrahl über Jasper schweifen. »Dann wartet mal ab, was sie so über euch denkt.«

»Fettsack-Lea ist ein Klugscheißer«, meint Jasper und schlägt nach einer Mücke.

Sie streckt sich neben Jasper aus und gibt ihm die Lampe. »Halt mal.«

Can lässt seine Finger glättend über die Tüte gleiten. Wo ist das verdammte Feuerzeug? Wer hat vorhin angezündet? Die amerikanische Emma.

Sie wickelt das T-Shirt von ihrem geheimnisvollen Mitbringsel.

Im ersten Moment erwartet Can, dass sie was ganz Spezielles auspackt, eine Schachtel mit einer exotischen Auswahl von Pillen vielleicht, irgendwelche kalifornischen Modedrogen oder sogar was echt Heavymäßiges. Es würde ihn nicht wundern, so wie sie sich vorhin vorgedrängelt hat. Und wie sie überhaupt drauf ist.

Jasper stöhnt verblüfft auf. »Scheiße, du hast echt Nerven.«

»Nur mal kurz ausgeliehen«, sagt sie lässig. »Sie pennt.«

»Ey, das kannst du nicht machen«, sagt Can. »Pack das wieder ein und bring es zurück. Das geht echt zu weit.«

»Jetzt lass doch mal.« Jasper schnappt sich Leas Tagebuch und klappt es auf. »Nur eine Seite, okay? Sie muss es ja nicht mitkriegen. Wir halten alle die Schnauze.«

»Ich bin dagegen, kapiert? Mach es zu! Krieg ich mal das Feuerzeug?«

»Sekunde.«

Sie wälzt sich zur Seite, sucht im Gras herum, schmeißt

sich plötzlich auf den Rücken, strampelt mit Armen und Beinen und prustet los: »Sie ist verknallt, ob ihr es glaubt oder nicht! Das ist echt der Hammer!«

»Verknallt?«, fragt Jasper. »Wer.«

»Na, Fettsack-Lea. Gib mal.« Sie reißt Jasper das Buch aus den Händen und blättert. »Ich hab's gleich.«

»Hast du es etwa schon gelesen?«, fragt Can. »Das gibt's doch nicht. Mann, das ist ein Tagebuch, privater geht's ja wohl kaum!« Er entdeckt das Feuerzeug auf dem Boden neben ihrer Schulter und schnappt es sich.

»Wenn sie es rumfliegen lässt? Hier, das ist auch super. *Mein idiotischer Br und Can müssen sich saubere T-Shirts anziehen, damit Emma keinen falschen Eindruck bekommt, und mich hat sie gezwungen …«*

Jasper fällt ihr ins Wort. »Mein idiotischer was?«

»Brrr«, macht sie mit ihrem amerikanischen R, »Brrr. Mein idiotischer Br. Das bist du. Mein idiotischer Bruder!«

Jasper jault auf.

»Geht's noch ein bisschen lauter.«

Can lässt sich zurückfallen und rollt zur Seite, ins Dunkle. Er hat keinen Bock, sich noch länger einzumischen, was geht ihn Leas Tagebuch an. Und außerdem: Wenn die beiden was Wichtigeres vorhaben, als sein Dope wegzurauchen, umso besser. Er zündet an, inhaliert, hört sie noch quatschen: »Mann, pass doch auf!« – »Dann lies schon vor!« – »Ganz von vorn?«

Ah! Jetzt kommt der geile Schwindel. Wahnsinn.

17

Sie erwacht vom Möwengeschrei. Gestern hat sie das kleine Fenster geputzt, sie kann den Himmel sehen, an seiner Färbung schätzt sie die Zeit ab und freut sich nach einem Blick auf ihre Uhr, dass sie nur eine Viertelstunde danebenliegt. Auf dem Boot ist noch alles still. Sie hat herrlich geschlafen, wie ein Stein, sie schläft immer gut, wenn sie sich geliebt haben, sie werden es wieder häufiger tun in Zukunft.

Sie schaut hinüber zu Daniel, er liegt ihr zugewandt, eine Hand unter der Wange, die andere, leicht geöffnet, vor seinem Gesicht auf dem Betttuch. Er lächelt im Schlaf. Sie mag es, wenn er sich ein paar Tage nicht rasiert, die Stoppeln sind silbrig und geben seinem Gesicht etwas Rührendes, zugleich aber auch Verwegenes. Sie würde gern einen Kuss in diese geöffnete Hand drücken, aber sie will ihn nicht wecken. Sie wird schwimmen gehen, bevor alle wach sind. Und ihre Bauchübungen machen, die darf sie nicht vergessen.

Sie steht geräuschlos auf, zieht den Bademantel über, öffnet im Zeitlupentempo den Schrank, Millimeter um Millimeter, damit er nicht quietscht, nimmt den neuen türkisfarbenen Badeanzug heraus, geht auf Zehenspitzen zur Kabinentür und zieht sie vorsichtig auf. Ihr Blick fällt auf

Jaspers Schlafplatz, er ist leer. Für eine Sekunde bleibt ihr das Herz stehen, Kind verschwunden, ertrunken, abgehauen, ermordet, dann lacht sie sich innerlich aus. Wird sie denn diese Gedanken nie loswerden? Dieses automatische Zusammenfahren, wenn sie irgendwo ein Martinshorn hört und immer gleich denkt, dass es ihr Kind ist, dem etwas passiert ist. Diese Panik, wenn sie in der Praxis angerufen wird, auf dem Display ihre Privatnummer erkennt und sich sofort ein gebrochenes Bein vorstellt, kochendes Wasser auf Kinderhaut, einen Finger zwischen Tür und Zarge eingequetscht. Nur ein leeres Bett, und schon malt sie den Teufel an die Wand.

Auch der Schlafsack fehlt, und die Tür zum Heck steht offen, wahrscheinlich ist es ihm nachts zu heiß gewesen, und er hat sich draußen hingelegt, auf das Dach vielleicht? Sie schaut nach, dort oben ist er nicht, aber sie wird sich jetzt nicht den Kopf zerbrechen, wo er sein könnte.

Die Reling ist feucht vom Tau. Sie hängt den Badeanzug darüber, das Türkis wirkt in dieser dunstigen Morgenstimmung zu grell, der Badeanzug ist ein Fremdkörper, jedenfalls hier und jetzt. Ob sie einfach ohne alles ins Wasser geht? Sie löst den Gürtel ihres Bademantels und schaut sich um, flussabwärts liegt ein Boot, aber bestimmt eine halbe Meile entfernt. Andererseits könnte Jasper jeden Moment auftauchen, falls er irgendwo da draußen geschlafen hat, ihm würde es nicht gefallen, seine Mutter nackt zu sehen. Also wird sie sich in das teure Stück hineinzwängen.

Der Chic eines Badeanzugs besteht darin, dass er wie ein Sonnenbrand sitzt, diesen Ausspruch von Esther Williams hat Luisa in einer der im Wartezimmer ausliegenden Zeitschriften gelesen, im Frühling, als die neuen Bademoden vorgestellt wurden, Ivan war erst wenige Wochen da. So absurd das Zitat auch ist, es hat sich in ihrem Kopf verhakt. Als sie am Abend mit Lydia die Praxis aufräumte, hat sie vorgeschlagen, als Ziel für den Betriebsausflug im Juli diesmal nicht einen der Münchner Hausberge zu wählen, sondern an einen See zu fahren. »Zeit für ein Kontrastprogramm«, hat sie gesagt und mit Widerspruch gerechnet, Lydia kennt nichts Schöneres als Wandern. »Wir wollen doch nicht einrosten.« Dabei gab es nur einen einzigen Grund, warum sie unbedingt ans Wasser wollte. Ivans Körper. Ivans Körper so gut wie nackt. Sie war geil auf ihn. Sie hasst dieses Wort, das ihre Kinder so inflationär benutzen, aber es gibt kein besseres für ihren damaligen Zustand.

Und natürlich wollte auch sie sich ihm präsentieren, er sollte sehen, dass sie begehrenswert ist. An ihrem Bauch, der einzigen Schwachstelle, würde sie bis zum Juli noch intensiv arbeiten können. Am nächsten Tag ist sie in ihrer Mittagspause in das Wäschegeschäft in der Residenzstraße gegangen und hat drei Badeanzüge zum ungestörten Anprobieren mit nach Hause genommen, um ein Haar auch einen Bikini, aber das war ihr dann doch zu verwegen erschienen. Am Abend, Daniel war unterwegs, hat sie sich eine Stunde lang im Schlafzimmer eingeschlossen und sich vor dem großen Spiegel mit der Entscheidung herumgequält, sie hat sämtliche Lampen eingeschaltet und gnadenlos jede Delle, jede Falte betrachtet, jede noch so winzige Unreinheit ihrer Haut. Sie hat beschlossen, jeden Tag eisern eine halbe Stunde lang Bauchübungen zu machen. Wenn sie nicht weiß, was kontinuierliches Training bewirken kann, wer dann.

Sie hat versucht, sich mit Ivans Augen zu sehen, an jenem Abend im Schlafzimmer. Sie war zufrieden, sie fand sich schön. Sie hat überlegt, welche seine Lieblingsfarbe sein könnte, in der Praxis trug er wie alle anderen Weiß von Kopf bis Fuß, privat überwiegend Schwarz. Deswegen war sie schon entschlossen, den schwarzen Badeanzug zu wählen, aber dann hat sie doch den türkisfarbenen genommen, weil er ihr modischer, frischer, vor allem jünger vorkam, in ihm würde Ivan sie nicht übersehen können. Und dann war er beim Betriebsausflug schon nicht mehr dabei.

Gestern hat sie den Türkisfarbenen zum ersten Mal angezogen, obwohl sie ihn am liebsten noch vor der Reise weggeworfen hätte, in den Mülleimer unter die Kartoffelschalen gestopft, damit ihn keiner sieht, aber er hat ein Vermögen gekostet, und der alte war wirklich indiskutabel. Daniel hat durch die Zähne gepfiffen bei ihrem Anblick, leider hatte dieses Kompliment zur Folge, dass alle vier Kinder aufmerksam geworden sind. Lea hat »He Mami!« gesagt, in einem Ton, der sowohl Erschrecken als auch Bewunderung bedeuten konnte, Emma hat nur geguckt und indifferent gelächelt, und Jasper hat so schnell wieder weggeschaut, als wenn sie über und über mit Regenwürmern bedeckt wäre. Can, höflich wie immer, hat »Neu? Coole Farbe« gemurmelt.

Sie zieht die schmalen Träger hoch, dehnt ihren Brustkorb, zerrt an den Beinausschnitten. Vielleicht hätte sie doch die nächste Größe nehmen sollen? Aber im Wasser gibt er nach, dann sitzt er perfekt. Nichts schlimmer als ein Badeanzug, der einem um die Brüste schlottert, wenn man wieder an Land steigt.

Sie wirft ihren Bademantel auf den Steg, steigt vom Boot, setzt sich an den Rand der Planken und lässt ihre Füße ins Wasser hängen. Kalt!

Kalt, aber schön. Die Sonne noch milchig, ein flaumiger Dunst über dem Fluss, nicht mal die Möwen stören. Wie elegant sie übers Wasser segeln. Und wie gut es jetzt riecht, bevor der Dieselverkehr die Luft verpestet.

Sie atmet tief ein und aus, plätschert mit den Zehen und beobachtet ein Entenpärchen, das einträchtig nebeneinander vom Steg fortschwimmt, kleine Bugwellen vor sich herschiebend. Als kleines Mädchen hat sie geglaubt, dass Enten sich nur aufs Wasser zu setzen brauchen und wie von selbst schwimmen, dass der liebe Gott sie quasi aufgezogen hat wie ein Blechspielzeug. Zu den ersten Enttäuschungen ihres Lebens hat die Entdeckung gehört, dass Enten unter der Wasseroberfläche ständig treten müssen, um voranzukommen und ihr Ziel zu erreichen. Nichts ist so, wie es von außen aussieht. Nichts ist so, wie man es sich als Kind vorstellt.

Vor Jahren, als Jasper und Lea noch klein waren, haben sie Urlaub in Schweden gemacht, dort haben sie nackt gebadet, es war himmlisch. Wenn sie aus dem Wasser kamen, haben sie sich im Sand gewälzt, alle vier, und sind dann wieder hineingelaufen, spritzend, schreiend, Hand in Hand in Hand, sie wird es nie vergessen. Wenn sie jetzt daran denkt, kommt es ihr so vor, als seien sie damals in einem Zustand der Unschuld gewesen, alle zusammen. Aber das stimmt ja nicht, damals war die Sache mit der Krampfhenne schon passiert, es gab Emma bereits. Ihre Erinnerungen sind trügerisch, vielleicht ist es gut so.

Und schon wieder muss sie an Ivan denken. So sehr sie sich auch bemüht, seit fünf langen Wochen inzwischen – noch immer vergeht kaum eine Stunde, in der sie ihn nicht vor Augen hat. Sogar heute Nacht, im Bett mit Daniel, hatte sie plötzlich das Bild seiner Hände mit den hellen Fingernägeln vor sich. Hat sie sich auch bei ihm etwas vorgemacht und seine Schwächen übersehen? Unmöglich, dass er keine gehabt hat. War er vielleicht ein bisschen selbstgefällig? Eine Spur eitel? Irgendwann unkollegial? Und sie hat es nur nicht bemerkt, weil sie verblendet war?

Sechs Monate hat er für sie gearbeitet, sechs Monate lang hat sie sich wegen eines Einunddreißigjährigen zur Närrin gemacht, keinen Tag weniger. Als er kam, um sich vorzustellen, hat sie schon nach zehn Minuten gewusst, dass sie ihn nimmt, ach was, in der ersten Minute. Seine Referenzen hat sie nur pro forma zur Kenntnis genommen, sie hätte ihn auch dann eingestellt, wenn er ein Anfänger gewesen wäre oder irgendwo Mist gebaut hätte. Aber er war großartig, die Patienten schlossen ihn bei der ersten Behandlung in ihr Herz, er war ruhig und sachlich und hatte trotzdem diesen ganz speziellen Charme, die Mitarbeiter mochten ihn ausnahmslos, mehr als einmal hatte sie den Eindruck, dass auch Lydia ein Auge auf ihn geworfen hatte. Steffi, ihre Praktikantin, sowieso. Ob Lydia je einen Verdacht hatte? Ausgeschlossen ist es nicht.

Bei dem Gedanken, eine ihrer Angestellten könnte ihre Gefühle für Ivan bemerkt haben, fühlt Luisa Hitze ihren Hals hinaufkriechen. Vielleicht haben sie untereinander sogar darüber gesprochen. Und gelacht. Schlimm genug, dass er es gespürt haben muss, an dem Abend in der Favorit-

Bar. Es war ihm unangenehm, er hat sich bedrängt gefühlt. Er ist vor ihr geflohen, anders kann sie sich seine Kündigung nicht erklären.

Sie hat in den vergangenen Wochen oft darüber nachgedacht, was sie getan hätte, wenn er ihr entgegengekommen wäre. Wenn dieser unglückselige Abend anders zu Ende gegangen wäre, in seinem Auto oder ihrem, in einem Hotelzimmer, sie hätte nicht einmal Hemmungen gehabt, mit ihm in die Praxis zu gehen. Wenn er sich ebenso in sie verliebt hätte wie sie sich in ihn. Wäre sie wirklich mit ihm auf und davon gegangen? Hätte alles hingeworfen, mit fliegenden Fahnen Daniel und sogar die Kinder verlassen? Bisher hat sie sich um eine eindeutige Antwort herumgedrückt, aber im Grunde weiß sie längst, dass sie es getan hätte. Für Ivan hätte sie alles aufgegeben, ohne eine Sekunde zu zögern, sie hätte Verständnislosigkeit und Verachtung auf sich genommen, Heimatlosigkeit und Armut, alles. Sie würde es sogar heute noch tun, egal, was letzte Nacht zwischen Daniel und ihr passiert ist.

Luisa fröstelt. Sie muss aufhören, sich zu quälen. Immerhin hat sie seit drei Tagen das Bild nicht mehr angesehen, das in ihrer Geldbörse steckt, unter den Kreditkarten. Sie hat es kurz vor Ostern in der Mittagspause gemacht, angeblich, um ihren defekten Fotoapparat zu testen. Ivan am Tisch in der Kaffeeküche. Die schlanken, kräftigen Finger um seinen Kaffeebecher gelegt, blickt er in die Kamera, mit diesem Lächeln, vor dem sie in die Knie gehen könnte. Neben ihm Melanie, verbissen und erschöpft, und Lydia, die gerade von einer Semmel abbeißt, von Steffi sieht man nur ein weißes Stück T-Shirt und einen Arm. »Wird garantiert nichts«, hatte Luisa leicht dahergesagt und trägt seitdem das Bild mit sich herum, einmal hat sie es sogar Daniel und den Kindern gezeigt, keiner hat mehr als einen kurzen Blick darauf geworfen, Luisas Praxis interessiert sie nicht.

Wenn sie wieder zu Hause ist, beschließt Luisa jetzt, wird sie das Foto vernichten. Ivans Lächeln für immer ausmerzen. Oder zumindest in eine der Schubladen in ihrem Schreibtisch verbannen, unter alten Rechnungen und Schulzeugnissen der Kinder. Jedenfalls wird sie es in diesen Ferien kein einziges Mal mehr ansehen. Und nach der Reise wird es ihr bessergehen, sie wird wieder bei sich selber sein.

Es wäre sowieso nicht gutgegangen. Mit viel Glück vielleicht drei Jahre oder sogar fünf. Vielleicht hätten sie aber auch schon in der ersten Nacht festgestellt, dass sie nicht zusammenpassen. Oder beim Spaghettiessen oder im Kino, sie haben sich ja immer nur in der Praxis gesehen, bis auf das eine Mal. In Gedanken hat sie Daniel Tausende von Malen betrogen, in Hotels, auf dem Rücksitz eines Taxis, im Englischen Garten, in Marokko und sonst wo, ja, auch im Kino.

Sie hebt den Kopf und schaut sich um. Was für eine friedliche Landschaft! So sauber und neu, als wäre sie über Nacht erschaffen worden. Diesen Moment will sie in sich aufbewahren, die Morgensonne, den Fluss, die grünen Ufer. Das Gefühl erwachender Stärke.

Das Entenpärchen ist auf der anderen Flussseite angekommen, von ihm sieht man nur den steil in die Luft gestreckten Bürzel, sie schwimmt gelassen daneben. Sind Enten eigentlich monogam? Sie wird Lea danach fragen.

Sie hält den Atem an, beißt die Zähne zusammen und lässt sich ins Wasser hinuntergleiten.

18

Im Sucher reines, gleißendes Gold, bevor er die Schärfe einstellt und Emmas rechter Oberschenkel erkennbar wird, sie hat ihn über den linken gelegt. Dahinter verschwommen ihr Gesicht, die Haare ausgebreitet auf dem weißen Handtuch wie ein Heiligenschein. Der Ausschnitt gefällt ihm, er drückt auf den Auslöser, korrigiert zur Sicherheit die Einstellung der Blende und macht eine zweite Aufnahme.

Er hatte die Idee heute Morgen, als er im Halbschlaf Luisa beobachtet hat, wie sie mit ihrem scharfen neuen Badeanzug unterm Arm die Kabine verließ. Einen Moment lang war er versucht, ihr zu folgen, sie heimlich beim Schwimmen zu fotografieren, er hatte sich ein perfektes Bild vorgestellt, wie immer zusammengesetzt aus zweien. Das eine ihr Körper von oben betrachtet, im morgendunstigen Licht, vom grünlich glitzernden Wasser umspült, dazwischen das leuchtende Türkis ihres Anzugs. Das zweite eine Nahaufnahme, ihr nasses Gesicht im Moment des Auftauchens und Luftholens, die Augen geschlossen, der Mund geöffnet wie zu einem Schrei. Er hat es in allen Details vor Augen gehabt, als wäre es schon fertiggestellt, die ganze komplizierte Prozedur des Auseinanderschneidens und Aufklebens auf dem geriefelten Bildträger schon erledigt.

Zufrieden ist er liegen geblieben und wieder eingenickt. Und in dem entspannten kurzen Moment zwischen Bewusstsein und Schlaf wusste er plötzlich, dass er doch lieber an einem Bild mit Emma arbeiten möchte. Emma solo, bisher hat er nur Gruppenaufnahmen mit ihr gemacht.

Ein entgegenkommendes Boot bringt die Darling II zum Schaukeln, Daniel balanciert sein Gleichgewicht aus. Er wirft einen Blick durch das Dachfenster hinunter in den saloon, wo seine Familie versammelt ist, Jasper am Steuer, neben ihm Can, der auf irgendetwas am Horizont zeigt, mit waagrechtem Arm und gestrecktem Zeigefinger, wie ein Feldherr in der Schlacht. Luisa und Lea auf dem Sofa, Luisa hat den Arm um Lea gelegt, beide gucken ebenfalls in Fahrtrichtung. Worüber sie sprechen, kann er nicht verstehen beim Lärm der Motoren.

Lea scheint seinen Blick zu spüren, sie schaut kurz zu ihm hoch, mit dem typischen, fast grimmigen Ausdruck, den sie hat, wenn sie nachdenkt. Seine kleine Leopardin. Er lächelt ihr zu, bevor er sich wieder seinem Motiv zuwendet.

Emma hat eine ausgesprochene Begabung vor der Kamera, ihre Bewegungen sind weich und natürlich. Gerade räkelt und dehnt sie sich, seufzt und streckt ihre Arme über den Kopf nach hinten, auf ihrem Bauch könnte man gefahrlos ein Glas abstellen. Sophie war damals auch schlank und beweglich, aber er kann sich nicht vorstellen, dass sie zehn Jahre zuvor, mit vierzehn, ebenso überwältigend ausgesehen hat. Seine Gene mussten erst dazukommen.

Als er gefragt hat, ob er Aufnahmen von ihr machen darf, war sie sofort Feuer und Flamme, sie hat das Bootsdach vorgeschlagen und sogar gefragt, ob sie im Bikini bleiben kann oder sich etwas anderes anziehen soll. »Du musst nur sagen, was du willst.« Im Gegensatz zu seinen Kindern scheint sie es zu genießen, dass er sie fotografiert. Seinen anderen Kindern, korrigiert er sich, er hat sich immer noch nicht daran gewöhnt, dass er jetzt ganz offiziell drei hat. Wenn ihn früher jemand gefragt hat, ob er Kinder hat, hat er Emma immer unterschlagen, nicht nur in Luisas Gegenwart, dann natürlich sowieso. Dennoch hat er in dem kurzen Moment zwischen der Frage und seiner Antwort jedes Mal ihre Anspannung bemerkt. Sie hat Emma nie vergessen, er hätte gleich die Wahrheit sagen können: »Drei. Ich habe drei Kinder.« Nie wieder wird er seine ältere Tochter verleugnen.

Ein Windhauch fährt in Emmas Haare und weht eine Locke über ihr Gesicht. Ehe sie die Hand heben und mit der typischen Bewegung, die er so sehr liebt, die Strähne hinters Ohr klemmen kann, drückt er auf den Auslöser.

Sie blickt unverwandt in die Kamera. »Soll ich irgendwas Bestimmtes machen?«

»Bloß nicht. Bleib ganz natürlich.«

Er setzt die Kamera ab und sucht aus seinem Koffer das Objektiv mit der längsten Brennweite heraus. »Ich probier ein bisschen rum«, sagt er. »Hast du noch Geduld?«

»Kein Problem.« Sie greift nach der Wasserflasche neben ihrem Kopf. »Ich kenn das, ich hab schon öfter gemodelt.«

»Wirklich?«

Er unterdrückt einen Fluch, dieses vermaledeite Objektiv, seit ewig klemmt der Bajonettverschluss, er braucht längst ein neues, aber wovon bezahlen. Er kann sich Luisas Gesicht vorstellen, wenn sie hört, was so ein Teil kostet.

Emma richtet sich auf und setzt die Flasche an den Mund. »War nichts Besonderes«, sagt sie zwischen zwei Schlucken. »Mom hat für eine Klamottenfirma gejobbt, die haben mich gebucht, für ihren Katalog. Und vor ein paar Monaten eine Modenschau, die haben echt gut gezahlt.«

Sophie lässt also ihre Tochter halbnackt auf irgendwelchen Laufstegen herumspazieren, wieso weiß er davon nichts? Er zahlt ihr ja wohl genug Unterhalt. Es wäre ihr zuzutrauen, dass sie die Kohle selber einsteckt, sie hat schon immer über ihre Verhältnisse gelebt.

»Und was hast du mit dem Geld gemacht?«

»Ein Notebook gekauft. Den Rest auf mein Sparkonto gezahlt. Für später.« Sie stellt die Flasche ab, legt den Kopf in den Nacken, dreht ihn der Sonne zu und schließt die Augen.

»Sehr vernünftig.«

Endlich rastet der Verschluss ein. Er hebt die Kamera wieder ans Auge, im Sucher bildfüllend Emmas Kinnlinie, er kann die winzigen blonden Härchen erkennen, ihr Jochbein wirft einen zarten Schatten, absolut großartig, man muss dreimal hingucken, bevor man erkennt, dass es sich bei der goldgesprenkelten Fläche um den Teil eines Gesichts handelt.

»Bleib so«, sagt er hastig, »nur einen Moment. Keine Bewegung.«

Sie gehorcht. Und spricht erst wieder, als er die Kamera sinken lässt: »Also was ich dir schon längst sagen wollte. Deine Sachen finde ich echt irre.«

»Kennst du sie denn?«

Vielleicht kann er für das zweite Bild exakt das gleiche

Motiv nehmen, nur in der Totalen, er muss es ausprobieren, zu Hause. Phänomenal wird es auf jeden Fall.

»Ich guck mir ganz oft deine Homepage an. Wie nennst du noch deine Bilder? Irgendwie spanisch, oder?«

»Italienisch. Scanalati. Im Deutschen heißen sie Riffelbilder. Oder Riefelbilder, aber mir hat das Wort nicht gefallen, es hat so einen Basteltouch. Dabei steckt viel Arbeit dahinter, na ja, und Phantasie und Erfindung.«

»Und wieso Scalanati?«

»Sca-na-lati. Von scanalato, geriffelt. Denk an Kanal, eine Rinne durchs Land. Hast du dir auch die Animation angeschaut?«

»Klar. Das mit dem Wetter finde ich geil, die Landschaft, wo erst die Sonne scheint und dann das Wahnsinnsgewitter runterkommt. Hast du dir das selber ausgedacht? Die Technik, mein ich?«

»Leider nein. Die gibt es seit Jahrhunderten.«

Er hat sie eher durch Zufall entdeckt, oder besser Intuition, an sein allererstes Scanalato kann er sich noch genau erinnern, Jasper und Lea. Einen Tag vor Leas sechstem Geburtstag hat er es zusammengebaut, nie wird er vergessen, wie Luisa gestaunt hat, sie ist ihm um den Hals gefallen und hat ihn abgeküsst, das Bild hängt immer noch zu Hause in der Küche, unter Glas, damit es sich hält. Er hatte Porträtfotos von den Kindern kopiert, auf dem billigsten Druckerpapier, und ein bisschen herumexperimentiert, wie er beide Gesichter zusammenbringen könnte. Dann ergab sich die Sache plötzlich wie von selbst, schmale senkrechte Streifen schneiden, immer im Wechsel auf einen Papierbogen kleben, dann falten wie eine Ziehharmonika. Luisa ist bestimmt zwanzigmal von rechts nach links und wieder zurück gegangen, sie hat gelacht, sie war völlig begeistert. Und sie war es auch, die am nächsten Tag die Idee gehabt hat, dass er derartige Bilder in großen Formaten bauen sollte, sie waren unterwegs zum Tierpark, auf dem Rücksitz Jasper und Lea, die anderen Kinder wurden von ihren Müttern hingebracht, die legendäre Schnitzeljagd stand bevor. Luisa war euphorisch und wurde regelrecht albern, er sollte eine ganze Wand in ihrer Praxis gestalten, sie machte die verrücktesten Vorschläge, die auf dem Vorher-Nachher-Prinzip basierten, man sollte Krüppel sehen, schiefe Rücken, verrenkte Hälse, Menschen mit Krücken, wenn man die Praxis beträte, und nach ein paar Schritten, aus einem anderen Blickwinkel, an derselben Wand lauter strahlende, fitte Menschen. Reklame für ihre Therapien und zugleich für seine Kunst, sie hatte einflussreiche Patienten, die sich für ihn einsetzen könnten, wie sie meinte. Ein paar Stunden später, nach der zufälligen Begegnung mit Sophie und Emma auf dem Abenteuerspielplatz, war von diesen Ideen allerdings nicht mehr die Rede, das alte Reizthema war wieder in den Vordergrund gerückt und verdrängte alles andere, sie haben damals wochenlang nicht miteinander geschlafen.

»Also ich hab so was vorher noch nie gesehen«, sagt Emma. »Ich hab deine Bilder schon all meinen Freunden gezeigt, ich geb richtig an mit dir. Die neuesten, die mit den Joggern, die sind auch cool. Das sagen alle.«

Daniel schluckt. Wann hat ein Mitglied seiner Familie das letzte Mal seine Seite aufgerufen und seine Arbeiten angesehen? Über die letzten drei Bilder mit Motiven vom Stadtlauf, auf die er besonders stolz ist und die Herringer so gelobt hat, haben weder Luisa noch Jasper oder Lea ein Wort verloren, obwohl er sie vor mehr als zwei Wochen ins Netz gestellt hat.

»Meine Marathonläufer«, sagt er. »Die hast du auch schon gesehen?«

»Klar, ich guck regelmäßig rein. Kevin sagt, du bist ein klasse Künstler.«

»Und wer ist Kevin?«

»Ein Freund von mir. Der kennt sich echt aus, sein Vater ist Bildhauer, er hat gerade ein super Ausstellung in L.A.«

»Ich demnächst wahrscheinlich auch.«

Er wollte es eigentlich nicht sagen, es ist ihm rausgerutscht, aus dem Bedürfnis, seine Tochter zu beeindrucken. Hoffentlich hat sie es überhört. »Nimmst du den Kopf ein bisschen höher?«, fragt er schnell.

Aber sie hat genau zugehört, sie setzt sich auf. »Eine Ausstellung? In L.A.? Echt?«

Daniel wirft einen Blick durchs Dachfenster, Luisa steht jetzt bei Jasper und Can am Steuer, sie schauen in die Wasserkarte, jeden Tag rechnet sie aus, wie weit sie noch von dieser Burg entfernt sind, die sie unbedingt besichtigen will. Von Lea keine Spur. Dennoch hockt er sich vorsichtshalber dicht neben Emma, damit er leise reden kann.

»In München natürlich. Und es ist auch noch nicht wirklich sicher.«

»Ach, in München«, sagt Emma gedehnt.

Sie ist enttäuscht, warum hat er bloß davon angefangen.

»Aber falls es klappt, wird wahrscheinlich auch ein Buch erscheinen«, sagt er. »Eine Art Katalog, aber fest gebunden. Jedenfalls ziemlich aufwendig, jedes Scanalato in drei Versionen, von rechts, von links und auch von vorn. Damit man einen Eindruck davon bekommt, dass jedes Bild völlig verschiedene Informationen enthält.«

»Verstehe. Weil sie plastisch sind.«

»Genau.«

»Ey, das wär ja echt genial! Mein Daddy macht ein Buch.« Sie schlingt ihre Arme um die Knie, ihr Gesicht leuchtet auf.

Großer Gott, wann hat er jemals eine so ehrliche Mitfreude erlebt? Ein so ansteckendes Strahlen? Wenn Herringer sie sehen würde, in diesem Moment, dann könnte er gar nicht anders, er würde auf der Stelle zum Telefon greifen.

Daniel muss über sich selber lachen, als ihm bewusst wird, wie unlogisch diese Verknüpfung ist und dass dahinter sein Wunsch steht, ein ähnliches Strahlen auf Herringers Gesicht zu sehen. Herringer strahlt leider nie, Herringer ist bedächtig, Herringer ist von Kopf bis Fuß Kalkül. Es ist schon viel, wenn er einem die Hand auf die Schulter legt. Er ist das absolute Gegenteil von Emma. Aber vielleicht war es gar nicht so falsch, es ihr zu erzählen, sie wird mit ihm hoffen, sie wird ihm Kraft geben.

Seit Wochen malt er sich aus, wie er seiner Familie die Neuigkeit verkünden wird, auch wenn er diese Gedanken immer wieder von sich zu schieben versucht, weil er fürchtet, dass solche Phantasien den Misserfolg herbeirufen. Zuerst hat er sich vorgestellt, dass er es ihnen gleich nach Erhalt der Zusage erzählt, am besten bei einem Abendessen in einem Restaurant, er wird eine Flasche Champagner bestellen und sich feiern lassen. Mittlerweile zieht er eine andere Version vor, er wird ein paar Tage abwarten und die

Mitteilung dann irgendwann fallenlassen, so nebenbei, als sei es etwas ganz Alltägliches, dass er einen renommierten Galeristen gefunden hat, der an ihn und seine Arbeiten glaubt.

Vor gut fünf Jahren hätte es fast schon einmal geklappt, Herringer hatte bereits den Zeitraum für die Ausstellung festgesetzt, die Konditionen waren besprochen. Blauäugig wie er war, hatte Daniel es sofort nicht nur Luisa und den Kindern erzählt, sondern allen Freunden und Bekannten; nur ungern erinnert er sich an die Schmach, als er auf die ständigen Nachfragen hin zugeben musste, dass Herringer kalte Füße bekommen und die ganze Sache abgeblasen hatte, wegen des angeblich momentan schwierigen Marktes, wie er es bestimmt zwanzigmal formuliert hatte.

»Wie gesagt, es ist alles noch in der Schwebe«, sagt er. »Kann gut sein, dass gar nichts daraus wird. Die Lage auf dem Kunstmarkt ist nicht gerade rosig.«

»Wenn es klappt, krieg ich ein Exemplar, okay?«, sagt Emma. »Mit persönlicher Widmung. Damit ich es überall rumzeigen kann. Guck mal, das hat mein Daddy gemacht!«

Die affektierte Babystimme, mit der sie diesen letzten Satz ausspricht, irritiert ihn. »Selbstverständlich bekommst du eins«, sagt er, »aber tust du mir einen Gefallen? Erzähl niemandem was davon, okay? Auch nicht von der Ausstellung.«

Sie neigt sich vor, in ihren hellgrauen Augen ein Glitzern. »Heißt das, außer mir weiß es noch keiner?«

Er drängt sein Unbehagen beiseite. Sie ist so begierig, ein Geheimnis mit ihm zu teilen, es muss für sie ganz neu und aufregend sein, mit ihrem Vater unter einer Decke zu stecken, gegen den Rest der Welt. Vielleicht muss sie in eine Kindlichkeit zurückfallen, die sie vor ihm nie ausleben konnte.

»Ja«, sagt er. »Das heißt es.«

»Nicht mal Luisa hast du es erzählt?«

»Nicht mal ihr. Also, versprichst du, den Mund zu halten?«

Mit großen Augen blickt Emma ihn an, sie wird ganz ernst, feierlich hebt sie die linke Hand. »Von mir erfährt keiner was. Ich schwör es dir. Bei meinem Leben.«

Ihre Naivität bringt ihn zum Lachen. »Das ist die falsche«, sagt er. »So gilt es nicht. Man schwört mit der Rechten.«

Von seinen Gefühlen überwältigt, greift er nach ihrer Hand und drückt einen Kuss in die Fläche, sie schmeckt nach Salz und Erdnüssen. Als er ihre Finger wieder loslässt, bemerkt er Lea, sie steht im Heck und blickt zu ihnen herauf. Für einen Moment verhaken sich ihre Blicke ineinander, dann ist Lea verschwunden, und er hört nur noch, wie sie die Stufen zur galley hinunterspringt.

»Okay«, sagt er. »Machen wir weiter?«

19

»Wirklich nett, dass du mich begleitest.«

Das sagt sie jetzt schon zum zweiten Mal, und wie vor zehn Minuten lächelt er und sagt: »Mach ich gern.«

Stimmt sogar. Überall ist es besser als auf dem Boot, wo ihn ständig einer vollquatscht oder was fragt, und wo die amerikanische Emma ihn mit den Augen verfolgt. Er mag das nicht, ihre Blicke haben was von Berührungen mit schweißiger Haut, wenn er im Sommer mit der überfüllten U-Bahn von der Schule nach Hause fährt, ekelt er sich davor schon im Voraus. Da bringt er lieber in der glühenden Hitze einen staubigen Feldweg hinter sich, mit Jaspers Mutter, mit Luisa, sie möchte, dass er sie so nennt, es fällt ihm immer noch schwer. Auch das Duzen geht ihm nicht leicht über die Lippen, dabei kennt er sie schon ewig, fast dreizehn Jahre. Aber er kann sich nicht erinnern, dass er in dieser ganzen Zeit jemals mit ihr allein gewesen ist, immer war Jasper dabei oder seine eigene Mutter oder Lea.

Als sie gefragt hat, wer mitkommt zum Einkaufen ins nächste Dorf, laut Karte nicht viel mehr als eine Meile entfernt, hatte niemand Bock. Jaspers Vater wollte noch mehr Fotos von dem Ami-Girl machen, Lea hat gelesen, und Jasper hat nur die Augen verdreht, seine Mutter geht ihm tierisch auf die Eier. Sie war natürlich angesäuert. Ob sie etwa alles allein schleppen soll für sechs Leute, außer ihr kümmert sich niemand darum, dass was zu essen da ist, aber ständig jammern alle, dass sie Hunger haben. Er musste warten, bis sie endlich Luft geholt hat, damit er sagen konnte, er würde sich ihr gerne anschließen.

Als er sich die Schuhe angezogen hat, ist Jasper zu ihm gekommen. »Musst du echt nicht machen«, hat er gemurmelt. Wenn der höllische Motor endlich mal abgestellt ist, gehen sie auf unterste Lautstärke, weil sonst alle echt jeden Furz mitkriegen. »Ich mein, ich kann auch mit ihr gehen.«

»Kein Problem.«

Er hat gecheckt, ob sein Handy ausgeschaltet ist, wär echt das Letzte gewesen, wenn er das vergessen hätte. Er glaubt eigentlich nicht, dass sein bester Freund so dreist wäre, seine Nachrichten zu lesen, aber sicher ist sicher. Immerhin hat Jasper auch schon in Leas Tagebuch rumgeschnüffelt.

»Dann komm ich mit«, hat Jasper gesagt. »Zu zweit kann man sie gerade noch ertragen.«

»Nee, lass mal. Echt.«

Es hat ihn Mühe gekostet, Jasper zum Bleiben zu überreden. Wieso müssen sie ständig zusammenhängen wie siamesische Zwillinge, das nervt mittlerweile im Quadrat. Wie soll er einen klaren Gedanken fassen, wenn Jasper ihn permanent belatschert.

Er hätte das Handy erst gar nicht einschalten sollen. Die SMS aus Dänemark hat ihn kalt erwischt, auch wenn er im Grunde die ganze Zeit damit gerechnet hatte. Sie hat sie noch gestern Nacht geschrieben, kurz nach eins, bestimmt hat sie gewartet, bis ihre Eltern im Bett sind, hat sich dann im Bad eingeschlossen und den Test gemacht. Sie hat ihn noch in München gekauft, in ihrem Querflötenkasten hat sie ihn mitgenommen. Jetzt muss er sich dauernd vorstellen, wie sie auf das Ergebnis gewartet hat, wie sie es dann gesehen hat, sie war garantiert total geschockt. Bestimmt hat sie geweint, als sie versucht hat, ihn anzurufen, und ihm dann die Nachricht geschrieben hat. Um die Zeit hat er mit Jasper und der amerikanischen Emma an der Rühreistelle abgehangen, erst kurz nach vier sind sie zurück aufs Boot und schlafen gegangen.

»Schön hier, oder?«

»Hm.«

Schade, dass sie reden muss. Aber als er den Blick von seinen Turnschuhen hebt und sich umsieht, muss er ihr recht geben. Der Weg führt durch Getreidefelder, Weizen vielleicht, die Ähren sind schon gelb. Und darüber ein schillernd blauer Himmel mit ein paar zerfederten Wolken. Ein Vogelschwarm. Was da so rumzirpt, müssen Grillen sein, und irgendwo rattert ein Trecker. Jetzt allein sein, das wär's. Sich irgendwo ins Kornfeld legen.

»Hast du eine Idee, was wir heute Abend kochen könnten? Mir fehlt im Moment die Phantasie.«

Wahrscheinlich glaubt sie, sie muss ihn unterhalten, als Belohnung für seine Begleitung.

»Wie wär's mit Nudeln? Die mag doch jeder.«

»Stimmt.«

Seit sie unterwegs sind, wirkt sie total gutgelaunt, wahrscheinlich gibt sie sich Mühe bei ihm, weil er nicht zur Familie gehört.

»Ich könnte zwei Soßen machen, eine mit Fleisch und eine für Emma. Wie findest du sie eigentlich?«

Can zieht die Riemen seines Rucksacks fester, er hat extra den großen leergemacht, damit er viel tragen kann.

»Ganz okay.«

»Sie ist sehr hübsch, oder? Also wenn ich ein Junge wäre, ich würde mich wahrscheinlich sofort in sie vergucken.«

Den Teufel wird er tun und sich mit ihr über die Ami-Maus unterhalten. Das Mädchen interessiert ihn nicht.

»Oder ist sie nicht dein Typ?«

Während er noch nach einer ausweichenden Antwort sucht, redet sie schon weiter.

»Entschuldige. Geht mich nichts an. Indiskrete Fragen scheinen eine Spezialität von Müttern zu sein. Ist deine auch so?«

»Eigentlich nicht.«

Seine Mutter ist tatsächlich nicht neugierig, jedenfalls nicht, was sein Innenleben betrifft. Sie will wissen, wann er nach Hause kommt, ob er gut geschlafen hat, wo der neue graue Pullover ist, solche Sachen. Aber sie würde nie fragen, wie ihm ein Mädchen gefällt. Oder ob er eine Freundin hat.

»Dann hast du Glück.«

Er ist sich nicht sicher, ob sie recht hat. Klar will er nicht ausgehorcht werden, aber er hat den Verdacht, dass hinter der fehlenden Neugierde seiner Mutter Desinteresse stecken könnte. Manchmal wäre es ganz schön, nach seinen Gedanken und Gefühlen gefragt zu werden, er müsste ja nicht antworten. Aber die große Scheiße wird er trotzdem nicht vor ihr geheimhalten können. Was sie wohl sagen wird?

»Sie ist ein besonders freundlicher Mensch, finde ich. Das werde ich nie vergessen, sie hat mir einen ganzen Sack türkische Nüsse mitgebracht, für Weihnachten. Ich hatte natürlich nichts für sie. Auf dem Elternabend im Dezember, du weißt schon.«

Klar weiß er, damals kam sein Notendesaster ans Licht, und sein Vater hat zum ersten Mal von diesem Internat in Wales geredet.

»Und was macht deine jüngere Schwester, die mit dem hübschen Namen, wie heißt sie noch?«

»Ipek.«

»Wollte sie nicht heiraten?«

»Hat sie«, sagt Can. »Im April, in Istanbul.«

Sie haben mit hundertsiebzig Gästen im Ritz-Carlton gefeiert, es war so warm, dass sie die ganze Nacht auf der Dachterrasse bleiben konnten, mit dem obergeilen Blick auf den Bosporus. Er hat sich mit dem jüngsten Bruder von Sinan zugedröhnt und mindestens fünf SMS an Natalie geschrieben, damals war er noch echt verknallt. Wenn er nur eine einzige Sache abschaffen dürfte, poff und ex, dann die letzten drei Monate, die Zeit nach Istanbul. Wenn noch mal April wäre, würde er verdammtnochmal die Finger von Natalie lassen, er hat doch nicht ahnen können, dass er ihr Erster ist und sie die Pille nicht nimmt, wie alle anderen. Er hätte einen weiten Bogen um sie gemacht, Jasper hätte sie kriegen können.

»Wie alt ist Ipek jetzt, zwanzig? Ganz schön jung zum Heiraten. Aber wahrscheinlich siehst du das anders.«

Weil er Türke ist, vermutlich, Hinterwäldler eben. Wahrscheinlich glaubt sie auch noch, dass Ipeks Ehe mit Sinan arrangiert ist. Dabei war sein Vater total dagegen, er wollte, dass sie erst ihr Jurastudium fertigmacht.

»Nee«, sagt er, »seh ich nicht anders.« Zu seiner Erleichterung taucht hinter einer fernen Baumgruppe endlich die Spitze eines Kirchturms auf.

»Oder ist sie schwanger?«

Unwillkürlich lacht er auf, unvorstellbar, dass seine Schwester so bescheuert sein könnte wie Natalie. »Ganz bestimmt nicht.«

»Aber selbst wenn«, sagt Jaspers Mutter. »Das wär ja heutzutage auch kein Grund mehr zum Heiraten, oder? Guck mich an. Und Daniel.«

Schon einige Male ist ihm aufgefallen, wie gerne sie darüber redet, dass sie nicht verheiratet sind. So selbstverständlich scheint es für sie also nicht zu sein. »Ipek will erst Kinder, wenn sie sämtliche Examen hinter sich hat«, sagt er.

»Kluges Mädchen. Hoffentlich hält sie sich daran.« Sie zieht eine Tic-Tac-Schachtel aus ihrer Hosentasche, hält sie ihm hin.

Er schüttelt den Kopf. »Nein danke.«

Während sie ein Tic-Tac aus der Schachtel direkt in ihren Mund schüttet, überlegt er, ob er das Thema weiterverfolgen soll. Sie würde garantiert darauf anspringen. Andererseits kann er sich vorstellen, was sie sagen wird, irgendwas echt Hilfreiches ist kaum zu erwarten.

»Wie alt waren, ich meine, wie alt warst du damals bei Jasper?« Er spricht die Frage aus, bevor er genug nachgedacht hat, sofort ist sie ihm peinlich.

Sie kickt einen Stein zur Seite. »Fünfundzwanzig. Wobei er nicht geplant war. Aber natürlich haben wir uns trotzdem gefreut, nach dem ersten Schreck. Nicht, dass du denkst, dass er ...«

»Denk ich nicht.« Er fällt ihr ins Wort, obwohl das

unhöflich ist. Über Jasper will er jetzt wirklich nicht reden. »Und glaubst du, dass du zu jung warst?«

»Kann sein«, meint sie. »Vielleicht wäre ich ein paar Jahre später eine bessere Mutter gewesen. Es war ziemlich stressig in der ersten Zeit, mit Job und Kind, und Daniel war damals ja ständig unterwegs. Er hat Industriegeschichten fotografiert, Fabrikanlagen, Maschinen, Autos, Werkzeuge, in der ganzen Welt, er war kaum zu Hause, oder wenn, dann im Labor. Ich weiß eigentlich gar nicht mehr, wie ich das hingekriegt habe, unsere Gesellschaft macht es arbeitenden Müttern ja nicht eben leicht.«

Auf dieses Thema hat er auch nicht unbedingt Bock. »Vielleicht ist es gar keine Frage des Alters«, sagt er. »Wann man Kinder kriegt, meine ich. Gibt doch genug, die sind total jung, und es läuft trotzdem gut.«

»Tatsächlich? Kennst du ein einziges Beispiel für diese Theorie?«

Er kann hören, wie sie das Tic-Tac zerbeißt. Unter dem Rucksack klebt sein Hemd am Rücken, sie haben bestimmt dreißig Grad.

»Ich hab da so einen Kumpel«, sagt er. »Der demnächst ein Kind kriegt. Also seine Freundin natürlich.«

»Und wie alt ist dieser Kumpel?«

»Achtzehn.«

»O Gott«, seufzt sie. »Und die Freundin?«

»Auch.«

»Und das haben die geplant oder was?«

»Nicht wirklich, soviel ich weiß. Ist eben passiert.«

Sie wirft ihm einen Seitenblick zu. »Also das kapier ich beim besten Willen nicht. Es gibt doch nun wirklich genug

Methoden. Selbst wenn man die Pille nicht nehmen will, was ich sogar verstehen kann.«

Sie steigert sich richtig rein.

»Weiß nicht, wieso es passiert ist«, sagt er, »ist halt so.«

»Und warum hat sie die Schwangerschaft nicht abgebrochen?«

»Wollte sie irgendwie nicht. Ich glaub, sie ist ziemlich gläubig. Katholisch.«

Sie schnaubt verächtlich. »Ich weiß schon, warum ich aus dem Verein ausgetreten bin. Wenn ich an die Einstellung des Papstes zur Verhütung denke, wird mir ganz elend.«

Warum kann diese Frau nicht ein einziges Mal beim Thema bleiben, es ist zum Verrücktwerden.

»Also mein Kumpel hätte damit kein Problem, denk ich mal. Ich meine, mit dem Abbrechen.«

Sie bleibt abrupt stehen. »Sag mal, kenn ich den zufällig? Oder Jasper? Einer aus eurer Klasse etwa?«

Eine winzige Maus rennt dicht vor ihnen quer über den Weg und verschwindet zwischen den Getreidehalmen auf der anderen Seite.

»Nee«, sagt Can. »Der geht nicht mehr zur Schule. Hat mit unserer Clique nichts zu tun.«

Sie setzt sich wieder in Bewegung. »Hätte mich auch gewundert. Euch trau ich wirklich mehr Verstand zu.«

Was soll er darauf sagen. Sie hat ja recht, er hätte sich doppelt und dreifach absichern müssen, oder Natalie wenigstens fragen, ob sie verhütet. Sogar in der Schule bringen sie einem bei, dass Kondome keine hundertprozentige Sicherheit bieten, schon gar nicht, wenn man sie ständig in der Hosentasche herumschleppt.

»Jedenfalls wollte er seine Freundin nicht im Stich lassen«, sagt er. »Finde ich ja eigentlich auch richtig, nur …«

Sie unterbricht ihn heftig. »Richtig? So eine Art von Verantwortungsgefühl reicht nicht hin und nicht her.«

»Und was hätte er tun sollen? Einfach abhauen?«

»Ihr rechtzeitig diese Schnapsidee ausreden. So versauen sie sich doch beide das Leben.«

Er muss Natalie anrufen, heute noch, bevor er sich weiter das Hirn zermartert. Er wird mit ihr eine Zeit vereinbaren, in der sie ungestört telefonieren können. Als Erstes wird er ihr sagen, dass es ihm leid tut, dass es passiert ist und dass vor allem sie den Stress hat. Und dann wird er sie knallhart fragen, was sie von ihm erwartet, was sie sich vorstellt für die Zukunft. Der worst case wäre, wenn sie echt glaubt, sie würden zusammenbleiben. In dem Fall muss er brutal sein.

»Die Entscheidung für ein Kind müssen zwei Menschen gemeinsam treffen«, sagt Jaspers Mutter. »Da kann nicht einer im Alleingang seinen Kopf durchsetzen. Oder seinen Bauch. Also wenn mein Sohn in so eine Situation käme …« Sie hört mitten im Satz auf.

Can wartet eine Weile, und als sie immer noch nicht weiterspricht, fragt er nach. »Ja? Was würdest du ihm sagen?«

»Dass er die Verantwortung übernehmen muss«, sagt sie. »Seiner Freundin helfen, sich um das Kind kümmern. Zahlen natürlich auch, da muss man eben einen Modus finden. Aber mehr nicht. Er muss sie nicht heiraten oder bis ans Ende seiner Tage mit ihr zusammenbleiben, wenn er das nicht will. Er hat das Recht auf ein selbstbestimmtes Leben.«

Recht, denkt Can, Pflicht, Verantwortung, Selbstbestimmung, blabla. Sie sagt genau, was er hören will und was er selber denkt, trotzdem kotzt ihn dieses Geschwätz an. Er erschrickt über den Widerwillen, den er empfindet, und gleichzeitig spürt er wieder diesen ziehenden Schmerz, diese Sehnsucht, sich wegbeamen zu können, weg von Jaspers Mutter, von diesem Moment, von diesem Gespräch. Wieso hat er mit dem Scheiß überhaupt angefangen, bringt doch nichts.

Er merkt, dass sie ihn ansieht, und bemüht sich um einen nichtssagenden Gesichtsausdruck.

»Oder bist du anderer Ansicht?«, fragt sie.

»Natürlich nicht«, sagt er. »Ganz deiner Meinung. Also heute Abend Nudeln?«

20

Er hat nicht gewusst, dass man sich so überflüssig fühlen kann, irgendwie gibt es auf diesem bescheuerten Boot keinen Ort, der okay für ihn wäre. Das Dach ist von den Mädchen besetzt, aber da oben wär's ihm jetzt sowieso zu heiß. Und Can hat sich an Land verkrümelt. Na toll.

Er hat sich auf das Klappsofa gefläzt und versucht, an Natalie zu denken, aber vor ein paar Minuten hat sich sein Vater danebengehauen, mit seiner Kamera, checkt die Fotos, die er stundenlang von Emma gemacht hat. Wie zum Teufel soll er an Natalie denken, wenn er den Alten auf Tuchfühlung hat.

Er hat von vornherein den Verdacht gehabt, dass dieser Familientrip ein Horror wird, aber doch nicht in solchen Dimensionen. Er hat auf Can gesetzt, aber der ist irgendwie scheiße drauf. Wahrscheinlich war die Einkaufsarie mit seiner Mutter total ätzend, aber dafür kann er doch nichts. Außerdem ist Can selber schuld, warum hat er sich aufgedrängt.

Die beiden haben ewig gebraucht, mindestens eine halbe Stunde lang hat er vom Dach Ausschau gehalten und drei Wespen totgeschlagen in der Zeit, bis er sie endlich kommen sah, sie hatten Berge von Tüten dabei, Can unterm Arm eine riesige Wassermelone. Er ist ihnen entgegengegangen und hat vier von den Plastikbeuteln genommen, sich ab und zu ein bisschen lieb Kind machen schadet nicht, seine Mutter flippt immer aus vor Begeisterung, sobald er nur einen Finger für sie rührt. Sie haben zwei Sixpacks Stella Artois mitgebracht. Zwei. Für vier Biertrinker. Zumindest hofft er, dass Emma verzichtet, aber selbst wenn, ein Witz. Er hätte mitgehen sollen.

Er hat beim Auspacken und Einräumen geholfen und sich sogar jeden Kommentar verkniffen, als Can seiner Mutter lang und breit erklärt hat, wie er die Pampe macht, die es zu den Spaghetti geben soll, irgendwas mit Oliven und Chili, der will echt kochen, irgendwas stimmt nicht mit ihm. Nie im Leben würde Jasper auf die Idee kommen, sich bei Cans Eltern an den Herd zu stellen, in ihrer schicken Edelstahlküche. Wahrscheinlich hat Cans Vater ihm vor der Reise eingebleut, dass er pausenlos helfen soll, aber man kann's auch übertreiben. Can ist eigentlich kein Schleimer.

Hat endlos gedauert, bis auch der letzte Kram verstaut war, er hat darauf gebrannt, sich mit Can abzuseilen. Während die beiden im Dorf waren, hat er den verfickten Klemmschrank aufgekriegt, ging plötzlich ganz leicht. Er hat ein Paket Karten gefunden, jetzt können sie *Stress* spielen. Als sie in den Weihnachtsferien in Österreich zum Snowboarden waren, haben sie das jeden Abend gemacht, war endgeil. Und vorm Zocken vielleicht noch einen kleinen reinpfeifen, um den Rest des Tages zu überstehen, Can hat ja zum Glück reichlich Stoff dabei.

So viel wie in den letzten Tagen kifft er zu Hause nicht, aber extreme Situationen erfordern besondere Maßnahmen. Was kann man hier sonst schon anstellen, soll er etwa den halben Tag lesen, wie die Mädchen? Bücher kriegt er noch früh genug zu sehen, wenn in fünf Wochen die Schule wieder anfängt. Oder blödsinnige Sit-ups machen, wie seine Mutter gerade, die sich dafür ausgerechnet die galley ausgesucht hat? Seine Bauchmuskeln sind straff, besten Dank. Wieso die neuerdings so übertrieben rummacht mit Fitness und dem ganzen Scheiß, kapiert er sowieso nicht. Alt wird sie trotzdem. Na, und ganz bestimmt wird er keine Urlaubskarten schreiben, auch nicht an seine Großmutter. Schon deswegen nicht, weil seine Eltern eine Pflichtübung daraus machen. Seine Mutter hat bestimmt ein Dutzend von den Dingern mitgebracht, untergehende Sonnen, dämlich guckende Kühe, irgendwelche Kirchtürme, die kein Schwein interessieren. Er wird höchstens eine an Natalie schicken, aber die will er schon selber aussuchen. Er hätte echt mitgehen sollen.

Total albern, wie sein Vater seine eigenen Fotos angrinst. Wenn Jasper an dem Grinsen vorbeiguckt, kann er Can sehen, auf einem Klappstuhl neben dem Uferweg. Er hat die Beine ausgestreckt und den Kopf in den Nacken gelegt, garantiert träumt er sich genau wie Jasper ganz weit weg, nach Sète zum Beispiel.

Ob er rübergehen soll? Can hat zwar gesagt, dass er momentan keinen Bock auf *Stress* hat und auch nicht auf einen Joint, aber sie könnten wenigstens ein bisschen quatschen. Wozu hat man einen Freund dabei.

Er nimmt die Füße von der Couch. Zwei Bier mitnehmen käm jetzt gut, aber er wird es kaum schaffen, unbeobachtet den Kühlschrank zu öffnen, und das Generve seiner Eltern tut er sich nicht an.

»Alles okay?«

Sein Vater schaut kurz auf und gleich wieder auf seine Machwerke, das Babygrinsen klebt in seinem Gesicht, vielleicht wächst es da fest.

»Hammer geile Reise«, sagt Jasper, »echt.«

Als er rausgeht zum Bug, hört er wie erwartet seinen Vater »schön« sagen. Nichts kriegt der mit, aber auch gar nichts.

Oben liegen die Mädchen nebeneinander vor ihren Büchern auf dem Bauch, ihre Ellbogen berühren sich. Wenn seine Fettsack-Schwester wüsste, dass Emma sie hinter ihrem Rücken verarscht, aber naiv wie sie ist, kommt sie nie auf den Gedanken. Außerdem hat sie selber Schuld, was schreibt sie auch jeden Scheiß in ihr Tagebuch und lässt es dann rumfliegen. Er selbst behält seine Gedanken prinzipiell für sich, damit ist er immer gut gefahren, hat doch andere nicht zu interessieren, was in ihm vorgeht. Can ist natürlich die Ausnahme.

Mit Schwung setzt er von der Darling II auf den asphaltierten Weg über und schlendert auf seinen Freund zu, der verstohlen etwas in seine Hosentasche schiebt, sein Handy wahrscheinlich, damit ist er komisch neuerdings. Jasper bleibt dicht vor ihm stehen, seine Füße nur wenige Zentimeter von Cans Füßen entfernt.

Can blinzelt zu ihm rauf. »Was gibt's?«

Was soll jetzt die Frage.

»Nix«, sagt Jasper. »Öde auf der ganzen Linie. Hab nicht gewusst, dass man sich so langweilen kann. Dieser ganze Urlaub ist echt für den Arsch.«

Insgeheim hofft er auf Widerspruch. Er fühlt sich verantwortlich für das Gelingen dieser Ferien, schließlich ist Can nur seinetwegen mitgekommen. »War echt cool«, soll Can sagen, wenn die Clique sich am ersten Schultag ihre Ferienerlebnisse erzählt, »wir haben megamäßig Fun gehabt, Jasper und ich.« Bisher ist Jasper eigentlich ganz zufrieden gewesen, die beschissensten Umstände sind erträglich, wenn Can an seiner Seite ist, und das Dope spielt natürlich auch eine Rolle, klar. Ob es daran liegt, dass es plötzlich zwischen ihnen knirscht? Weil sie nüchtern sind? Jedenfalls widerspricht Can nicht.

Jasper setzt sich neben dem Klappstuhl ins Gras. Er kann sich nicht erinnern, dass sie sich in Sète auch nur eine Sekunde lang angeödet hätten. Okay, da konnten sie in der Regel tun und lassen, was sie wollten, vor allem waren ihre Alten nicht in der Nähe, es gab jede Menge rattenscharfe Mädchen, und mit ein paar Tricks konnten sie auch an Alk rankommen, aber all das ist es nicht, das spürt er.

»Ich könnte echt alle hier poffen und exen«, sagt er. »Dich natürlich ausgenommen. Na ja, und Emma vielleicht. Aber meine Alten und FS-Lea sind so was von überflüssig.«

»FS?« Cans Stimme hört sich an, als wäre er kurz vorm Einschlafen.

»Fettsack, weißt du doch. Nicht zugehört letzte Nacht?«

»Nicht wirklich«, sagt Can. »Ich glaub auch nicht, dass ich den Namen so gut finde. Sie ist nicht fett.«

»Spielst du jetzt den barmherzigen Bernhardiner oder was?«

An seinem Hintern piekst was, hier gibt's garantiert Ameisen. Oder Schlimmeres, letzten Sommer hat Flip eine Zecke an der Vorhaut gehabt, muss schweineweh getan haben. Er steht hastig auf, klopft sich den Hosenboden und die Beine ab.

»Ich finde es einfach nicht so witzig, deine Schwester zu linken«, sagt Can, immer noch in diesem schläfrigen Tonfall, der einem echt auf die Nerven gehen kann. »Mir hat sie nichts getan. Im Gegenteil.«

Jetzt hat der auch noch Mitleid mit Lea, weil die in ihn verknallt ist oder ihn zumindest echt gut findet, wie in ihrem lächerlichen Tagebuch steht, Emma hat sich gar nicht wieder eingekriegt. Er selber hat es nur peinlich gefunden, wie bescheuert ist die eigentlich, ausgerechnet seinen besten Freund anzuschmachten, fällt doch letztendlich auf ihn zurück. Und Chancen hat sie sowieso null, müsste ihr doch klar sein. Es ärgert ihn, dass Can so moralisch daherkommt, so war er früher nicht.

»Du findest heute wohl gar nichts witzig«, sagt er. »Oder? Wieso bist du eigentlich so mies drauf? Schlecht geschlafen?«

Als sie nachts aufs Boot zurückgekommen sind, mussten sie erst mal Emma abwimmeln, sie wollte nicht ins Bett, hat ewig gedauert, sie loszuwerden. Dann hat Jasper seinen Schlafsack geholt und wollte sich zu Can aufs Klappsofa legen, aber Can hat rumgezickt, zu heiß, zu eng, zu unruhig. Wie oft haben sie in den letzten Jahren in einem Bett geschlafen oder dicht nebeneinander auf dem Fußboden, nach LAN-Partys oder ausufernden Feten, war nie ein Problem. Aber plötzlich spielt Can die Diva. Jasper hat sich schließlich draußen in den Bug gelegt. Wie ein Hund. Total erniedrigend.

»Vielleicht muss ich einfach mal einen Moment allein

sein«, sagt Can und starrt ein paar Zentimeter an Jaspers Gesicht vorbei.

»Bist du doch. Seit über einer Stunde.«

»Führst du jetzt Buch oder was.«

Das kommt an wie ein Arschtritt. Das Beste wär jetzt, sich einfach umzudrehen und zurück aufs Boot zu gehen, ohne ein weiteres Wort, auf diese Art könnte er halbwegs das Gesicht wahren. Aber Can ist der Strohhalm, an den er sich klammert in dieser Ödnis, die sich Ferien nennt, wen hat er denn sonst.

Er räuspert sich, steckt die Hände in die Hosentaschen und guckt auf seine dreckigen Füße.

»Wusstest du vorher, dass es auf so einem Boot verdammt eng ist«, sagt er. »Muss man sich eben bisschen anpassen.« Jetzt redet er schon wie seine Mutter, ekelhaft. »Wird jedenfalls bestimmt nicht besser, wenn wir beide uns auch noch anmachen.«

Er nimmt den Kopf wieder hoch. Einen Moment lang sehen sie sich in die Augen, schweigend.

Dann hebt sich zu Jaspers Erleichterung Cans rechter Mundwinkel. Er kann das perfekt, dieses schiefe Grinsen, total sexy, hat mal ein Mädchen gesagt.

»Hast recht, Alter«, sagt Can. »Sorry. Bin nicht so gut drauf, bisschen Kopfschmerzen.«

Obwohl Jasper nichts lieber täte, darf er jetzt nicht zu schnell einlenken. »Dann nimm eine Tablette«, sagt er.

Can nickt. »Bock auf eine kleine Runde *Stress*? Nach dem Essen?«

Diese Höflichkeit ist falsch, irgendwas ist da noch.

»Mal sehen«, sagt Jasper. »Ich geh dann mal. Bis später.«

»Okay«, murmelt Can. Und dann, übergangslos: »Wo genau liegt eigentlich Wales von hier aus? Hast du eine Ahnung?«

»Wieso?« Jasper bleibt stehen. »Ziemlich genau westlich, oder?«

»Da gibt es ein Internat, so einen Nobelschuppen.«

»Und weiter?«

»Da will mein Vater mich reinstecken. Damit ich ein gutes Abi mach, irgend so einen internationalen Abschluss, IB oder so ähnlich.«

In Jaspers Magen klumpt sich was zusammen. »Du machst Witze, oder?«

Can reckt die Arme über den Kopf, kippelt mit dem Stuhl nach hinten und grinst, nicht schief, sondern normal. »Du solltest mal dein Gesicht sehen.«

»Jetzt mal echt. Du verarschst mich.«

»Nee. Hat er wirklich geplant. Aber ich muss das Spiel ja nicht mitmachen. Weißt du, dass die da Uniform tragen? Plastikhemden, Krawatte, klobige Schuhe.« Can steht auf und klappt den Stuhl zusammen.

»Na halleluja«, sagt Jasper. »Spätestens um zehn Bettruhe, im Waschraum nie nach der Seife bücken, und Girls siehst du nur aus fünf Meilen Entfernung.«

Can schwingt den Stuhl auf seine Schulter, sieht aus, als hätte er das monatelang geübt. »Wär vielleicht mal was anderes, für eine Weile.«

»Sehr witzig. Also ich bin dafür, dass auf unsrer Weltkarte Wales nicht vorkommt. Wir sprengen den ganzen Landstrich in die Luft.«

»Einverstanden«, sagt Can. »Poff. Und ex.«

21

<u>Pazartesi</u>, 16. August, 20.30 Uhr

Das ist türkisch und heißt Montag, Sonntag ist nur Pazar, ohne tesi. Emma und J waren mit dem Abwasch dran, und wir haben den Müll weggebracht, wir finden beide, dass wir schon ewig unterwegs sind, dabei sind es nur 3 Tage. Ich habe ihn gefragt, wegen Montag auf Türkisch und der anderen Wochentage, und in welcher Sprache er träumt. Ich weiß nicht, warum, aber ich hatte mir vorgestellt, dass er tagsüber alles auf Deutsch macht, redet und denkt und so, und in der Nacht auf Türkisch. Das hätte ich schön gefunden, irgendwie geheimnisvoll, es würde zu ihm passen. Er hat mich nicht ausgelacht, ich hatte schon Angst. Ich konnte ihm ansehen, dass er nachgedacht hat. Er hat gesagt, dass in seinen Träumen so gut wie nie gesprochen wird und dass sein Türkisch nicht wirklich perfekt ist, bei ihm zu Hause reden sie nur deutsch, sie haben nicht mal türkisches Privatfernsehen, dafür alle Sender von Premiere, sogar Animal Planet. Wollte ich auch schon immer, die zeigen da super Tierdokumentationen, aber M und P weigern sich, weil J dann sofort den Sportkanal will. Nach dem Müll haben wir auf der Bank im Bug gesessen, bestimmt eine Viertelstunde, und auf den Fluss geguckt, das Wasser war ganz golden von der Sonne, im Norden sind große Wolkenberge aufgestiegen, mit rosagoldenen Rändern.

Pazartesi Pazartesi Pazartesi

Ab sofort mein Lieblingswort. Umgekehrt klingt es auch schön: Isetrazap. Wie eine gestreifte Strandmatte, und der Stoff ist schon ein bisschen ausgeblichen, weil sie den ganzen Sommer in der Sonne liegt.

Ich habe ihn gefragt, ob er mir noch mehr Wörter beibringen kann, hallo und danke und guten Appetit und solche Sachen. Und die ganzen Gemüsesorten, dann könnte ich zu Hause beim Türken in der richtigen Sprache einkaufen. Eigentlich komisch, dass das niemand tut, das muss doch Spaß machen.

Großmutter hat mal Esperanto gelernt, als sie jung war, sie kann aber nur noch einen einzigen Satz, mi estas knabino, ich bin ein Mädchen. Ich darf nicht vergessen, ich muss ihr eine Karte schreiben. Sie hat gesagt, sie glaubt, dass man diese Einheitssprache absichtlich verhindert hat, damit die Menschen sich nicht überall auf die allereinfachste Weise verständigen. Wenn sie das nämlich könnten, würde es nicht mehr so viele Kriege geben, an denen sie verdienen. Für ihr Alter ist Großmutter eigentlich ganz okay, aber manchmal vergisst sie, wie kompliziert alles ist. Ich finde es schön, dass alle ihre eigene Sprache haben, man kann sie ja lernen, wenn man will. Am besten wäre es, wenn alle außerdem noch die Taubstummensprache könnten, im Unterricht wär das geil, man könnte sich vorsagen, ohne dass die Lehrer etwas mitkriegen.

Jedenfalls kann ich jetzt Mutter und Vater auf Türkisch (anne und baba), und ich weiß, dass seine Mutter Canım zu ihm sagt, das heißt mein Can, das ım ist das Possessivpronomen und wird einfach drangehängt, bei anne heißt es annem und bei baba babam, ziemlich einfach eigentlich. Er hat erzählt, dass viele türkische Vornamen richtige Bedeutungen haben, seine Schwestern heißen übersetzt Regen und Seide, ich hätte auch gerne so einen schönen Namen. Zum Glück hat er mich nicht wegen meines Namens gefragt, ich hätte ihn nicht anlügen können, und er hätte mich ausgelacht und wahrscheinlich nur noch wilde Kuh zu mir gesagt, unter überhaupt keinen Umständen hätte ich ihm verraten, dass Lea außerdem noch die sich umsonst bemüht bedeutet, total peinlich, ich habe es mal gegoogelt, es kommt aus dem Hebräischen. P und M hätten sich echt was anderes für mich ausdenken können!

Can bedeutet ganz vieles, Leben und Seele und Geist und Herz, alles zusammen. Ich hab die Wörter wiederholt, damit ich sie mir merke, und dabei ist mir eingefallen, dass Canım dann ja nicht nur mein Can heißt, sondern auch mein Leben, meine Seele usw. Er hat mich ganz überrascht angesehen und gesagt, dass ich echt intelligent bin, weil ich das so schnell kapiert habe. Ich hab so getan, als wär das nichts Besonderes. Aber ich hab mich gefreut.

Canım. Das werde ich unter Garantie nie wieder vergessen. (Übrigens hat er die schönsten Wimpern der Welt!)

Ich hätte gern noch mehr gelernt, aber dann waren mein id Br und Emma mit der Küche fertig und sind rausgekommen. Sie waren total albern und haben ständig gekichert, von mir aus hätten sie die ganze Nacht lang Geschirr spülen und sich Witze erzählen können. Ein Wort hat mir Can noch gesagt, Yeryüzü, falls ich das jetzt richtig geschrieben habe. Keine Ahnung, was es heißt, dazu sind wir nicht mehr gekommen, zwei Y, zwei Ü, ein Z, hat er nur noch gesagt, als Emma sich auf die Bank gequetscht hat, sie wollte natürlich genau zwischen uns, er musste weiterrücken. Manchmal merkt sie nicht so richtig, dass sie zu viel macht. Als P sie am Nachmittag fotografiert hat, war sie echt wie ein Pfauenmännchen, bausch und spreiz. Und er hat ihr die Hand geküsst, es hat total falsch ausgesehen. Alles. Aber vielleicht liegt es auch nur an mir, vielleicht bin ich eifersüchtig.

Jedenfalls hat sie sich sofort eingemischt und gesagt, Can ist der erste Türke, den sie kennt, dabei hat sie einen Freund, der sogar aus Feuerland kommt. Can und mein id Br wussten beide nicht so genau, wo Feuerland liegt. Sie hat mit der Hand gewedelt und gesagt, ach irgendwo am Ende der Welt, sie hat echt keinen Schimmer. Ich hätte sie aufklären können, aber Jungs mögen es nicht, wenn man mehr Peilung hat als sie, das ist ein Naturgesetz.

Der aus Feuerland schreibt Romane, demnächst sollen seine Bücher auch ins Deutsche übersetzt werden. Ein Senkrechtstarter, hat sie gesagt, und dass sie ihn auf dem Court kennengelernt hat. Ich hab gesehen, wie Can seinen Mund verzogen hat, als sie Court sagte, sonst hat sie immer vom Tennisplatz geredet. Er kann den einen Mundwinkel total süß hochziehen, ich wär um ein Haar rausgeplatzt. Und fast hätte ich Emma gefragt, ob der aus Feuerland zufällig Frederick heißt, weil sie den ja auch beim Tennis getroffen hat, aber ich hab mich gerade noch beherrscht. Und außerdem passt der Name Frederick nicht so richtig zu Feuerland, aber vielleicht hat der Feuerländer ja Eltern, die von woanders dorthin gezogen sind und irgendwann später nach San Diego. Ich werde sie fragen, wenn sie aus der Dusche kommt. Irgendwie habe ich den Verdacht, sie erfindet manchmal was. Aber es ist hässlich, so was zu denken. Sie ist schließlich meine Schw, und wenn man in San Diego lebt, macht man natürlich ganz andere Erfahrungen und lernt die exotischsten Typen kennen, München ist dagegen ein Provinzkaff.

Ich glaube, J findet sie inzwischen richtig gut, mit mir ist er jedenfalls nie so super drauf wie mit ihr nach dem Abwasch. Mich behandelt er meistens wie eine lästige Zecke, aber sie guckt er manchmal an, als ob er sie bewundert. Ich hab ihn vorhin gefragt deswegen, unter vier Augen natürlich, aber er hat nicht zugegeben, dass er sie mag, sondern mal wieder nur dumme Sprüche von sich gegeben, ich werde sie hier nicht wiederholen. Man kann mit ihm überhaupt nicht reden, manchmal denke ich, er hat die ganze Zeit eine Art Strampelanzug an, aus undurchlässigem Material, wie die Astronauten, und darin steckt der wirkliche J. Und dass er Angst hat, in den Strampelanzug könnte auch nur das winzigste Loch reißen. Vorhin im Bug hat er auch wieder so rumgehampelt, er kann einfach nicht stillsitzen und sich unterhalten. Er wollte unbedingt Karten spielen, wir vier zusammen, aber Can hat gesagt, er muss erst telefonieren, er ist vom Boot gesprungen und ein ganzes Stück den Weg runtergegangen. Ich glaube, das mit dem Telefon war eine Ausrede. Ich glaube, er hatte keinen Bock auf Emma.

Und dann ist was wirklich Komisches passiert. J hat Emma gefragt, ob sie so lange vielleicht Lust auf eine Runde Stress mit ihm hat, und Emma hat Känguru gesagt, ich bin fast ausgeflippt. Wieso sie jetzt Känguru sagt, hab ich sie gefragt. Sie hat ihre Kulleraugen gemacht und gesagt, Känguru heißt »ich verstehe nicht«, und ob ich die Story etwa nicht kenne, wie dieser Forscher nach Neuseeland kam und so komische Tiere rumhüpfen sah und nicht wusste, wie sie heißen. James Cook, hab ich gesagt, und Australien, in Neuseeland gibt es keine Kängurus. Australien, Tasmanien, Neuguinea und ein paar kleinere Inseln, woanders gibt es keine. Sie hat angefangen, wie verrückt zu gackern, und J auch. Was jetzt daran so komisch ist, hab ich gefragt, und J hat gesagt, weil Emma Neuseeland mit Australien verwechselt, er hat fast keine Luft gekriegt vor Lachen. Emma sind die Tränen übers Gesicht gelaufen, ihre ganze Wimperntusche ist verschmiert, und ich musste auch lachen, sie haben mich total angesteckt, es war wirklich sehr witzig. Wir haben schrecklich gelacht, alle drei, J hat sich echt auf den Boden geschmissen, wir konnten gar nicht wieder aufhören, wir brauchten uns nur anzugucken und mussten wieder anfangen. M und P sind gekommen und wollten wissen, was los ist, aber wir konnten es ihnen nicht sagen, weil wir so lachen mussten. Hinterher hat es sich total super angefühlt, wie nach endlos langem Schwimmen, man ist völlig k. o., aber irgendwie auch high.

Sie ist fertig mit Duschen, ich kann sie über mir hören, auf dem Dach bei Can und J. Ich könnte auch raufgehen, aber wenn die Jungs dabei sind, kann ich sie nicht fragen, ob Frederick der Feuerländer ist. Stress kann man nur zu zweit oder in Zweiergruppen spielen, sie kommt bestimmt gleich runter.

Pazartesi. Canım. Bisher der schönste Tag. Wegen Can,

und weil Emma und ich das mit dem Känguru wussten. Vielleicht haben wir das sogar gleichzeitig gelesen, sie in San Diego und ich in München. Ich glaube, ich bin glücklich.

22

Liebe Mutter!

Hier kommen unsere herzlichsten Grüße aus einem wunderbaren Urlaub, alles klappt bestens. Das Hausboot ist bequem und geräumig, die vier Kinder vertragen sich hervorragend, und das Wetter spielt in jeder Hinsicht mit. Wir sind ausgesprochen heiter und zufrieden und hoffen, dass es Dir genauso gutgeht wie uns.

Deine Luisa

P.S.: Ich unterschreibe für alle anderen mit, sie sind gerade einkaufen gegangen.

23

Was da vom Himmel fällt, kann man kaum Regen nennen, es müssen Ströme sein, Sturzbäche, Sintfluten. An dem kleinen Fenster rauscht es in Schlieren herunter, wie eine zweite, noch flüssige Glasschicht von Zentimeterdicke.

Schon in der Nacht hat er das Trommeln der Tropfen gehört, als er kurz wach geworden ist, von einem Geräusch, das er nicht einordnen konnte, aber er ist gleich wieder eingeschlafen, in bleierne Tiefen versunken, aus denen er erst jetzt mühsam wieder auftaucht. Das nächtliche Trommeln hat sich in ein gleichmäßiges starkes Prasseln verwandelt, und es ist so dunkel in der Kabine, dass er zunächst glaubt, es wäre Abend und er habe nicht nur die Nacht, sondern auch den ganzen folgenden Tag verschlafen. Aber dann hört er Luisas Stimme, es gibt gleich Kaffee, falls jemand aufstehen möchte.

Er schaut auf seine Uhr, Viertel nach neun, und vergewissert sich, dass sein Handy immer noch unten neben dem Bett in seinem linken Schuh steckt, wo er es beim Schlafengehen griffbereit deponiert hat. Gestern hat er es wie eine Stecknadel gesucht und schon befürchtet, es wäre ihm beim Anlegemanöver aus der Tasche gerutscht, er konnte und konnte es nicht finden, bis er dann in seinem Fotokoffer nachgesehen hat. Er hat sofort geprüft, ob Herringer versucht hatte, ihn zu erreichen, aber nichts. Für alle Fälle hat er den Klingelton auf maximale Lautstärke gestellt. Und aufladen sollte er, am besten in der kommenden Nacht. Wo ist eigentlich der Adapter geblieben, den er mitgebracht hat?

Äußerst schade, dass Herringer es nicht versucht hat. Sonst könnte er heute irgendwann ganz unaufgeregt zurückrufen, nicht zu früh, am besten am Nachmittag, er müsste ohnehin einen Moment abpassen, wo niemand mithören kann. »Sie haben angerufen? Tut mir leid, wir waren unterwegs.« Das käme in der genau richtigen Mischung aus Gelassenheit und Selbstbewusstsein rüber. Aber was, wenn Herringer die Mobilnummer gar nicht mehr hat? Vor Daniels Augen hat er sie eingespeichert, in sein Handy, er hat sie wiederholt und noch gesagt, hübsche Ziffernfolge, sie endet mit dreidrei dreidrei. Aber wenn er sein Handy verloren hat? Dann wäre auch Daniels Nummer futsch. Daniel kennt genug Leute, denen das schon passiert ist.

Ob er heute mal nachhaken soll? Über Herringers Festnetzanschluss? »Hallo, lieber Herr Herringer, ich wollte nur mal fragen, ob es was Neues gibt?« Unmöglich, das hätte etwas unerträglich Drängendes, Bittstellerisches. Würde seine Position schwächen, ihn klein machen, seine Abhängigkeit ins Licht rücken. Abgemacht war, dass Herringer sich bei Daniel meldet, also soll er sich melden. Nur – warum tut er es nicht? So einer wie Herringer verliert sein Handy nicht. Seit zwanzig Minuten sitzt der Mann in seinem Büro, er ist den ganzen August über in München, hat er gesagt. Und Daniel weiß, dass Herringer die Vormittage strikt am Schreibtisch verbringt, ein disziplinierter Mensch, ab neun kann man ihn da immer erreichen, sogar samstags. Vielleicht ist er krank, Sommergrippe, Blinddarm, Krebs. Beim letzten Treffen hat er ausgesehen wie das blühende Leben, aber man weiß ja nie.

Aus den Emma-Fotos von gestern wird er jedenfalls etwas Großartiges machen, das pure Leuchten eines jungen Menschen. Durch seine Scanalato-Technik kann er das Geheimnis andeuten, das dahintersteckt, die ewige Verwandlung. Er kann das sichtbar machen, was sie alle verloren haben, wenn sie erwachsen sind, und wonach sie sich sehnen bis zu ihrer letzten Minute. Das Leuchten und das Geheimnis, er wird es hinkriegen.

Er wird den Mund nehmen und gegen das Ohr setzen. Emmas Lippen eine rosige Landschaft, die sich aus anderem Blickwinkel in goldene Strukturen verwandelt. Die Nase vielleicht gegen das perfekte kleine Kinn, alles extrem vergrößert. Er könnte drei mal zwei Motive ineinanderarbeiten, ein Triptychon. Auf drei richtig großen Wänden. Und der Betrachter begibt sich im Sinne des Wortes hinein in das Leuchten und in das Geheimnis. Einen magischen Ort wird er erschaffen, im hintersten Raum der Galerie, der eignet sich hervorragend dafür. Es wird der Höhepunkt der ganzen Ausstellung sein. Die Krönung.

»Bist du wach?« Luisa schaut in die Kabine. »Es ist ein solches Mistwetter, du glaubst es nicht. Im saloon läuft das Wasser unter der Tür durch. Wenn es so bleibt, können wir einpacken.« Sie setzt sich zu ihm auf die Bettkante und reicht ihm einen Kaffeebecher. »Vorsicht. Heiß.«

Daniel brummelt ein »Danke«, nippt und verbrennt sich die Lippen.

Luisa lacht. »Du siehst aus, als wärst du gerade aus dem Ei gekrochen und mit dem Schrecken der Welt konfrontiert. Ich hab schon alle Urlaubskarten geschrieben, die Sorge bin ich Gott sei Dank los. Denk dran, dass wir sie einwerfen müssen.« Sie springt wieder auf und holt die grüne Strickjacke aus dem Schrank. »Ich hab mit Can *Stress* gespielt, musst du unbedingt auch lernen. Er ist wirklich ein besonders netter Junge, Jasper kann froh sein, dass er ihn hat.«

Sein Vergnügen, ihr beim An- oder Ausziehen zuzusehen, hat in all den Jahren nicht nachgelassen. Sogar jetzt, wo es nur darum geht, eine voluminöse Strickjacke über ein langärmliges T-Shirt zu ziehen, beobachtet er sie aufmerksam. Im Grunde ist das sein Urthema, die Veränderung aller Erscheinungen, die Spannung zwischen Verhüllen und Enthüllen. Auch bei Emma gestern, so entblößt sie gewesen ist, so bereitwillig sie sich ihm und seiner Kamera gezeigt hat, so unbegreiflich ist sie ihm erschienen. Unbegreiflich, zugleich aber völlig vertraut. Numinös, hätte Schmeller gesagt, dieser aufgeblasene Dozent damals an der Fotoakademie, in einem anderen Leben, einem Leben vor Luisa.

»Und die Mädchen?«, fragt er.

»Lesen. Das heißt, jetzt warten wir mit dem Frühstück auf dich, Lea hat alles an sich gerissen, sie ist erstaunlich gut drauf heute, trotz des grauenvollen Regens. Wir haben tolle Kinder, Daniel. Hast du das mitgekriegt gestern? Wie Jasper plötzlich seine hilfsbereite Ader rausgekramt hat?«

Er nickt, nimmt vorsichtig einen zweiten Schluck. Die Strickjacke hat er ihr zu Weihnachten geschenkt, eigentlich nur wegen des Grüntons, der genau ihrer Augenfarbe entspricht. Sie hat sie am ersten Feiertag getragen, dann monatelang nicht wieder, immer nur diese modischen, kurzen und figurbetonenden Sachen. Früher hat sie Übergrößen geliebt, in die sie sich hineinwickeln konnte. Und heraus natürlich. Daniel hat es immer reizvoll gefunden, sich in Gedanken unter die Stoffmengen zu begeben, direkt auf ihre Haut, und dabei zu wissen, dass dieser nackte Körper bald an seinem nackten Körper liegen würde, an keinem anderen sonst. Irgendwann vor ein paar Wochen hat sie die Jacke plötzlich wieder angehabt, er hat es registriert, aber nichts gesagt. Sie reagiert manchmal verblüffend gereizt, wenn er ihre Kleidung kommentiert. Als er gestern beim Anblick ihres neuen Badeanzugs bewundernd gepfiffen hat, hat sie eine genervte Grimasse gezogen, weiß der Kuckuck, warum.

Er beobachtet, wie sie die Jacke eng um sich wickelt, und sagt: »Ich könnte das Frühstück gut noch eine Weile aufschieben.«

Luisa überhört die Einladung. Sie krempelt die Ärmel um, drückt ihre Knie so weit nach außen, dass sie einen Kopf kleiner wird, und betrachtet ihr Gesicht im Spiegel.

»Ich bin schon richtig braun geworden«, sagt sie. »Oder täuscht mich jetzt die Dunkelheit hier drinnen. Was denkst du, sollen wir überhaupt weiterfahren bei dem Wetter?«

Er versucht es noch einmal. »Wir lassen alles ganz langsam angehen, okay? Und du kommst noch mal ins Bett?«

»Und die Kinder?«

»Frühstücken, spielen *Stress* und lesen. Mein Gott, Luisa. Sie sind groß.«

»Meinst du? Dieser Spiegel ist echt ein Horror, ich seh

aus wie Frankenstein. Am ersten Abend hab ich gedacht, ich hab eine Narbe im Gesicht.«

Sie bleckt ihre Zähne und fährt sich mit dem Finger diagonal durchs Gesicht.

Er lacht auf. »Ich würde dich auch lieben, wenn du Frankenstein wärst.« Er stellt den Becher ab und schlägt die Decke zurück.

Zur Tür gehend, wirft sie ihm einen schrägen Blick zu. »Du Ästhet? Das glaubst du doch selber nicht. Jetzt mal im Ernst, Daniel.« Sie macht die Tür auf und ruft: »Frühstück ohne Eltern, guten Appetit.« Macht die Tür wieder zu, zieht das Gummiband vom Pferdeschwanz und senkt ihre Stimme: »Ich hab dich beobachtet gestern, als du Emma fotografiert hast. Wenn du irgendwas Schönes vor der Nase hast, vergisst du die komplette übrige Welt. Wenn ich aussehen würde wie Frankenstein, wär ich jetzt bestimmt nicht hier. Es gäbe weder Jasper noch Lea.«

Sie setzt sich auf die Bettkante und bindet ihre Leinenschuhe auf. Obwohl sie die Tür nur knapp geöffnet hatte, erfüllt jetzt ein durchdringender Geruch nach gebratenem Schinken die Kabine.

Er ist sich nicht sicher, wie ernst sie ihre Worte meint, und wartet einen Moment, ob sie noch mehr dazu sagen will, aber sie schlüpft schweigend mit Jeans und dicker Jacke zu ihm unter die Decke. Er schiebt seinen Arm unter ihre Schultern und zieht sie an sich. Und auch er flüstert, obwohl das Geprassel des Regens eine fast so dichte Geräuschkulisse bildet wie der Dieselmotor, wenn sie unterwegs sind.

»Ich hatte den Eindruck, du hast kein Problem mit Emma.«

»Hab ich auch nicht. Ich finde nur, dass sie hier ein bisschen zu sehr die Hauptrolle spielt. Genauer gesagt, bei dir.«

»Weil ich Bilder von ihr gemacht habe?«

Ihm fällt wieder ein, dass er eigentlich Luisa fotografieren wollte, gestern Morgen. Luisa im Wasser. Das nasse Türkis ihres neuen Badeanzugs. Irgendwie ist Emma ihm dazwischengekommen. Es muss damit zu tun haben, dass sie so neu ist, neu in jeder Hinsicht.

»Du weißt genau, dass Lea oder Jasper dabei nie mitmachen würden«, sagt er. »Ich plane eine große komplizierte Arbeit, verstehst du? Man wird Emma gar nicht wiedererkennen, ich werde nur bestimmte Details benutzen.«

»Bestimmte Details von der schönen Emma. Doch, das kann ich mir gut vorstellen.«

Sie klingt so bitter, dass er erschrickt. »Was ist los, Luisa?«

»Ach, nichts. Ich hab nur so ein dummes Gefühl, ich kann es dir gar nicht genau erklären. Vielleicht magst du es nicht hören, aber ich finde sie… also ich finde sie, ehrlich gesagt, einen Tick ordinär.«

»Was! Emma? Ordinär?«

Luisa seufzt, ihre Schulterblätter in der dicken Jacke bewegen sich unter seinem Arm. »Ich wusste, dass du das anders siehst. Vielleicht bin ich ja auch blind, und nicht du.«

Blind? Automatisch schiebt sich die Erinnerung an Emmas Wange in seine Gedanken, das Gold, das Licht. Er hat es gesehen, er hat es festgehalten.

Luisa holt tief Luft. »Aber nein, ich bin nicht blind. Ich seh doch genau, wie sie dich anhimmelt. Wie sie Jasper um den Finger wickelt und Can schöne Augen macht. Das kann sie ja alles gerne tun, aber sie übertreibt es, Daniel. Und selbst damit könnte ich leben, wenn es dabei nicht auch um dich ginge. Du bist völlig auf sie abgefahren, absolut kritiklos.«

»Bin ich ganz und gar nicht.«

»Doch. Du vergötterst dieses Mädchen. Und warum? Weil du ein schlechtes Gewissen hast? Weil sie so toll aussieht? Weil sie mehr hermacht als meine Kinder?«

»Lea mag sie auch«, sagt er lahm. Es stört ihn, dass sie »meine Kinder« sagt, aber er weiß ja, warum sie es tut.

»Lea! Lea hat sich doch vorprogrammiert, Emma nur großartig zu finden, schon vor der Reise. Und zwar deinetwegen. Lea würde nie auf die Idee kommen, irgendwas, das mit dir zu tun hat, schlecht zu finden. Du bist ihr Vater, du bist ein Held für sie, auch wenn ihr das vielleicht nicht bewusst ist.«

Er schaut zum Fenster, das Wasser läuft in unverminderem Schwall am Glas herunter. Gedämpft durch das Regengeräusch sind aus dem saloon die Stimmen der Kinder zu hören, Geschirr klappert. Luisas erregtes Atmen überträgt sich auf seinen Arm. Nach einer Weile spürt er, dass sie schluckt.

»Tut mir leid«, flüstert sie. »Ich wollte das überhaupt nicht sagen, aber du hast angefangen, mit deinem Frankenstein.«

»Mit Frankenstein hast du angefangen, vor dem Spiegel.«

»Aber ich wollte nicht an dir herumkritisieren. Entschuldige bitte.«

»Vielleicht hast du ja recht. Ich finde sie wirklich ausnehmend schön.«

»Sie ist ausnehmend schön«, flüstert Luisa. »Und sie ist deine Tochter. Ihr habt so viel nachzuholen. Zu zweit. Nur – für mich und Lea und Jasper ist es vielleicht doch nicht ganz so einfach, wie ich es mir vorgestellt hatte.« Sie rollt sich zu ihm herum und legt ihre Hände um sein Gesicht. »Ich werde es hinkriegen, ich verspreche es dir.«

»Was willst du hinkriegen. Du machst doch alles richtig.«

Sie küsst ihn auf sein Kinn. »Nicht alles.«

Sie lässt ihre Zungenspitze über seine Bartstoppeln gleiten. Ihre Haare fallen über sein Gesicht, ein nach Shampoo und Kaffee duftender Vorhang, der den Schinkengeruch gnädig ausschließt.

Er schiebt seine Hände unter ihre Jacke und das T-Shirt, seine Fingerspitzen erkennen ihre Rippenbögen. Unter Tausenden von Rippenbögen würde er ihre herausfinden, sie sind ihm vertrauter als seine eigenen. Ihn verblüfft auch in diesem Moment, wie schon so oft, die Empfindung, dass nicht nur seine Lust, sondern auch seine Freude bis in seine Fingerspitzen reicht. Er nimmt sich vor, langsam zu sein, die Freude auszukosten, nicht zu schnell gierig zu werden. Sich Zeit zu lassen mit dem Enthüllen. Und fährt zusammen, als das Handy klingelt, unten im Schuh.

»Nicht drangehen jetzt.« Luisas Atem streift sein Ohr. »Bestimmt Mutter. Oder Lydia. Ich ruf zurück. Ich hab ihr deine Nummer gegeben, für alle Fälle.«

Er schiebt sie zur Seite und hangelt nach dem Telefon. In seinem Kopf überschlagen sich die Gedanken, Herringer, Luisa darf nicht mithören, wo kann er telefonieren? Draußen die Sintflut, im saloon die Kinder. Bleibt die Zelle. Und was denkt Luisa, wenn er zum Telefonieren da verschwindet? Mist. Und wenn er einfach nicht drangeht? Herringer später zurückruft? Aber das bringt er nicht fertig. Muss er sich eben bedeckt halten, beim Reden.

Er meldet sich mit einem möglichst gelassenen »Hello?«

»Daniel? Bist du das?«

Er reißt das Handy vom Ohr und guckt auf das Display, warum hat er bloß nicht vorher daran gedacht, er hätte das Gespräch nicht angenommen. Er wirft Luisa einen gequälten Blick zu, sie hat sich auf den Rücken geworfen und starrt zur Decke. In Sekundenschnelle erwägt er die Möglichkeit, den Anruf abzuwürgen. Aber so, wie er sie kennt, wird sie die Wiederholtaste so lange drücken, bis sie Erfolg hat. Also Augen zu und durch.

»Sag mal, bei euch ist jetzt Nacht, oder? Was ist los?«

»Die Frau hat es wirklich drauf«, sagt Luisa. »Exakt im richtigen Moment.«

»Na? Wie macht sich unsere kleine Ratte bei dir, habt ihr fun?« Dann ein zu schrilles Lachen.

»Du bist betrunken.« Daniel bringt das Handy auf Abstand von seinem Ohr. »Hier ist alles okay, Emma kann dich anrufen, wenn du ausgeschlafen hast.«

Als Antwort ein Wörterwust, er hört nicht hin. Er weiß, dass er Luisa für diesen Moment verloren hat, er muss zuschauen, wie sie aufsteht und die grüne Jacke wie einen Schutzmantel um sich wickelt. Er muss auch ihre Bemerkung ertragen: »Sag ihr meine herzlichsten Grüße.«

Sie greift nach ihren Schuhen, in ihrem Gesicht dieser Ausdruck, den er jetzt am allerwenigsten gebrauchen kann, Spott, Verachtung, Trauer. Die Tür schließt sich quietschend hinter ihr.

Der nächste Schwall durchdringenden Schinkengeruchs erreicht ihn eine Sekunde später. Er lässt das Telefon sinken, Sophies betrunkenes Gebrabbel vermischt sich mit dem Prasseln des Regens.

24

Selbst bei gutem Wetter ist es Folter auf dieser Schaluppe, aber heute ist es echt die Hölle. Schon die Nacht war voll daneben, er hatte sich wieder rausgelegt, in den Bug, und auf Can und Emma gewartet, sie waren verabredet, kleiner Trip an Land, sobald Ruhe im Karton wär. Irgendwie ist er kurz eingepennt, und als er wach wurde, war es schon zu spät. Den Schlafsack kann er für den Rest der Reise vergessen, falls dieses Sauwetter anhält. Trocknet doch nie, das Zeug, bestimmt neunundneunzig Komma neun Prozent Luftfeuchtigkeit, alles auf diesem Kahn fühlt sich an wie eben aus dem Wasser gezogen, ekelhaft, sogar die Möbel.

Kam auch echt nicht so gut, wie Can gegrinst hat, als Jasper klatschnass im saloon aufgetaucht ist, den triefenden Strafsack im Schlepp. Ja, ja, Can hatte ihn gewarnt, er hatte gesagt, dass Lea gesagt hat, das Wetter kann sich ändern. Aber was seine geniale FS-Schw schon sagt, und erst recht was sie schreibt, alles Müll. Er musste sich trockene Klamotten anziehen und dann wieder auf die Pritsche in der galley kriechen. Bevor er Cans Angebot angenommen hätte, die Betten zu tauschen, hätte er sich lieber den Pimmel abschneiden lassen. Erst höhnisch lachen – und dann den Großmütigen spielen, schönen Dank. Er kommt schon zurecht.

Na, und dann der Hammer mit Wales, den Can gestern aus dem Ärmel gezogen hat. Wieso eigentlich erst jetzt? Das weiß der doch garantiert seit Ewigkeiten, und selbst wenn's nur vierzehn Tage wären, hätte er es ihm sagen müssen. So eine Androhung wirft doch einen Schatten aufs ganze Leben, wieso frisst er das in sich rein. Echt Känguru.

»Will noch jemand?«

Wortlos nimmt er Lea die Brotscheibe aus der Hand, die sie mit spitzen Fingern aus dem Toaster geholt hat. Er lässt sie auf seinen Teller fallen und ärgert sich im gleichen Moment, dass er die Fettreste von den Schinkeneiern nicht aufgewischt hat. So ein blöder Toast hat sich doch in null Komma nichts vollgesogen, er wird nach Fleisch schmecken, dabei hat er sich innerlich gerade auf Marmelade eingestellt. Wozu wiederum die salzige Butter nicht passt, gibt's in diesem Land keine normale? Ob er sie einfach mal weglässt, wie Emma? Aber vielleicht neutralisiert sie ja das Schinkenfett.

»Krieg ich mal die Butter?«

Emma schiebt sie ihm rüber, und Can stellt ihm unaufgefordert das jam hin. Gestern noch hätte Jasper das ganz normal gefunden, aber heute sieht er das anders, vielleicht ist Can doch ein Schleimer.

»Wusstet ihr schon, dass das Brot hier aus der Zeitung von gestern gemacht wird?«, fragt Emma.

Lea kichert. Can grinst höflich, und seine Mutter, die seit fünf Minuten wie paralysiert in ihre Tasse starrt, sagt: »Also wir fahren trotzdem weiter.«

Irgendwas ist ihrem Morgenquickie in die Quere gekommen, na und? Ihm ist auch das eine oder andere in die

Quere gekommen, deswegen würde er Emma noch lange nicht wie Luft behandeln. Ist doch witzig, das mit der Zeitung.

»Früher haben sie das Brot aus Seetang gemacht«, sagt er. »Als sie die Zeitung noch fürs Arschwischen gebraucht haben. Seetang, abgeschnittene Fingernägel und das, was man beim Saubermachen so zusammenfegt, auf dem Fußboden. Daraus haben sie Brot gemacht.«

»Mensch, Jasper, ich esse!«, quäkt Lea.

»Und Daddy?«, fragt Emma. »Ich mein, wenn wir jetzt weiterfahren wollen. Was ist mit ihm?«

»Daddy hat seine Menopause«, sagt Jasper und klatscht Marmelade auf seinen Toast, er hat das Bedürfnis, die muffige Atmosphäre ein bisschen aufzumischen.

Die Reaktion seiner Mutter sprengt allerdings seine Erwartungen, sie schlägt mit der flachen Hand so heftig auf den Tisch, dass ihm die Marmelade vom Löffel rutscht, halb auf den Tisch, halb auf den Teller.

»Das geht entschieden zu weit! Du benimmst dich hier, wie alle anderen auch, verstanden?«

Sie brüllt. Sie ist eine Furie. Er kann ihre Goldzähne sehen, sie hat Falten im Gesicht. Sie ist nicht seine Mutter. Man hat ihn vertauscht, gleich nach der Geburt, eigentlich ist er jemand ganz anderer, als kleines Kind hat er das schon gewusst und hat es wieder verdrängt. Er gehört überhaupt nicht hierher.

»Ob du mich verstanden hast, Jasper!«

»Ja«, murmelt er. »War ja wohl kaum zu überhören.«

Sie springt auf, rast in die galley, tritt den nassen Schlafsack zur Seite, der im Knüll mit seinen durchweichten

Klamotten auf dem Boden liegt, und schnappt sich ihre Regenjacke vom Haken.

»Häng deinen Kram gefälligst zum Trocknen auf. Abfahrt in einer halben Stunde, bis dahin ist das Geschirr gespült, die Betten sind gemacht, und kein Stück liegt hier rum.«

»Mensch, Mami, du kannst doch jetzt nicht rausgehen«, jammert Lea, aber die Hintertür knallt schon zu.

Danach hört sich der Regen erst ganz leise an, und dann so laut, als würden Eisstücke vom Himmel fallen, vielleicht hagelt es inzwischen, wundern würde es ihn nicht.

Lea sieht aus, als würde sie gleich losheulen, sie stellt schon ihr Geschirr zusammen. »Du bist so bescheuert«, sagt sie.

»Selber.«

Jasper hat echt nicht das Gefühl, zu weit gegangen zu sein. Ist doch klar, dass Männer keine Menopause haben können, sind sie hier im Kindergarten oder was. Ihn so abzubügeln, vor den anderen, ist er hier der Fußlappen? Am liebsten würde er den Tisch hochkippen und alles runterrauschen lassen. Poff und ex.

Unter gesenkten Lidern schaut er neben sich. Emma fummelt mit gerunzelter Stirn an ihren Fingernägeln herum, die ganze Szene ist ihr peinlich, klar. Und Can? Der großartige Can? Sein toller Freund? Säbelt an einer Tomate rum, als gäb's nichts Wichtigeres auf der Welt. Schön Salz drauf streuen, bloß nicht hochgucken.

»An deiner Stelle würde ich hinterhergehen«, sagt Lea und stellt ihr Geschirr in die Spüle. »Ich würde mich entschuldigen.«

»Und wofür?«

»Na ja, für die Menopause, wofür denn sonst, du Trottel.«

»Ey, tickst du noch? Wenn, dann müsste ich mich bei ihm entschuldigen. Aber er hat's ja noch nicht mal mitgekriegt.«

»Sie gehören zusammen«, sagt Lea und lässt Wasser ins Becken laufen. »Findest du nicht auch, Can? Dass er sich bei meiner Mutter entschuldigen muss? Auf dich hört er doch. Sag's ihm.«

Jetzt wird's spannend. Mal sehen, wie sein bester Freund sich aus der Affäre zieht.

»Also ich würd's tun«, sagt Emma. »Du wirst nur nass dabei, das ist alles.«

»Aber hier geht's um Pipifax«, sagt Jasper. »Was ist denn schon dabei, wenn man Menopause sagt. Ich kapier's nicht. Ehrlich.«

Jetzt streut Can Pfeffer auf seine verfickte Tomate, hier noch ein bisschen und da noch ein bisschen, der wird sich ganz schön das Maul verbrennen.

»Es war sexistisch«, sagt Lea.

»Sexistisch? Du spinnst ja. Ich hab über ihn geredet. Kleiner joke. Er hätte garantiert gelacht.«

»Sexistisch um die Ecke. Das ist besonders fies. Als wenn Männer keine Probleme mit ihrem Geschlecht hätten.«

Emma hält ihre Hand vor den Mund und flüstert so leise, dass Lea es nicht hören kann. »Heute Nacht werden wir wissen, welche Probleme Männer mit ihrem Geschlecht haben.«

Jasper kann nicht anders, er prustet los. Und kriegt sich

ganz schnell wieder ein, als er sieht, dass Can seinen Teller mit den stundenlang präparierten Tomatenscheiben von sich schiebt und ihn ansieht.

»Na hau schon rein«, knurrt Jasper und fuchtelt mit beiden Fäusten kleine angreiferische Kreise in die Luft. »Gib's mir, mach mich nieder. Attacke!«

Vielleicht kann er die Sache spielerisch lösen, er hat echt keinen Bock darauf, dass ihm hier ein Strick aus einem einzigen albernen Wort gedreht wird.

Can lässt seine Hände ruhig auf dem Tisch liegen. »Ich glaube, es ist egal, ob du es kapierst oder nicht«, sagt er. »Darum geht es überhaupt nicht. Wir haben alle gemerkt, dass sie verletzt ist. Deine Mutter, mein ich. Gut, sie war irgendwie nicht so toll drauf, aber deine Menopause…«

»Seine Menopause«, sagt Jasper. »Ich hab keine, okay?«

»Siehst du?«, sagt Lea. »Genau das ist der Punkt.«

Mal wieder total oberschlau, seine FS-Schw, und wie sie Can angeiert, ekelhaft.

»Jedenfalls geht es ihr nicht gut«, sagt Can. »Aber ich kann da wohl kaum was machen.«

»Ich auch nicht«, sagt Emma.

Alle drei glotzen ihn an. Erwarten die im Ernst, dass er in das Pisswetter rausgeht und seiner Mutter nachdackelt? Weil die mal wieder nicht gut drauf ist?

»He, Leute, in die Scheiße da draußen geht man echt nur, wenn man allein sein will«, murrt er.

Emma stößt ihn mit dem Ellenbogen an. »Wenn du Hilfe brauchst? Ich komm mit, wenn du willst.«

Er sieht sie überrascht an, sie lächelt. Sie ist echt in Ordnung, die Einzige hier, die zu ihm hält, davon könnten sich gewisse Leute gerne eine Scheibe abschneiden, anstatt sich einen Heiligenschein aufzusetzen. Aber mit ihr im Schlepptau bei seiner Mutter ankriechen? Käm irgendwie peinlich rüber, als hätte er Schiss allein.

»Nee, danke.« Er grinst sie schräg an, steht auf und schiebt in Zeitlupentempo den Stuhl unter den Tisch. »Na gut. Wenn ihr meint? Obwohl es nicht einzusehen ist. Ich mach es nur, um die allgemeine Stimmung zu retten, okay?«

Jetzt kommt es drauf an, einen passablen Abgang hinzulegen. Er steckt die Hände in die Hosentaschen und ertastet zum Glück ein paar Münzen, für ein Bier am Kiosk wird's reichen. Er nimmt die Nase hoch und marschiert durch die galley zur hinteren Tür, ohne die Jacken an den Garderobenhaken eines Blickes zu würdigen.

»Zieh dir was über«, ruft Lea.

Genau das sollte sie sagen, eine Antwort erübrigt sich. Er wird mindestens eine Stunde wegbleiben, sie sollen mal so richtig schön auf ihn warten.

Als er rausgeht ins Heck, treibt ihm ein Windstoß Regenschwaden ins Gesicht und reißt fast die Tür aus seiner Hand. Klatschnass wird er zurückkommen, durchgefroren, ein bedauernswertes Wrack, hat die ganze Zeit nach seiner Mutter gesucht, sie aber leider nicht gefunden. Die wird froh sein, wenn er überhaupt wiederkommt. Heißen Tee machen und all das. O Mann, wie sie auf ihn warten werden. Derweil können sie sich in aller Ruhe überlegen, wie sie ihn behandelt haben. So ein mega Stress wegen eines verfickten Worts, doch lächerlich. Und Can kann ruhig mal bisschen genauer über ihre Freundschaft nachdenken.

Zehn Sekunden später, auf dem Bootssteg, kleben ihm

die Hosen an den Waden wie diese fiesen kalten Wickel, die man bei hohem Fieber ertragen muss, noch eine Sekunde, und sein Sweatshirt ist durch. Ob er das wirklich durchziehen soll, mit dem langen Wegbleiben? Bis zum Kiosk sind es schätzungsweise dreihundert Meter, kein Schwein ist bei diesem Wetter draußen, wahrscheinlich ist die Bude überhaupt nicht geöffnet.

Er zieht die Kapuze in die Stirn und trabt los, den Kopf gesenkt, die angewinkelten Arme an den Leib gedrückt. Das Wasser läuft ihm in die Schuhe, der Weg ist eine einzige Pfütze. Er flucht in sich hinein. Und dann hat er plötzlich in all der Nässe Natalies Gesicht vor Augen, wie sie geweint hat, auf der School's-Out-Party. Weil Flip, der Vollidiot, sie so blöd angemacht hat, mit diesem Frauenkram. Und ihm fällt ein, wie wütend er gewesen ist, und dass er Flip am liebsten eine reingedonnert hätte. Dass Natalie rausgerannt ist. Und dass er sich halbtot geärgert hat, ihr nicht nachgegangen zu sein.

Allmächtige Scheiße. Er bleibt mitten im strömenden Regen stehen und verspürt in all seinem Elend so etwas wie eine Erleuchtung. Es gibt Wörter, die Frauen einfach nicht vertragen. Irgendwie ist er genauso ein Vollidiot gewesen wie Flip.

25

Eimer, Scheuertuch und Schrubber stehen bereit. Er hat die Fußböden übernommen, die Mädchen machen alles andere. Als er im saloon den zusammengekehrten Schmutz auf die Schaufel fegt, muss er an Jaspers Gesicht denken, wie er das vom englischen Brot gesagt hat, vorhin, bevor die ganze Stimmung zusammengekracht ist. Wenn Jasper einen joke macht, sieht er immer total harmlos aus, als könnte er nicht bis zwei zählen. Wenn man genau hinguckt, sieht man, dass seine Nasenspitze wackelt, aber vielleicht bildet Can sich das auch nur ein. Wenn Natalie einen joke macht, merkt man schon vorher, dass sie was Komisches sagen will, als ob ihr Gesicht Anlauf nimmt. Sie ist wahnsinnig offen, in allem, sie kann sich einfach nicht verstellen. Sie würde nie lügen.

Als er sie gestern Abend endlich erreicht hat, klang sie eigentlich ganz okay, aber sie wollte nichts mit ihm besprechen. Sie hat gesagt, am Telefon kann sie das nicht, er ist gar nicht dazu gekommen, ihr seinen Standpunkt zu erklären. Sie hat gesagt, dass sie in München darüber reden. Ob ihre Eltern es wissen, hat er gefragt. Sie hat nur gelacht, aber irgendwie traurig, und dann hat sie aufgelegt.

Jetzt sitzt er da mit dem Scheiß. Wär zu geil, wenn er die Sache aus dem Kopf kriegen könnte, nur für die nächsten anderthalb Wochen, aber dafür müsste er sich Tag und Nacht zukiffen. Bei dem Sauwetter kommt er ja nicht mal vor die Tür, und im Regen rauchen ist echt das Letzte, total erniedrigend, außerdem wird die Tüte nass, da kann man noch so sehr versuchen, die Hand drüberzuhalten.

Jaspers Vater treibt sich auch da draußen rum, die sind alle irgendwie daneben in dieser Familie. Der hatte natürlich mitgekriegt, wie Jaspers Mutter losgelegt hat, laut genug war sie ja. Jasper war vielleicht fünf Minuten weg, da ist er aus der Elternkabine gekommen und wollte wissen, was los war. Lea mochte nichts sagen, aber die amerikanische Emma hat rumgekichert und die Sache mit der Menopause erzählt. Jaspers Vater hat überhaupt nicht gecheckt, was daran irgendwie dramatisch sein könnte, er hat nur schief gegrinst, zwei Tassen Tee runtergekippt, dann sein Regenzeug gegriffen und ist abgehauen. Alles in allem hat er jedenfalls ziemlich lange gebraucht, bis er ihr nach ist.

Ob sein Alter auch hinterherlaufen würde? Can kann es sich nicht vorstellen. Seine Mutter hätte allerdings auch nie so rumgekeift, überhaupt geht es bei ihm zu Hause nach anderen Regeln zu. Wenn er seinem Vater eine Menopause unterjubeln würde, auch nur im Scherz, wär er eher gestern als heute in Wales. Jasper weiß gar nicht, wie gut er es hat. Braucht sich nur zu entschuldigen, und alles ist wieder okay. Aber wahrscheinlich geht es zwischen den Eltern um was ganz anderes, und Jaspers dämliche Bemerkung war nur der Auslöser. Can merkt doch schon lange, dass zwischen denen irgendwas stinkt. Nicht sein Problem.

»Kann ich da mal ran?«

Die amerikanische Emma scheuert das Spülbecken, sie

tritt zur Seite, damit er den Schmutz in den Abfalleimer kippen kann.

»O mein Gott«, sagt sie. »Etwa alles meine Haare?«

Auf der Schaufel jede Menge verklumpte Flusen, Staub, Krümel, paar Obstkerne und massenhaft blonde Haare.

»Also wenn ich jetzt Haarausfall kriege, häng ich mich auf, ich schwör es dir, bei meinem Leben.«

Dass sie immer so übertreiben muss. Aber bitte, wenn sie sich unbedingt aufhängen will? Ihn stört es schon die ganze Zeit, dass sie dauernd mit ihren Haaren rummacht, alle fünf Minuten hat sie sie anders, sogar bei den Mahlzeiten zieht sie manchmal eine Spange aus der Tasche und ändert ihre Frisur. Mindestens zehnmal am Tag ist sie mit der Bürste zugange.

Er hält ihr den Handfeger unter die Nase, in den Borsten haben sich so viele Haare verfangen, dass man ein Vogelnest daraus bauen könnte. »Eindeutige Diagnose«, sagt er. »Akuter Ausfall.«

»O mein Go-ott!«

Sie kreischt wie die Mädchen in diesen amerikanischen Soaps, die seine Schwestern früher angeguckt haben. Sie nervt.

»Vielleicht solltest du dich nicht unbedingt hier drinnen kämmen«, meint er. »Ich find's ziemlich eklig, ehrlich gesagt.«

Sie schüttelt nur ihre Haare nach hinten und lächelt. Wischt die nassen Hände an ihren Shorts ab und schaut zu, wie er den losen Dreck von der Schaufel schüttet und mit dem Handfeger über den Schaufelrand schabt, um die Haare von den Borsten zu kriegen. Er hat keine Lust, das

Zeug anzufassen, alles klebt zusammen, vor der Tür zum Bug ist er mit dem Besen aus Versehen in die Wasserlache gekommen, da läuft es die ganze Zeit rein.

Sie steht da und guckt, und dann sagt sie: »Du hast doch bestimmt mehrere, oder?«

»Mehrere was?«

»Na, Freundinnen. Einer wie du?«

»Klar«, sagt er. »Zwölf. Äh, dreizehn.« Er weiß, dass Ironie bei ihr nicht ankommt, aber was soll er schon auf so eine idiotische Frage antworten.

Sie kichert. »Und wer ist die dreizehnte? FSL?«

Unwillkürlich schaut er über seine Schulter, Lea putzt die Zelle, die Tür steht offen.

»Red keinen Scheiß«, zischt er, allmählich geht seine Geduld zu Ende. »Und dass das klar ist, du lässt ihr privates Zeug in Ruhe.« Er beißt die Zähne zusammen, zerrt das klebrige Zeug vom Handfeger, schmeißt es in den Müllsack. »Sag mir lieber, wo es hier was zum Wischen gibt, für den Fußboden.«

»Putzmittel? Ich guck mal.« Sie hockt sich so dicht neben ihn, dass ihre Schulter sein Bein berührt, und wühlt im Unterschrank rum. »Mal im Ernst«, sagt sie. »Du hast eine feste Freundin, oder?«

»Und wenn?«

Er denkt gar nicht daran, sein Bein wegzuziehen, obwohl sie sich jetzt richtig dagegenlehnt. Auf so eine Anmache reagiert er null. Er ist nicht interessiert. Irgendwann wird sie es merken.

»Ich weiß ja nicht«, sagt sie. »Ich mein nur, vielleicht könnten wir mal ohne Jasper losgehen, abends.«

»Hättest gern einen Türken in deiner Sammlung, oder was.«

Ohne dass er es will, stellt er sie sich vor, bekifft, nackt, auf ihm hockend. Nachts, an der Uferstelle, wo der Joint in Jaspers Rührei gefallen ist. Wo es dunkel war. Sie blickt zu ihm auf, er sieht, wie ihre Pupillen kleiner werden.

»Was du gleich wieder denkst. Ich unterhalte mich einfach gern mit dir. Aber wenn er immer dabei ist? Das ist einfach was anderes.«

»Wenn wer immer dabei ist?«

Shit, jetzt hat er nicht gemerkt, dass Lea aus der Zelle gekommen ist, hoffentlich hat sie nichts gehört. Er glaubt zwar nicht, dass er irgendwas besonders Peinliches gesagt hat, aber komisch, irgendwie möchte er vor ihr nicht wie ein Idiot dastehen.

»Ach, ich hab nur von Amos erzählt«, sagt die amerikanische Emma, »meinem Stiefvater, du weißt schon. Aber jetzt ist er das ja nicht mehr.« Sie reicht Can eine gelbe Plastikflasche, auf der »Fairy« steht. »Ich glaub, das geht für den Fußboden. Und du musst jetzt Daddy mit mir teilen.«

Hockt da unten und lächelt zu Lea rauf, als ob sie der gerade die geilsten news erzählt. »Und dir hab ich mitgebracht, dass dein größter Wunsch in Erfüllung geht«, so hört es sich an.

Lea steht da mit einem Berg Schmutzwäsche in den Armen und sagt nach kurzem Nachdenken: »Geteilte Freude ist doppelte Freude. Oder?« Und übergangslos: »Gibt's hier eigentlich noch einen zweiten Eimer? Wir müssen die Handtücher waschen, die stinken alle.«

»Glaub nicht.« Can geht zu seinem Eimer und lässt das

Putzmittel aus der Flasche laufen. »Du kannst diesen kriegen, wenn ich gewischt hab. Schmeiß die Dinger doch raus solange.«

Lea geht mit den Handtüchern zur Bugtür, die amerikanische Emma bleibt immer noch da unten hocken und schaut ihr nach, mit einem Gesichtsausdruck, als säße sie vor einer Matheaufgabe, die kein Mensch auf der Welt lösen kann.

Er überlegt kurz, ob er Lea die Handtücher abnehmen soll. Bestimmt wird sie den Krempel nicht direkt vor die Tür schmeißen, sondern ordentlich auf die Bank legen oder darunter stopfen, damit ihre Mutter, wenn sie wiederkommt, nicht gleich draufguckt und wieder ausflippt. Sie wird klatschnass werden, so, wie der Regen gegen die Scheiben pladdert. Zumindest könnte er ihr die Tür aufhalten. Aber damit würde er der amerikanischen Emma nur Munition für weitere Anspielungen liefern, also lässt er es lieber. Man muss ja nichts herausfordern.

»O nee!« Lea schmeißt die Handtücher zur Seite. Sie tritt mitten in die Lache und presst ihre Stirn gegen die Scheibe. »Guckt mal! Wer da sitzt!«

Jasper, denkt Can. Dieser Scheißtyp. Wir reißen uns hier den Arsch auf, und er sitzt die ganze Zeit drei Meter von uns entfernt, lässt sich vollschiffen und schmollt. Muss ich mir das ansehen?

Die amerikanische Emma ist aufgesprungen, neben Lea schaut sie nach draußen und schlägt sich die Hand vor den Mund.

»Wir müssen sie reinholen«, sagt Lea.

Jaspers Mutter? Ist ihr was passiert? Eilig tritt Can hinter die Mädchen und versucht, über ihre Köpfe hinweg in der grauen Nässe da draußen irgendwas zu erkennen, er kann nur die Bank ausmachen, den Bootsrand, die darauf spritzenden Tropfen. Da ist niemand.

»Unter der Bank«, flüstert Lea.

Jetzt sieht er sie. Unter der Bank hockt eine Katze, ziemlich großes Tier.

»Die holst du nicht rein«, sagt die amerikanische Emma. »Die hat bestimmt Flöhe und so was. Milben und Bandwürmer.«

»Aber vielleicht gehört sie hierher«, sagt Lea. »Auf die Darling. Wir müssen sie füttern.«

»Ach Quatsch. Dann hätten wir sie längst gesehen. Oder, Can?«

Wieder lehnt sie sich an ihn, und er lässt es zu.

»Das ist ein Kater«, sagt er. »Keine Katze.«

26

In den Prospekten, die sie vor der Reise durchgeblättert hat, waren jede Menge historische Pubs abgebildet, jedes für sich eine unwiderstehliche Verlockung. Sie erinnert sich besonders an ein von knorrigen Bäumen umgebenes Gebäude aus leuchtend rotem Backstein mit drei hohen Kaminen und einem großen goldenen Schild, die Fassade über und über berankt von Blumen in Gelb und Weiß und Rot, traumhaft schön. Und natürlich hat sie sich vorgestellt, in solchen Häusern einzukehren und es sich gutgehen zu lassen.

Dieses Ding hier, hochtrabend »Three Lions« genannt, ist eine Kaschemme, ein düsterer Schankraum, spärlich erhellt von ein paar Lämpchen, deren urinfarbene Stoffschirme seit Urzeiten nicht gereinigt wurden, eher nie. Über dem Tresen eine Neonleuchte, in ihrem Glas tote Insekten. Es riecht nach Bier und Bratfett und einem Putzmittel, das Luisa an Ungeziefer denken lässt, so stinkt es in Aufzügen von Billighotels. Aber im Moment ist sie überall lieber als auf dem Boot. Sie ist noch lange nicht so weit, den Kindern wieder gegenüberzutreten.

Daniel wartet am Tresen auf den Tee. Wieso dauert das so lange, das dicke Mädchen mit den aufgetürmten roten Haaren wird ihnen eh nur Wasser und Beutel geben, das

Wasser wahrscheinlich handwarm. Jetzt niest sie auch noch, immerhin benutzt sie ein Taschentuch.

Am liebsten würde Luisa aufspringen und selber für ihren Tee sorgen, das hektische Gefummel der erkälteten Dicken mit irgendwelchen Bechern und Gläsern beenden. Als müsste die eine dreißigköpfige Reisegesellschaft versorgen, dabei sind außer Daniel und ihr nur noch drei Männer mittleren Alters da, einer an der Jukebox, die beiden anderen an einem Tisch in der dunkelsten Ecke. Sitzen da wortlos und starren zu ihr rüber. Sie wird jeden weiteren Blick dorthin vermeiden.

Sie zieht die Ärmel ihrer Strickjacke weit über die Hände und drückt ihre verschränkten Arme gegen ihre Brust, um das innere Zittern abzustellen. Sie ist immer noch unglücklich, obwohl er ihr nachgelaufen ist, um sie zu trösten. Erst hat sie ihn gar nicht gesehen, da am Kiosk, wo sie unter dem Dachüberstand Schutz gesucht hatte, der kleine Shop war natürlich geschlossen. Der Regen wie eine Wand, sein Prasseln hat jedes Geräusch zugedeckt. Sie hat gefroren, ihre Füße in den durchnässten Schuhen wie Eisklumpen. Sie wollte sich eine Strategie überlegen, aber sie konnte keinen Gedanken fassen, es gab nur Nässe und Kälte und Verzweiflung.

Und dann stand er plötzlich vor ihr, hat ohne ein Wort die Arme um sie gelegt, und sie hat angefangen zu heulen, wie ein Kind. Er hat diese beruhigenden kleinen Laute gebrummt, mit denen er früher den kreischenden Jasper zur Ruhe bringen konnte, sogar bei den schlimmsten Tobsuchtsanfällen, sie selbst hat das nie geschafft. Er hat verstanden, dass sie unmöglich sofort zurück auf die Darling konnte, und hat ihr von dem Pub erzählt, am Uferweg, er hat es gestern vom Boot aus gesehen. Er hat sogar Geld dabeigehabt, sie hatte natürlich nicht daran gedacht bei ihrem dramatischen Abgang. Sie schwört sich, ihn nie wieder anzumeckern, weil er Scheine und Münzen lose in der Hosentasche trägt und vergisst, sie rauszunehmen, bevor er seine Jeans in die Wäsche gibt. Was sind schon solche Petitessen gegen seine vielen liebenswerten Eigenschaften.

Sie hat nicht ein vorwurfsvolles Wort von ihm gehört. Er war fürsorglich. Er hat ihr aus der Jacke geholfen, die tropft jetzt neben seiner an der Garderobe den Fußboden voll. Er hat sie an diesen Tisch verfrachtet, den Tee bestellt und ist aufs Klo verschwunden. »Solltest du auch«, hat er gesagt. »Unser Wasser sparen.« Sie hat genickt und sich die Anmerkung verkniffen, dass es Emma ist, die den Löwenanteil des Wasservorrats verbraucht, sie duscht zweimal am Tag und weigert sich, öffentliche Toiletten zu benutzen, auch dem Pinkeln in der Natur kann sie nichts abgewinnen. Sie wird den Mund halten, über Emma hat sie heute schon genug gesagt.

Nie im Leben wird sie wieder warm werden, wenn sie die nassen Schuhe nicht auf der Stelle loswird. Um die Schnürsenkel zu lösen, müsste sie die Hände aus der molligen Jacke nehmen, lieber tritt sie sich die Dinger von den Füßen. Sie wird sich nicht wieder hineinquälen, sondern barfuß zum Boot zurückgehen.

Völlig idiotisch, dass sie nicht gleich umgekehrt sind, sie wären jetzt längst unter der heißen Dusche gewesen und hätten trockene Sachen an, den Kindern muss sie sich sowieso stellen. Ihr graut davor, vor allem vor der Begegnung mit Emma und Can, die sie noch nie so erlebt haben, so außer sich. Was wird Emma ihrer Mutter erzählen?

Luisa kann es sich ausmalen. Das Mädchen wird nicht mit drastischen Beschreibungen sparen, wird sie vielleicht sogar parodieren, sie als die hinterletzte Megäre darstellen, Wasser auf die Mühlen der Krampfhenne. Dabei kriegt die allem Anschein nach ihr Leben selbst nicht in den Griff, wie lange war sie mit diesem Amos verheiratet? Keine fünf Jahre. Und davor ist ihr schon mal eine Ehe zerkracht. Also.

Though it hurts to go away, it's impossible to stay.

Luisa fährt zusammen, als die Musik aus der Jukebox einsetzt, viel zu laut. Wie heißt der Song noch, sie hat ihn noch nie leiden können, banal bis zum Gehtnichtmehr.

Kisses for me, save all your kisses for me.

Daniel pfeift halblaut mit. Er stellt ein Tablett auf dem Tisch ab, zwei dampfende Teebecher und zwei hohe Gläser mit einer wasserklaren Flüssigkeit.

»Gin Tonic«, sagt er. »Hilft gegen Verkühlung. Und gegen nervige Teenager.«

Es ist noch nicht einmal Mittag, aber egal. Trotz ihrer Ankündigung vorhin werden sie bestimmt nicht weiterfahren, es wäre Schwachsinn bei dem Gepladder. Vielleicht gar keine schlechte Idee, sich einen anzutütern. Wird schnell funktionieren, in den letzten Wochen hat sie sich mit Alkohol zurückgehalten, seit dem Abend in der Favorit-Bar.

»Ach, so schlimm sind sie ja gar nicht.« Sie nimmt zuerst das Glas, der Tee ist garantiert zu heiß. »Die Kinder, meine ich. Ich weiß gar nicht, was mit mir los war.«

Daniel reißt ein Zuckertütchen auf und lässt den Inhalt in seinen Becher rieseln. »Wirklich nicht?«

»Du meinst den Anruf heute Morgen?«

Auch nach so langer Zeit mag sie den Namen immer noch nicht aussprechen, sie muss aufpassen, dass ihr die *Krampfhenne* nicht aus Versehen herausrutscht. Daniel wäre wenig amüsiert.

»Jaspers Bemerkung kann es kaum gewesen sein. Du bist doch sonst nicht so humorlos.« Er pustet in seinen Tee, nimmt einen vorsichtigen Schluck und verzieht das Gesicht.

Luisa beschließt, die Plörre nicht anzurühren und sich an den Gin Tonic zu halten, bei dem lässt sich auch in so einem Schmuddelloch nicht viel falsch machen.

»Du fandest das also witzig.«

»Jedenfalls nicht irgendwie verletzend. Aber du kannst mir ja erklären, was dich daran so aufgebracht hat.«

Genau das kann sie eben nicht. Er wird nie und nimmer begreifen, dass sie die Menopause auf sich bezogen hat, auf ihr fortschreitendes Alter und ihre Schwierigkeiten damit. Sie hat in der Vergangenheit ein paarmal versucht, mit ihm darüber zu reden, welche Ängste sie quälen beim Gedanken, an Attraktivität zu verlieren, an Energie, an Zukunft. Er hat es immer als typisch weibliches Gejammer abgetan, als fishing for compliments. Dass alle Menschen älter werden, hat er gesagt, dass sich daran nun mal nichts ändern lässt. Dass sie gesund ist und noch immer großartig aussieht. Dass sie nicht den geringsten Grund hat, sich zu beklagen.

Solche Platitüden helfen ihr nicht weiter. Und für Männer ist es sowieso anders. Demnächst wird sie nicht mehr in der Lage sein, Kinder zu bekommen, und auch wenn sie gar keine mehr kriegen will, Gott verhüte!, so schmerzt der Gedanke dennoch. Wie soll er das nachvollziehen können? Er kann theoretisch noch Hunderte von Emmas in die Welt setzen. Und wie soll sie ihm erklären, dass Jaspers flapsige Bemerkung ihr darüber hinaus vorgekommen ist wie ein höhnischer Kommentar zu dem anderen Schmerz, den sie mit sich herumträgt, seit der Geschichte mit Ivan. Die keine war, keine werden konnte, ihres Alters wegen. Dass sie diesem Mann immer noch nachtrauert, hat vielleicht sogar weniger mit ihm zu tun als mit ihrem Kummer um ihre verlorene Jugend.

»Jaspers blöder Spruch hat mich nun mal verletzt«, sagt sie. »Warum? Ich kann es dir nicht erklären. Zu kompliziert wahrscheinlich.«

Sie flüchtet vor Daniels Blick zu ihrem Glas. Der bittere Geschmack des Gin Tonic ruft in ihr die Erinnerung an einen längst vergangenen, extrem heißen Sommer wach. Dieses Zeug war damals ihr Lieblingsgetränk, sie muss Unmengen davon in sich hineingeschüttet haben. Italien, Sommer 86, ihr klappriger Cinquecento, die Strandpartys, die Nächte vor dem Pantheon. Lange vor Daniel und den Kindern. Als sie noch jung war, als alles noch möglich schien.

Sie nimmt noch einen großen Schluck, sie hat noch nichts im Magen, sie wird im Handumdrehen betrunken sein.

»Schon möglich, dass alles noch viel komplizierter ist, als ich Idiot mir vorstellen kann«, sagt Daniel und stellt seinen Becher ab. »Im Moment möchte ich nur eins. Dass es dir gutgeht.« Er reckt sich über den Tisch und legt seine warmen Hände um ihre kalten, die das Glas umklammern. »Ich weiß, wie viel Kummer ich dir gemacht habe, mit Sophie damals. Und Emma.«

Luisa bleibt mit ihrem Blick beim Glas und den vier Händen. Sie schweigt, sie wartet auf weitere Beteuerungen seiner Reue. Sie ist sich nicht sicher, ob sie das, was jetzt unweigerlich kommt, wirklich noch einmal hören will.

»Und dass du immer noch darunter leidest, nach so langer Zeit, bedaure ich mehr, als ich in Worte fassen kann.«

Luisa seufzt. »Schon gut. Ich weiß.«

Jetzt wird er gleich sagen, dass er es nicht rückgängig machen kann und dass er auch das zutiefst bedauert. Sie wird ihn geduldig anhören, sie wird aus den selbstgesetzten Regeln nicht ausbrechen. Verstohlen reibt sie unter dem Tisch ihre nackten Füße gegeneinander, sie darf nachher nicht vergessen, die Schuhe mitzunehmen.

»Aber ich kann es nun mal nicht rückgängig machen«, sagt er. »So gern ich es wollte. Und wegen Emma muss ich mit Sophie kommunizieren. Ich werde es auf das absolut Notwendige beschränken, das verspreche ich dir. Nichts wird sich ändern.«

Er lässt ihre Hände los, lehnt sich zurück, greift wieder nach seinem Teebecher. Seinen Gin Tonic hat er noch nicht angerührt.

»Da wär ich mir nicht so sicher.«

Sie trinkt, das Glas ist bereits halbleer. Ein angenehmes Gefühl breitet sich in ihrem Magen aus, als wäre er hohl gewesen und würde nun mit warmer Watte ausgestopft.

»Wenn sie erst mal in Köln ist, meinst du? Das macht doch keinen Unterschied.«

»Für mich schon. Für Emma sowieso. Und für sie? Jetzt, wo sie wieder solo ist?«

»Das ist doch lächerlich«, sagt Daniel mit einem Hauch

von Ungeduld. »Du kannst doch nicht allen Ernstes immer noch eifersüchtig auf sie sein.«

Eifersüchtig? Das Wort trifft es nicht. Eine Rivalin ist die Krampfhenne schon lange nicht mehr. O nein. Aber diese Frau hat ihr etwas genommen, was unwiderruflich verloren ist. Dafür wird Luisa sie hassen bis ans Ende ihrer Tage.

»Ich hab keine Lust auf das Thema«, sagt sie. »Wir haben das so oft durchgekaut, es reicht. Hörst du? Es reicht.«

Sie erinnert sich nur mit Schaudern an die Zeit damals, sie haben ganze Nächte lang bis zur Erschöpfung sämtliche Aspekte der Affäre diskutiert, Daniels Gefühle, Luisas Gefühle, die Schwangerschaft, die die Krampfhenne partout nicht abbrechen wollte. Tränen, Zorn, erbittertes Schweigen, verzweifelte Umarmungen. Daniel hat gefleht und um Verzeihung gebeten, sie hat ihm wirklich nichts geschenkt. Einmal hat sie ihm ins Gesicht geschlagen, er hatte eine Platzwunde am Mundwinkel, die schlecht verheilte, bei bestimmter Beleuchtung ist die blasse Narbe immer noch zu sehen. Sie haben kaum geschlafen damals, oft haben sie mit den immer gleichen Debatten erst im Morgengrauen aufgehört, wenn Jasper sich in seinem Babybett geregt hat, Luisa ist tagsüber wie ein Zombie herumgeirrt, gefühllos vor Müdigkeit und Kummer und Wut. Sie hat darüber nachgedacht, sich von Daniel zu trennen, Jasper zu nehmen und wegzugehen. Vielleicht hätte sie es tun sollen.

»Mir reicht das Thema auch«, sagt Daniel. »Aber wenn du jedes Mal einen Riesenzoff machst, wenn sie mal anruft?«

Sie hebt ihren Blick. Sein Gesicht spiegelt genau das wider, was sie erwartet hat, diese Mischung aus gespieltem Selbstbewusstsein und schlecht verhohlener Schuld. Und in diesem Moment wird ihr klar, dass sie es damals hätte tun müssen, auch ihm zuliebe. Sie hätte gehen sollen, einen Schlussstrich ziehen. Ihr Instinkt war richtig gewesen, die Verletzung wird nie heilen. Warum nur hat sie an dieser Beziehung festgehalten, die seither unterschwellig vergiftet ist von Misstrauen und unausgesprochenen Vorwürfen von ihrer Seite und ständigen Schuldgefühlen von seiner? Warum hat sie nicht konsequent gehandelt?

»Ich werde keinen Zoff machen«, sagt sie. »Ich entschuldige mich hiermit offiziell und in aller Form, okay? Hast du mal Kleingeld?«

»Willst du etwa noch einen Gin Tonic?«

An einen Drink hat sie nicht gedacht, aber jetzt wird sie noch einen bestellen, nur wegen seiner gouvernantenhaften Frage. »Warum nicht?«

Er holt ein paar Geldstücke aus der Hosentasche und legt sie auf die Tischplatte. »Vielleicht sollten wir langsam mal zurück.«

»Wieso denn? Die Kinder kommen blendend klar ohne uns.«

Sie greift sich eine Münze, nimmt ihr Glas und geht zur Jukebox. Die drei Typen in der dunklen Ecke glotzen, sie spendiert ihnen ein Lächeln und stolpert zugleich über die Leuchtstufe, sie kann sich gerade noch abfangen. Sie lacht auf, sie findet die Situation wirklich komisch. Da ist Daniel, der sich unweigerlich für seine angetrunkene Frau schämt, und da sind die drei Männer, die nur darauf warten, dass die barfüßige, nassgeregnete Fremde sich danebenbenimmt.

Sie hebt ihr Glas, nickt den Männern zu und kippt den letzten Schluck runter. Sie genießt es, dass Daniel verunsichert ist. Er kann sie mal. Und stimmt, sie ist kleinlich und rachsüchtig und infantil. Und dreimal ja, sie hat sich vor fünfzehn Jahren falsch entschieden. Na und?

Auf dem Plexiglas schmierige Fingerabdrücke, da sollte die dicke Rothaarige dringend mal putzen. Die meisten Titel sagen ihr nichts, bei den aktuellen Songs ist sie nicht auf dem Laufenden, aber sie haben auch Oldies. *Dancing Queen*, was für ein Superkitsch, dazu hat sie mit Daniel mal getanzt, auf der Hochzeit von Freunden, die sind inzwischen längst geschieden. Auf keinen Fall Abba, sonst glaubt Daniel noch, sie will romantische Erinnerungen wachrufen. *Umbrella*, passt doch grandios, durchweicht, wie sie sind. E 5. Wie heißt die Sängerin? Rihanna. Nie gehört.

Mist, jetzt hat sie falsch gedrückt, jetzt kommt doch Abba. Verärgert schlägt sie gegen die Box, jetzt braucht sie noch mal eine Münze von ihm.

Als sie zurück zum Tisch geht, öffnet sich die Eingangstür, eine schmale, triefend nasse Gestalt kommt herein, das Gesicht kaum zu erkennen unter der Sweatshirtkapuze. Eine Welle von Wärme und Liebe steigt in Luisa auf. Und während das vierstimmige hohe Gejaule von *Dancing Queen* losgeht, läuft sie auf ihn zu, und diesmal schafft sie die Stufe, ohne zu stolpern.

»Mein Jasper.«

Sie umschlingt ihren Sohn, klammert sich an ihn. Von seinem Gesicht tropft es auf ihren Kopf, es stört sie nicht.

»Du hast uns gefunden, wie schön! Trinkst du einen Gin Tonic mit mir? Zur Versöhnung?«

27

Salı, 17. August

Vielleicht stimmt gar nicht, was ich gestern geschrieben habe, und heute ist der schönste Tag. Dabei hat er fies angefangen. Erst war mein Tagebuch feucht, was ich echt nicht verstehe, ich stecke es nachts immer zwischen Matratze und Bettrahmen, da kann eigentlich kein Wasser hinkommen, nicht mal bei dem irren Regen. Ich muss besser darauf aufpassen. Beim Frühstück haben M und J sich gefetzt, er hat mal wieder voll danebengelangt, der wird nie kapieren, dass man nicht wahllos irgendwelche Begriffe benutzen kann. Jedenfalls ist M total wütend in den Regen raus, und wir haben J hinterhergeschickt, obwohl er nicht wollte. Und dann ist auch noch P abgehauen. Es war echt eine scheiß Stimmung. Ich hätte wahnsinnig gern mit Becky telefoniert, Can hätte mir bestimmt sein Handy geliehen, aber wir mussten putzen, und ich wollte mich nicht drücken.

Und dann habe ich ihn entdeckt. Can hat sofort gesehen, dass es ein Kater ist, man erkennt es an der Kopfform, bei männlichen Tieren ist der Schädel breiter. Später hat er sicherheitshalber auch untenrum nachgesehen, und es stimmt, obwohl er keine Hodensäckchen mehr hat. Der Kater, meine ich.

Er ist ganz schwarz, nur mit weißen Knieschonern und

weißem Latz. Can und ich haben versucht, ihn reinzulocken, obwohl Emma rumgemeckert hat, dass sie das Vieh (!!!) nicht drinnen haben will, wir haben sie einfach nicht beachtet. Er wollte nicht, keine Chance. Also haben wir Regenjacken angezogen und sind zu ihm raus, mit einer Schale Milch, mit viel Wasser verdünnt, weil Katzen Milch nicht so gut vertragen, und dem Rest ham, das Fette hab ich abgemacht. Vielleicht ist Schinken zu salzig, aber wir haben nichts anderes gefunden.

Es war so cool. Ich hab die Milch hingeschoben und Can das Papier mit dem Schinken, er hat ihn gelockt, es klang wie kleine Küsse. Erst hat er sich geduckt und gefaucht, aber dann wurde er still und hat uns nur angestarrt aus seinen gelben Augen. Keine Angst, hat Can geflüstert, wir sind Freunde. Ich fand das schön, vor allem das wir. Und dann ist er langsam immer näher gekommen, bis er nicht mehr widerstehen konnte. Wir haben zugesehen, wie er den ganzen Schinken verputzt hat, wir haben uns nicht bewegt, der Regen war mir so was von egal, obwohl meine Jeans total durch war und das Wasser vorne in meine Jacke gelaufen ist, über meinen Bauch bis in die Unterhose.

Ich glaube nicht, dass J mit dem Kater auch so geduldig gewesen wäre wie Can. Er sagt immer, mein Mädchengetue mit Tieren ist nervig und dass ich langsam zu alt dafür bin, als ob das was mit dem Alter zu tun hätte. Früher mochte er Tiere genauso gern wie ich, ich weiß noch, wie er geheult hat, als Kassandra vom Balkon gefallen ist und wir sie nicht wiedergefunden haben, und dass er nie wieder eine Schildkröte haben wollte, weil er es unfair gefunden hätte, Kassandra einfach zu ersetzen. Und Mix und Mox, unsere Meer-

schweine, und der Kanarienvogel, der nicht singen wollte. Den hat er freigelassen, damit er es von den anderen Vögeln lernt und glücklich wird. So war mein id Br damals! Kann ja sein, dass er Tiere immer noch mag, aber er will es nicht zeigen, weil er Schiss hat, das kommt nicht männlich rüber. Can hat keine Angst davor, das gefällt mir ziemlich gut.

Nach dem Schinken hat der Kater auch noch die Milch weggeschlabbert, und ich hab vorsichtig meine Hand ausgestreckt und ihn schnuppern lassen, und dann konnten wir ihn anfassen. Ich hab seinen Rücken gestreichelt und Can den Kopf, er fing richtig an zu schnurren. Der Kater natürlich, nicht Can.

Aber Emma ist manchmal echt unsensibel. Während wir da endlos im Regen rumgemacht haben, hat sie die ganze Zeit mit der Nase an der saloon-Tür geklebt. Als wir ihn endlich so weit hatten, hat sie mit der Faust gegen die Scheibe gedonnert, keine Ahnung, warum. Der Kater war natürlich geschockt, er hat sich sofort wieder unter der Bank verkrochen, und Can hat die Tür aufgerissen und gefragt, was der Scheiß soll. Als Emma gesagt hat, wir sollen endlich wieder reinkommen, wir holen uns noch den Tod, hat er gesagt, sie soll sich um ihren eigenen Mist kümmern, da hat sie genug zu tun. Ich hab ihn noch nie so unhöflich erlebt, aber sie hätte schließlich auch nicht solchen Krach machen müssen. Außerdem holt man sich nicht den Tod, wenn man mal nass wird. Nicht mal einen Schnupfen, solange da keine Viren oder Bazillen rumfliegen.

Weil der Kater danach nicht mehr unter der Bank rauskommen wollte, habe ich ihm einen Regenschutz aus den Plastiktüten gebaut, vom Einkaufen gestern. Ich hab sie aufgeschnitten, mit Tesa zusammengeklebt und wie eine Zeltbahn über die Bank gelegt, hält wahrscheinlich nicht ewig, aber der Regen hoffentlich auch nicht. Can hat sich gewundert, dass ich in den Ferien Tesa mit mir rumschleppe, ich hab ihm mein kleines Büro in der Schachtel gezeigt, fand er geil. Da ist alles drin, was man so braucht, Schere, Stifte, Klebstoff und solche Sachen, damit ich Eintrittskarten und Fotos aus Prospekten und so was gleich hier reinkleben kann und mich nicht ärgern muss, wenn ich zu Hause vor all dem losen Zeug sitze.

Jedenfalls war der Kater im Trocknen, und ich konnte endlich die nassen Klamotten ausziehen. Emma hat die ganze Zeit rumgelabert, dass er irgendwie heißen muss. Erst will sie das Vieh (!!!) unbedingt loswerden und dann so ein Aufstand wegen des Namens. Ich glaube, sie hat nur nach einer Möglichkeit gesucht, sich vor Can interessant zu machen. Dabei hat sie diesen Frederick. (Ich hab sie übrigens gefragt, ob er der Feuerländer ist. Was du alles wissen willst, hat sie nur gesagt. Mir schleierhaft, warum das plötzlich ein Geheimnis sein soll, wo sie mir doch das mit dem Sex mit Frederick im Gartenhaus so genau erzählt hat.)

KÄNGURU !!!

Sie hat gar nicht hingehört, als ich gesagt hab, dass der Kater garantiert längst irgendwie heißt, sie ist Can in die Zelle nachgelaufen, ob ihm nicht ein schicker türkischer Name einfällt. Er hat ihr die Tür vor der Nase zugeknallt. Das mit dem türkischen Namen fand ich trotzdem gut, wir haben dann zu dritt hin und her überlegt. Emma wollte, dass wir ihn wie den Tag heute nennen, so wie Robinson es mit Freitag gemacht hat, sie hat das Buch immerhin gelesen.

Was Dienstag auf Türkisch heißt, hat sie gefragt und dabei nicht Can, sondern mich angesehen, als wenn sie wüsste, dass ich die Wochentage alle kann. Can hat mich auch angeguckt, er hat darauf gewartet, dass ich salı sage, mit einem ı ohne Punkt, wie immer, wenn er mich abfragt. Ich hab meine Klappe gehalten, weil ich nicht will, dass sie alles von mir weiß, sie hat mir schließlich auch das mit dem Feuerländer nicht erklärt. Außerdem musste ich dringend pinkeln, und ich hab gedacht, wenn Can ihr erzählen will, dass er mir Türkisch beibringt, dann soll er das tun. Dann weiß ich wenigstens, dass es ihm nicht so wichtig ist wie mir. M hat gesagt, wenn man mit dem Schlimmsten schon vorher rechnet, dann ist es nicht mehr so schlimm, wenn es passiert.

Er hat es ihr nicht erzählt. Sie haben sich gestritten, ich konnte es bis in die Zelle hören, aber weil der Regen so laut aufs Dach geknallt hat, habe ich nicht verstanden, worum es ging, und dann diese Wasserpumpe, wenn man spült, hört es sich jedes Mal an wie der Weltuntergang, ich werde mich nie daran gewöhnen. Als ich zurückkam, hat sie auf dem Sofa gehockt, sich die Ohren zugehalten und ein Gesicht gezogen, als hätte sie Zahnschmerzen. Can stand vor ihr, total wütend, er hat gesagt, dass sie damit aufhören soll, es ist nicht mehr witzig, und dass er es ihr schon oft genug gesagt hat. Ich hatte keine Ahnung, worum es ging, ich weiß es jetzt noch nicht, sie wollten es mir nicht sagen. Sie haben gar nichts mehr gesagt, sie haben mich überhaupt nicht zur Kenntnis genommen, sie haben sich angestarrt wie zwei Geisteskranke.

Okay, ich hab längst gemerkt, dass er sie nicht so toll findet. Am Anfang hab ich gedacht, jeder Junge muss auf sie stehen, weil sie so schön ist und überhaupt nicht schüchtern und Erfahrung mit Liebe hat und aus Kalifornien kommt und all das, aber in dem Moment hat Can ausgesehen, als ob er sie hasst. Also nicht so, wie ich zum Beispiel Fenchelgemüse hasse oder den Physik-Huber, weil der es echt darauf anlegt, alle Mädchen reinrasseln zu lassen, der hält uns doch grundsätzlich für unterbelichtet, aber da hat er sich geschnitten! Can hat ausgesehen, als ob er sie am liebsten erwürgt hätte. Wenn er mich jemals so anschauen würde, könnte ich das nicht aushalten. Ich würde auf der Stelle sterben. Bevor er mich erwürgt.

Es war wie im Kino, ich war die Zuschauerin, und sie haben sich angestarrt, nur der Regen war zu hören, es war echt gruselig. Als wenn alles stehenbleibt und nur noch Wasser vom Himmel fällt, und man weiß, daran wird sich nie etwas ändern, wir werden alle ertrinken.

Aber dann habe ich ihre Stimmen gehört, sie sind wiedergekommen, alle drei zusammen. M war total gut drauf, sie hat gelacht und J dauernd auf den Rücken geklopft. Sie standen im Regen auf dem Steg und schrien durcheinander, dass sie zu nass sind, um reinzukommen, dass sie Handtücher brauchen und heißen Tee. M hat ihren Pferdeschwanz ausgewrungen wie ein Stück Wäsche, und P und J haben sich ausgezogen bis auf die Unterhosen, auf dem Steg. Zum Glück haben sie die nassen Klamotten ins Heck geschmissen und nicht in den Bug, sonst wär Salı bestimmt vor Schreck über Bord gesprungen und ersoffen.

28

Nach zwei Wodka Bull in dem angeranzten Pub und all dem Getue um die großartige Versöhnung wär jetzt echt eine Runde Pennen angesagt, aber daran ist nicht zu denken, jedenfalls nicht hier auf der Pritsche neben den triefenden Jacken und all dem durchweichten Zeug, das seine Mutter in der galley aufgehängt hat. Am schlimmsten stinken die Schuhe, sie hat die Dinger ihm direkt gegenüber neben der Hecktür geparkt, klar, möglichst weit weg vom saloon. Dass er hier sein sogenanntes Bett hat, gerade mal einen Meter von dem Mief entfernt, ist ihr mal wieder egal. Erst pausenlos mein-Jasper-mein-Jasper, und dann kann er sehen, wo er bleibt. Jetzt sitzen sie alle da drüben und quaken, Thema Katze, na super. Immer schön irgendwelche Probleme an den Haaren herbeiziehen. Er könnte noch mal aufstehen und die Tür zumachen, aber lohnt das den Aufwand?

Er versucht, das fünfstimmige Gebrabbel einfach als Klangteppich zu nehmen, eins von diesen modernen Konzertstücken ohne Harmonie. Im vergangenen Schuljahr haben sie diese Neutöner durchgenommen, Schönberg, Henze und wie die ganzen Grufties heißen, sie haben eine Kurzarbeit darüber schreiben müssen, klar hat er eine Fünf kassiert, Can immerhin eine Vier, der Streber.

Die Stimme seines Alten wär der Bass, gibt den Rhythmus vor, dumpf und getragen. Emma Saxophon, eher Alt als Sopran, belegt, schrille Kiekser dazwischen. Fettsack-Lea? Fagott vielleicht, jammernd irgendwie. Seine Mutter Geige, von einem totalen Nichtskönner gekratzt.

Als er ins Gymnasium kam, hat sie sich eingebildet, dass er ein Instrument lernen muss, wär angeblich super für die Entwicklung des Gehirns. Er hatte überhaupt keinen Bock drauf, schon gar nicht bei Kellermann mit den sechzehn Warzen im Gesicht. Schlagzeug wär okay gewesen, aber wollte sie nicht, wegen des Lärms. Ha! Er hat ihr gezeigt, mit der dämlichen Geige, was Katzenmusik heißt. Bis Weihnachten hat sie es ausgehalten, danach musste er nicht mehr zum Unterricht, aber Schlagzeug hat sie ihm trotzdem nicht erlaubt. Und sie hat auch ganz schön einen im Tee gehabt, als sie zum Boot zurückgegangen sind, pausenlos hat sie gequasselt. Er hat seine Ohren auf Durchzug gestellt, aber ihr Quieken, wenn sie mit ihren nackten Füßen auf einen Stein getreten ist, kam trotzdem bei ihm an. Siebzehnmal.

Was für ein Instrument Can wär, weiß er nicht, seit einer Viertelstunde sagt der überhaupt nichts mehr, dabei war er es, der die Katze angefüttert hat, er und FS-Lea natürlich. Wetten, jetzt werden sie das räudige Teil nicht mehr los?

Er öffnet seine Augen und schaut zum Fenster. Wassertropfen zittern millimeterweise schräg nach unten. Der Regen scheint aufgehört zu haben, aber der Wind hat keine Spur nachgelassen, der Baum drüben am Ufer wackelt wie besoffen. Soll er echt raus in die Sauerei? Ob er überhaupt noch irgendwo eine Jacke findet, die nicht klitschnass ist?

Die Schuhe sind das größere Problem, er hat nur das eine Paar dabei, die werden in drei Tagen noch nicht trocken sein. Aber okay, geht er eben barfuß. Wie seine Mutter.

»Aber wir können ihn doch nicht einfach wegjagen!«

FS-Fagott, jammer-jammer. Von wegen Klangteppich, jetzt ist er wieder so verdammt wach, dass er jedes Wort mitkriegt. Noch drei Minuten relaxen, dann steht er auf.

»Von Wegjagen hat keiner was gesagt.« Sein Vater taucht in der saloon-Tür auf, geht zur pantry und füllt den Wasserkessel. »Aber mitnehmen können wir sie auch nicht.« Er grinst Jasper zu und verdreht seine Augen.

Manchmal ist sein Vater ein ganz cooler Typ. Jasper grinst zurück, stützt einen Ellenbogen auf und guckt sich den Zirkus da drüben an, so weit er ihn durch die Türöffnung mitkriegen kann. FS-Lea bleibt ihm zum Glück erspart, hockt wahrscheinlich mit Can auf dem Klappsofa, grandios vereint in ihrer Katzenliebe. Von Emma sieht er nur die Arme und Beine und manchmal den Kopf, sie sitzt auf dem Boden und malt sich die Fußnägel an.

»Wieso denn nicht. Außerdem ist Salı ein Kater, wann kapiert ihr das mal.«

Wie immer, wenn irgendwas nicht so glatt läuft, kramt seine Mutter mit Keksen rum. »Jetzt sei doch vernünftig, Schatz.« Die Packung rutscht ihr prompt aus der Hand und knallt auf den Boden. Sie ist immer noch angeschickert. »Er gehört doch irgendwem.«

»Und wenn nicht?«

»Wir dürfen ihn nicht behalten. Tiere sind auf diesem Boot nicht erlaubt, das steht im Vertrag. Auch einen, Jasper?«

Sie schaut in die galley, hält die Kekspackung hoch. Er winkt ab, wahrscheinlich alle zerbrochen, und auf süßes Zeug hat er eh keine Lust, ein gigantisches Steak, das wär's jetzt. Aber garantiert dauert dieser Katzenzirkus noch Ewigkeiten, auf anständiges Essen kann er kaum hoffen.

»Muss doch keiner merken. Salı tut doch nichts. Tagsüber wär er draußen, und nachts…«

»Kackt er uns die Bude voll.« Der Zirkusdirektor hat den Kessel aufgesetzt und begibt sich wieder in die Manege.

»Es gibt Katzenklos, okay? Und nachts könnte er auf meinem Bett schlafen.«

»Auf keinen Fall!« Emmas Hände mit Pinsel und Fläschchen bleiben in der Luft stehen, als hätte jemand hex-hex gesagt, sieht witzig aus. »Ich hab eine Allergie. Gegen Katzenhaare.«

Sekundenlanges Schweigen, dann quatschen sie alle auf einmal los. Schon komisch, dass sie erst jetzt damit rausrückt. Vielleicht stimmt's ja auch gar nicht, bei Emma weiß man nie so genau. Aber es interessiert ihn auch nicht, was geht ihn dieser Kater an, und überhaupt der ganze Scheiß hier.

Er dreht sich auf den Bauch, drückt sein Gesicht in den klammen Schlafsack und versucht, sich wegzubeamen, normalerweise kann er das gut, jahrelange Übung in der Schule. Aber irgendwie weiß er jetzt schon, dass es heute nicht klappen wird, vielleicht hat er einfach zu viel Stress gehabt.

Dabei war er echt erleichtert, als er durch das Pubfenster geguckt und nicht nur seine Mutter, sondern auch seinen Vater entdeckt hat, in dessen Gegenwart nimmt sie sich in der Regel mehr zusammen, wirkt irgendwie sedierend auf sie, der Alte. Trotzdem hat er noch eine Weile gewartet und sich zurechtgelegt, was er sagen soll. Die Lage musste geklärt werden, aber er wollte auf keinen Fall demütig rüberkommen wie ein Kind, das fünf Cent geklaut hat oder so.

Und dann war es so einfach, sie hat gestrahlt und ihn umarmt und sich entschuldigt, jaja, sie sich bei ihm, dass sie so laut geworden ist. Sie ist nur ein bisschen erschöpft und gereizt gewesen, sonst nichts. Und sein Vater hat ihm einen Wodka Bull geholt. Vor lauter Erleichterung hat er selber dann auch noch eine Erklärung gestammelt, für die dämliche Menopause, dass er es nicht so gemeint hat, dass es ihm leidtut, blabla, sie hat nur gelacht. »Lass es uns vergessen.«

Schon ziemlich schräg, die Alte, erst dieser Superterror, und dann will sie nicht mal mehr drüber reden. Total umsonst, der Schiss, den er vor ihr hatte. Irgendwie läuft das immer so bei ihm: Erst spielt er den Großkotz, dann geht er, feige wie er ist, Konfrontationen so weit wie möglich aus dem Weg, und wenn er sich dann endlich überwindet und ein Herz fasst, lösen sich seine Ängste komplett in nichts auf. Wie lange hat er rumgeeiert, bis er zur Bruckmeier gegangen ist und sie auf die Chemienote angesprochen hat, von der alles abhing, Hängenbleiben oder nicht, und dann war die total okay, sie hat ihn in der nächsten Stunde mündlich den Stoff der letzten wiederholen lassen, er hat eine Zwei dafür gekriegt, und das komplette Schuljahr war gerettet. Und deswegen wird er jetzt auch telefonieren.

Er steht auf und verschwindet unauffällig durch die Hecktür. Can soll ihm bloß nicht nachkommen, dieses Mal nicht, das Blatt hat sich gewendet.

Auf den Stufen steht Regenwasser, kräuselt sich im Wind. Er tappt vorsichtig über die glitschigen Bretter zum Geländer und steigt hinüber. Der Uferweg ist aufgeweicht, kalter Matsch quillt zwischen seinen Zehen hoch.

Er springt über die Pfützen bis zu dem besoffenen Baum und wählt. Es muss sofort passieren, wenn er zu lange wartet, traut er sich nicht mehr, er kennt sich. Während die Verbindung sich aufbaut, sucht er eine Position, von der aus er die Darling im Auge behalten kann, und durchforstet seine Hosentasche, ein Kaugummi wär jetzt nicht schlecht. Noch einmal legt er sich den Ablauf des Gesprächs zurecht, falls es nicht so gut läuft, wird er vom Coldplay-Konzert anfangen. Seine Rettungsleine.

»Hallo?«

Wieso sagt sie »Hallo»? Sie sieht doch, dass er es ist. In der Hosentasche nur klebrige Flusen und ein kleines Loch.

»Natalie? Ich bin's, Jasper.«

»Oh. Hey.«

Sie ist echt überrascht. Hoffentlich rechnet sie nicht gleich aus, was sein Anruf sie kostet, sind garantiert abartig, die Roaming-Gebühren zwischen England und Dänemark.

»Ich wollt mich nur mal melden.« Superintelligenter Satz, echt, er ist eine totale Null. »Mal hören, wie's dir geht und so.«

»Das ist nett.« Sie klingt irgendwie müde.

»Hab ich dich geweckt?«

Er bohrt seinen Zeigefinger in das Loch, seit wann ist das da, hat er nie gemerkt.

»Nein, ich sitz gerade im Garten. Lese. Meine Familie ist am Strand, aber ich hatte keine Lust.«

Strand, alles klar. Die haben also Sonne. Aber jetzt über das Pisswetter hier jammern? Njet.

»Verstehe«, sagt er. »Und? Wie geht's dir so?«

Pause.

Leicht macht sie's ihm nicht gerade, sie ist ziemlich schüchtern, aber genau das hat er immer gemocht an ihr. Okay, dann jetzt Coldplay. Er wird einfach sagen, dass es nicht bis München warten kann, weil jede Menge andere Leute total scharf sind auf sein zweites Ticket und ihn deshalb ständig nerven.

»Ganz gut«, meint sie endlich, aber nicht gerade überzeugend. »Sag mal«, wieder Pause, »ist Can bei dir?«

Will sie jetzt wissen, ob er ungestört telefoniert oder was. Außerdem ist sie ziemlich schwer zu verstehen bei dem Blättergerausche, er drückt das Handy fest ans Ohr und hält das andere zu.

»Falls du meinst, ob er neben mir steht? Negativ«, sagt er. »Aber sonst sind wir die ganze Zeit zusammen, klar. Wieso?«

»Ach, nur so. Hat er… mit dir gesprochen?«

Noch so eine schräge Frage.

»Wir quatschen die ganze Zeit«, sagt er. »Doch logisch, wenn man Tag und Nacht zusammen abhängt.«

»Auch… über mich?«

Mädchen haben eine abartige Vorstellung, worüber sich Jungs unterhalten, wenn sie miteinander allein sind, jedenfalls vermutet Jasper das. Die glauben, dass ständig nur über sie geredet wird, die ist geil und die andere ein Abturner, Jessica hat einen fetten Arsch und Nadja scharfe Titten. Als ob sie kein anderes Thema hätten. Früher hat er gedacht, dass Eitelkeit dahintersteckt, aber wahrscheinlich haben sie nur Schiss, so wie er und seine Kumpel auch. Krank, eigentlich.

»Was glaubst du denn«, sagt er und lacht ein bisschen. »Nur über dich. Jede freie Minute.«

Jetzt ist sie schon wieder still, er könnte ausflippen. Wieso lacht sie nicht mit, hat sie keinen Humor mehr?

»Dann hat er es dir also erzählt. Und… was denkst du jetzt?«

Moment mal. Erzählt? Und was?

»Was soll ich denken. Ich mein, worüber?«

Über ihm rüttelt der Wind an den Zweigen, von den Blättern fallen Tropfen, einer läuft ihm unterm Hemd kalt und langsam den Nacken runter, chinesische Folter. Er zieht seine Schultern hoch. Er will nicht bibbern.

Sie räuspert sich. »Ich hab gedacht… ach, vergiss es. Ich hab was falsch verstanden.«

Irgendwie läuft diese Unterhaltung total an ihm vorbei, er kapiert nichts, wieso reden sie die ganze Zeit über Can.

»Will ich jetzt schon wissen. Was soll Can mir erzählt haben?«

»Ich sag doch, Jasper! Vergiss es!« Das kommt jetzt total schnell und ungeduldig. »Wo seid ihr gerade? Ist es bei euch auch so heiß?«

Ihr Ablenkungsmanöver ist verdammt durchsichtig, irgendwas stinkt hier gewaltig.

Ein Windstoß lässt direkt neben ihm ein totes Aststück runterkrachen, er schaut nach oben, Tropfen klatschen in sein Gesicht, Scheiße, er geht ein paar Schritte zur Seite. Am liebsten würde er das Handy in hohem Bogen in den

Fluss schmeißen, er hat überhaupt keine Lust mehr, mit ihr zu reden. Und dafür hat er sich tagelang rumgequält.

»Das Wetter?«, sagt er. »Könnte nicht besser sein. Hör zu, ich muss Schluss machen, wir wollen gleich weiter, wird auch zu teuer. Viel Spaß noch, ciao.«

Er wartet ihre Antwort nicht ab, schaltet das Telefon aus und schiebt es in die Hosentasche, so groß ist das Loch noch nicht, und selbst wenn. Eigentlich sind Handys echt für den Arsch, vor zehn Minuten ging's ihm noch gut, hätte er bloß nicht angerufen.

Er bleibt noch eine Weile am Ufer stehen. Der Pegel ist deutlich gestiegen, liegt jetzt gerade noch zwei Handbreit unter der Uferkante. Das Wasser grau, keine Spur mehr von dem silbrigen Glitzern der letzten Tage, an der Oberfläche treiben Äste, eine zusammengeknüllte Zigarettenpackung, eine weiße Plastiktüte, wer weiß, was für ein Dreck da sonst noch mitgeschwemmt wird.

Er geht in die Hocke, nimmt einen der Äste ins Visier und verfolgt ihn so lange wie möglich. Als Kind hat er das mit Lea gespielt, um die Wette, er hat immer gewonnen, klar. Weil sie ihm immer geglaubt hat, wenn er sagte, er sieht ihn noch.

Nachdenken, ermahnt er sich, ohne Emotionen, einfach logisch vorgehen. Nur Fakten zählen, wie Mathe-Müller immer predigt, wenn Jasper an der Tafel steht und mitten im Rechenweg hängenbleibt.

Und was sind die Fakten? Natalie hat nach Can gefragt, und ob der ihm was erzählt hat. Es gibt da also was, das er nicht weiß. Etwas Besonderes, ein Geheimnis. Das aller Wahrscheinlichkeit nach irgendwas mit ihr und Can zu tun hat. Und wovon ihm sein Freund bisher kein Wort gesagt hat. Was aber wichtig zu sein scheint, wenn er Natalies Reaktion bedenkt. Wobei Wichtigkeit natürlich relativ ist, theoretisch sind tausend harmlose Erklärungen denkbar, Mädchen machen oft ein Geheimnis aus Sachen, die in seinen Augen reiner Nonsens sind, sie flüstern und kichern über den idiotischsten Kram. Aber so ist Natalie eigentlich nicht. Und wieso kennt ausgerechnet Can ihr Geheimnis, was auch immer es ist? Der sieht sie doch auch nur in der Schule und manchmal abends, wenn sie alle zusammen unterwegs sind, da läuft doch nichts anderes zwischen den beiden, das wüsste er doch. Oder etwa nicht?

Er steht auf und guckt rauf in den grauen Himmel, über den der Wind helle Wolken treibt, Wahnsinn, wie schnell die sind. Kann gut sein, dass es morgen wieder schön wird. Dass sich der ganze Scheiß von heute in Luft auflöst. Natalie war einfach schlecht drauf, das ist alles, lohnt nicht, sich deshalb verrückt zu machen. Er wird auch Can nicht fragen, was sie gemeint haben könnte, wahrscheinlich hat der genauso wenig Peilung.

Er schlendert zurück zum Boot, bedächtig umrundet er die Pfützen, sieht aus, als seien sie inzwischen kleiner geworden. Er könnte auch mittendurch platschen, aber das machen nur kleine Kinder und seine alkoholisierte Mutter.

Wenn er jetzt in Ruhe darüber nachdenkt, ist er sich ganz sicher, dass Can ihn nie verarschen würde. Er weiß es ganz einfach. Er weiß es so sicher, wie er weiß, dass der ausgekotzte Spinatkahn da vorn am Steg die Darling II ist. Und auch, wenn es mal knirscht zwischen ihnen: Can ist sein bester Freund. Und wird es immer bleiben.

29

Er muss unbedingt den Adapter finden. Er hat ihn zu Hause eingesteckt, das weiß er genau, er kann sich auch noch daran erinnern, dass er ihn gleich am ersten Abend aus der Tasche geholt und in den saloon gelegt hat, auf die Ablage neben dem Steuerrad, bei der Steckdose. Als sie vorhin beim Abendessen gesessen haben, improvisiert aus allem, was fridge und Schränke noch hergaben, hat er unauffällig den ganzen Raum abgescannt, aber nichts. Kann man doch eigentlich gar nicht übersehen, das quietschgelbe Teil. Wahrscheinlich hat sich eins der Kinder das Ding ausgeliehen und vergessen, es zurückzulegen, er kennt das von zu Hause. Nur Emma kommt nicht in Frage, die Netzstecker an ihren Geräten passen in die englischen Steckdosen. Er hätte natürlich ganz einfach in die Runde fragen können, aber er wollte Luisas Aufmerksamkeit nicht erregen, wer weiß, was sie wieder denkt, wenn sie merkt, wie nervös ihn das tote Handy macht.

Sophie ist schuld. Ohne ihr besoffenes Gequatsche heute Morgen hätte der Akku garantiert noch einen Tag durchgehalten. Warum bloß hat er nicht gleich aufgelegt, er weiß doch, wie die Unterhaltungen mit ihr ablaufen, dass sie ihn nur benutzt, als Publikum für ihre hysterischen Klagemonologe über Gott und die Welt.

Dabei hat es Stunden gegeben, in denen er sich gern mit ihr unterhalten hat, er fand sie intelligent und schlagfertig. Sie war eine attraktive junge Frau, als er sie damals kennenlernte, in der Kaufingerstraße, kurz vor Weihnachten, sie hatte ihn angesprochen und nach dem Weg zum Literaturhaus gefragt. Sie war für zwei Monate aus Stuttgart nach München gekommen, um die Villa und die entsetzliche Weißstirnamazone eines Großonkels zu hüten, der auf irgendeiner Kreuzfahrt war. Sie hatte nichts Besonderes vor, und auch er trödelte durch die Stadt, er musste Frust abbauen, ihm war gerade der Auftrag von BMW durch die Lappen gegangen. Zu Hause machte Jasper Terror, er bekam seine Backenzähne, und Luisas Eltern waren zu Besuch, er konnte sie nur in kleinen Dosen ertragen.

Auf dem Christkindlmarkt am Marienplatz tranken sie einen Glühwein, mit Schuss natürlich, und dann noch einen und noch einen, es war eiskalt und windig, und Sophie erschien ihm entwaffnend amüsant. Er begleitete sie zum Haus ihres Onkels, der Papagei brach in giftiges Gezeter aus, als die Haustür aufgeschlossen wurde, der Vogel hatte zwei Räume nur für sich.

Wie oft ist Daniel in dem Haus gewesen? Achtmal, neunmal? Luisa schöpfte nie Verdacht, egal, wie windig seine Erklärungen für sein stundenlanges Fortbleiben waren. Als Sophie zurück nach Stuttgart ging, war er erleichtert, die Heimlichtuerei war nichts für ihn. Dann ihr Anruf. Unter einem beruflichen Vorwand fuhr er für einen Tag zu ihr, versuchte, ihr das Kind auszureden, ihre kleine Wohnung komplett Weiß in Weiß, steril, er fühlte sich fehl am Platz. Sie verlangte, er solle sich von Luisa trennen, er dachte nicht eine Sekunde ernsthaft darüber nach. Ihre Anrufe häuften sich und wurden von Mal zu Mal aggressiver, schließlich drohte sie, sich an Luisa zu wenden. Er kam ihr zuvor. Nach seiner Beichte war Luisa tagelang nicht ansprechbar, dann stellte sie ihn vor die Wahl. Falls er den Kontakt nicht strikt und für alle Zeiten abbrechen werde, wäre sie weg, mit Jasper.

Es fiel ihm nicht schwer, sich an Luisas Forderung zu halten, im Grunde war er erleichtert über ihre Härte. In einem sachlichen Schreiben, das er ihr vorlegte, übernahm er die Zahlung der Alimente und machte ansonsten Schluss. Sophie hüllte sich in Schweigen, im Oktober schickte sie die Geburtsanzeige, auf der ohne Kommentar und Gruß ihre Kontonummer vermerkt war. Ein gutes Jahr später kam mit einer Heiratsanzeige aus Kalifornien und neuer, amerikanischer Bankverbindung ein Foto, das ihn völlig kalt ließ, ein Kleinkind auf dem Arm eines schnauzbärtigen Typen, offenbar Sophies neuer Partner. Dass dieses Kind seine Tochter sein sollte, erschien Daniel absurd, er reagierte weder auf die Anzeige noch auf das Foto. Jahrelang dachte er an Sophie immer nur dann, wenn der an sie überwiesene Betrag auf den Kontoauszügen auftauchte, an das Kind noch viel seltener, er hatte von ihm nicht die geringste Vorstellung. Bis zu dem Nachmittag im Tierpark, Leas sechstem Geburtstag, bei der Schnitzeljagd. Da waren sie beide plötzlich da, wie vom Himmel gefallen, sein Seitensprung und seine Tochter.

Luisa hatte ihn losgeschickt, er war im Schweinsgalopp über die Wege entlang der Gehege gerast und hatte die roten Wollfäden in Augenhöhe aufgehängt, die Route endete wieder auf dem Abenteuerspielplatz, wo Luisa mit der Geburtstagsgesellschaft auf ihn wartete. Als er atemlos dort ankam, kletterte Jasper auf dem Mikado-Gerüst herum, Lea und ihre Freundinnen standen Schlange vor der großen Elefantenrüssel-Rutsche, ein fremdes Kind saß oben und blockierte den Betrieb. Unten die Mutter und Luisa, beide redeten auf das Kind ein. Beide ohne jede Ahnung, wer die andere war, sie hatten sich nie getroffen. Er selber erkannte Sophie erst, als sie seinen Namen rief, er hatte sie mehr als sieben Jahre lang nicht gesehen.

Es war grauenvoll. Sophie hatte nichts Besseres zu tun, als ihrer Tochter den *Daddy* vorzustellen, ohne jede Rücksichtnahme auf Emmas Psyche, für das Kind muss es ein Schock gewesen sein. Luisa erst fassungslos, dann wie versteinert, Lea mit offenem Mund, ihre Freundinnen fingen an zu kichern und zu tuscheln, und dann kam Jasper dazu: »Wer ist die Frau?«

Vorsichtig löst sich Daniel von Luisas Rücken. Das Desaster im Tierpark ist Jahre her, aber die Erinnerung daran bleibt unverändert schrecklich.

Luisa hatte sich damals nach ein paar Minuten gefasst und sogar vorgeschlagen, wenn auch mit eisigem Unterton, dass Emma sich gern an der Schnitzeljagd beteiligen dürfe. »Ihr habt euch sicher eine Menge zu erzählen«, hatte sie gesagt und war mit der Kindertruppe losgezogen. Und er hatte Sophie am Hals.

Sie tat so, als seien sie die besten Freunde, immer wieder versuchte sie, sich bei ihm einzuhaken, während sie Luisa und den Kindern folgten. Sie erzählte ihm, sie sei frisch geschieden und für ein paar Tage zu Besuch bei ihrem Onkel, die Weißstirnamazone gebe es immer noch. Und dass seine Tochter kein einfaches Kind sei. Den Beweis erbrachte Emma wenige Minuten später, vorm Elefantenhaus schmiss sie sich aus unerfindlichen Gründen auf den Boden und kreischte. Luisas Blicke sprachen Bände, Leute blieben stehen, Daniel hätte im Boden versinken mögen.

Er lauscht Luisas Atem, sie schläft wie ein Stein, dabei behauptet sie immer, bei Vollmond kein Auge zumachen zu können. Ob sie noch hin und wieder an jenen Tag denkt? Und an den grauenhaften Streit in der Nacht? Er hätte damals seine rechte Hand dafür gegeben, die Begegnung im Tierpark ungeschehen machen zu können, heute aber kann er sich sagen, dass auch diese qualvollen Stunden ihren Sinn hatten. Wenn dieses zufällige Treffen nicht stattgefunden hätte, wäre Emma möglicherweise nie in seinem Leben aufgetaucht, denn erst danach kamen alljährlich die Briefe mit den Fotos, hin und wieder ein Telefonat, und in diesem Sommer dann der Plan des gemeinsamen Urlaubs auf dem Boot. Jetzt wird er sich nie wieder von seiner Tochter trennen.

Er hat unbändige Lust auf eine Zigarette. Den ganzen Tag über musste er sich das Rauchen verkneifen, wegen des Regens, aber wenn er jetzt aufsteht und rausgeht, muss er entweder an Jasper in der galley vorbei oder an Can im saloon. Was sagt er dann, falls die noch wach sind. Dass er ohne seinen Nuckel nicht einschlafen kann?

Andererseits könnte er bei der Gelegenheit noch mal nach dem Adapter gucken. Vielleicht hat er ihn ja nur übersehen vorhin, vor lauter Streit um den leidigen Kater.

Schluss damit, Schluss damit. Er muss sich locker machen. Und schlafen. Falls Herringer tatsächlich im Lauf des Abends angerufen hat, ruft er ihn morgen zurück. Es brennt nichts an.

30

Nur im ersten Moment ist es kalt, schon nach ein paar Zügen spürt er keinen Unterschied mehr zwischen seiner Körpertemperatur und der des Wassers. Bekifft und allein bei Mondschein schwimmen ist das Größte. Obwohl er nicht wirklich allein ist.

Er dreht sich auf den Rücken und schaut hinüber zum Kater, der mit erhobenem Kopf auf gleicher Höhe am Ufer entlangstolziert und ihn nicht aus den Augen lässt. Schon als sie nach dem Abendessen einen Spaziergang gemacht haben, alle sechs, ist er von Bord gesprungen und hat sich Can angeschlossen. Echt abgefahren, ein fremdes Tier, das sich an ihn hängt, einfach so. Wahrscheinlich schwul, hat Jasper gemeint, so ziemlich das Einzige, was der heute Abend von sich gegeben hat.

Eigentlich hätte er es gut gefunden, wenn Salı sich Lea ausgeguckt hätte, die ist total scharf auf ihn, dauernd hat sie versucht, ihn anzulocken und zu streicheln. Sie fährt einfach auf Tiere ab, sie nimmt Frösche in die Hand und hat nicht mal Angst vor Blutegeln, sagt sie jedenfalls, und er glaubt es ihr. Wenn Salı zu ihr gegangen wäre, hätte sie so was wie einen Freund auf dem Kahn, jemanden, der zu ihr gehört. Can hätte es ihr gegönnt. Das mit der amerikanischen Emma hat ja nicht so geklappt, wie ihre Eltern sich das wahrscheinlich vorgestellt haben. Ganz schön naiv übrigens. Genauso naiv wie der Beschluss, dass der Kater diese eine Nacht noch bleiben darf, aber nicht im Inneren des Bootes. Braucht doch nur eine Tür aufzugehen. Wenn der reinwill, ist er drinnen. Und wenn sie ablegen, morgen? Soll Can ihn vielleicht an Land schmeißen, weil er der Einzige ist, von dem Salı sich auf den Arm nehmen lässt?

Echt Schwachsinn, mit welchen Gedanken er sich stundenlang rumgewälzt hat, gegen zwei hat er es nicht mehr ausgehalten und ist von Bord geschlichen, der Kater prompt hinterher, gemeinsam sind sie ein Stück den Uferweg langgeschlendert, vom Wind keine Spur mehr, als hätte es ihn nie gegeben. War geil, alle Welt pennt, der Mond spiegelt sich im Fluss, an einigen Stellen dampft es aus dem Gras, Nebel wahrscheinlich, und niemand will an seiner Tüte sabbern, nach Emma ist sie jedes Mal nass. Ab und zu hat er den Kater angepustet, dem hat es gefallen, vielleicht stammt er aus einem Kiffer-Haushalt. Can hätte sich nicht gewundert, wenn er mit ins Wasser gegangen wäre.

Er dreht sich wieder auf den Bauch und krault ein Stück mit voller Kraft. Nach dem langen Tag auf dem verdammten Boot braucht er action, er könnte jetzt stundenlang so weitermachen. Ob das irgendwelche Nachwirkungen sind, diese Unruhe und der Bewegungsdrang? Angeblich kann man nach Monaten regelmäßiger Kifferei auch nüchtern jederzeit einen Flash bekommen, aus heiterem Himmel, er hat das bisher für eine Erfindung gehalten, als Warnung vor den Gefahren bewusstseinserweiternder Substanzen. Aber vielleicht stimmt es ja doch. Morgen wird er joggen, mindestens eine Stunde, egal wie das Wetter ist, er kann neben dem Boot herlaufen, beziehungsweise voraus, und schon mal die Gegend checken, Ausschau halten nach einem guten Platz, einem besseren als heute, kein Wunder, dass kein anderes Boot in der Nähe ist, ziemlich öde Ecke hier.

Shit, schon nach schätzungsweise fünfzig Metern merkt er, dass er das Tempo nicht halten kann, er muss dringend trainieren. Noch genau sechs Züge kriegt er hin, dann gibt er auf, legt sich auf die Seite, schnappt nach Luft und schaut nach Salı. Und da steht sie.

Er hat gewusst, dass sie nicht lockerlässt. Dass er auf ihre Anmache nicht reagiert hat, dass er sie ein paarmal echt aggressiv abgebügelt hat, ist an ihr abgeperlt wie Wasser. Sie ist nicht wie Lea, die sich sofort in ihr Schneckenhaus zurückzieht, wenn sie auch nur einen Hauch von Desinteresse oder Ablehnung spürt. Im Gegenteil, die Tante turnt es an, wenn sie schlecht behandelt wird, so was wie Stolz kennt die nicht. Sie hat ein Ziel, sie ist auf der Jagd. Und er ist die Beute, die sie zur Strecke bringen will.

Er wirft einen Blick zurück zur Darling II, die auf die Entfernung kaum größer ist als seine Hand, ein kleiner schwärzlicher Klumpen auf dem Wasser, er hat gar nicht gemerkt, wie weit er geschwommen ist. Sie muss ihm schon an Bord aufgelauert haben, im Bett unter Lea wachgelegen und gewartet, das Knarren seines Klappsofas belauscht, die Tür. Ekelhafte Vorstellung. Ihm nachgeschlichen, während er nichtsahnend mit Salı unterwegs war, bestimmt auch mitgekriegt, was für einen Quatsch er dem Kater erzählt hat.

Sie nur in Top und Slip, wie beim Zähneputzen, immer in der pantry, obwohl es die Zelle gibt. Ihre Haare hell im Mondlicht. Eine Hand in die Hüfte gestützt, die andere hinter dem Rücken. Wenn sie wieder Leas Tagebuch geklaut hat, knallt er ihr eine. Aber wahrscheinlich will sie genau das.

»Na?«, sagt sie leise und stellt locker ein nacktes Bein vor.

Sie besteht von Kopf bis Fuß aus geklauten Posen. Sie ist wie Falschgeld.

Er tritt Wasser, um nicht abgetrieben zu werden. »Wieso schläfst du nicht?«

»Und du?«

Sie zieht ihre Hand hinter dem Rücken vor und lässt was über ihrem Finger kreisen. Seine Boxershorts. Wenn sie glaubt, dass er sich jetzt nicht traut, aus dem Wasser zu steigen, hat sie sich geschnitten. Kann sein, in Kalifornien läuft das anders, die Amis sollen ja ziemlich verklemmt sein, aber in München gehen sie ständig nackt baden. Meistens im Eisbach hinter dem Haus der Kunst, obwohl es verboten ist, das Wasser da ist echt kalt, und man kann nicht wirklich schwimmen, sondern lässt sich von der Strömung mitziehen, man muss bloß rechtzeitig vor dem Wehr wieder raus. Oder nachts im Ungererbad, von der Danziger Straße aus über den Zaun, Jasper hat sich neulich mit zugeknalltem Kopf ins Kinderplanschbecken gelegt und ist eingeschlafen, Flip hat ein Foto von ihm gemacht, der Brüller am nächsten Tag in der Pause.

»Hättest mal lieber ein Handtuch mitgebracht«, sagt er und stemmt sich ans Ufer. »Wo ist der Kater?«

»Ach, den hab ich bisschen weggescheucht.«

Sie zieht genervt den Mund in die Breite, er muss an Natalie denken, wie sie ihre Lippen kurz anspannt und dann lockert, bevor sie ihre Querflöte ansetzt. In der letzten Musikstunde hat sie was vorgespielt, irgendein Stück mit einem schrägen Namen von einem Franzosen. Gegen seine Erwartung hat es ihm gefallen, es war richtig gut.

»Weggescheucht? Was heißt das.«

»Na, meine Allergie. Du weißt ja.«

Er streicht seine Haare zurück und drückt das Wasser raus, in frontaler Position, damit sie sehen kann, dass sie ihn total kaltlässt. Er fühlt sich klasse, wie immer nach dem Schwimmen, unter der kühlen Körperoberfläche eine heiße Schicht, gleich werden sich alle Muskeln entspannen, am liebsten wär er schon zurück auf dem Boot und in seinem Schlafsack, er würde sofort wegknacken.

»Er ist jedenfalls ins Gebüsch gerast«, sagt sie. »Wahrscheinlich hat er eine Maus gesehen oder so. Katzen sind Nachttiere, oder? Und Jäger.« Dabei schaut sie ihn an, als wär er ein Stück Fleisch in der Supermarktauslage, echt dreist.

Er greift nach seinen Shorts, sie lässt sie sich widerstandslos abnehmen. »Und was willst du hier?«, fragt er. »Auf der Jagd bist du ja wohl kaum.«

Sie legt den Kopf zur Seite und lächelt, ihre Zähne leuchten. Mit ihrem Supergebiss macht sie unheimlich rum, sie schrubbt es nicht nur morgens und abends wie alle anderen, sondern nach jeder Mahlzeit, manchmal sogar dann, wenn sie nur drei Nüsse oder eine Möhre gegessen hat.

»Ich dachte, wir quatschen ein bisschen. Wo wir doch beide nicht schlafen können.«

Quatschen. Mit der. Sonst noch was.

Die Shorts sind feucht, er hat sie vorhin ins nasse Gras

fallen lassen, ein Fehler, er mag sie eigentlich gar nicht wieder anziehen. Wenn er jetzt allein wär, könnte er nackt zurück und sich gleich in den warmen Schlafsack hauen.

»Also ich kann schlafen«, sagt er. »Macht echt müde, das Schwimmen. Solltest du auch mal versuchen.«

Er hebt den Fuß, um in die Hose zu steigen.

»Jetzt warte doch mal«, sagt sie. »Du wolltest mir doch noch von deinen Freundinnen erzählen. Wie viele waren es noch gleich? FSL jetzt mal nicht mitgerechnet?«

»Hat dir schon mal jemand gesagt, dass du tierisch nervst?«

Fuck, er bleibt mit dem Zeh am Bund hängen, er muss hüpfen, um das Gleichgewicht nicht zu verlieren. Und schon ist sie bei ihm, legt eine Hand an seinen Arm, die andere an seinen Rücken. In Steißnähe. Warme Finger. Sofortwirkung. Er wendet sich hastig ab, verfluchte Scheiße, wieso ist er so schwanzgesteuert. Es gibt da irgendeinen Trick, hat er erst neulich gehört, wie ging der noch, Bauchmuskeln anspannen, dadurch Unterdruck im Schwanz, Blut fließt zurück.

Scheint ein Märchen zu sein. Funktioniert nicht.

31

Sie traben in mäßigem Tempo den Uferweg entlang. Die Pflanzen und der Boden unter den Bäumen sind noch nass, an den freien Stellen haben der Wind und die Sonne, die heute von einem bilderbuchblauen Himmel leuchtet, den Grund schon fast wieder getrocknet. Jede Menge schwarze und ockerfarbene Nacktschnecken sind unterwegs, Luisa hält den Blick fest auf den Weg gerichtet, um nicht versehentlich auf eine zu treten.

»Wieso müssen die alle quer rüberkriechen«, murrt sie. »Warum bleiben die nicht am Rand, im Gras? Wo sie es gut haben.«

»Und woher weißt du, wo eine Schnecke es gut hat?«

»Aber Schatz. Auf einem Sandweg doch bestimmt nicht. Es sind Schleimtiere.«

»Weichtiere.«

»Weich oder Schleim, doch egal.«

Irgendwann wird sie mit Lea mal über diese ständige Besserwisserei reden. Egal, was man sagt, immer muss sie noch eins draufsetzen, damit macht sie sich keine Freunde. Und vorhin, dieses endlose Gebarme, weil der Kater nicht mehr da war, sie hat alle angepampt, der Reihe nach. Als wenn einer von ihnen das Tier geschlachtet hätte. Ein Wunder, dass sie sich bereiterklärt hat, vor dem Ablegen noch eine Runde zu joggen, vielleicht das gute Beispiel von Can? Als Luisa für das kärgliche Frühstück gedeckt hat, kam er gerade vom Laufen, eineinhalb Stunden angeblich, vielleicht wollte sich Lea keine Blöße vor ihm geben. Sie hat sogar versprochen, den Kater unterwegs mit keinem Wort zu erwähnen. Aber wahrscheinlich will sie nur Ausschau nach ihm halten, einer ihrer Schuhe muss immer dann neu gebunden werden, wenn sie sich einem unübersichtlichen Gebüsch nähern.

»Ich finde, wenn es richtige Wörter gibt, soll man sie auch benutzen«, schnauft Lea. »Wusstest du, dass sie Zwitter sind?«

»Zwitter? Diese fetten Schnecken? Heißt das, jede kann mit jeder?«

Eigentlich möchte Luisa in diesem Moment nicht an kopulierende Weichtiere denken, aber wenn es ihre Tochter in bessere Stimmung versetzt, schluckt sie auch diese Kröte.

»Manchmal tun es beide gleichzeitig. Ich meine, sie sind dann beide beides, Männchen und Weibchen. Sie befruchten sich gegenseitig. Sie haben da so einen winzigen Kalkgriffel, und mit dem …«

»Danke, Lea, das genügt mir im Moment.«

Luisa ist auf den menschlichen Bewegungsapparat spezialisiert, biologische Zusammenhänge sind ihr tägliches Brot. Und ganz bestimmt ist sie nicht zimperlich, sonst könnte sie ihren Beruf gar nicht ausüben. Was ihr in ihrer Praxis so vor die Augen und die Finger kommt, ist nicht immer besonders ästhetisch, selbst sie muss hin und wieder die Zähne zusammenbeißen. Aber die winzigen Penisse dieser widerlichen Tiere will sie sich jetzt ganz bestimmt nicht vorstellen.

»Wieso? Ist doch spannend. Es gibt Fische, bei denen wird das stärkste Weibchen zum Männchen, wenn irgendwie kein Männchen mehr da ist. Das kriegt männliche Geschlechtsorgane, die wachsen ihm einfach, find ich cool. Sonst würden sie aussterben.«

Luisa vergewissert sich, dass die nächsten Meter schneckenfrei sind und schaut auf ihre Uhr. Sie verlangsamt ihren Schritt und bleibt stehen.

»Ich glaube, das reicht, wir müssen ja auch noch zurück. Und wieso ist kein Männchen mehr da, bei diesen Fischen?«

Sie reckt ihre Arme nach oben, atmet durch und lässt sich nach vorne aushängen, Wirbel für Wirbel. Vielleicht schafft sie es heute endlich, bei durchgedrückten Knien ihre Handflächen auf den Boden zu legen.

»Aufgefressen, weggefischt, keine Ahnung.«

Lea trottet noch ein paar Schritte weiter, bis zu einem Gebüsch aus blühenden Heckenrosen, ein paar Hagebutten sind schon leuchtend rot, ein süßer Duft hängt über dem Weg. Sie späht zwischen die Zweige und versucht zu pfeifen, hat aber zu wenig Atem.

»Er ist kein Hund«, sagt Luisa. Sie ärgert sich, sie kann ihre Handflächen nur auflegen, wenn sie in den Knien eine Spur nachgibt. Und der Bauch ist ihr im Weg.

»Ach. Und wer wollte nicht von Sali sprechen?«

»Du. Von mir war nicht die Rede.« Luisa richtet sich auf, lacht und lässt ihre Schultern kreisen. »Komm, mach ein paar Übungen, hm? Damit du nicht so steif wirst wie deine Mutter.«

Womit sie eigentlich andeuten will, dass Lea sich bemühen sollte, ein bisschen mehr so zu werden wie Emma, jedenfalls was deren Schlankheit und elegante Beweglichkeit angeht. Sie weiß, es ist lächerlich, aber es schmerzt jedes Mal, wenn sie die beiden Mädchen nebeneinander sieht. Heute Morgen erst wieder, Emma in ihrer knappen Bekleidung beim Zähneputzen in der pantry. Irgendwie sind sie auf Tai-Chi gekommen, Emma hat die Zahnbürste zwischen ihre Zähne geklemmt und eine verkürzte Form vorgeführt, durch die galley, durch den saloon und wieder zurück, in einer ununterbrochenen, fließenden Prozedur. Lea hat danebengestanden und mit offenem Mund zugesehen, und Luisa hat zugleich gehofft und gefürchtet, dass ihre Tochter sagen würde: »Noch mal, ich mach mit.«

Lea könnte gut ein paar Kilo loswerden. Wenn sie sich reckt und auf die Zehen stellt, wie jetzt gerade, sieht man die kleine Speckrolle über dem Bund ihrer Jogginghose. Sie versucht, hinter die Büsche zu spähen. »Ich würde lieber noch ein Stück weiterlaufen«, sagt sie.

Als wenn der Kater ausgerechnet hinter diesen Rosen sitzen würde. Und warten, dass Lea ihn abholt.

»Du bist um sechs aufgestanden.« Der gelassene Tonfall erfordert Luisas ganze Beherrschung. »Du hast das komplette Boot abgesucht und dabei alle geweckt. Du hast nicht gefrühstückt, du hast nur den vermaledeiten Kater gesucht. Und jetzt tust du es immer noch, dabei ist er unter Garantie längst wieder da, wo er hingehört. Der hat einen kleinen Ausflug gemacht, Kater sind so, die streunen durch die Gegend und suchen Abenteuer. Und dann gehen sie wieder nach Hause.«

Gegen ihren Willen muss sie an Daniel und die Krampfhenne denken. Damit Lea nicht auch auf diesen Gedanken kommt, fügt sie schnell hinzu: »Das Thema hat sich ganz von allein erledigt, also hör bitte endlich auf damit. Du merkst es vielleicht nicht, aber seit gestern stellst du unsere Nerven wirklich auf die Probe.«

Lea sieht sie groß an und schweigt. Ihre Unterlippe zittert.

Luisa möchte kein Kind haben, dessen Unterlippe an diesem göttlichen Morgen zittert. Der Regen ist vorbei, der grässliche Tag gestern überstanden, die Rosen blühen, sie haben Urlaub, die schönste Zeit des Jahres.

»Komm, lass uns umkehren«, sagt sie. »Wir wollen weiterfahren, die anderen warten.«

»Er ist kastriert«, sagt Lea. »Kastrierte Kater streunen nicht durch die Gegend. Sie suchen keine Abenteuer.«

Luisa holt tief Luft und atmet bewusst aus, bis ihre Lungen völlig leer sind. Geduld, sagt sie sich. Das Allerwichtigste bei Kindern in der Pubertät. Vielleicht kann sie Lea mit Logik beikommen.

»Wenn er kastriert ist und nicht rumstreunt«, sagt sie, »dann brauchst du ihn hier auch nicht zu suchen. So weit läuft er dann nicht.«

»Vielleicht. Vielleicht aber auch nicht«, nuschelt Lea, setzt sich aber tatsächlich wieder in Bewegung, Trotz im Gesicht.

Nebeneinander joggen sie zurück, Luisa achtet auf die Schnecken, eine besonders große kriecht genau über einen der Abdrücke, die ihre Laufschuhe im Sand hinterlassen haben. Durch den veränderten Lichteinfall haben die Tiere jetzt eine andere Farbe, die schwarzen sind grau, die ockerfarbenen rot. Dass Rückwege immer so verschieden von den Hinwegen sind, denkt sie, sie haben ein anderes Aussehen und ein anderes Zeitmaß. Eine andere Bedeutung.

Die Fahrt damals zur Favorit-Bar, der Taxifahrer mit dem Edelweiß an der Mütze, hinter seinem Ohr steckte ein Zigarillo, sie saß neben ihm, hinten Ivan, Lydia und Steffi. Melanie fuhr in ihrem altem Passat hinter ihnen her, sie rührt keinen Tropfen an, ihr Ex war Alkoholiker. Luisa hatte die ganze Belegschaft eingeladen, ein heiterer Abend sollte es werden. Mal nicht das übliche Glas Sekt nach Feierabend in den Praxisräumen zur Feier irgendeines Geburtstags, sondern ein spontanes kleines Fest, einfach so. Um sich vor Ivan als großzügige Chefin zu zeigen, das natürlich auch, und bestimmt nicht ohne den Hintergedanken, ihre bisher rein berufliche Beziehung auf eine neue Ebene zu heben. Aber in erster Linie, weil sie ganz generell euphorisch war, in dieser Phase. Wie neu belebt, eine andere Frau, freigiebig, amüsant, locker. Jedenfalls solange sie nicht zweifelte, es hat auch diese entsetzlichen Tage gegeben, an denen sie Grau in Grau sah, o ja.

Aber da im Taxi, auf dem Weg zur Favorit-Bar, Ivan in ihrem Rücken, war sie erfüllt von Erwartung. Wenn sie sich umwandte, hat er sie angelächelt. Sie hat es ausgekostet, sie ist sparsam umgegangen mit ihren Blicken, obwohl weder Lydia noch Steffi Argwohn geschöpft hätten, ganz normal, wenn sich die Chefin vom Vordersitz aus in die Unterhaltung auf der Rückbank einmischt, sie haben über eine übergewichtige Arthrosepatientin geredet, die regelmäßig im Schlingentisch einschlief. Ivan sprach von der Schwerelosigkeit als einem Urtraum der Menschheit, ebenso wie

Fliegen, Melanie kam auf die Mondlandung zu sprechen, und Steffi hat gekichert, ob irgendwer von ihnen im Ernst daran glaubt, dass die Amis echt da oben gewesen sind. Luisa hat sich schwerelos gefühlt, ohne Mondlandung und ohne Schlingentisch.

»Warte mal.«

Schon wieder. Luisa trabt auf der Stelle und schaut zu, wie Lea neben dem Weg ins Gras plumpst und ihren Turnschuh schnürt. Keins ihrer Kinder hat sich je dazu herabgelassen, eine Doppelschleife zu binden, was hat sie sich den Mund fusselig geredet. Ivan trug bei der Arbeit nur Schuhe, aus denen er die Schnürsenkel entfernt hatte, immer schneeweiß, ohne jedes Logo. Privat schwarze Stiefel, ganz schlicht, stumpfes Leder. Nie hat sie etwas Überflüssiges an ihm gesehen.

»Guck mal.«

Halb verborgen von einem Grasbüschel ein Stückchen rosa Stoff. Lea zieht es vor, lässt gleich wieder los.

Luisa tritt einen Schritt näher. Bonbonrosa Seide, von einem orangefarbenen Bändchen eingefasst. In dem Wäscheladen in der Residenzstraße, in dem sie ihren Badeanzug gekauft hat, gab es diese kleinen Luxusdinger in allen möglichen Farbkombinationen.

»Wer lässt denn hier seine Unterwäsche rumliegen.«

»Ein Tanga«, sagt Lea. »Genauso einen hat Emma auch. Sie hat schöne Klamotten, finde ich.«

»Ist mir auch aufgefallen«, erwidert Luisa. »Wahrscheinlich ist hier jemand schwimmen gegangen, obwohl ich nicht so ganz verstehe, warum man sich danach nicht wieder anzieht.«

Der Fluss ist heute wieder so blank wie ein Metalltablett, in der Ferne tuckert ein Boot heran, man sieht es noch nicht. Diese Uferstelle wäre ein perfekter Platz für ein Picknick, eingerahmt von Ebereschen und Bäumen, die sie nicht kennt, mit glänzenden schmalen Blättern und grünen Früchten, die an Oliven erinnern. Sie hat Hunger, das Frühstück ist heute mehr als mager ausgefallen. Sie freut sich aufs Weiterfahren, sie werden noch viele herrliche Plätze entdecken, und vor allem werden sie irgendwo einkaufen, in großen Mengen.

»Im Ungererbad, in der Fundstelle, liegen zehntausend Unterhosen rum«, sagt Lea. »Ich hab da mal meine Schwimmbrille gesucht.«

»Ja, und nicht gefunden. Sag mal, könntest du nicht ausnahmsweise mal eine Doppelschleife machen? Wir wollten spätestens um halb elf ablegen.« Luisa schaut wieder auf ihre Uhr. »Aber wenn alle fünfzig Meter deine Schuhe aufgehen?«

»Doppelschleifen sind spießig.«

Die fruchtlose Diskussion darüber, was spießig ist und warum, wird Luisa jetzt nicht vom Zaun brechen, sie hat sie zu oft geführt. Immerhin hat Lea endlich mal wieder gelächelt. Aber dass jetzt der andere Schuh auch noch neu gebunden werden muss? Geduld, Geduld.

Sie nimmt ein trockenes Zweigstückchen vom Weg, spießt den Tanga damit auf und hängt ihn so an eine der Ebereschen, dass man ihn vom Weg und auch vom Wasser aus sehen kann.

Wie oft hat sie auf Spielplätzen oder im Englischen Garten Kinderhandschuhe so deponiert, dass sie wiedergefunden werden konnten, Mützen, Schals, Spielsachen, sogar Brillen, Schuhe. Manche Menschen vergessen ständig ihre Sachen irgendwo, Daniel gehört auch zu ihnen. Jetzt hat er mal wieder seinen Adapter verschmissen, zu Hause passiert ihm das ständig. Sie kennt seinen Blick, wenn er durch die Räume pirscht und sich auf eine ganz bestimmte Weise umschaut. Sie hat sich längst abgewöhnt, ihn zu fragen, was er sucht, weil er doch immer nur den Kopf schüttelt und sagt, sie soll sich nicht darum kümmern.

Während er vorhin noch im Bett lag, hat sie selber nach dem Adapter gesucht. Daniel tut ihr leid, mitten in der Nacht hat er einen endlosen Niesanfall gehabt, seine Nase ist dicht, es geht ihm nicht gut. Es hätte ihr gefallen, als kleinen Trost den Adapter kommentarlos irgendwo hinzulegen, wo er ihn schnell entdecken würde. Er hat sich wahrscheinlich bei der Rothaarigen angesteckt, gestern im Pub, aber letzten Endes geht seine Erkältung auf ihr Konto. Wäre sie nicht ausgerastet, hätte er ihr nicht dorthin nachlaufen müssen, und die Dicke hinterm Tresen hätte ihn nicht angeniest.

Eine Brise lässt den rosafarbenen Tanga schaukeln, er sieht fröhlich aus, nach Sommer.

»Hübsches Teilchen«, sagt Luisa. »Und nicht billig. Ich hab die Dinger in München gesehen.«

»Die kriegst du überall«, sagt Lea. »Das sind Konzerne, Mami. Die verkaufen ihre Klamotten auf der ganzen Welt. Jaspers neues Sweatshirt hab ich hier am Flughafen zweimal entdeckt. Das mit der Kapuze.«

Luisa beherrscht sich. Sie wird jetzt nicht sagen, dass sie die Geschäftsmethoden von Konzernen kennt. Sie wird ganz ruhig bleiben. Es ist nur eine Phase, sagt sie sich und schaut zu, wie Lea eine lockere Schleife bindet, die nicht halten kann. Eine Phase, die man geduldig überstehen muss. Sie wird auch nichts dazu sagen, dass die überteuerte Haarfärbung ihrer Tochter schon nach wenigen Tagen schmuddelig aussieht, vom Schwimmen und von der Sonne ist das exakte Leopardenmuster ausgeblichen.

»Schade eigentlich«, sagt sie. »Ich meine, dass man inzwischen überall das Gleiche kriegt.«

»Ich find's gut.« Sorgfältig zieht Lea die Schleifenenden in gleiche Länge. »Wenn ich mir vorstelle, dass Emma so einen Tanga aus Kalifornien hat? Und das Mädchen, dem der hier gehört, hat ihn vielleicht aus London? Und eine in China? Und eine in Frankreich?«

»China? Glaub ich eher nicht«, sagt Luisa. »Obwohl? Seit der Olympiade hat sich da bestimmt auch eine Menge verändert.«

»Du meinst die Olympischen Spiele. Olympiade nennt man den Zeitraum dazwischen.«

»Ich hab mich versprochen, entschuldige vielmals. Können wir endlich?«

Luisa läuft los. Nach ein paar Schritten schaut sie sich um, ob Lea ihr folgt. Hinter ihrer Tochter hängt der Tanga am Baum. Wie ein Wimpel der guten Laune.

32

Jetzt haben sie auch noch die große Rotzerei an Bord, es ist echt zum Auswandern. Sein Vater hat gesagt, man soll ihn gar nicht beachten, aber wie zum Teufel soll er diese Explosionen überhören, klingt jedes Mal, als würde es dem Alten den Schädel zerfetzen, mitten in der Nacht ging's los. Und wenn er die Nase schnaubt. Wie im Nilpferdgehege.

Und jetzt auch noch Emma. Seit einer halben Stunde läuft es ihr nur so aus dem Gesicht, fing irgendwie ganz plötzlich an, seine Mutter und FS-Lea waren gerade zum Joggen los. Hoffentlich kommen die bald wieder, irgendwas hat die Alte bestimmt dabei gegen Erkältungen.

Er hat versucht, Emma abzulenken, hat ihr eine Runde *Stress* vorgeschlagen, sie wollte nicht. Bestimmt besser so, hat er etwa Bock, sich anzustecken? Sein Vater hat sie mit ihrer Bettdecke und einer Rolle Klopapier aufs Klappsofa gepackt, Papiertaschentücher sind aus. Sie haben sich gegenseitig angeniest, und als Jasper gelacht hat, sind sie beide wütend geworden. Dass er lieber die feuchten Sachen in die Sonne tragen soll, statt dumme Faxen zu machen, hat sein Vater gesagt. Okay, okay, also hat er seinen Schlafsack und das ganze muffige Regenzeug aufs Dach getragen und ausgebreitet, mit in der Sonne liegen ist da nichts mehr, ihm doch egal. Die anderen nassen Klamotten hat er ins Heck geschafft, da kann man jetzt auch keinen Fuß mehr reinsetzen. Die stinkenden Schuhe müssen in den Bug.

Als er sie durch den saloon schleppt, grinst er Emma betont aufmunternd zu, sie kriegt es nicht mit. Sie sieht echt scheiße aus, sie lässt die vollgerotzten Papierstücke einfach vorm Sofa auf den Boden fallen. Wenn sie wenigstens mit dieser zwanghaften Husterei aufhören würde, und mit dem Gestöhne. Augen wie dieses dämliche Angorakaninchen in dem Trickfilm, wie hieß der noch, weil sie ständig dran reibt. Sie soll damit aufhören, hat er ihr vorhin schon gesagt, hat ihr sogar die Hände festgehalten, sie hat echt Blasen auf den Augäpfeln, ihm ist fast schlecht geworden. Sie hat aufgejault und ihn weggeschlagen.

Wenn's auf dieser verfluchten Galeere bloß einen Ort geben würde, wo er seine Ruhe hätte. Mehr will er gar nicht, wenn das nicht bescheiden ist. Wenn er sich nur für zehn Minuten nach Sète beamen könnte. Wenn er zumindest was Anständiges im Magen hätte, labbriges Knäckebrot mit einem Rest jam, ein Apfel, das war's auch schon zum Frühstück, von Tee wird er nicht satt. Wenn er sein Handyspiel zu Ende bringen könnte, aber zu allem Überfluss ist ihm vorhin der Saft weggeblieben, und sein Vater hat den verfickten Adapter verkramt, stellt jetzt die Elternkabine auf den Kopf und sucht. Na, und niest. Und flucht vor sich hin. Irgendwie geschieht es ihm recht, wie kommt der dazu, immer Jasper die Schuld zu geben, wenn er das Teil nicht findet.

Paarweise aufgereiht sehen die Schuhe auf der Bank voll bescheuert aus, fehlen nur noch diese Spanner und ein

Stück Zeitung drunter, wie bei seiner Großmutter. Er wird eine geile Anordnung herstellen, vielleicht im Zickzack. Möglichst viel Sitzplatz verbrauchen. Jedenfalls irgendwie die Zeit totschlagen, bis Can vielleicht mal wieder auftaucht. Der hätte seine T-Shirts, oder was da angeblich so verdreckt ist, auch auf dem Steg auswaschen können, er hätte ihm sogar geholfen. Aber der wollte ja lieber Musik hören dabei, hat sich die Ohren zugestöpselt und ist in der Zelle verschwunden.

Irgendwie ist in allem der Wurm, vielleicht liegt's an der mangelnden Proteinzufuhr, Can hat nicht mal Knäckebrot gewollt, nur einen Becher Tee, im Stehen. Keinen Hunger, hat er gesagt, wer's glaubt. Aber wer will schon feuchtes Knäckebrot in den Ferien. Überhaupt war das Frühstück eher ein Brechfest, FS-Lea hat alle verrückt gemacht, weil der räudige Kater abgehauen ist, sein Vater ist ewig im Bett geblieben, und Emma war total überdreht, wahrscheinlich so was wie ein letztes Aufbäumen vorm Zusammenbruch. Zwischendurch hat sie sich mal echt zusammengenommen und ihre Schattenboxen-Kunststücke vorgeführt, hat geil ausgesehen, wie sie mit ihren endlos langen Armen die Luft zu Bällen geformt hat und wie sie die Füße vorgeschoben hat, wie ein Raubtier auf der Pirsch, große Klasse, ehrlich. Hätte er nicht gedacht, dass sie das kann, dass sie die Ausdauer hat, das ganze Zeug zu lernen, dauert garantiert Jahre. Aber danach hat sie nur noch rumgegackert und gesagt, dass sie das sonst nie so gut hinkriegt, sie ist in Form, weil sie so toll geschlafen hat, und dass es die schönste Nacht für sie war bisher. Komisch, von den Explosionen seines Vaters hat sie nichts mitgekriegt, als Einzige. Sogar Can ist davon wachgeworden, im saloon. Erst wollte er mal wieder nichts sagen, immer schön höflich, aber dann hat er es zugegeben.

Jasper schnippt eine tote Fliege vom Bootsrand und spuckt hinterher. Zum ersten Mal sehnt er sich nach dem Krach des Motors, dann müsste er das elende Geschniefe nicht mehr hören. Höchste Zeit, dass sie endlich weiterfahren, bloß weg von hier. Immer, wenn er den Baum da drüben sieht, muss er an Natalie denken. Will er aber nicht. Abhaken ist angesagt nach dem Frustgespräch gestern, poff und ex, warum konnte sie keine klare Ansage machen. Aber gut. Wenn sie ihm nicht vertraut, vertraut sie ihm eben nicht. Und fertig. Das mit Can wird er schon wieder auf die Reihe kriegen, wenn sie erst mal wieder zusammen einen durchziehen können, ohne Emma, so wie früher.

Was kreischt die jetzt wieder? Als wenn sie skalpiert wird. Vielleicht eine Wespe, vor denen hat sie übertriebene Panik, einmal ist sie fast vom Dach gefallen, wie eine Irre ist sie da oben rumgesprungen, FS-Lea hat sie gerade noch festgehalten.

»Was ist los?«, fragt er über die Schulter.

»O mein Gott!« Ihre Stimme ist heiser, er kann sie kaum verstehen. »Raus! Jasper!«

»Wenn du stillhältst, tut sie dir nichts.«

Nur keine übertriebene Eile, erst noch mal gepflegt ins Wasser spucken, wo schwimmt jetzt die Fliegenleiche, vielleicht trifft er sie dieses Mal.

Ein abartiges Gurgeln lässt ihn herumfahren, dann ein Gepolter. Er sieht einen umgefallenen Stuhl und dann Emma, auf den Knien zwischen Klappsofa und Tisch, hysterisch rafft sie ihre Bettdecke vor sich zusammen, drückt sie zu Boden, schlägt drauf. Unter der Decke zappelt was.

»Hey! Was machst du da!«

»Der Kater«, röchelt sie mit verstopfter Nase. »Er ist die ganze Zeit irgendwo hier drin gewesen. Ich bin nicht erkältet. Er ist es. Er ist auf meine Decke gesprungen, ganz plötzlich. Du musst ihn rausschmeißen.«

»Wenn er vorher nicht erstickt ist. Oder erschlagen.«

Mit drei Schritten ist Jasper bei ihr, das Zappeln unter der Decke hat aufgehört. Er kniet sich neben sie und übernimmt den Bausch, unter dem der Kater vielleicht schon in die ewigen Jagdgründe übergewechselt ist, nicht grad die geilste Vorstellung. Vielleicht auch nur bewusstlos. Oder stellt sich benebelt und greift von null auf hundert an.

»Am besten, du gehst in deine Kajüte, und ich entsorg ihn, okay? Tot oder lebendig.«

»Aber ich will sehen, dass er weg ist. Ich muss das wissen. Ich kann Asthma kriegen und ersticken, verstehst du? Guck mich doch an.«

»Hab ich schon. Echt halb so schlimm.«

Muss er ihr ja nicht unter die Nase reiben, dass sie aussieht wie in dieser Vorher-Nachher-Fernsehreklame, der pure Schnodder und total verquollen, weil sie den super Balsamscheiß mit dem Über-Nacht-Wirkstoff noch nicht genommen hat.

»Ich trag ihn an Land.«

Er rappelt sich mit dem überraschend schweren Bündel hoch. Nichts bewegt sich. Wenn das Tier krepiert ist, wär's jetzt nicht so geschickt, Lea vor die Füße zu laufen. Überhaupt sollte lieber keiner was mitkriegen, sonst hat Emma für den Rest der Reise verschissen, ob sie nun diese Allergie hat oder nicht. Man schlägt keine Katzen tot, schon gar nicht, wenn man sie unter der Bettdecke hat.

»Die darf ich nie wieder benutzen.« Emma nimmt mit spitzen Fingern den am Boden schleifenden Deckenzipfel auf und trägt ihn Jasper nach, in den Bug. »Man muss sie in einen Plastikbeutel tun, und zubinden. Ich brauch eine andere Decke.«

Sie niest und wischt die Nase am Oberarm ab.

Jasper balanciert mit seiner Fracht auf den Steg, Emma im Schlepp. Obwohl er das mit dem Kater die totale Megascheiße findet, spürt er Mitleid mit ihr, vielleicht hätte er in ihrer Situation sogar genauso reagiert. Wenn man echt Horror hat? Als er noch auf den Bolzplatz ging, hat er mal einen so verdroschen, dass der nicht mehr hochkam. Der hatte ihn gerempelt, er kannte den überhaupt nicht und hat nur »blöde Sau« gesagt. Der ist ihm so was von an den Hals gesprungen, dass Jasper nur noch rotgesehen und zugeschlagen hat, nur einen Gedanken im Kopf, den Typ fertigmachen. Die anderen haben sich irgendwann dazwischengeworfen, zu viert oder fünft haben sie Jasper vom Platz geschleppt, er ist nie wieder da hingegangen. Einmal hat er das Arschloch wiedergesehen, vorm Arri-Kino, bestimmt zwei Jahre später, er hat sofort wieder diese Wut im Bauch gehabt, und die Angst war auch wieder da. Emma hat sich garantiert so ähnlich gefühlt, nur eins versteht er nicht.

»Warum zum Teufel hast du nichts davon gesagt?«, fragt er. »Dein Asthma, mein ich. Statt von irgendeiner Allergie zu quatschen.«

»Ich hab doch gedacht, er ist weg, für immer. Außerdem, dir wär's auch peinlich, so was zuzugeben, wenn du ganz neu in deine eigene Familie kommst.«

»So ein Quatsch! Was soll denn daran peinlich sein. Lass mal los.«

Er presst mit seinem linken Arm das Bündel an seine Brust und will mit dem rechten den Rest der Decke zusammenfassen. Im gleichen Moment fängt der verdammte Kater an zu toben, findet ein Schlupfloch und schlägt seine Krallen in Jaspers Schulter. Jasper flucht, Emma kreischt, der Kater arbeitet sich raus, seine Krallen sind plötzlich überall, Jasper kann ihn nicht packen.

»Halt ihn fest«, schreit er.

Emma steht wie angenagelt, beide Fäuste vorm Mund, und schüttelt nur panisch den Kopf. Der Kater landet auf den Planken, schaut sich blitzschnell nach einem Fluchtweg um und macht Anstalten, wieder auf die Darling zu springen. Jasper wirft die Decke, der Kater gibt einen fiesen Schrei von sich und springt. Zu kurz.

Sie hören es platschen.

»Du holst das Vieh da nicht wieder raus«, flüstert Emma. »Oder ich erzähl's Daddy.«

Jasper hebt automatisch die Decke auf, er kann seine Augen nicht losreißen, nass ist das Tier nur noch halb so groß, es rudert verzweifelt zwischen Bootswand und Eisenpfosten.

»Was willst du erzählen.«

»Dass du kiffst.«

»Du doch auch.«

Null Problem, den da rauszuholen, Sache von drei

Minuten. Allein schafft der das jedenfalls nicht, jetzt kratzt er verzweifelt an der Bootswand. Scheißglattes Metall.

»Ich hab nie mitgemacht. Und mir wird Daddy glauben. Dir nicht.«

Fassungslos dreht Jasper sich zu ihr um. »Soll das eine Erpressung werden oder was? Drehst du jetzt durch?«

»Es ist nur eine Katze«, faucht sie. »Okay?«

Er sieht, wie ihre verschwiemelten Augen sich öffnen und folgt ihrem Blick. Seine Mutter und Lea. Auf dem Uferweg, noch ziemlich weit weg. Er schaut wieder runter ins Wasser, der Kater paddelt wie ein Blöder, japst nach Luft. Im Boot dröhnt die Pumpe los, gleichzeitig explodiert sein Vater irgendwo. Wie lange können Katzen schwimmen?

»Wir halten beide die Klappe«, flüstert Emma.

33

Çarşamba, 18. August

Känguru. Mein id Br ist meistens echt unerträglich, und dann kann er völlig überraschend so nette Sachen tun, dass man sich wundert. Er hat alle Bettdecken zum Lüften in die Sonne gebracht, wir haben das schon von weitem gesehen, als wir vom Joggen kamen, M und ich. Sah lustig aus, wie nach und nach die Reling verhängt wurde, Emma hat ihm geholfen. M hat natürlich rumgemosert, dass er ein bisschen spät daran denkt, weil wir gleich losfahren wollten. Immer muss alles nach ihrem Willen gehen, dabei ist es völlig egal, wie weit wir heute noch kommen. Wir müssen nur irgendwo einen Laden finden, wir haben bloß noch Knäckebrot, 2 Fischkonserven und 1 Tüte O-Saft, die Fischdosen will keiner, nicht mal P, Hering in so einer glibbrigen Senfsoße, URRRGS!

An einer Apotheke kommen wir bestimmt nicht vorbei, P und Emma sind erkältet, sie hat sich bei ihm angesteckt, ich war ganz erschrocken, wie sie aussieht. Dabei war sie heute Morgen noch so gut drauf wie nie. M sagt, sie sollen mit Salz gurgeln und an die frische Luft gehen, mit pharmazeutischen Produkten werden sie die Sache auch nicht schneller los. Can hat 3 T-Shirts und seine Shorts gewaschen, die ganze Darling 11 ist voll mit Sachen gewesen, die trock-

nen sollten, ganz bunt, wie ein schwimmender Zirkus. Und weil sich die Abfahrt bestimmt um eine Dreiviertelstunde verzögert hat, bin ich noch ein bisschen am Ufer rumgelaufen, in der anderen Richtung, und habe nach Salı gesucht, aber inzwischen glaube ich auch, dass er wieder da ist, wo er hingehört.

Ich hätte ihn wirklich gerne behalten, wenigstens für die Reise, aber man soll Katzen nicht aus ihrem Revier entfernen, Can hat recht. Man soll überhaupt keine Tiere von da wegbringen, wo sie zu Hause sind, es ist die reine Quälerei. Kassandra damals, vielleicht stammte die aus Südamerika, oder ihre Eltern. Aus dem Urwald. Und dann bei uns auf dem Balkon! P und M hätten das nie erlauben dürfen!!! Aber es hat keinen Sinn, es ihnen jetzt noch zu sagen. Ich werde meinen Kindern jedenfalls keine Schildkröten erlauben. Ich habe mal von einer gelesen, die ist die schnellste von allen, sie schafft 35 km in der Stunde, das muss man sich mal reinziehen. Eine Schildkröte, schneller als die Darling 11, sie würde uns locker überholen! Ich glaube, ich will später Biologie studieren.

Eigentlich bin ich sogar ganz froh, dass Salı wieder zu Hause ist, vielleicht liegt er jetzt in seinem Katzenkorb und verdaut eine richtige Katzenmahlzeit und putzt sich. Und die Leute, denen er gehört, sind total glücklich, dass er wieder bei ihnen ist. Can hat gesagt, er hat extra noch mal nachgeguckt, gestern Abend, bevor er das Licht ausgemacht hat, da hat Salı jedenfalls noch unter der Bank im Bug gelegen. Wahrscheinlich hat er mitten in der Nacht Sehnsucht nach Zuhause gekriegt und ist los, Katzen finden ihren Weg im Dunkeln genauso gut wie im Hellen.

Völlig überflüssig, dass ich mir Sorgen um ihn gemacht habe.

KLIRR

Gerade ist bei mir der Groschen gefallen, jetzt weiß ich endlich, warum es hier so müffelt. Der Schlafsack auf Emmas Bett unten. J hat mit Emma getauscht, sie hat gesagt, sie findet Schlafsäcke gemütlicher als Decken, und er hat ihn ihr sofort gegeben. Känguru, also echt! Freiwillig in diesem vollgepupsten Teil schlafen! Mir reicht schon der Gestank, der bis zu mir hier nach oben dampft. Seine Schuhe sind auch total verpestet, freiwillig setze ich mich jedenfalls nicht in den Bug, solange die da stehen. Ich kann mir nicht vorstellen, dass Cans Schuhe auch so eklig sind, aber sie sind ja auch nicht so nass geworden. Hoffentlich wird er nicht auch noch krank, er hat überhaupt nicht gefrühstückt und noch keinmal gelacht heute, jedenfalls hab ich es nicht mitgekriegt. Auch nicht, als wir am Tanga vorbeigekommen sind, den M in einen Baum gehängt hat, damit das Mädchen ihn wiederfindet, das ihn da verloren hat. J hat am Steuer gesessen, irgendwie waren wir gerade alle im saloon, und M hat die Geschichte erzählt, wie wir ihn gefunden haben. Sie hat gelacht und gesagt, dass er vielleicht aus Hongkong stammt, wundern würde sie es nicht. Und dass ich erst gedacht hätte, er gehört Emma, dabei stimmt das gar nicht, das habe ich nie behauptet. Dass sie auch so einen hat, habe ich gesagt, mehr nicht. Immer muss sie übertreiben, und überhaupt hasse ich es, wenn sie in meiner Gegenwart über mich spricht, als wäre ich ein Möbelstück oder so was. Es war megapeinlich, Emma hat mich angeguckt, als hätte ich sie geohrfeigt, aber dann musste sie niesen und zu ihrer

Klopapierrolle rennen. Mein id Br hat gesagt, dass ich schon immer Weltmeister im Phantasieren gewesen bin, weil ich zu viele Märchenbücher lese. Dabei habe ich seit der Steinzeit keine Märchenbücher mehr gelesen. Mir war das alles zu blöd, ich bin aufs Dach gestiegen und hab versucht, den Tanga so lange wie möglich im Auge zu behalten, er hat schön ausgesehen. Mir ist eingefallen, wie J und ich das früher immer mit Stöckchen im Wasser gespielt haben, und dass ich ihn jedes Mal gewinnen ließ, weil er so ein schlechter Verlierer war, er ist immer total ausgerastet. Beim Mensch-ärgere-dich-nicht hat er unterm Tisch gegen mein Schienbein getreten, wenn ich ihn rausgeschmissen habe, einmal hat er sogar das Spielbrett mit allen Figuren aus dem Fenster geworfen. Er ärgert sich jetzt noch, wenn er verliert, auch wenn er inzwischen auf cool macht. Dabei ist es doch total langweilig, wenn man immer nur gewinnt.

Hier stinkt es echt wie im Raubtierhaus, ich geh lieber raus, das Tagebuch nehm ich mit in die Sonne, es ist an einer Stelle immer noch feucht, innen am Falz, wie es da nass geworden sein kann, ist mir echt ein Rätsel. Und wo der Grashalm zwischen den Seiten herkommt, kapier ich genauso wenig. Irgendwie wird hier alles ziemlich schnell dreckig. Aber Dreck ist auch nichts anderes als Natur, ich darf mich nicht zickig anstellen. Sonst werde ich wie Emma.

34

Laut Karte ist das nächste Dorf nur noch drei Meilen entfernt, sie müssten spätestens in einer Dreiviertelstunde ankommen, eher früher, Jasper fährt garantiert mehr als die erlaubten fünf Meilen. Damit sie bei der Ankunft gleich loskönnen, sucht sie schon mal die Rucksäcke zusammen, sie brauchen Unmengen an Lebensmitteln, vor allem Getränke. Als sie ihr Portemonnaie verstauen will, findet sie in der Seitentasche ihres Rucksacks eine 200-Gramm-Tafel Schokolade, Mokka-Sahne, ihr läuft das Wasser im Mund zusammen. Eine Tasse Kaffee und eine Schokoladenrippe, oder auch zwei, das wäre jetzt wundervoll, fast wird sie schwach. Aber sie hat sich vorgenommen, keine Süßigkeiten zu essen, sie wird heroisch verzichten. Triumphierend schwenkt sie ihren Fund Emma entgegen, die mit einem Klopapierknäuel aus dem saloon kommt.

»Sieh mal, was ich entdeckt habe.«

»Nicht für mich. Danke.«

Emma schüttelt trübe den Kopf und verschwindet in der Zelle. Unverständlich, nach welchen Kriterien dieses Mädchen Süßigkeiten mal verschmäht und mal nicht. Aber wenn man stark erkältet ist, mag man vielleicht gar nichts. Zum Glück geht es ihr inzwischen nicht mehr ganz so miserabel wie vorhin, Luisa hatte schon befürchtet, sie bräuchten einen Arzt, Emmas Augenlider waren so verquollen, als hätten Wespen hineingestochen. Sie hat heiß geduscht, mit dem Rest des Wasservorrats, danach wurde es besser, jetzt sieht sie schon fast wieder normal aus. Eigentlich weisen die Symptome ganz klar auf einen allergischen Anfall hin, aber Emma hat diese Möglichkeit weit von sich gewiesen. Wenn, dann hätte sie den Anfall gestern bekommen müssen, hat sie gesagt, als dieser Kater an Bord war.

Also für Emma keine Schokolade.

Luisa überlegt, wie sie die Tafel aufteilen soll, für die beiden Jungs vielleicht eine größere Portion? Sie müssen halb verhungert sein. Can würde natürlich nie etwas sagen, er hat sich im Bug ausgestreckt und ist eingeschlafen, sein Buch liegt aufgeklappt auf seiner Brust. Aber merkwürdig, dass Jasper sich noch nicht beschwert hat, wo er doch alle halbe Stunde etwas zwischen die Kiemen braucht. Seit einer Stunde sitzt er am Steuer, mit einem abwesenden Gesichtsausdruck, den sie nur von Tagen vor riskanten Klassenarbeiten kennt. Der Hunger natürlich. Und die Erkenntnis, dass manchmal auch Meckern nichts nützt, ein Anzeichen, dass er erwachsen wird.

Eigentlich deprimierend, denkt sie, während sie das Papier aufreißt, dass man irgendwann aufhört, gegen das anzukämpfen, was man als unabänderlich erkannt hat. Dabei ist es vielleicht gar nicht unabänderlich, hat sie nicht gerade diese Schokolade gefunden? Und könnte es nicht sein, dass sie Ivan ganz zufällig irgendwo wiedersieht? Und der Abend in der Favorit-Bar stellt sich als ein einziges Missverständnis heraus?

Die Nachbarin von Luisas Mutter lebt mit einem fast

zwanzig Jahre jüngeren Mann zusammen, so etwas ist heutzutage gang und gäbe, jedenfalls nicht verboten, obwohl Luisas Mutter regelmäßig dafür plädiert. Aber sie müsste mit Ivan ja nicht ausgerechnet neben ihre Mutter ziehen. Und schon taucht deren missbilligendes Gesicht vor Luisa auf.

Sie schließt für eine Sekunde die Augen. Sie muss aufhören damit. Ausschließlich an das Hier und Jetzt sollte sie denken, alles andere hilft ihr nicht.

Sie geht zur pantry, nimmt einen Teller aus dem Oberschrank und betrachtet die Blume in seiner Mitte. Wie eine kleine Sonne, falls man bereit ist, positiv zu denken. Sie bricht die Schokolade in Stücke und drapiert sie so auf dem Teller, dass die gelbe Blume frei bleibt.

Wie absurd das ist, da befinden sie sich mitten im reichen Europa und haben nichts zu essen. Ein einziger Regentag, und die Logistik bricht zusammen. Sie haben sich angewöhnt, von der Hand in den Mund zu leben, in der Stadt machen das alle. Die Vorräte beschränken sich auf ein paar Packungen Pasta, ein bisschen Reis, Linsen vielleicht, wenn irgendetwas fehlt, springt einer schnell in den Supermarkt, nach zwanzig Uhr zu der großen Tankstelle um die Ecke, wo man von Milch bis Fertigsoße alles bekommt. Und hier? Sie hat sich so manches vorgestellt, aber nicht, dass sie hungern müssen.

Essensvorräte, Taschentücher, Kaffee, Klopapier, Hustenbonbons, vor allem viel Obst und Gemüse, sie muss eine Liste machen. Und unbedingt Wasser tanken, fällt ihr ein, als die Pumpe mit einem dumpfen Würgen einsetzt und gleich wieder verstummt.

»Wasser steht daneben, Emma!«, ruft sie. »Im Eimer!«

Ein zweiter Eimer wäre auch nicht verkehrt.

Bestimmt gibt es in dem Dorf auch ein Pub, hoffentlich ein besseres als das ›Three Lions‹ gestern. Sie wird nicht auf die Preise gucken, sie wird ihre Mannschaft auffordern, die Speisekarte rauf- und runterzufuttern. Vielleicht weckt das auch Daniels Lebensgeister, er hat sich wieder ins Bett verzogen, draußen ist es ihm zu hell. Als sie ihm einen Tee gebracht und sich für ein paar Minuten zu ihm gesetzt hat, ist ihr aufgefallen, dass er alle beweglichen Gegenstände in der Kabine umgeräumt hat, immer noch auf der Suche nach dem Adapter. Vielleicht ist er auf das verdammte Teil so fixiert, dass er es gar nicht mehr finden kann.

Mit ihrer Sonnenbrille in den frischgebürsteten Haaren und der vorletzten Rolle Klopapier unterm Arm kommt Emma aus der Zelle. Make-up, konstatiert Luisa für sich. Lidschatten, Wimperntusche, Lippenstift. Es geht also wieder bergauf.

»Du hast jetzt aber nicht all deine Taschentücher ins Klo geworfen, oder? Wir haben hier einen Abfalleimer, Emma. Du weißt es doch.«

»Aber der war vorhin schon voll.«

»Dann nimmt man eine Plastiktüte und macht einen neuen Müllsack auf.«

»Entschuldige«, flüstert Emma. »Ich hab nicht dran gedacht.«

Trotz aller Kosmetik sieht sie immer noch bemitleidenswert aus, oder vielleicht gerade deswegen.

»Wird schon gutgehen«, lenkt Luisa ein. »Nächstes Mal denkst du dran. Was hast du gerade vor?«

Emma zieht die Schultern hoch und lässt sie trostlos wieder fallen.

»Und wo steckt Lea?«

»Auf dem Dach, sie schreibt. Und Can hat sowieso nie Lust zu irgendwas.«

»Vielleicht möchtest du mal ans Steuer? Du hast es noch nie probiert. Es ist ganz einfach, Jasper zeigt es dir.«

Wieder Kopfschütteln und dieses trostlose Schulterzucken. Dieses entsetzliche Ich-weiß-nicht-wohin-mit-mir, das Luisa aus ihrer eigenen Pubertät kennt und nie vergessen hat.

»Na komm«, sagt sie und legt kurz ihren Arm um Emma. »Wir setzen uns ein bisschen ins Heck. Magst du?«

Emma folgt ihr wortlos nach draußen. Luisa setzt sich auf die Bank und stellt den Teller mit der Schokolade, die sie eigentlich Daniel als Erstem anbieten wollte, zwischen sich und Emma. Der Teller vibriert, auch in ihren Oberschenkeln spürt sie, wie der Motor arbeitet und die Darling II voranbewegt. Sie hat sich an dieses permanente Zittern gewöhnt, es gefällt ihr inzwischen sogar. Es hat etwas von Seefahrt, von Abenteuer und der Entdeckung neuer Kontinente. Es riecht nach Diesel, es ist warm, die Schokolade wird schmelzen.

Emma hält die Papierrolle auf ihrem Schoß fest und schaut zur anderen Seite.

»Dir geht's allmählich besser«, sagt Luisa, zwischen Frage und Feststellung. Manche ihrer Patienten wollen bedauert werden, andere hingegen auf keinen Fall, man muss das vorsichtig herausfinden. »Tut mir wirklich wahnsinnig leid, dass es dich so erwischt hat.«

Ein kurzer Blick, ein kleines Lächeln. »Schon okay. Danke.«

Was dieses Mädchen braucht, ist Zuwendung, Nähe, Wärme. Ganz eindeutig. Wahrscheinlich ist die Krampfhenne nicht in der Lage, ihrer Tochter das nötige Maß an Liebe zu geben. Hängt sie mit teuren Klamotten voll und denkt, das reicht.

»Hat deine Mutter dich mal angerufen?«

»Ich ruf sie an. Alle zwei Tage.«

»Und warum meldet nicht sie sich bei dir? Ach übrigens, Emma, im Moment haben wir nur zwei funktionierende Telefone, deins und das von Can. Unser Adapter ist verschollen.«

»Ich weiß. Der gelbe. Daddy hat mich schon gefragt, ob ich ihn gesehen habe.«

Daddy. Daddy und die Krampfhenne. Unwillkürlich greift Luisa nach einem Stück Schokolade und schiebt es sich in den Mund, es ist schon angewärmt und zu weich.

»Wenn du also ein bisschen sparsam mit deinem Akku umgehen würdest«, sagt sie und zerdrückt das Stück mit der Zunge. »Ich werde es Can auch noch sagen. Nur für alle Fälle, weißt du?«

»Okay. Ich kann es ihm auch sagen. Soll ich gleich?«

Sie will schon aufspringen, Luisa hält sie fest.

»Komm, das hat doch Zeit. Erzähl mir ein bisschen von dir. Wie bist du auf Tai-Chi gekommen? Das war großartig heute Morgen.«

»Eine Freundin von meiner Mom gibt so Kurse. Aber da mach ich eigentlich schon lange nicht mehr mit.«

»Und jetzt spielst du Tennis, hm? Dein Lieblingssport?«

»Ich glaub schon.«

Luisa lacht. »Du glaubst? So was weiß man doch, oder? Spielt deine Mutter auch?«

»Nein. Aber Amos. Er hat es mir beigebracht. Wir spielen regelmäßig, er und ich. Das heißt, jetzt ist es ja vorbei damit.«

»Ja, schade«, sagt Luisa und steckt sich das nächste Stück in den Mund, Mokka hat auf sie schon immer einen Suchteffekt ausgeübt. »Du hast dich gut mit ihm verstanden, stimmt's?«

Emma zieht die Nase hoch, reißt zwei Stück Papier von der Rolle und schnaubt aus.

»Und wie habt ihr vorher gelebt? Ich meine, vor Amos?«

»Ob meine Mom irgendwelche Lover hatte? Ich weiß nicht, ich glaub schon. Sie hat immer gesagt, sie muss wegen ihres Jobs weg, wenn sie mich zu ihrer Freundin gebracht hat.«

»Zu der mit den Tai-Chi-Kursen?«

Emma nickt.

»Und du hast es nicht geglaubt? Das mit dem Job?«

»Na ja.«

Sie stopft das benutzte Papier umständlich in den Hohlraum der Rolle, ihre Finger sind genauso dünn und lang wie Daniels, ihre Nägel seit gestern schwarz lackiert. Endlich hebt sie den Kopf und schaut Luisa kläglich an, sagt aber nichts.

Luisa fragt sich, was sie diesem armen Kind wünschen soll. Dass die Krampfhenne möglichst bald einen neuen Partner findet, mit dem auch die Tochter einverstanden ist? Und falls es mit dem dann auch wieder nicht klappt, gleich einen nächsten? Natürlich wäre es für Emma die Rettung, den Kontakt zu Daniel aufrechtzuerhalten, zu intensivieren. Aber will sie selber, dass es so kommt? Emma regelmäßig bei ihnen in München, beziehungsweise Daniel in Köln, bei Emma und der Krampfhenne?

»Ich hab mir immer so eine Familie gewünscht, wie ihr es seid«, flüstert Emma. »Ich weiß, bei euch gibt es auch manchmal Zoff, aber …«

Sie kann nicht weitersprechen, ihr Mund verzieht sich, gleich wird sie weinen. Sämtliche Vorbehalte, die Luisa jemals hatte, stürzen in sich zusammen. Das Kind hat weder eine richtige Mutter noch einen richtigen Vater, das ist nicht auszuhalten.

Sie zieht Emma in ihre Arme, der Teller mit der Schokolade geht zu Boden und zerbricht, die Klopapierrolle kollert davon und wickelt sich ab, Emmas Sonnenbrille geht über Bord, sie merken es nicht. Sie umklammern sich, Emmas Gesicht presst sich an Luisas Hals, heiß und feucht, eine Locke gerät zwischen Luisas Lippen, sie pustet sie vorsichtig fort und murmelt beruhigende Worte.

»Ist ja gut. Wir sind ja da. Du gehörst ja dazu. Ist ja gut.«

Wie Daniel gestern mit mir, denkt sie, wir reichen den Trost weiter, es ist richtig so. Sie hält das Kind fest und hört nicht auf zu flüstern.

»Alles ist in Ordnung. Du kannst immer zu uns kommen. Wir haben dich gern. Glaub mir.«

Nach einer ganzen Weile erst hört der schmale Körper in ihren Armen auf zu beben. Sie lässt Emma vorsichtig los.

»Guck mal, wir haben Scherben gemacht. Die bringen Glück.«

Emma zieht die Nase hoch und nickt.

»Vielleicht war ich nicht immer besonders nett zu dir«, sagt Luisa sanft. »Entschuldige bitte. Auch, dass ich gestern so ausgeflippt bin. Ich hab eine anstrengende Zeit hinter mir, verstehst du?«

Emma bückt sich nach dem Klopapier. »Klar. Kenn ich von meiner Mom.«

Die mit zittriger Schnupfenstimme gewisperte Bemerkung zerreißt Luisa das Herz. Sie ist nicht wie Emmas Mom, sie ist eine bessere Mutter. Sie wird alles tun, damit Emma sich zu Hause fühlt, hier auf der Darling 11, und später in München, wenn sie zu Besuch kommt. Sie hockt sich auf den Boden und sammelt die Scherben auf, die zerfließenden Schokoladenstücke wird sie mit einem feuchten Tuch aufwischen müssen.

»Ab sofort wird alles ganz wunderbar«, sagt sie. »Ich versprech es dir. Ich mag dich wirklich sehr. Lea und Jasper auch, das weiß ich. Und Daniel ja sowieso. Dein Daddy. Ich hoffe, du kommst ganz oft aus Köln zu uns.«

In lockeren Schlaufen wickelt Emma das Papier auf, dabei wischt sie sich am Arm ihre Tränen ab, dann lächelt sie zaghaft.

»Danke, du bist echt nett. Spätestens zur Ausstellung.«

»Welche Ausstellung?«

»Oder wenn sein Buch erscheint. Ich würd echt gern dabei sein, weil ja auch Bilder von mir drin sind. Hat er jedenfalls gesagt.«

»Moment, Moment. Du redest jetzt von Daniel?«

Emma legt die unordentliche Rolle neben sich ab, greift sich in die Haare und schaut sich suchend um.

»Ja. Ich glaub, ich hab meine Sonnenbrille verloren.«

Luisa verspürt ein plötzliches Gefühl von Kälte. »Er hat dir also erzählt, er macht eine Ausstellung. Und auch noch ein Buch. Und wann soll das stattfinden?«

»Irgendwann ziemlich bald. Glaubst du, sie ist ins Wasser gefallen?«

Emma kniet sich auf die Bank und späht in die Heckwellen, ihre Locken fallen bis über die Reling, sie verbergen ihr Gesicht. Luisa starrt auf den leuchtenden Schopf, dann wirft sie in plötzlicher Wut die Scherben über Bord, in weit ausholendem Schwung, knapp an dem blonden Kopf vorbei. Emma fährt herum und starrt sie erschrocken an.

»Nichts passiert.« Luisa steht auf und versucht ein gelassenes Lächeln, es gelingt ihr nicht. »Ich war schon immer gut im Werfen. Tut mir leid, wenn ich dich erschreckt habe.«

»Ich glaub, ich hätt's dir nicht erzählen dürfen. Das mit der Ausstellung und dem Buch.«

Wieder geht ihr Mund in die Breite, in ihrem Gesicht der komplette Jammer dieser Welt.

»Sagt wer?«

»Daddy. Ich hab's ihm versprochen. Unser Geheimnis. Aber ich hab nicht dran gedacht. Und jetzt bist du sauer.«

»Vergiss es.«

Schroff wendet Luisa sich ab, keine Sekunde länger kann sie den Anblick dieses Unschuldsengels ertragen. Sie steigt die Stufen zur galley hinunter und zeigt hinter sich auf die Holzbohlen.

»Ich wär dir dankbar, wenn du den Schweinkram da wegmachen würdest. Aber vielleicht nicht unbedingt mit dem allerletzten Rest Klopapier, den wir noch haben.«

35

Ein Geheimnis, ja? Mit deiner Tochter. Und ich darf davon nichts wissen. Was für eine Nummer ziehst du hier eigentlich ab!«

Feine Speicheltropfen sprühen aus Luisas Mund. Noch dämpft sie ihre Lautstärke, der Kinder wegen, aber das wird sich ändern, jeder ernsthafte Streit mit ihr endet unweigerlich in unkontrolliertem Wutgeschrei oder in Tränen, im Extremfall in beidem gleichzeitig. Wenn er es sich aussuchen könnte, würde Daniel sich für den Zorn entscheiden, gegen den kann er sich besser wehren.

»Ich versteh überhaupt nicht, wieso du hier so ein Drama machst.«

Er setzt sich auf, faltet zwei Blatt Klopapier zusammen und schnaubt hinein, zu dünn natürlich, seine Finger sofort voll Rotz, er muss mit seinem Vorrat sparsam umgehen, die Rolle ist fast leer. Sieht sie eigentlich nicht, wie beschissen es ihm geht?

»Klar«, faucht sie, »jetzt bin ich wieder die Hysterikerin oder was. Die aus einer Mücke einen Elefanten macht.«

Sie wird schon lauter, das Geschrei wird nicht mehr lange auf sich warten lassen. Sie hat sich am Fußende aufgebaut, breitbeinig, die Hände in die Hüften gestemmt. Er hasst diese Haltung, sie erinnert ihn an seine Mutter und ihre Standpauken, wegen lächerlicher Verfehlungen meistens, schmutzige Schuhe, laut zugeschlagene Türen, ein umgestoßenes Glas. Vor gut vierundzwanzig Stunden haben sie ineinander verschlungen in diesem Bett gelegen, haben sich geliebt, waren einander nahe. Er kann es sich kaum noch vorstellen.

»Die Sache ist noch längst nicht entschieden«, sagt er. »Du kennst Herringer und seine windigen Versprechungen doch.«

»Das klang bei Emma aber ganz anders.«

Daniel legt sich die Hand auf die Stirn, er hat eindeutig Fieber, in seinem Schädel herrscht ein Lärm, als würden pausenlos Güterzüge aufeinanderprallen.

»Dann hat sie was missverstanden. Sicher, dass kein Aspirin an Bord ist?«

»Ja, zum Teufel! Nein! Ich hab die Reiseapotheke vergessen, lass deine Ablenkungsmanöver.«

Mühsam schiebt er sich ein Stückchen höher, sein Körper fühlt sich an wie eine einzige offene Wunde, aber er mag nicht auf dem Rücken liegen wie ein Käfer, wenn sie so bedrohlich über ihm steht.

»Mach aus mir keinen Simulanten, ja? Mir geht's wirklich nicht gut.«

»Jaja«, sagt sie, in diesem verächtlichen Tonfall, den sie sich ihm gegenüber angewöhnt hat. »Das Leiden Christi, ich seh es. Hast du eigentlich eine Vorstellung, wie das bei Emma ankommt?«

»Wenn ich erkältet bin? Versteh ich nicht.«

Sie stößt ungeduldig ihren Atem aus. »Du weißt genau, was ich meine. Ihr beide teilt ein Geheimnis, und ich bin außen vor. Ich bin ja auch nur deine Frau, was geht mich dein Leben an. Begreifst du wirklich nicht, wie sehr mich das verletzt?«

Warum kann sie nicht warten, bis es ihm bessergeht, bevor sie ihn mit diesen Vorwürfen überschüttet? Er schluckt, in seiner Kehle ein schmerzhafter Widerstand. Halsweh, ihm soll wohl nichts erspart bleiben. Sein Schädel eine Zeitbombe, mit jedem Stampfen des Motors rückt der GAU näher.

Sie verschränkt ihre Arme vor der Brust und marschiert auf und ab, ihm wird schwindelig davon, drei Schritte hin, drei Schritte her, mehr Platz ist nicht in der Kabine. Er schließt seine Augen.

Das Pantherweibchen im Tierpark, in dem Winter, als Luisa für ihr Examen lernen musste und Ruhe brauchte und er mit den Kindern losgezogen ist, immer wieder in den Tierpark, am liebsten ins Raubtierhaus, da war es warm, der Gestank hat sie alle drei nicht gestört. Sie haben sich nebeneinander auf eine Bank gesetzt, Lea manchmal auch auf Daniels Schoß, und die Raubkatzen beobachtet, es waren merkwürdig friedliche Stunden. Er hat damals keinen Gedanken daran verschwendet, dass die Tiere nicht an diesen Ort gehören, er war nur fasziniert von ihrer Schönheit und ihrer unnachahmlichen Eleganz. Das Pantherweibchen war am unruhigsten von allen, nie hat sie geschlafen oder auch nur gelegen, so wie die Löwenmutter. Unablässig ist sie von einer Ecke des Käfigs in die andere gewandert, mit immer gleichem Schrittmaß und immer gleichem Gesichtsausdruck. Grimmig. Jasper hat sich vor ihr gefürchtet, er ist nie ganz an die Absperrung vor dem

Käfig herangegangen. Lea war mutiger, vor Tieren hat sie schon immer weniger Angst gehabt als vor Menschen.

»Hörst du mir überhaupt zu!«

Er öffnet mit Mühe seine Augen.

»Ich hör dir immer zu. Ich wollte dich nie verletzen.« Wie oft hat er sich in den letzten Tagen entschuldigt, für nichts und wieder nichts? »Ich hatte das Gegenteil geplant. Es sollte eine Überraschung für dich werden. Ich hätte es dir erzählt, sobald ich grünes Licht von Herringer habe.«

Sie würdigt ihn keines Blickes. »Und wenn nichts daraus wird? Du hättest mir kein Wort gesagt.«

Er zieht die Bettdecke höher und stopft sie um seine Schultern, trotz T-Shirt, Pullover und Socken friert er.

»Kann sein. Glaubst du, es ist witzig, immer als der Versager dazustehen? Der nichts auf die Reihe kriegt? Durchgefüttert werden muss vom Alphatier?«

Sie bleibt abrupt stehen. »Bitte nicht wieder diese Leier. Ich kann's nicht mehr hören!«

So unauffällig wie möglich zieht er den Rotz hoch, sofort entsteht ein bohrender Schmerz in seinen Stirnhöhlen. Dringender als alles andere braucht er Taschentücher, den Rest Klopapier muss er für die Niesanfälle reservieren.

»Aber es stimmt«, sagt er. »Ich bin nicht mein eigener Herr. Ich bin abhängig von dir, in jeder Beziehung.«

»In jeder ja wohl kaum.«

»O doch. Ich kann nicht mal frei entscheiden, was ich dir erzählen möchte und was nicht, sogar das willst du bestimmen.«

Das Stampfen der Maschine wird langsamer, entfernt ist Leas Rufen zu hören: »Da vorne rechts!« Nackte Füße trappeln übers Dach, eine Tür fliegt zu, dann wechselt der Motor in den Leerlauf, das durchdringende Dröhnen weicht einem halbwegs erträglichen Brummen.

Luisa tritt ans Fenster. »Jetzt bleib mal beim Thema«, sagt sie. »Es geht hier nicht um prinzipielle Fragen, sondern um einen aktuellen Vertrauensbruch.«

Auf dieses Wort hat er gewartet. »Großer Gott, Luisa!« Jetzt wird auch er laut, es ist ihm egal, ob die Kinder ihn hören. »Wer vertraut hier eigentlich wem nicht!«

Sie antwortet nicht. Sie starrt hinaus, die Arme immer noch vor der Brust. Von Kopf bis Fuß Abwehr, die Augen zusammengekniffen, die Zähne in die Unterlippe gegraben. Enttäuscht, frustriert, unversöhnlich.

Was ist eigentlich los mit ihnen. Daniel weiß, dass Luisa sich mit ihm ebenso viel Mühe gibt wie er mit ihr, aber sie haben es seit Beginn dieser Reise nicht geschafft, auch nur einen einzigen Tag in durchgehender Harmonie zu verbringen, ebenso wenig wie in den Wochen und Monaten zuvor. Vielleicht können sie es gar nicht mehr, warum sonst gehen sie sich so weit wie möglich aus dem Weg? Warum verschwindet er in seinem Arbeitsraum oder der Dunkelkammer, kaum dass sie abends aus der Praxis kommt? Wieso verzieht sie sich ständig an den Schreibtisch, angeblich um ihren Papierkram zu erledigen, den sie früher ganz nebenbei in zwei Stunden am Wochenende gemacht hat? Wann haben sie das letzte Mal einen gemütlichen Abend zusammen verbracht, nur sie beide, ohne die Kinder, ohne irgendein Programm oder Gäste? Miteinander geredet, gelacht, Musik gehört, sich von den Ereignissen des Tages erzählt, sich einfach nur gut verstanden und miteinander wohlgefühlt?

»Du weißt, warum«, sagt sie endlich.

Ein Ruck geht durchs Boot, in seinem Schädel kollidieren weitere Güterzüge, jetzt stehen sie in Flammen. Aber er kapiert immerhin, dass die Darling am Ufer ist, oder an einem Steg, und als jetzt der Motor abgestellt wird, fühlt er sich fast gerettet. Nur noch ein unangenehmes Schaukeln, jemand ist an Land gesprungen. Aber göttliche Ruhe. Allerdings nur für zwei Sekunden, denn da ist immer noch Luisa in all ihrer Selbstgerechtigkeit.

»Du weißt, warum ich dir nicht vertraue«, beharrt sie.

Er ist so müde. Er möchte das Brennen in seinem Schlund, das Pochen in seiner Stirn vergessen dürfen. Sich ins warme Raubtierhaus zurückträumen und einschlafen.

»Ja«, murmelt er. »Ich hab Mist gebaut. Ein einziges Mal. Vor verdammten fünfzehn Jahren. Wie lange willst du noch darauf herumreiten.«

Sie geht zum Waschbecken.

»Ich reite auf gar nichts herum. Aber ich finde, du schuldest mir Offenheit. Keine Lügen mehr.«

Aus dem Wasserhahn kommt nur ein Rülpser. »Scheiße!« Sie schlägt gegen den Beckenrand.

»Ich hab nicht gelogen.«

»Aber mir etwas verschwiegen. Und stattdessen Emma ins Vertrauen gezogen.«

»Also doch wieder mal die alte Geschichte. Emma und Sophie und der ganze Rattenschwanz. Sag's doch gleich.«

Sie fixiert ihn durch den Spiegel, der Sprung im Glas verläuft exakt vom Ende ihrer rechten Augenbraue zum linken Mundwinkel, ihr Gesicht sieht aus wie durchgeschnitten und schlecht zusammengenäht.

»Es geht mir um Ehrlichkeit. Zwischen uns beiden. Sonst nichts.«

Das Schaukeln wird heftiger, die Kinder zurren das Boot fest, hoffentlich kriegen sie die Knoten hin. Er sollte aufstehen und nachsehen, aber selbst wenn er sich dazu in der Lage fühlen würde, könnte er hier nicht weg. Hier geht es jetzt ans Eingemachte.

»Okay«, sagt er und mobilisiert seine letzten Kräfte. »Ehrlichkeit. Dann lass uns die Karten auf den Tisch legen, immer schön abwechselnd. Ich fang an. Ich rauche wieder. Falls du das nicht schon gemerkt hast. Und ich werd's weiter tun. Solange ich Lust habe.«

Sie streift ihre trockenen Hände an der Jeans ab.

»Wenn du das brauchst? Ich werd mich mal um Wasser kümmern.«

»He! Nicht kneifen jetzt. Du bist dran.«

»Hör auf, Daniel.«

»Tit for tat, wie der Engländer sagt. Los, raus mit deinen Geheimnissen. Und sag bitte nicht, du hast keine.«

Sie sieht knapp an ihm vorbei, aus ihrem Gesicht ist jeder Zorn verschwunden, sie wirkt plötzlich erschöpft und unendlich traurig. Weshalb? Nur wegen dieser im Grunde lächerlichen Geschichte mit der Ausstellung und dem Buch und Herringer? Oder weil er ihr endlich mal Kontra gibt? Sie ist eine schlechte Verliererin, diese Eigenschaft hat sie leider an Jasper weitergegeben.

»Na?«, sagt er. »Ich höre.«

Sie schüttelt den Kopf und geht zur Tür. »Ich muss los. Wir brauchen Essen. Taschentücher, Klopapier. Und Medizin für dich.«

»Feigling. Passt gar nicht zu dir.«

»Die Kinder haben Hunger. Wir beeilen uns, versuch zu schlafen.«

Sie zerrt an der Klinke, mit einem hässlichen Geräusch schrammt die Tür über den Boden. Zieht die Tür hinter sich zu, wieder dieses Geräusch. Entweder Dreck darunter, oder sie hat sich verzogen, egal, der Misston passt zur Situation.

Sie lässt ihn einfach zurück, er fühlt sich wie geohrfeigt. Aus jedem Duell mit ihr geht er als Verlierer hervor, jedes Mal ein Stück kleiner, farbloser, unsichtbarer, irgendwann wird nichts mehr von ihm übrig sein. Er ist längst nur noch Luisas Marionette, die nach ihrer Melodie tanzen muss. Wer er ist, was er tut, was er sich ersehnt, das interessiert sie schon lange nicht mehr. Sie nimmt ihn nur noch in den Momenten wahr, in denen er ihrem Willen zuwiderhandelt.

Er wälzt sich quer übers Bett und schlingt die Decke eng um sich. Wie ein glühendes Pendel schwingt das Pochen in seinem Schädel hin und her. Er versucht, so flach wie möglich zu atmen, um den Schmerz auszuhalten. Sein Atem ist heiß, er müsste sich die Zähne putzen. Luisa wird den Tank füllen, sie ist effektiv, sie ist perfekt organisiert, wann kommt es jemals vor, dass sie etwas vergisst? Dass sie die Reiseapotheke zu Hause gelassen hat, grenzt an ein Wunder.

In der galley klappern Schranktüren. Luisa erteilt Anweisungen, Rucksack, Müllsack, Leergut. Sie gehen alle zusammen, er wird endlich allein sein. Für eine Weile verschont von ihren Anwürfen. Er wird drei Kreuze schlagen, wenn sie zurück in München sind. Wenn sie wieder in ihrer Praxis verschwindet und er Ruhe vor ihr hat.

36

Sobald sie mit dem Einkauf hier fertig sind, sollen sie sich mit Jasper und Lea und deren Mutter im Supermarkt gleich gegenüber treffen. Eigentlich haben sie längst alles, aber Emma ist verschwunden. Vor ein paar Sekunden stand sie mit ihrer lässig um die Hüften gebundenen Jeansjacke noch neben ihm am Medikamentenregal und hat Aspirin, Halstabletten und Schleimlöser in den blauen Plastikkorb geworfen, den sie sich am Eingang gegriffen hat. Ging zack, zack bei ihr, klar weiß sie im Gegensatz zu ihm, was ein decongestant ist, deswegen ist sie ja auch in den Drogeriemarkt abkommandiert worden. Obwohl er es auch ohne sie geschafft hätte, so schlecht ist sein Englisch auch wieder nicht. Oder sie hätte allein gehen können, sie tut doch sonst so selbständig. Aber sie hat es wieder mal geschickt eingefädelt. »Da muss aber einer mitkommen«, hat sie gesagt, mit dieser typischen Mädchen-Jammer-Stimme, die auch Lea manchmal einsetzt. »Am besten einer von den Jungs.« Könnte ja sein, dass sie überfallen und beraubt wird, am helllichten Tag in der Boots–Filiale einer englischen Kleinstadt. Und weil Jaspers Mutter neben dem Supermarkt einen Sportladen entdeckt hat, in dem sie mit Jasper nach Schuhen gucken will, weil der Idiot nur ein Paar dabeihat, und das ist immer noch nass, musste natürlich Can herhalten. Er konnte sich schlecht weigern, mit welchem Argument auch? Dass er mit der Tussi keine Sekunde mehr allein sein will?

»Emma?«

Er schaut in den nächsten Gang, alles voller Babykram, Windeln, Schnuller, Milchpulver, da wird sie kaum sein. Ob er Natalie anrufen muss? Vielleicht geht es ihr total dreckig, vielleicht muss sie morgens ständig kotzen und so was, hört man doch immer von Schwangeren. Er könnte ihr wenigstens telefonisch ein bisschen beistehen, aber will er das wirklich? Nicht, dass sie dann denkt, er arrangiert sich schon mit der Rolle des werdenden Vaters, den Eindruck darf er auf keinen Fall erwecken, wenn er sie nicht später maßlos enttäuschen will.

Wahrscheinlich treibt sich die Tante bei der Kosmetik rum, wo war das noch. Als er stehenbleibt und überlegt, in welche Richtung er gehen muss, kommt sie von hinten, legt ihren Arm um seine Hüfte und drückt sich an ihn.

»Guck mal, was ich gefunden hab.«

Er wischt ihre Hand weg und macht sich los. Der Einkaufskorb ist halb voll, jede Menge überflüssiges Zeug wahrscheinlich. Und was hält sie ihm unter die Nase? Eine Packung Kondome.

»Erdbeer«, sagt sie und pustet ihre Haare aus der Stirn.

»Was soll der Scheiß. Tu das zurück.«

»Lieber Banane? Haben die auch.«

Er hat's geahnt. Sie denkt, das wird was mit ihnen. Beim Frühstück hat sie ihren Fuß an seinem Bein hochwandern lassen, er ist sofort aufgestanden und hat sich mit seinem Tee nach draußen verzogen, danach ist er ständig in Jaspers

Nähe geblieben und hat sie total ignoriert, sinnlos, sie rafft es nicht. Als sie an ihrem Tanga vorbeigefahren sind, hat sie minutenlang rumgeschwallt, wem der wohl gehört, was da wohl passiert ist, blabla, sie hat sich nicht mehr eingekriegt. Und ihm die ganze Zeit Blicke zugeworfen, die sie vermutlich für sexy hält. Aber er ist selbst schuld, er hätte bei der Nummer heute Nacht am Fluss sofort Schluss machen müssen, weggehen, sie einfach stehenlassen, da am Fluss. Bei ihm war sowieso nichts zu holen, schätzungsweise zehn Sekunden nach ihrem dreisten Annäherungsversuch hat ihn zum Glück der Gedanke an Natalie gebremst, oder an das, was in Natalies Bauch wächst. Das Letzte, was er gebrauchen kann, ist, die Katastrophe zu verdoppeln. Aber da war der Tanga schon runter. Und dann hat sie ihn da vergessen, weil sie anfing zu heulen. Warum er sie nicht mag, ob er sie zu hässlich findet oder zu groß oder zu dünn oder weiß der Geier, was sie alles an sich selber auszusetzen hatte. Sie ist total ausgerastet, er hat Ewigkeiten gebraucht, sie wieder zu beruhigen. Ein Dutzend Mal musste er ihr sagen, dass sie klasse aussieht und dass es nur an ihm gelegen hat. K.o. vom Schwimmen, müde vom Tag, zu wenig Schlaf in der letzten Nacht, auf dem Rückweg zum Boot hat er ihr die Hucke vollgelogen, nur, damit sie endlich still war. Und sie hat sein höfliches Getue natürlich total falsch eingeschätzt.

Er muss das mit ihr klären, sofort und endgültig, vielleicht doch ganz gut, dass sie noch mal allein sind.

»Hör mal.« Er wirft einen Blick über die Schulter, nicht, dass jetzt einer von Jaspers family hier rumturnt und sie sucht, weil sie so lange brauchen. »Also wegen heute Nacht…«

Sie guckt mit ihren komischen Augen zu ihm auf und setzt wieder dieses Lächeln auf, das man nicht einschätzen kann. Und senkt garantiert mit Absicht die Schulter, damit der Träger runterrutscht. Er muss aufpassen, was er sagt. Wenn er sie beleidigt, geht sie mit der Story hausieren, so wie er sie einschätzt. Sie haben zwar nicht mal wirklich rumgemacht, zehn verdammte Sekunden Hautkontakt oder so was, eigentlich lächerlich, aber so, wie sie normalerweise übertreibt, wird sich das bei ihr ganz anders anhören, er wird Stress kriegen, mit Jaspers Vater oder seiner Mutter oder beiden. Und wie Lea reagiert, will er sich lieber nicht vorstellen.

»Es wird keine Fortsetzung geben«, sagt er. »Ich will keinen Ärger, klar?«

»Mit meinem Daddy, meinst du? Ach, der ist ziemlich cool«, sagt sie. »Außerdem muss er's ja nicht mitkriegen.«

»Und Jasper und Lea? Und ihre Mutter? Die haben doch Augen im Kopf.«

Sie studiert die Aufschrift auf der Kondomschachtel. »Na und? Kriegen sie's eben mit.«

Er muss deutlicher werden. Er nimmt ihr die Präservative aus der Hand und legt sie in das nächste Regal, auf irgendwelche Schuhcremedosen.

»Ich hab eine feste Freundin, verstehst du? Die will ich nicht bescheißen.« Er nimmt sie am Arm und will sie zur Kasse schieben.

Sie schüttelt ihn ab und bleibt stehen. »Also doch«, sagt sie. »Und warum sagst du das nicht gleich?«

»Weil es dich nichts angeht.«

»Findest du.« Das kommt nicht als Frage, sondern als

Feststellung. Sie sieht ihm so unverwandt in die Augen, wie am ersten Abend im saloon. Er hält ihren Blick nicht lange aus und schaut weg, er hat keine Lust auf diese Art von Kraftproben.

»Ich bin dir also nicht gut genug«, sagt sie. »Ich meine, nicht mal gut genug, dass du mir die Wahrheit sagst.«

»Jetzt hör schon auf. Es gibt Sachen, die sind privat, kapiert?«

»Seit wann?«

»Seit wann was?«

»Deine Freundin.«

»Paar Monate. Doch egal.«

»Und wie heißt sie?«

»Geht dich auch nichts an«, sagt er. »Los, komm jetzt, die warten auf uns.«

»Erst will ich wissen, wie sie heißt.«

Can drückt sich an eins der Regale, um eine Frau mit Buggy vorbeizulassen. Er wartet ab, bis sie ganz hinten bei den Windeln ist.

»Sei nicht so verdammt kindisch«, sagt er halblaut. »Jetzt lass uns zahlen und gehen.«

Sie rührt sich nicht von der Stelle. »Natalie. Hab ich recht?«

»Woher weißt du das?«

Er ist so überrascht, dass er mit der Frage rausplatzt. Er ist voll in die Falle gegangen, er könnte sich in den Arsch beißen.

Ihre Mundwinkel gehen eine Spur in die Höhe. »Na, wenn ich mir deine Anrufliste so anguck? Und die SMS?«

Er hat sein Handy nicht eine Sekunde aus den Augen

gelassen. Oder doch? Verdammt, gestern Nachmittag, als er unter der Dusche war und Jasper unterwegs, er hat gedacht, es besteht keine Gefahr, er ist ein Vollidiot. Wenn sie Natalies letzte Nachricht gelesen hat und ein bisschen kombiniert, kann er einpacken.

»Du liest meine Nachrichten? Hast du sie noch alle?«

»Von Lesen hab ich nichts gesagt. Nur ein bisschen geguckt, wer dir so schreibt. Und wem du.«

Wenn das stimmt, hat er Glück gehabt. Kann aber auch sein, dass sie lügt, er glaubt ihr mittlerweile kein Wort mehr.

»Du fasst mein Handy nicht mehr an, klar? Sonst kannst du mich echt mal kennenlernen!«

Es kommt lauter raus, als er wollte, die Windel-Mutter schaut herüber.

»Ach ja? Da hab ich aber Angst.«

Er hätte Lust, ihr ins Gesicht zu schlagen, dieses Lächeln für alle Zeiten auszulöschen, poff und ex. Einen Moment steht er wie betäubt und starrt ihr nach, wie sie zur Kasse schlendert, wie sie den Einkaufskorb schwenkt, sich sogar noch mal zu ihm umdreht und ihm vorführt, wie lässig sie vor sich hin pfeifen kann. Was für ein Idiot ist er gewesen, letzte Nacht, dass er fast so was wie Mitleid mit ihr hatte, als sie ihm was vorgeflennt hat. Sie ist ein Chamäleon, er muss sich vor ihr hüten.

Auf keinen Fall wird er ihr jetzt nachlaufen. Er könnte den Shop verlassen und auf der Straße auf sie warten, das Geld hat sie. Aber vielleicht stehen die anderen schon draußen, sieht nicht gut aus, wenn er ohne Emma auftaucht, garantiert fragt Jaspers Mutter sofort, ob sie sich gestritten haben. Sie hat auch schon Jasper genervt vorhin, mit ihrer

Fragerei, weil der den ganzen Weg mindestens fünf Meter hinter ihnen geblieben ist und das Maul nicht aufgemacht hat.

Es bleibt ihm nichts übrig, als sich hinter Emma ans Ende der Schlange zu stellen. Sie hat die Einkäufe aufs Fließband gepackt und fummelt im Portemonnaie von Jaspers Mutter. Der Reihe nach holt sie alles raus, eine Kreditkarte, ein paar Quittungen, jetzt sieht sie sich einen Bibliotheksausweis an.

»Ey, kannst du das mal lassen. Musst du immer rumschnüffeln?«

Bevor er ihr die grüne Karte wegnehmen kann, schiebt sie seine Hand beiseite.

»Wieso?«, sagt sie. »Wenn die Masseuse mir ihr Portemonnaie mitgibt?«

»Wie nennst du sie?«

»Masseuse.« Sie steckt den Ausweis zurück und klappt ein anderes Fach auf. »Tut sie doch, oder? Leute massieren und so.« Sie zieht ein Foto raus und kichert. »O mein Gott, wer sind die denn?«

Widerwillig wirft Can einen Blick auf das Bild. Die Frauen kennt er. Als Jaspers Mutter ihre Praxis vergrößert hat, war er mit seinen Eltern zur Einweihungsparty eingeladen, vor zwei Jahren oder so. Mit der Dicken mit Brille hat er sich länger unterhalten, am kalten Büffet, sie war kurz vorher drei Wochen mit dem Dolmuş durch die Türkei gereist, in die hinterletzten Dörfer, sie war echt nett und witzig, sie stand total auf Kichererbsen. Die andere war irgendwie schlecht drauf an dem Abend, sie hat immer nur in einer Ecke gesessen.

»Ihre Leute in der Praxis«, sagt er. »Steck's wieder rein.«

»Wieso schleppt die so ein Bild mit sich rum. Von meinem Daddy hat sie keins.«

»Was geht's dich an.«

Die Schlange gerät in Bewegung. Ohne vom Foto aufzusehen, geht Emma einen Schritt weiter.

»Wahrscheinlich wegen des Typen da«, sagt sie. »Meinst du, sie hat was mit dem?«

Can schaut noch einmal hin, den dunkelhaarigen Mann hat er noch nie gesehen.

»Kannst du auch mal an was anderes denken? Außerdem ist der viel zu jung für sie.«

»Zu jung gibt's nicht. Sagt meine Mom jedenfalls immer. Aber weißt du was? Das krieg ich raus.«

Ehe er reagieren kann, steckt sie das Foto in ihre Rocktasche und wendet ihm den Rücken zu.

Can öffnet seinen Mund und schließt ihn wieder. Er wird nicht noch einmal den Moralapostel spielen. Er hat einfach nichts gesehen. Er kommt sowieso nicht gegen sie an, soll er sich hier in aller Öffentlichkeit mit ihr um ein belangloses Foto streiten? Und außerdem. Wenn sie sich zur Abwechslung mal mit jemand anderem beschäftigt, kann ihm das nur recht sein.

37

M ist ungerecht. Alle haben etwas gekriegt, nur Can und ich nicht. Mein id Br hat Flip-Flops bekommen, zur Belohnung dafür, dass er zu doof war, ein 2. Paar Schuhe mitzunehmen. Für P hat sie zwei Flaschen frischgepressten O-Saft gekauft, wegen der Vitamine, sauteuer. Sie hat sogar nach einem Adapter gesucht, aber es gab keinen. Emma hat eine ganze Ananas gekriegt, weil sie kein Fleisch isst, aber gern Ananas mag. Ich mag auch gern Ananas, aber das interessiert ja nicht. M hat gesagt, dass ich Emma fragen kann, ob sie mir was abgibt. Das werde ich ganz bestimmt nicht tun! Immer, wenn ich von ihr etwas wissen möchte oder wenn ich sie um etwas bitte, schaut sie mich total gnädig an und zögert ewig mit ihrer Antwort rum, als wäre ich eine Zecke oder so was.

Nach dem Supermarkt waren wir in einem Zeitungsshop, M wollte die Süddeutsche, aber die hatten nur die Bild, sie hat dann eine englische Zeitung genommen. In dem Laden gab es auch Schreibsachen, Hefte mit ganz dünnen blauen Linien, und auf dem Umschlag waren Rosen, richtig schön altmodisch und überhaupt nicht teuer. Ich hab mir sofort vorgestellt, aus so einem Heft ein Reisebuch zu machen, wenn wir wieder zu Hause sind, mit Fotos und Beschreibungen von allen Anlegestellen und was wir so erlebt haben, zum Beispiel das mit Salı. Dafür könnte ich klasse dieses Tage-

buch zu Hilfe nehmen, natürlich würde ich eine elterngerechte Fassung herstellen. Ich würde das Reisebuch M und P zu Weihnachten schenken, nach dem Gänsebraten könnten wir es alle zusammen ansehen und uns an diesen Urlaub erinnern. Ich weiß, dass sie sich hammermäßig darüber freuen würden. Weil in dem Buch nur das stehen würde, was toll war und witzig und schön.

Weil ich wegen der Haarfärberei pleite bin, habe ich M gefragt, ob ich ein paar Hefte nehmen darf, oder wenigstens eins. Sie hat gesagt, dass ich genug Taschengeld kriege und lernen muss, damit auszukommen. Sie hat mir nicht mal was geliehen, dabei hätte ich ihr die paar Pfund 100 pro wiedergegeben. Für Emma hat sie zwei Stifte gekauft, obwohl die noch nie einen Buchstaben geschrieben hat, jedenfalls nicht, seitdem sie bei uns auf der Darling 11 ist.

Und dann an der Kasse! Da hat Emma eine Kiste mit Stempeln entdeckt, so kleine zum Zuschrauben, bei denen das Stempelkissen schon drin ist. Den einen mit dem Union Jack fand sie mega süß!!! Sie *hat gesagt, sie kann ihn super gebrauchen für die Postkarten an all ihre Freunde in Kalifornien, sie muss mindestens zwanzig Stück schicken, weil sie so viele Leute kennt, die alle auf Post von ihr warten, und da hat M ihr den auch noch gekauft. Mich hat sie nicht gefragt, ob ich vielleicht auch einen will. Emmas Stifte und der Stempel haben zusammen mehr gekostet als 4 von den Heften, ich hab es M vorgerechnet, aber sie hat nicht hingehört. Sie hat mich angeblafft, ich soll nicht kindisch sein, vor Emma und J und allen Leuten im Laden, und vor Can. Ich wär fast gestorben. Ich möchte mal wissen, was daran kindisch ist, wenn man über Gerechtigkeit redet.*

Ich hab dann nichts mehr gesagt, weil sie irgendwie total nervös war, sie hat immerzu in ihrem Portemonnaie rumgefummelt, ich weiß nicht, was sie gesucht hat. Als Emma gefragt hat, ob sie nicht mehr genug Geld hat, hat sie den Kopf geschüttelt und endlich bezahlt. Auf dem Rückweg hat sie J alle 3 Minuten angemacht, dass er die Füße anheben soll, weil das Schlappen von seinen neuen Flip-Flops sie nervt, dabei kann man in denen gar nicht anders laufen, selbst wenn man sich die größte Mühe gibt. Eigentlich weiß sie das, sie hat zu Hause selber welche. Irgendwas stimmt bei ihr nicht.

Die Jungs sind auch irgendwie daneben. J ist total muffig, nicht mal mit Can redet er. Und Can sagt auch fast nichts, ich glaube, sie haben sich gestritten. Ich habe immer gedacht, dass Jungs sich so gut wie nie streiten, weil sie zu faul dazu sind, Streiten ist anstrengend. Wenn sie sich ärgern, sagen sie sich die Meinung, zoffen sich eine Runde und dann fertig. Aber vielleicht stimmt das gar nicht? Vielleicht sind sie genau so zickig wie die meisten Mädchen und zeigen es nur nicht.

Mit mir redet Can auch nicht, jedenfalls keine richtigen Sätze mit Inhalt. Dabei habe ich gehofft, dass er mir wieder ein bisschen Türkisch beibringt, aber bei seiner Laune trau ich mich nicht, ihn zu fragen. Ich weiß genau, wenn er nein sagt, spreche ich ihn nie wieder darauf an, immer habe ich Angst, dass die Leute mich nervig finden, wenn ich was von ihnen will. Emma ist überhaupt nicht so, darum beneide ich sie. Sie ist die Einzige, der es heute richtig gutgeht, sie plappert und lacht und tiriliert rum wie eine Lerche, bloß nicht so schön.

Manchmal wundere ich mich, dass sie in allem so anders ist als ich, wo wir doch denselben Vater haben. Sie lässt sich überhaupt nicht entmutigen, wenn jemand sie schlecht behandelt. Vorhin hat sie J die englische Flagge auf den Arm gestempelt, ohne ihn zu fragen, einfach so, im Vorbeigehen. Er fand das überhaupt nicht witzig und hat sie ziemlich angeblafft, sie hat nur gelacht. Jetzt sitzt sie mit ihrer neuen Sonnenbrille auf dem Dach und sortiert ihr Beauty-Case, sie hat sich Lipgloss gekauft und Rouge und einen Schmierstift für unter den Augen, ich kann sie singen hören. Eine richtige Lerche wär mir echt lieber.

Gleich gehen wir essen, aber ohne P, dem geht es immer noch schlecht, aber jetzt kriegt er Medikamente. Unterwegs habe ich Glockenblumen gepflückt, die habe ich ihm neben das Bett gestellt. Er hat gesagt, dass er nur schlafen will. Er tut mir so leid.

Ehrlich gesagt, hätte ich es besser gefunden, wenn wir bei ihm bleiben, wir haben so viel eingekauft, wir könnten das tollste Essen machen, zum Nachtisch Ananas für Emma, ha ha! Wir würden auch leise sein, damit P seine Ruhe hat. Aber M will unbedingt in das Pub, wo man draußen sitzen kann und auf den Fluss schauen, dabei sehen wir seit Tagen nichts als Wasser. Auf dem Heimweg haben wir auf die Speisekarte geguckt, eine kleine Cola kostet da 2 Pfund, ich nenne das Wucher! M hat gesagt, es ist egal, heute guckt sie nicht auf den Penny, aber für ein Einziges von den Heften hatte sie kein Geld. Känguru!

38

Seit drei Tagen träumt er von einem anständigen Stück Fleisch, und jetzt, wo das Steak vor ihm liegt, gibt er schon nach der Hälfte auf. Er hat es medium bestellt, aber es ist fast roh, es schwimmt in einer blutigen Pfütze, in der die Pommes aufweichen. Die zu überflüssigen Dekorationszwecken danebengepackte halbe Tomate hätten sie sich auch sparen können.

Er schiebt ein Stück in den Mund und kaut und hat sofort das Gefühl, dass der Fleischbrocken seine ganze Mundhöhle ausfüllt, dabei hat er ihn extra klein geschnitten. Er kippt einen Schluck von seinem shandy hinterher und würgt den ganzen Kram zusammen runter. Er muss sich zusammennehmen, schnell und gierig essen, so wie immer, damit seine Mutter ihn nicht wieder in die Mangel nimmt: »Was ist los, hast du keinen Appetit, hoffentlich wirst du nicht auch noch krank, lass mal deine Stirn fühlen.« Sie denkt doch, sie macht ihm eine Freude mit diesem Essen, ihm vor allem und Can. »Haut mal so richtig rein«, hat sie gesagt, »von mir aus drei Gänge, das haben wir uns verdient.« Womit eigentlich?

»Na? Schmeckt's euch?«

Er brummt zustimmend, ohne den Blick vom Teller zu heben. Lea sitzt ihm gegenüber, er hat keinen Bock, ihr ins

Gesicht zu sehen. Wenn er den Kopf heben muss, weil irgendwer das Salz haben will oder so was, guckt er haarscharf an ihr vorbei, zum Ufer und zur Darling und in die untergehende Sonne hinter den Bäumen auf der anderen Flussseite, sie ist fast so rot wie die blöde Deko-Tomate.

Wenn Lea wüsste, was er getan hat. Ihr komplettes naives Weltbild würde zusammenkrachen, auf einen Schlag, ihr Vertrauen in ihn wäre vernichtet, ein für alle Mal, und wenn sie an ihren Bruder nicht mehr glauben kann, an wen dann? So oft sie sich auch zoffen und anmotzen, sie hält ihn für einen guten Menschen. Überhaupt denkt sie von jedem nur das Beste, er muss sich nur an ihre Tagebuchergüsse über Emma erinnern, vor zwei Nächten hat er sich noch schiefgelacht darüber. Bevor Lea Scheiße riecht, muss man sie mit der Nase voll reintunken. Wahrscheinlich kann sie nicht anders, sie ist keine Kämpferin, war sie nie, sie ist der Typ Mensch, auf dem zwangsläufig rumgetrampelt wird, und weil sie das weiß, muss sie ihre rosarote Brille krampfhaft auf der Nase behalten. Soll ausgerechnet er die runterreißen?

O Mann, Can jetzt wieder. Wie großartig es ihm schmeckt. Voll gelogen, kann jeder sehen. Dem geht's den ganzen Tag schon mies, überhaupt ist die Laune an ihrem Tisch voll im Negativbereich, wie eine verpestete Insel, um sie rum wird gequatscht und gelacht, alle anderen Leute hier auf der Terrasse sind gut drauf, nur sie nicht. Nicht mal seine Mutter leiert eine Konversation an, normalerweise quatscht sie einem bei jedem Essen das Ohr ab, zu Hause arbeitet sie sich jeden Abend durch ihren Fragenkatalog: »Wie war es in der Schule, habt ihr eine Arbeit zurückbekommen, wie ist das Training gelaufen, hast du deine Hausaufgaben gemacht, erzähl doch mal.« Wenn er sich sträubt, kommt immer der gleiche Spruch, dass das gemeinsame Essen Familienzeit ist und nicht nur der simplen Nahrungsaufnahme dient, schließlich sitzen sie nur einmal am Tag alle zusammen, diese Mahlzeit ist ihr heilig, sie drückt es echt so aus. Dabei ist sie überhaupt nicht religiös oder so was. Jedes Mal kriegt er Stress, wenn er nicht Punkt halb acht zu Hause ist und das heilige Abendmahl ohne ihn stattfinden muss.

»Und dein Käsetoast, Emma?«

Wenn es nach ihm ginge, soll der ihr im Hals steckenbleiben, sie könnte vor seinen Augen daran ersticken, er würde keinen Finger krummmachen.

»Ganz okay«, sagt Emma. »Bloß der Salat? Also das Dressing schmeckt irgendwie komisch, wahrscheinlich Konserve, frisch gemacht ist das bestimmt nicht.«

Was erwartet die eigentlich. Das ist hier ein Pub auf dem platten Land und nicht der Laden von diesem Starkoch, der jeden Samstag im Fernsehen kommt, dieser Jamie Scheißinskraut. Aber wahrscheinlich würde Emma an dessen Fraß auch rummeckern, ihre Zickerei beim Essen kotzt ihn echt an.

»Morgen koch ich wieder selber«, sagt seine Mutter. »Dann bekommst du einen erstklassigen Salat.«

Klar, immer schön Zucker in den Arsch. Mit Widerwillen säbelt er noch ein Ministück von seinem Steak, das Messer rutscht ab und schabt mit einem durchdringenden Quietschen über den Teller. Die Haare an seinen Armen stellen sich auf, weil sich sofort das Bild des Katers in seinen Kopf drängt, die Krallen, die an der Bootswand kratzen, das hektische Paddeln, das aufgerissene Maul. Den ganzen Tag schon schleppt er die Horrorversion mit sich rum, dass der schwarze Kadaver an ihnen vorbeitreibt. Kurz vorm Anlegen heute Nachmittag hat er geglaubt, ihn zu sehen, er hat die totale Panik gekriegt und fieberhaft überlegt, wie er Lea vom Dach lotsen kann, der entgeht doch nichts, was irgendwo im Wasser schwimmt, er hat einen waschechten Schweißausbruch gehabt. Und dann war es nur eine dunkle Plastikflasche.

Er muss das Tier vergessen, sie werden es nie wiedersehen. Es ist an Ort und Stelle versackt oder irgendwo im Schilf hängengeblieben, wo kein Schwein jemals hinguckt. Es wird vermodern oder von irgendwelchen Wasserratten aufgefressen, in der Natur regelt sich so was von allein. Aber den blutigen Fleischlappen auf seinem Teller kriegt er nie im Leben runter. Er schielt zur Seite, auf Cans Teller sieht es ähnlich aus, die halbe Portion noch übrig.

»Super!«, flötet Emma. »Dein Salat schmeckt mir sogar noch besser als der von meiner Mom, dabei isst die fast nichts anderes.«

Sie strahlt seine Mutter an, total übertrieben, und seine Mutter fährt natürlich prompt darauf ab. »Im Ernst? Das freut mich jetzt aber«, sagt sie. »Ich bin eigentlich nicht so eine leidenschaftliche Köchin. Wahrscheinlich, weil ich immer zu wenig Zeit habe.«

»Na, wenn du den ganzen Tag in deiner Praxis bist? Bestimmt ein Haufen Arbeit, oder? Wie viele Angestellte hast du noch mal, fünf?«

Sie schiebt sich das letzte Stück Käsetoast in den Mund,

sie hat irgendein künstlich glänzendes Zeug auf den Lippen, Jasper kann es schräg über den Tisch riechen. Zusammen mit dem Fleischgeruch extrem widerlich.

»Im Moment nur drei«, sagt seine Mutter. »Aber ich bin gerade auf der Suche nach einer neuen Kraft. Gar nicht so einfach, kann ich dir sagen.«

Neben Jasper schiebt Can Fleisch und Pommes ordentlich zu einem Häufchen zusammen und legt sein Besteck auf den Teller, halb schräg, wie immer vorschriftsmäßig das Messer rechts von der Gabel und mit der Schneide nach innen. Dieser Blödsinn. Poff und ex mit allen überflüssigen Benimmregeln, am liebsten würde er kurz mit seinem Messer da reinfahren und alles schön durcheinanderschmeißen. Dann hört er, wie Can sich entschuldigt, ihm ist kalt, er will nur schnell seinen Pullover vom Boot holen.

»Brauch ich auch, ich komm mit.«

Hastig schiebt Jasper seinen Stuhl zurück und greift sich eine Handvoll Pommes, er wird die Enten damit füttern, dann sind sie weg. Das Nörgeln seiner Mutter, weil das gute Essen jetzt kalt wird, bleibt zum Glück aus, sie hat sich auf Emma eingependelt, sie ist immer total happy, wenn sich mal jemand für ihren Job interessiert, tut sonst selten jemand. Während er Can von der Terrasse auf den Kiesweg folgt, der zum Fluss führt, hört er noch Emmas Frage. »Und seid ihr da lauter Frauen?«

Die Antwort seiner Mutter kann er nicht mehr verstehen. Die Pommes wirft er ins Gestrüpp, an seinen Fingern hängt Fleischsaft, er wischt sie im Gras ab, hoffentlich hat nicht ausgerechnet an dieser Stelle ein Hund hingepisst. Er wird nicht an den Tisch zurückgehen, um nichts in der

Welt, er kann sonst nicht für sich garantieren. Wenn sie auf dem Boot sind, wird er Can sagen, dass er dort bleibt, weil er sich scheiße fühlt, wär nicht mal gelogen. Seine Mutter wird denken, dass er sich bei seinem Vater angesteckt hat. Viel bringt ihm das nicht, spätestens in ein, zwei Stunden kommen sie alle zurück, er kann ihnen nicht aus dem Weg gehen. Nicht mal eine Tür hinter sich zumachen.

Neben der Darling II hat in der Zwischenzeit ein weißblaues Hausboot angelegt, die Oasis, ziemlich groß, endlos schnittiger als ihr popliger Kahn. Auf dem Dach ein Kanu, im Bug ein großer Hund, daneben zwei Mädchen im Schneidersitz, Bierdosen in der Hand, weißblonde kurze Haare, dunkle lange, er erkennt sie sofort wieder. Wann sind die beiden an Can und ihm vorbeigepaddelt, vor drei Tagen? Oder vier? Irgendwie kriegt er die Zeitabläufe hier nicht richtig auf die Reihe.

»Hi«, sagt die Blonde, als Jasper und Can näher kommen. Die andere schlenkert nur ihre Hand durch die Luft und lächelt. Der Hund hebt träge seinen dicken Kopf und legt ihn wieder auf die Vorderpfoten.

Jasper nickt und grinst, in solchen Situationen überlässt er das Reden traditionsgemäß Can, der ja sowieso immer gemeint ist, wenn sie von Mädchen angequatscht werden. Aber komisch, von Can kommt kein Ton.

Jasper räuspert sich. »Hallo.«

Durch ein offenes Fenster sieht er eine Frau in der pantry, sie hat ein Hippiekleid an und raucht und rührt in einem Becher mit irgendwas Dampfendem, sie erinnert ihn an seine Mutter, die kann genauso in ihren Kaffee starren, wie bewusstlos.

»Seid Ihr Deutsche?«

»Mhm«, sagt er.

»Sieht man.« Die Blonde lacht. »Jedenfalls was dich angeht. Und woher?«

»München. Und ihr?«

»Hauptstadt natürlich«, sagt sie. »Was denkst du denn.« Und wieder lacht sie. »Wie lange schon unterwegs?«

»Fünf Tage.«

»Greenhorns.« Sie hat einen winzigen Silberring an der Nase. »Wir schon fast zwei Wochen.« Sie steht auf und lehnt sich über die Reling. »Reicht jetzt auch langsam. Oder, Fiona?«

Die Arbeitsteilung funktioniert bei den beiden offenbar genauso wie sonst bei Can und ihm, die Blonde redet, die Dunkle wartet ab und guckt zu, diese Fiona. Aber wer hätte das gedacht, die Dinge können sich ändern. Dieses Mal übernimmt er die Konversation.

»Verstehe«, sagt er. »Geht uns ähnlich.«

Wenn sie lacht, hat sie Grübchen. »Ich hol mir noch ein Bier. Ihr auch eins?«

So easy ist er schon seit Ewigkeiten nicht mehr mit Mädchen ins Gespräch gekommen.

»Weiß nicht«, sagt er. »Wir sitzen eigentlich noch da drüben im Pub, beim Essen. Oder was meinst du, Can?«

Can zuckt die Achseln, er wirkt gelangweilt. Blödmann, echt. Da kommt endlich mal bisschen Abwechslung in diese Ödnis, und der Typ benimmt sich wie in der Physikstunde.

»Wir könnten uns ja später treffen«, sagt Jasper. »In einer Stunde oder so, wenn ihr Bock habt. Unser Boot ist das da.«

»Weiß ich doch«, sagt die Blonde. »Wir sind uns mal begegnet, schon vergessen? Also gegen acht?«

In diesem Moment hebt der zottelige Hund wieder seinen mächtigen Kopf und schaut herüber. Jasper hat das Gefühl, der Blick aus diesen traurigen, rot unterlaufenen Augen durchdringt ihn wie ein Röntgenstrahl. Der Hund durchschaut ihn, er weiß alles, kennt jede Schandtat, die Jasper jemals begangen hat, vor allem die letzte. Dieser Blick ist eine einzige Anklage: Katzenmörder!

In seinen Oberschenkeln breitet sich ein unangenehmes Zittern aus, er tritt von einem Fuß auf den anderen.

»Alles klar«, sagt er. »Aber wir bleiben nicht hier, okay? Ehrlich gesagt hab ich nämlich von Booten und Wasser die Schnauze voll.«

39

Sie hat für Daniel einen Teller Hühnerbrühe gemacht und Lea mit der Suppe, einem Glas Orangensaft und dem *Guardian* zu ihm geschickt. Als Überraschung hat sie den blauen Adapter auf das Tablett gelegt, den sie von den Mädchen auf der Oasis ausgeliehen hat. Bis morgen Vormittag dürfen sie ihn behalten, das sollte reichen, um Daniels Handy und das von Jasper aufzuladen.

Vor ein paar Minuten hat sie zu den beiden reingeschaut, Lea lag neben Daniel unter der Bettdecke und hat ihm aus der Zeitung vorgelesen, einen Bericht über Leute in Amerika, die sich irgendwo in der Wüste ihre alternativen Häuser aus Schrott bauen, alten Autoreifen und Konservendosen. Luisa hat die Tür gleich wieder zugemacht, Daniels kurzer Blick war nicht einladend. Sie hat auch auf die Anmerkung verzichtet, dass Lea sich garantiert bei ihm anstecken wird, sie will nicht ständig die Spielverderberin sein.

Jetzt sitzt sie im saloon am Tisch und leert ihr Portemonnaie aus. Sie wird noch eine Weile ungestört sein. Emma ist zwar schon seit einer halben Stunde in der Zelle, aber ihre Schönheitspflege dauert erfahrungsgemäß länger, sie schminkt sich nach jeder Dusche komplett neu und blockiert das Klo, in der Mädchenkajüte ist das Licht angeblich zu schlecht.

Luisa durchforstet ihre Börse mittlerweile zum dritten Mal. Sie erinnert sich genau, dass sie das Foto unter die Kreditkarten geschoben hat, es kann sich doch nicht in Luft aufgelöst haben. Ob es herausgerutscht ist aus dem vollgestopften Geldbeutel, bei einem ihrer Einkäufe? Schwer vorstellbar. Oder hat sie es etwa doch zu Hause liegengelassen? Aber nein, das kann sie ausschließen, sie hat das Bild eingesteckt, sie kann es beschwören. Sie hat sich bei der Abreise vorgenommen zu testen, wie lange sie es ohne das tägliche Ritual aushalten kann, es war schon zu einer regelrechten Sucht ausgeartet. Fünf Tage hat sie jetzt immerhin geschafft, ihr bisheriger Rekord.

Sie fasst in die leeren Fächer, der hellbraune Stoff seidig glatt unter ihren Fingern. Das Portemonnaie war ein Geschenk von Daniel, zu ihrem Geburtstag vor fünf Jahren, und teuer, sie hat den Preis auf der Kreditkartenabrechnung gesehen. Im Grunde hat sie es sich selbst gekauft, sie hasst den Gedanken, aber es ist die Wahrheit. Was zahlt Daniel denn schon auf ihr Konto ein? Wenn er mal eins seiner Scanalati verkauft, was nicht öfter als zwei-, dreimal im Jahr vorkommt, lässt er sich die Summe in bar geben, der Steuer wegen, er trägt dann immer einen Packen Scheine in der Hosentasche mit sich herum, die sich im Lauf weniger Wochen in Luft auflösen, meistens kauft er sich längst überfällige Klamotten oder Arbeitsmaterialien, er benutzt nur feinstes Holz und den besten Fotokarton, das Zeug ist teuer.

Er hat recht mit dem, was er vorhin gesagt hat, er ist von ihr abhängig, vor allem finanziell. Wenn er sich allein durchbringen müsste, noch dazu in einer sündteuren Stadt wie München, könnte er gleich zum Sozialamt gehen.

Oder irgendwelche schlechtbezahlten Aushilfsjobs annehmen, Taxi fahren oder kellnern.

Nichts. Das Foto ist definitiv verschwunden. Im Prinzip kein Drama, sie hat es in ihrem Computer in der Praxis abgespeichert, mit all den anderen Bildern, die sie zur Tarnung damals aufgenommen hat, aber sein Fehlen ist doch irritierend, der Gedanke, noch mindestens zehn Tage ohne Ivans Lächeln auskommen zu müssen, schmerzhaft.

Sorgfältig ordnet sie die Karten und das Geld wieder in ihre Börse ein. Vielleicht ist das Verschwinden des Bildes ja ein Zeichen, eine Ermahnung an sie, die Geschichte endlich zu den Akten zu legen und sich auf das Wichtige in ihrem Leben zu konzentrieren, auf Daniel, die Kinder, ihre Familie. In ein paar Jahren wird sie über ihre kindische Verliebtheit lachen können, vielleicht sogar Daniel davon erzählen. Es ist ja nicht wirklich etwas passiert, sie ist nicht fremdgegangen, so wie er mit der Krampfhenne.

Wo Ivan wohl inzwischen lebt? Er stammt aus Ingolstadt, und dorthin wollte er zurück, das hat er zumindest behauptet, als er gekündigt hat. Sie hat es nicht geglaubt, sie glaubt es heute noch nicht, er hat einen Vorwand benutzt, um sie nicht bloßzustellen. Es gab keinen offiziellen Anlass, weshalb er nach einem halben Jahr schon wieder gehen wollte, das Arbeitsklima kann es kaum gewesen sein, sein Gehalt auch nicht. Sie hat ihn überdurchschnittlich bezahlt, besser als Lydia, die schon fast acht Jahre bei ihr arbeitet. Es war der unselige Abend in der Favorit-Bar.

Sie weiß noch genau, wie viel sie getrunken hat, weil sie die Einzige war, die Rotwein hatte. Vier Chianti standen auf der Quittung, wobei sie das letzte Glas kaum angerührt hat, aber auch die drei war sie nicht gewohnt, zu Hause bleibt sie bei einem Glas pro Abend, höchstens zwei. Wenn sie nüchtern gewesen wäre, hätte sie nie gewagt, sich ihm zu nähern, ohne Vorwarnung, aus einem spontanen Überschwang ihrer Gefühle heraus. Sie waren inzwischen allein miteinander, am hinteren Ende der Theke, Steffi hatte Freunde getroffen und sich abgesetzt, und Melanie hatte sich gerade verabschiedet und Lydia mitgenommen, es war ihr zu laut in dem Lokal und zu voll. Sie hatte auch Ivan angeboten, ihn zur nächsten U-Bahn-Station zu bringen, aber nein danke, er wollte noch ein bisschen bleiben.

Angeschickert wie sie war, hatte Luisa das als Signal aufgefasst. Sie hatte ihn gebeten, ihr noch einen Wein zu bestellen, und war aufs Klo gegangen, sie weiß noch, wie feucht ihr Slip war und dass sie sich Parfum zwischen die Brüste und die Beine gesprüht hat, der Gedanke daran ist unverändert erniedrigend. Und als sie zurückkam und ihn da sitzen sah, mit dem Rücken zu ihr, konnte sie sich nicht beherrschen, sie ist hinter ihm stehengeblieben, hat die Arme um ihn geschlungen und ihre Lippen, wirklich nur ganz leicht, an seinen Hals gelegt, auf diese verlockende schmale Stelle zwischen Haaransatz und Pulloverausschnitt. Fünfter Halswirbel. Sie hatte das Gefühl, sich aufzulösen.

Was danach kam, war eine einzige Peinlichkeit, sie hat die Bilder gestochen scharf vor Augen. Ivan, der zusammenzuckt, aufspringt und dabei den Barhocker umwirft. Sie selbst mit heißem Kopf, wie sie sich entschuldigt und versucht, mit künstlichem Lachen ihren Annäherungsversuch in einen harmlosen Spaß zu verwandeln. Ivans Blick, fassungslos, fehlte nur noch, dass er sich den Nacken abwischte, da, wo ihr Mund ihn berührt hatte. Ihr war übel, aber sie musste Haltung bewahren, noch ein paar Minuten Konversation überstehen, um den Vorfall herunterzuspielen, bis er endlich ging und sie am Tresen zurückließ, sie musste noch die Rechnung bezahlen und ein Taxi bestellen.

Am nächsten Tag war sie betont freundlich zu ihm, gleichzeitig aber distanziert, hat sich versteckt hinter der Rolle der Chefin. Als Steffi sich in der Mittagspause für die Einladung bedankte, hat sie gelächelt und gesagt, ja, es sei ein netter Abend gewesen, leider habe sie zu viel getrunken und könne sich nicht mehr an jedes Detail erinnern, sie habe sich hoffentlich nicht danebenbenommen. Drei Tage lang hat sie Ivan nicht in die Augen sehen können.

In der galley kracht die Zellentür gegen die Wand, Luisa zuckt zusammen.

»Also das Klo stinkt ekelhaft.«

Emma kommt mit einer Flasche in den saloon, angetan mit einem ihrer diversen Bikinis, dem neongelben. Wieso sie den am Abend anzieht, ist Luisa ein Rätsel, sie wird ja wohl kaum noch schwimmen wollen. Sie schließt ihre Börse und schiebt sie in die Hosentasche.

»Ein geschlossenes System. Ich fürchte, das ist normal.«

Emma schraubt die Flasche auf und schwingt einen Fuß auf die Tischkante. »Ich glaube eher, man müsste das mal ausleeren.«

Man. Mit anderen Worten: Du. Oder wer auch immer, jedenfalls nicht ich.

»Kann ich mir nicht vorstellen«, erwidert Luisa. »Bei der Übergabe wurde uns gesagt, wir brauchen uns nicht darum zu kümmern.«

Großzügig verreibt Emma Bodylotion auf ihrem hochgestellten Bein. Ein süßlicher Geruch verteilt sich im Raum. »Wenn du meinst?«, sagt sie. »Hast du hier auch so trockene Haut?«

»Hätte ich vermutlich, wenn ich so oft duschen würde.« Der Geruch ist Luisa zuwider, sie steht auf und öffnet die Tür zum Bug. »Findest du nicht, du übertreibst ein bisschen?«

Emma gibt keine Antwort. Sie arbeitet die weiße Flüssigkeit in ihre Haut ein, nicht rasch und energisch, wie Luisa diese Prozedur immer erledigt, sondern langsam, fast zärtlich. Ihre langen Finger mit den schwarzlackierten Nägeln schieben sich zwischen ihre Zehen und massieren die Zwischenräume, in kleinsten Bewegungen.

Luisa muss ihren Blick abwenden. »Würde es dir etwas ausmachen, deine Körperpflege in eurer Kajüte zu erledigen?«

»Wieso?«

»Es stört mich, offen gesagt. Auch, dass du unseren Esstisch dafür benutzt. Stell dir bitte vor, das würde jeder von uns tun.«

»Kann man doch abwischen.« Sie lächelt Luisa zu und nimmt sich ihre Kniekehle vor.

»Außerdem ist der Geruch wirklich penetrant.«

»Echt?« Emma schnuppert an ihrem Knie. »›Wild Rose‹, riecht doch klasse. Hab ich heute erst gekauft.«

Luisa schluckt die Frage runter, von welchem Geld das stinkende Zeug bezahlt worden ist. Sie hat sich schon gewundert, wie teuer die paar Medikamente für Daniel angeblich waren, an den Kassenbon hatte Emma nicht gedacht.

Aber sie will jetzt nicht kleinlich sein und der Tochter ihres Mannes jeden Penny vorrechnen. Und schon gar nicht wird sie mit ihr über Geschmacksfragen debattieren, sondern sich in den Bug setzen und in den Abendhimmel schauen, in aller Ruhe. Vielleicht hat sie Glück und die Mädchen ziehen sich demnächst zurück. Sie geht zum Kühlschrank, holt eine Dose Bier heraus.

»Magst du auch was trinken?«

»O-Saft. Gerne«, sagt Emma. »Wo sind eigentlich die anderen?«

»Lea ist bei Daniel. Und die Jungs sind unterwegs.«

Luisa nimmt ein Glas und schenkt von dem teuren Saft ein, den sie für Daniel gekauft hat, für den Rest der Familie ist eigentlich das Wasser vorgesehen. Wäre wahrscheinlich sinnvoll, morgen vor der Abfahrt noch mal einkaufen zu gehen, wer weiß, wann sie wieder an einem gutsortierten Supermarkt vorbeikommen.

»Wie, unterwegs?«

»Sie wollten in irgendeinen Pub. Mit den beiden Mädchen.«

Sie bringt das Glas zum Tisch und stellt es neben Emma ab, die gerade ihr anderes Bein hochschwingen will, nun aber den Fuß wieder auf den Boden stellt.

»Was denn für Mädchen!«

»Vom Boot nebenan. Hast du sie nicht gesehen? Eine Blonde, eine Dunkle, ungefähr so alt wie Jasper und Can.«

Emmas Augen verdunkeln sich, ihre Miene drückt Ungläubigkeit und Empörung aus. »Die hätten ja wohl mal fragen können, ob ich mitwill!«

Luisa erkennt das Kleinkind wieder, das sich damals bei

der Schnitzeljagd vorm Elefantenhaus auf den Boden geworfen hat, von Zorn überwältigt.

»Vielleicht wollten sie dich nicht dabeihaben«, sagt sie ruhig. »Sie sind fast achtzehn, Emma, sie dürfen doch wohl mal ein paar Stunden unter ihresgleichen sein. Sich auch mal ohne kleine Schwestern amüsieren.«

Emma schnappt sich den Verschluss und schraubt mit fliegenden Fingern die Flasche zu. »Ich bin nicht Cans Schwester. Und klein schon gar nicht. Wo sind sie hin? In den Pub gegenüber vom Supermarkt?«

»Keine Ahnung. Warum?«

»Weil ich dabei sein will.«

Sie läuft an Luisa vorbei in die galley und reißt die Tür zur Mädchenkajüte auf. Luisa stellt ihre Bierdose ab und geht ihr nach.

»In zwei, drei Stunden sind sie wieder da. Komm, wir setzen uns raus, ich glaube, wir kriegen einen phantastischen Sternenhimmel. Und vorher können wir noch mal im Reiseführer nachlesen, über diese Burgruine, die wir morgen besichtigen.«

In dem kleinen Raum Chaos, überall Klamotten, auch auf dem Fußboden neben den diversen Schuhen, auf den Betten Zeitschriften, Kosmetika, über der offenen Schranktür ein nasses Handtuch. Das Waschbecken unzugänglich, Emmas aufgeklappter Koffer liegt davor, sie wühlt in ihm herum.

»Und ob ich da hingeh!«

Sie zerrt ein rosafarbenes Top aus dem Kleiderknäuel und streift es sich über den Kopf.

»Das lässt du schön sein. Du könntest hier stattdessen mal aufräumen.«

Emma schnaubt nur ungeduldig hinter ihren wild vorm Gesicht hängenden Haaren, schnappt sich ihren geblümten Rock vom Bettpfosten und zerrt ihn über die Hüften.

Luisa atmet tief durch, dann sagt sie: »Jetzt sei vernünftig, Emma. Es ist nach neun und fast dunkel. Ich lass dich auf gar keinen Fall allein losziehen, wir haben die Verantwortung für dich.«

»Was soll denn in diesem Kaff schon passieren.« Emma bückt sich nach einem roten Turnschuh und lässt ihren Blick durch den vermüllten Raum wandern, auf der Suche nach dem zweiten. »Sind doch gerade mal zehn Minuten bis in den Ort.«

»Egal wie weit es ist, du bleibst hier.«

Luisa entdeckt den Schuh schneller als Emma, sie zieht ihn unter einer Zeitschrift hervor und hält ihn, als Emma ihn ihr wegnehmen will, mit beiden Händen fest.

Eine Situation wie ein Albtraum, Emmas Gesicht so dicht vor ihrem, dass sie Pfefferminzatem riecht, Hass in den aufgerissenen Augen erkennt, rötliche Punkte, wo Brauenhärchen ausgerissen wurden. Lippenstift. Wimperntusche. Kajal und Lidschatten. Zu nah. Zu dicht. Zu falsch.

»Du hast mir überhaupt nichts zu befehlen! Du bist nicht meine Mom!« Emmas Stimme steigt in schrille Höhe. Sie krallt beide Hände in den Schuh, reißt ihn an sich und stößt sofort mit geballter Kraft wieder zurück.

Luisa taumelt gegen die Tür, die Klinke bohrt sich in ihr Kreuz, das wird sie noch lange spüren. Aber schon verwandelt sich der stechende Schmerz in eiskalte Wut, sie holt aus und schlägt zu. Ins Gesicht. Mit voller Wucht.

Das war überfällig, für den Bruchteil einer Sekunde ist

sie erfüllt von Genugtuung. Dann spürt sie Emmas Fingernägel in ihrem Gesicht und schreit auf.

40

Mein Tagebuch ist eingeschlossen und meine ganzen Schreibsachen. Ich bin einfach an Emmas Jeansjacke gegangen und hab einen von ihren neuen Stiften genommen, und von Ps Skizzenblock hab ich mir ein paar Blätter abgerissen, ich werde sie einkleben, falls Emma die Tür jemals wieder aufmacht. Irgendwann muss sie natürlich rauskommen, oder sie muss in ihren Schuh pinkeln, so wie J damals bei Großmutter, als wir noch klein waren und er das Klo nicht gefunden hat, in der Nacht. Wie ich sie kenne, wird sie es so lange rauszögern wie möglich. Sie hat einen starken Willen.

Es war furchtbar. Ich hatte bei P im Bett gelegen, ich glaube, wir waren beide ein bisschen eingeschlafen, die Zeitung war so langweilig, und manche Vokabeln haben wir beide nicht verstanden, wir sind vor Schreck fast aus dem Bett gefallen, als es drüben losging. M hat zum Glück aufgehört zu brüllen, als wir hinkamen, aber Emma nicht, sie hat so laut geweint, dass P alle Fenster und Türen zugemacht hat, damit die Leute auf den Nachbarbooten nicht die Polizei rufen, weil sie glauben, bei uns wird jemand abgestochen. Und als M in der Zelle war, um sich das Blut vom Gesicht zu waschen, hat Emma sich eingeschlossen. Dass ich da vielleicht auch mal reinmuss, kümmert sie nicht, dabei ist es genauso meine Kajüte wie ihre.

Noch nie habe ich P so aufgeregt gesehen, er hat M in die Mangel genommen, es hat ziemlich gedauert, bis wir kapiert haben, was zwischen den beiden abgegangen ist. Und dann ging es gleich weiter mit dem Stress, weil P angefangen hat zu schreien, wie M es wagen kann, Emma zu ohrfeigen, als Erwachsene ein Kind zu schlagen, wo sie ihr Gehirn gelassen hat und was überhaupt mit ihr los ist seit einiger Zeit, er erkennt sie nicht wieder. Es war der pure Horror, ich habe mich in die galley verzogen, auf Js Bett, um aus der Schusslinie zu sein. Da bin ich jetzt immer noch, weil ich nicht weiß, wohin. M hat zurückgekeift, dass er seine heilige Tochter erst mal an die Kandare nehmen soll, bevor er sie auf unsere Familie loslässt, sie ist so was von unerzogen und ein Störenfried, aber er merkt das ja nicht, er ist ja sowieso blind auf beiden Augen, und seine ganze Krankheit ist nur psychosomatisch, damit er sich ins Bett legen kann, während sie sich mit der Rotzgöre rumschlagen muss. Danach ist sie in den saloon getobt und hat die Tür hinter sich zugedonnert. Und Emma hat die ganze Zeit geheult.

P hat eine Weile in der pantry vor der Spüle gestanden, mit hängendem Kopf, er hat sich nicht bewegt, ich hab schon gedacht, er muss kotzen, ich war nur froh, dass wir Wasser getankt hatten, damit man das wegspülen kann. Aber dann hat er sich umgedreht und an unsere Kajüte geklopft und gerufen, Emma soll bitte aufmachen, damit sie in Ruhe miteinander reden können. Sie hat nicht aufgeschlossen, sie hat nur geschluchzt, dass sie noch nie in ihrem Leben geschlagen worden ist und dass sie nach Hause will. Sie hat von Anfang an gewusst, dass M sie hasst, hat sie geschrien, dann war sie still.

Ich habe auch noch nie eine Ohrfeige gekriegt, und ich möchte auch keine bekommen, ein bisschen hat sie mir leidgetan. Außerdem ist es total verletzend, wenn man Rotzgöre und Störenfried genannt wird. Aber sie hat Schuld an dem ganzen Streit, ich glaube nicht, dass M sich da was ausgedacht hat. M kann manchmal ziemlich ungerecht sein und manchmal flippt sie schon wegen Kleinigkeiten aus, aber sie lügt nicht.

Emma hat die Tür nicht mal dann aufgemacht, als P gesagt hat, dass alles ein großes Missverständnis ist und dass M sich bei ihr entschuldigen wird, er sorgt dafür. Und dass sie bei uns auf der Darling II bleiben muss, bis wir das Boot wieder abgeben. Ich habe gesehen, wie sein Kinn gezittert hat, er hat sich am Türrahmen festgehalten, ich hab gedacht, er kracht gleich zusammen.

Ich mische mich sonst nicht ein, wenn Leute sich streiten, damit habe ich nur schlechte Erfahrungen gemacht, man wird nur in den Stress reingezogen und kriegt meistens auch noch eins übergebraten. Aber P hat so traurig ausgesehen! Ich habe ihm zugeflüstert, er soll sie einfach lassen und sich wieder hinlegen, aber er hat mich nicht gehört und nicht gesehen, es ist ihm nur um Emma gegangen, ich habe mich gefühlt wie wegradiert. Ich fürchte, ich habe ein bisschen geweint, aber das hat ja keiner mitgekriegt. M hat im saloon rumgeklappert und laut mit sich selbst gesprochen, und P hat seinen Kopf an die Kajütentür gelegt und auf Emma eingeredet. Und ich wusste nicht, ob ich mir wünschen soll, dass die Jungs ganz schnell zurückkommen oder lieber nicht.

Irgendwann hat P gegen die Tür gemurmelt, dass sie gut

schlafen soll nach all der Aufregung und dass morgen alles anders aussieht. Dann ist er in die Elternkabine gegangen, und plötzlich war es total still auf unserm Boot, nur das Wasser ist gegen die Bordwand geschwappt, das kann sich ziemlich traurig anhören.

Ich habe ein bisschen gewartet, ob er sich an mich erinnert und noch mal rauskommt, er hat doch mitgekriegt, dass ich nicht in mein Bett kann, aber er ist nicht gekommen. Da bin ich in den saloon gegangen, M hat im Dunkeln auf dem Sofa gelegen. Sie hat gesagt, ihr ist es egal, wo ich schlafe, ihre Stimme war kaum zu verstehen, und ihre Nase war zu, vom Weinen. Ich hätte mich gern zu ihr gelegt, aber ich weiß, dass sie lieber allein ist, wenn es ihr schlechtgeht.

Tiere verkriechen sich auch, wenn sie krank sind. Wenn sie Streit miteinander haben, geht es immer nur darum, wer der Stärkere ist, manchmal kämpfen sie so lange miteinander, bis einer von ihnen tot ist. Bei Hirschen passiert es, dass sie ihre Geweihe so ineinander verkeilen, dass sie nie wieder voneinander loskommen und zusammen verrecken müssen. Und eigentlich geht es dabei immer nur um die Fortpflanzung. Ich glaube, ich will lieber nicht darüber nachdenken, wie es wäre, wenn P sich nicht auch mit Emmas Mutter fortgepflanzt hätte. Mein Kopf tut weh. Ich weiß nicht, wie es weitergehen soll.

41

Also Zeus, okay? Obergott. Mit Hera verheiratet, Obergöttin. Und nebenbei eine Geliebte, Alkmene, eine ordinäre Menschenfrau.«

»Eine Schlampe oder was.«

Jasper reißt schon den ganzen Abend dauernd das Maul auf, ob es grad passt oder nicht, Can würde ihm am liebsten in die Seite boxen, aber die beiden Mädchen sitzen zwischen ihnen.

»Ordinär im Sinne von nicht göttlich. Okay? Und diese Alkmene bekommt einen Sohn, Herakles, halb Mensch, halb Gott. Kann Zeus natürlich nicht hinnehmen, so ein Kind mit menschlichen Schwächen, er ist ein eitler Fatzke, schlappe Söhne passen nicht in sein Programm. Also schnappt er sich den Säugling und legt ihn heimlich an die Brust der schlafenden Hera. Weil deren göttliche Milch ihm göttliche Kräfte verleihen soll.«

Wieso läuft eigentlich alles, was er hört und sieht, neuerdings aufs Kinderkriegen raus. Ist ja ganz witzig, was diese Fiona da erzählt, und dass sie überhaupt so am Stück reden kann, eigentlich erst, seitdem sie auf dem Heimweg sind, vielleicht mag sie nur in der Dunkelheit sprechen. Sie haben in die Sterne geguckt, er kennt eigentlich nur den großen Wagen, sie hat ihm den Schwan gezeigt und Kassiopeia, das große W, und dann hat Jasper gefragt, warum die Milchstraße Milchstraße heißt, und klack! hat er schon wieder Natalie im Kopf. Ein paar Stunden lang hat er überhaupt nicht an sie gedacht, war echt wie Urlaub. Nach dem Pub sind sie in einer Tanzbar gelandet, war okay, erstaunlich anständige Mucke, mal so richtig den Schädel ausleeren, und jetzt quetschen sie sich hier zu viert auf dieser Bank zusammen, weil Jasper und die Blonde, diese Anne, unbedingt noch eine rauchen müssen. Und er hat sein Dope nicht dabei, steckt in der anderen Jeans, großartig. An alles gedacht, Handy, Geld, Schlüssel hat Jasper, Taschenlampe, aber nicht an das Wichtigste. Immerhin hat Jasper deswegen nicht groß rumgezickt, vielleicht, weil diese Anne nichts vom Kiffen hält, Fiona raucht überhaupt nicht, reicht, dass ihre Mutter permanent qualmt, sagt sie.

»Interessiert es dich überhaupt?«

»Klar«, sagt er. »Göttliche Kräfte.«

»Genau. Soll er kriegen. Zufällig ist Herakles aber ein besonders gieriges Baby, er haut so rein, dass Hera aufwacht. Sie stößt ihn erschrocken weg und zisch, ihre göttliche Milch verspritzt über den Himmel. Und da haben wir nun die Milchstraße.«

»Geile Story«, sagt Jasper und schnippt seine Kippe weg.

Can schaut zu, wie der glühende Punkt in einer Bogenform durchs Dunkle fliegt, wie eine mickrige Sternschnuppenimitation, bevor sie auf den Weg fällt, noch eine Weile glimmt und dann nicht mehr zu sehen ist. Seitdem sie hier sitzen, haben sie da oben schon drei Stück gesehen, bei jeder hat er sich das Gleiche gewünscht.

Fiona gähnt. »Schon Wahnsinn«, sagt sie dann. »Von

hier sieht sie aus wie ein Pinselstrich, dabei ist sie ein vierdimensionaler Wirbel. Milliarden von Sternen, ständig in Bewegung. Wir hier gehören auch dazu, die Erde meine ich. Wir rasen mit einer Million Stundenkilometer um das galaktische Zentrum.«

»Boah«, sagt Jasper. »Eine Million Stundenkilometer? Das relativiert ja wohl alles.«

Anne lacht leise auf. Dann ein Moment totaler Ruhe, bis irgendwo ein Nachtvogel schreit.

»Ich glaub, wir sollten mal«, sagt Can. Er zieht die Taschenlampe raus und beleuchtet kurz seine Uhr. »Gleich halb drei.«

»Mann, so einen Sternenhimmel siehst du nie wieder, und schlafen kannst du morgen auch noch«, sagt Jasper. »Und wieso vierdimensional?«

»Na, die Zeit.«

»Für Fiona ist alles vierdimensional. Sie will Astronomie studieren«, sagt Anne. »Und was habt ihr so vor?«

»Noch eine Schnuppe, würde ich sagen.« Can rutscht mit dem Po noch ein Stück vor und legt seinen Kopf in den Nacken. »Danach gehen wir, okay?«

Er schaut in den vierdimensionalen Wirbel und versucht sich vorzustellen, dass er ein Teil davon ist.

»Erst mal den Schulkrampf überstehen«, sagt Jasper, als hätte er Can nicht gehört. »Und danach? Weiß noch nicht. Ich würd gern irgendwie einfach mal los. Ohne den ganzen Schrott hier, Familie und so. Mal total ohne Stress. Und nicht heute schon wissen, wo ich morgen sein soll. Bei irgendsoeinem abgetakelten Castle, nur, weil meine Mutter auf so was steht.«

»Mach das doch«, meint Anne. »Wenn du dir das leisten kannst?«

Niemand sagt was dazu. Auch Jasper hält die Klappe, checkt wahrscheinlich im Stillen seine Chancen, wie er zu der nötigen Knete für so einen Luxustrip kommt und woher er die Karre nehmen soll, ohne Auto geht der doch nie im Leben auf Tour. Letztes Jahr in Sète sind sie ein paarmal per Anhalter unterwegs gewesen, kurze Strecken nur, zur Alk-Beschaffung, einmal mit einem Neunelfer, himbeerrot, danach hat er ewig rumgefaselt, dass er eines Tages mit so einem geilen Teil durch Europa brettern wird. Ging ihm eindeutig nur um den Wagen, nicht um Europa.

Fiona bricht das Schweigen. »So toll finde ich das auch wieder nicht, ständig durch die Gegend zu gondeln«, sagt sie. »Heute hier, morgen dort, davon hab ich echt die Nase voll.«

In den letzten sieben Jahren ist sie ständig rumzigeunert, erzählt sie, sie waren in New York und auf Goa und in Rom, ihre Mutter hat irgendwie massenhaft geerbt, den Schotter bringt sie jetzt durch. In Berlin wollen sie immerhin eine Weile bleiben, zumindest bis Fiona mit der Schule fertig ist, danach will sie mit Anne zusammenziehen, aber ohne das Geld ihrer Mutter.

»Und du?«

Anne steckt sich schon wieder eine Zigarette an. Wollen die hier ewig sitzen bleiben?

Ehe Can antworten kann, mischt sich Jasper ein. »Er soll die Anwaltskanzlei von seinem Alten übernehmen«, sagt er. »Dafür braucht er natürlich ein super Abi, mit einer Eins vorm Komma. Was reichlich unwahrscheinlich ist.«

Warum zum Teufel kommt das jetzt so gehässig. Ist Jasper von irgendwem gefragt worden? Und überhaupt, gehen seine Noten hier jemanden was an?

»Da oben fliegt eine«, sagt Can, obwohl er weit und breit keine Sternschnuppe sieht, und steht auf, für seinen Geschmack zieht sich dieser Abend schon viel zu lange hin, und jetzt noch diese dämliche Bemerkung. Ihm reicht's. »Kommt ihr?« Er geht los, ohne auf die anderen zu warten.

»Total autoritär, sein Vater. Am liebsten würde er ihn in ein Internat stecken«, sagt Jasper. »In Wales. Schlips und Tennissocken. Unter Umständen Prügelstrafe.«

Muss natürlich noch eins draufsetzen, der Arsch. Tolle Methode, sich auf Kosten anderer vor den Mädchen wichtig zu machen. Can könnte jetzt locker irgendwas Fieses zurückrufen, »und deiner ein Schlappschwanz« oder so was, wär nicht mal gelogen. Aber will er sich auf so ein unterirdisches Niveau begeben? Schlagabtausch wie im Kindergarten? Die Mädchen sind ihm sowieso egal, sollen die doch denken, was sie wollen.

Göttliche Kraft. Pinselstrich. Der Kies knirscht unter seinen Füßen. Mondlicht. Milchstraße. Heras Brust.

Er macht lange Schritte und steigert sein Tempo. Irgendwo hinter ihm das Lachen der Blonden und Jaspers Stimme, vor ihm die Baumgruppe, er fängt an zu laufen, lässt die Schatten hinter sich, erreicht die Wegbiegung und bleibt stehen, atmet heftig und schluckt.

Milch in Natalies kleinen Titten, wie soll denn das gehen. Die blähen sich dann auf oder was, er will das nicht. Er will sich das nicht mal vorstellen müssen, es schnürt ihm die Luft ab, er ist kein Vater, er will keine Verantwortung übernehmen. Er will auch nicht mit Natalie über irgendeine Zukunft quatschen, egal, wie die aussieht. Und schon gar nicht will er dabei an diese pulsierende Kaulquappe in ihrem Bauch denken müssen.

Er zieht die Nase hoch und schaut rüber zum kleinen Hafen, sieht aus wie auf einer von diesen Kitschpostkarten. Auf der Oasis ist die Außenbeleuchtung angeschaltet, daneben die dunkle Darling II. Wenn die abgeschlossen haben, muss er auf Jasper warten. Aber wenn nicht, wird er sich jetzt reinschleichen, seinen Stoff holen und ganz schnell in die andere Richtung abdampfen, bevor Jasper dazukommt. Und supergepflegt einen durchziehen. Die können ihn doch alle mal.

Er geht eilig weiter. Vor allem muss er aufpassen, dass die amerikanische Schnepfe nichts mitkriegt, wenn die ihm noch ein einziges Mal schräg kommt, wird er seinen Krempel zusammenpacken und sich verpfeifen. Vielleicht ist das überhaupt die Lösung aller Probleme. Wenn er einfach den Abflug macht. Sich irgendwohin verkrümelt, Schottland, Irland, auf die Orkneys, die müssen doch auch hier irgendwo liegen. Pass hat er dabei, Geld kann er sich beschaffen, jobbt er eben irgendwo eine Zeitlang, andere machen das auch. Die paar Monate, bis er volljährig ist, geht er einfach in Deckung, danach kann ihn niemand mehr zu irgendwas zwingen. Was hat Jasper vorhin gefaselt? Irgendwie einfach mal los, ohne den ganzen Schrott. Genau das wird er machen. Geniale Idee, danke, Jasper.

Er schleicht sich über den Steg, alle Fenster sind dunkel, auch bei den Nachbarn. Leise ins Heck, die Tür nicht verschlossen, geil. Vorsichtig aufschieben, Taschenlampe anknipsen. Schlechte Luft hier drinnen, und wieso liegt Lea auf Jaspers Bett? Eingeschlafen über irgendwelchen beschriebenen Zetteln. Wieso das denn, warum schreibt sie auf Zetteln, das Tagebuch liegt vorm Bett auf dem Boden, aufgeklappt. Über beide Seiten bestempelt, in wüstem Durcheinander. Lauter kleine Union Jacks.

Er bleibt wie vor den Kopf geschlagen stehen, den Lichtstrahl auf das Tagebuch gerichtet, in der Elternkabine röchelt Jaspers Vater. Unvorstellbar, dass Lea sich den Stempel von Emma ausgeliehen hat und zwei ganze Seiten verbraucht, nur für dieses kindische Flaggen-Chaos. Er hat gesehen, wie sie schreibt, wie pingelig ihr kleines Büro organisiert ist. Da hat sich jemand einen ganz üblen Scherz erlaubt, mit einer Dreistigkeit, die echt alle Grenzen sprengt. Wenn es sein Tagebuch wäre, würde er echt ausrasten.

Aber es ist nicht sein Tagebuch, er wird sich raushalten. Nicht sein Bier, dieser ganze Familienscheiß hier, er hat selbst genug Stress, er wird sein Gras holen und ganz schnell abhauen, soll sich doch Jasper um seine beiden Schwestern kümmern.

Vorsichtig tappt er an Lea vorbei zur saloon-Tür. Die andere Jeans hat er vorhin in seine Reisetasche gesteckt, die Tasche unter die Bank geschoben, eigentlich achtet er immer darauf, nichts rumliegen zu lassen, aber plötzlich hat er ein ganz dummes Gefühl, dass irgendwas nicht stimmt. Nicht nur das mit Leas Tagebuch, vielleicht hat er die Jeans nicht weggepackt, vielleicht hat Jaspers Mutter aufgeräumt und seine Schachtel ist aus der Hosentasche gerutscht, und selbst wenn sie sie nicht geöffnet hat, kann sie aufgegangen sein, und klar hat sie sofort gesehen, was das ist.

Er hat schon die Hand auf der Klinke, da lässt Leas Flüstern ihn herumfahren.

»Hi Can.« Sie blinzelt geblendet ins Licht der Taschenlampe. »Nicht da reingehen, da schläft meine Mutter.« Sie schiebt eilig die Zettel unter den Schlafsack.

Er lenkt den Lichtkegel zur Seite, an die Wand. Ein Stift kollert auf den Boden.

»Leuchte mal«, wispert sie und beugt sich vom Bett.

Er tut es nicht. Er sieht, wie sie erstarrt. Es ist auch so hell genug, dass sie die Sauerei erkennen kann.

42

Wenn sie kurz mal rumkreischen würde, wenn sie endlich losheulen würde, wenn sie wenigstens überhaupt darüber reden würde, zumindest »Scheiße« sagen oder so was. Wär alles leichter zu ertragen als dieses Schweigen. Und dazu ihr Gesicht, fast wie der Hund gestern, diese hammer abgrundtiefe Traurigkeit, nicht auszuhalten.

Er hat ein paarmal versucht, seinen Arm um sie zu legen, sie hat ihn abgeschüttelt. Immerhin hat sie sich nicht gesträubt, sein Kapuzenshirt überzuziehen, das er schnell noch vom Haken gegriffen hat, bevor sie die Darling verlassen haben. Inzwischen wird es schon wieder hell, demnächst wird die Sonne aufgehen, hoffentlich, es ist kühl, und irgendwie ist eine Unmenge Tau gefallen, aber erst als sie losgegangen sind. Vorhin, als er noch eine Runde mit Anne und Fiona gequatscht hat, Adressen austauschen und so was, hat er jedenfalls nichts davon gemerkt.

Als er dann Lea und Can gesehen hat, da auf seiner Pritsche in der galley, hat er erst gar nicht gerafft, was los ist. Sie war über ihr Tagebuch gekrümmt, hat geblättert, und Can hat bei ihr gesessen, mit dem Rücken hinten an der Wand, damit er nicht mit reingucken konnte, immer schön dezent. Aber seine Hand hat auf ihrer Schulter gelegen. Okay, geschenkt, hat Jasper gedacht, der Typ muss selber wissen, was er tut. Hat sie aber gleich runtergenommen, als Jasper reingekommen ist, und hat Zeichen gemacht, dass die anderen pennen, dass sie zum Reden rausgehen müssen. Lea hat irgendwelche Zettel unterm Schlafsack rausgezogen und in ihr Tagebuch gesteckt, das hat sie seitdem nicht mehr losgelassen, sie presst es die ganze Zeit an sich, als wär's der Lottoschein für den Jackpot. Er kann's verstehen, was da passiert ist, ist mega krass.

Erst, als sie ein ganzes Stück außer Hörweite der Darling waren, hat Lea den Mund aufgemacht und die Story erzählt, so weit sie sie mitgekriegt hat. Eigentlich nur in drei Sätzen, danach war sie still und hat bis jetzt keinen Ton mehr gesagt, umklammert das Tagebuch und macht nur in unregelmäßigen Abständen kleine Schnuckser, die ihm jedes Mal durch Mark und Bein gehen. Er hätte gern mehr über den Hergang gehört, aber auch so kann er sich das Szenario nur zu gut ausmalen.

Dass seine Mutter sich mit Emma geprügelt hat, findet er eher witzig, er hätte selber schon das eine oder andere Mal zulangen mögen, nach beiden Seiten, wenn er ehrlich ist. Aber die Sache mit dem Tagebuch ist echt unter aller Sau, gleiches Kaliber wie das Ding mit dem Kater. Damit muss er übrigens höllisch aufpassen, er darf sich nicht verquatschen, obwohl er die größte Lust hätte, auch aus dieser Ecke ein Licht auf Emma zu werfen. Genauso, wie Lea nie erfahren darf, dass sie neulich nachts zu dritt mit dem Tagebuch ihren Spaß hatten, na ja, Can eigentlich nicht so sehr, aber der hängt auch mit drin, der wird schon die Schnauze halten, er hat es schließlich nicht verhindert.

Sie sind bis zu einer kleinen Werft gegangen, am Rand

des Hafens, und haben sich hinter einem Schuppen auf einen Bretterstapel gesetzt, auf der Seite, wo man den Fluss nicht sieht, Jasper hat darauf bestanden. Sie haben Lea in die Mitte genommen, und er ist immer ein bisschen näher an sie rangerutscht, millimeterweise, damit dieses Gebibber aufhört. Wenigstens das hat funktioniert. Wahrscheinlich hat Can auf seiner Seite das Gleiche gemacht, wär auch nur in Ordnung in diesem Fall. Aber irgendwie ist sie immer noch so was von total durch den Wind, nicht einen einzigen Kommentar hat sie abgegeben, als Can und er den Fall rekonstruiert haben. Die Ami-Schlampe heulend in der Mädchenkajüte, Daddy kratzt vergeblich an der Tür und geht irgendwann ins Bett, weil sie nicht mehr antwortet und Daddy denkt, sie ist eingeschlafen. Ist sie aber nicht, sie vertreibt sich die Zeit mit Leas Tagebuch, nimmt ihren Scheiß-Stempel und stempelt jede beschriebene Seite voll und auch noch zwei, die unbeschrieben sind. Und das Schärfste: Sie schmiert irgendwelche Anmerkungen rein. Mit einem roten Stift, den sie nur aus Leas sogenanntem Büro geklaut haben kann. Dann muss sie irgendwann Pipi machen, schleicht sich aus der Kajüte, sieht Lea auf Jaspers Pritsche im Tiefschlaf, und besitzt die Dreistigkeit, das eingesaute Tagebuch direkt vor Leas Nase zu legen.

Das mit den Anmerkungen hat Can gewusst, vielleicht hat Lea ihm den Bockmist sogar gezeigt, bevor Jasper aufs Boot kam. Irgendwie nicht so wahnsinnig cool, dass sie zu Can mehr Vertrauen hat als zu ihrem eigenen Bruder, er würde es echt besser finden, wenn's andersrum wär. Aber was erwartet er, er selber ist ja auch nicht offen zu ihr.

»Zufällig noch 'ne Fluppe dabei?«, fragt Can.

Jasper kramt sein Päckchen raus. Noch drei. Er reicht sie zu Can rüber, der sich eine nimmt, und hält sie dann Lea hin.

Sie schüttelt den Kopf.

»Na komm«, meint er, »das hilft.«

»Was soll denn das jetzt«, sagt Can.

»Halt die Klappe, sie kann selber entscheiden.«

Eigentlich möchte er nur, dass sie das Tagebuch mal loslässt, wenigstens mit einer Hand. So, wie sie da bewegungslos sitzt und das Teil umklammert, kommt sie ihm vor wie eine Irre in der Klapsmühle, jedenfalls sehen die im Film immer so aus. Er will, dass sie sich bewegt und dass sie was sagt. Er nimmt eine Zigarette und steckt sie ihr zwischen die Lippen. Sie wehrt sich nicht.

»Du gibst ihr Feuer«, sagt er zu Can.

»Lass es sein, Alter, echt.«

»Mach schon! Wenn du auf der Bahre liegst, wirst du noch dran denken, wie du meine kleine Schwester zum Rauchen verführt hast.«

Er will, dass Lea lacht. Oder wenigstens für ein paar Minuten an was anderes denkt als an ihren Kummer.

»Nur paffen«, sagt er. »Okay? Nicht so tief einatmen. Du hast doch noch nie, oder?«

Sie schüttelt den Kopf und macht einen Schnullermund, die Zigarette wackelt zwischen ihren Lippen.

Jasper muss grinsen. »Ich hab beim ersten Mal wie verrückt gehustet«, sagt er. »Weil ich Idiot gedacht hab, ich muss den Rauch quasi reingurgeln.«

»Ich hab gekotzt. War aber auch 'ne Zigarre«, sagt Can und deutet einen Durchmesser von mindestens zehn Zentimetern an. »So ein Stumpen. Hab ich meinem Großvater geklaut, als wir den mal besucht haben, in der Türkei. Am nächsten Tag hat er sich gewundert, warum sein Erdbeerbeet vollgereihert war.«

»Hast du hier irgendwo ein Erdbeerbeet gesehen?« Jasper klemmt sich die dritte Zigarette in den Mundwinkel. »Jetzt mach schon.«

Can gibt ihm Feuer, dann hält er nach kurzem Zögern die Flamme an Leas Zigarette. »Wirklich nur ganz bisschen ziehen, hm? Na los!«

Echt abgefahren, aber schon lange hat Jasper sich nicht mehr so erleichtert gefühlt wie jetzt, wo Leas rechte Hand sich von ihrem Tagebuch löst und zur Zigarette greift, mit Daumen und Zeigefinger, total cool, wie der hinterletzte getunte Typ in irgendeinem Gangsterstreifen.

»Geht's«, fragt Can und zündet seine an, ohne Lea aus den Augen zu lassen.

Sie bläst ziemlich viel Luft aus ihrem Mund, und tatsächlich auch ein bisschen Rauch.

»Warum hustest du nicht«, sagt Jasper. »Man hat verdammtnochmal zu husten, beim ersten Mal.«

»Oder zu kotzen«, sagt Can.

»Vielleicht bin ich ein Naturtalent.«

Ihre Stimme ist mickrig, der Tonfall würde eher auf eine Beerdigung passen, aber sie spricht doch wieder.

»Abwarten«, sagt er und feixt. »Nach den nächsten drei Zügen sprechen wir uns wieder.«

»Und nicht nuckeln«, sagt Can. »Das Papier muss knochentrocken bleiben.«

»Wir kennen da eine, die sabbert«, sagt Jasper.

»Eine, die man mal verdreschen müsste, aber richtig. Prügelstrafe sozusagen.«

Durch Leas kleine zweite Rauchwolke schielt Jasper zu Can rüber. Die Prügelstrafe ist ja wohl kein Zufall. Aber Can hat die Ellenbogen auf die Knie gestützt, die Kippe dicht vorm Mund, und schaut sonst wohin. Vielleicht doch ein Zufall. Außerdem wird jetzt gerade alles ganz rot, der Schiffskram um sie herum, der kleine Kran, der einzelne Baum am Rand des Platzes, sogar der Schotter.

»Die Sonne geht irgendwo auf«, sagt Can.

»Ach was«, sagt Jasper.

Dann schweigen sie, schauen in all das Rote, das immer roter wird, und pusten Rauch in die Luft. Jasper versucht, so zu pusten, als wäre es auch für ihn das erste Mal, kein echter Genuss, schade um die letzte Zigarette, aber auch Can kommt auf den Trichter. Sie tun es für Lea. Er zählt im Stillen mit, sie ist beim vierten Zug, sie ist cool. Ein fetter Vogel flattert über den Platz, setzt sich in den Baum und zetert wie verrückt.

»Elster?«, fragt er.

»Nebelkrähe«, flüstert sie. »Soll ich euch mal sagen«, sie stockt, räuspert sich und schluckt. »Wie sich das anfühlt? Als wenn mir jemand. Das Herz rausgeschnitten hätte. Mit einem total stumpfen Messer. Und draufgetrampelt. So lange. Bis nichts mehr übrig ist. Nur ein blutiger Fleck.«

Er sieht eine Träne glitzern und schaut schnell wieder weg, sie hasst es, wenn man sie weinen sieht. Can nimmt ihr die Zigarette aus den Fingern und tritt sie aus. Ihre Hand legt sich wieder aufs Tagebuch.

Das Licht auf dem Platz ist wie eine Bühnenbeleuchtung,

was eben noch rot war, ist plötzlich orange und wird immer blasser. Hat er noch nie gesehen, dass die Farben sich so schnell verändern, in der Stadt kriegt er das irgendwie nicht so mit, obwohl er an den Wochenenden oft genug noch bei Tagesanbruch unterwegs ist. Die Krähe fliegt krächzend weiter, irgendwo hupt jemand drei-, viermal schnell hintereinander.

»Irgendwas müssen wir unternehmen«, sagt er. »Ich will nicht, dass die damit durchkommt.«

Wieder Schweigen.

Und dann sagt Can: »Ich würde ganz gern was loswerden, Lea.«

Ist der wahnsinnig? »Tu's nicht«, sagt Jasper schnell.

Wenn Can jetzt den Moralischen rauskehrt und damit ankommt, dass das Tagebuch schon vor Tagen die Runde gemacht hat, dreht sie doch ab. Das darf auf keinen Fall passieren, er hat die Verantwortung dafür, dass sie sich wieder berappelt.

»Das bringt jetzt nichts, klar?«

Und als Can nichts sagt und immer nur weiter irgendwohin guckt: »Ob das klar ist, Mann!«

»Was denn«, flüstert Lea.

»Hat nichts mit dir zu tun, erklär ich dir später.« Jasper beugt sich vor und nimmt Can ins Visier.

Can stülpt seine Unterlippe vor und lässt ganz langsam den Rauch aus seinen Lungen. Dauert eine Ewigkeit. Dann wendet er seinen Kopf und sieht Jasper in die Augen. Und wieder dauert es eine Ewigkeit, bevor er sagt: »Ist klar.«

Jasper atmet auf. Er legt seine Hand auf Leas Knie, er weiß, jetzt wird sie sich das gefallen lassen.

»Okay«, sagt er. »Du bestimmst, wann wir zurückgehen.«

Nie, wird sie vermutlich sagen und ihren Kopf schütteln. Also werden sie hier noch eine Weile hocken bleiben und quatschen oder auch nicht, und irgendwann wird sie aufstehen und sagen, dass sie Mami und Papa nicht länger warten lassen dürfen. Kein Wort wird sie über Emma verlieren, für den Rest der Reise wird sie sich verkriechen, egal, wie ihre Alten das mit Emma managen. Ist eben keine Kämpferin, seine kleine Schwester. Sie kann froh sein, dass er bei ihr ist und auf sie aufpasst.

»Also?«, fragt er. »Wie ist es. Willst du zurück?«

»Nie.« Sie schüttelt ihren Kopf. »Aber ihr müsst mir was versprechen. Ihr müsst schwören.«

Jaspers »Okay« kommt einen Tick schneller als das von Can.

»Ihr sagt Mami und Papa nichts davon. Das mit dem Tagebuch, mein ich. Ich will nicht, dass sie es wissen.«

Hoffentlich hat sie sich da nicht verkalkuliert, denkt Jasper, als er, gleichzeitig mit Can, seine Schwurfinger hebt. Für sich selber kann er garantieren, und auch für Can, warum sollte der mit der Sache hausieren gehen. Aber da ist immer noch Emma.

Was hat die sich bei ihrer fiesen Aktion überhaupt gedacht, er kapiert's nicht. Was will die damit erreichen. Dass seine Mutter den Scheiß entdeckt? Oder sein Vater? Und dann? Alles abstreiten wahrscheinlich, sie würde einfach behaupten, dass Lea das selber gemacht hat, aus Eifersucht oder so. Hat doch jeder mitgekriegt, da in dem Zeitungsshop, dass Lea total scharf war auf den blöden Stempel, und wer hat ihn bekommen? Mit der bescheuerten Ananas war's doch das Gleiche. Er selber macht sich nichts draus, irgendwie macht ihm das Zeug immer die Zähne stumpf, aber Lea fährt absolut drauf ab. Und was war? Sie guckt mal wieder in die Röhre.

Emma wird echt bevorzugt behandelt, bei jeder Gelegenheit. Wieso haut das Miststück trotzdem alle in die Pfanne. Er würd's echt gern wissen.

43

Als er aus der Zelle kommt, steht die Tür zur Mädchenkajüte, die eben noch geschlossen war, offen. Emma kniet neben einem Klamottenhaufen auf dem Boden, die Betten sind gemacht, kein Stück liegt herum. So aufgeräumt hat es hier noch nie ausgesehen. Er bleibt in der galley stehen und schaut ihr einen Moment lang zu, sie bemerkt ihn nicht. Energisch knüllt sie Teil für Teil zusammen und stopft das bunte Zeug in ihren Koffer. Erleichtert konstatiert er, dass es ihr bessergeht. Würde sie sonst so gezielt Ordnung machen?

Er selber hat dank der Medikamente wieder einen freien Kopf, gestern Abend sind ihm die Augen zugefallen, kaum dass er im Bett war. Er hat tief und erholsam geschlafen, wie gedoped, ohne Unterbrechung, und fühlt sich jetzt dem Leben wieder gewachsen. Den Schnupfen wird er noch ein paar Tage mit sich herumschleppen, aber das sind Peanuts gegen die höllischen Kopfschmerzen und die Zerschlagenheit gestern.

Dass Luisa nicht neben ihm lag, als er aufwachte, hat er mit gemischten Gefühlen zur Kenntnis genommen, einerseits mit dem üblichen Schuldbewusstsein wie nach jeder Streiterei, andererseits mit Erleichterung, nicht gleich wieder auf ihre Stimmungen reagieren zu müssen. Sie ist immer sofort an der Front und schlägt los, kaum macht sie die Augen auf. Er hingegen braucht eine Weile, bis er sich sortiert hat, er denkt gern in Ruhe über das nach, was gestern war und was er heute tun will. Die besten Ideen für seine Scanalati hat er morgens im Bett, wenn Luisa so rücksichtsvoll ist, ihn ungestört aufwachen zu lassen. Manchmal hat er dann sogar den Eindruck, dass es nachts in ihm weitergedacht hat, dass die Lösung, um die er sich am Vortag vergeblich bemüht hat, sich ihm am nächsten Morgen wie auf einem Präsentierteller anbietet, in solche Tage geht er voller Elan hinein.

Einmal hat er mit Luisa über dieses Phänomen gesprochen, sie hat ihn schräg angesehen und gesagt: »Jaja, den Seinen gibt's der Herr im Schlaf.« Es hat abfällig geklungen. Sie hat keine Vorstellung davon, dass Kreativität sich in erster Linie im Kopf abspielt, sowohl in der bewussten, als auch in der unbewussten Abteilung. Für sie ist Arbeit grundsätzlich mit sichtbarem Tun verbunden, äußeres Stillhalten setzt sie gleich mit innerem Stillstand.

Früher hat er gedacht, sie ergänzen sich mit ihrer unterschiedlichen Veranlagung, inzwischen ist er längst nicht mehr davon überzeugt. Sie hat nicht die geringste Ahnung von seinem künstlerischen Anliegen, und schlimmer noch, sie gibt sich nicht einmal Mühe, seine Ziele zu verstehen. Dabei hat sie ihn anfangs durchaus darin bestärkt, als unabhängiger Künstler zu leben, damals, als zunehmend Zweifel an seinem Job in ihm aufkamen. Er wurde es leid, dauernd unterwegs zu sein, um Produkte zu fotografieren, die nicht immer nur zum Segen der Menschheit hergestellt werden. Um sein Honorar zu feilschen, ständig nur mit profitbesessenen Leuten zu tun zu haben, nach deren Maßgaben er sich in jeder Beziehung richten musste. Von künstlerischer Freiheit keine Rede, es war ein Sklavenjob, der ihm jahrelang gutes Geld eingebracht hatte, aber auf die Dauer nicht zu ertragen war. Luisa hatte es richtig gefunden, dass er auch lukrative Angebote immer häufiger ausschlug und sich schließlich ganz aus dem Geschäft zurückzog, ihre Praxis lief gut an, sie brauchten das Geld nicht unbedingt. Er solle das tun, was ihn zufriedenstelle, hatte sie immer wieder gesagt, Hauptsache, er sei rundum glücklich und einig mit sich und seinem Tun. Er hat ihr das damals geglaubt.

Inzwischen vermutet er, dass sie ihn in erster Linie dafür gebraucht hat, die Familie zu managen. Seine eigentlichen Ambitionen können ihr nicht wirklich wichtig gewesen sein. Eine Zeitlang hat sie an seiner Suche nach der ihm gemäßen Ausdrucksweise überzeugend Anteil genommen, vor allem während der großen Arbeit für Brandner & West. Aber dann kam die Sache mit dem Tierpark, danach hat sie die Schotten dicht gemacht, wohl auch, weil der große Erfolg ausblieb. Wenn er versucht hat, mit ihr über das besondere Wesen seiner Arbeiten zu sprechen, über die doppelten Inhalte, die zusammen etwas Drittes hervorbringen, etwas nie Dagewesenes, was in der realen Welt nicht vorkommt, blieb sie skeptisch. Einmal hat er ihr einen Entwurf erklären wollen, für ein wandgroßes Scanalato, in dem er Berg und Tal zusammenbringen wollte, zu einer verzauberten Geisterlandschaft, in der man sich verlieren sollte, und sie kam mit dem Ansinnen, er müsse allmählich mal anfangen, kommerziell zu denken, statt sich monatelang mit Objekten herumzuschlagen, die er nie ausführen würde und falls doch, garantiert nicht verkaufen, allein ihrer Dimensionen wegen. Kleinere Formate, sagte sie, sich um Aufträge bemühen, Werbung machen für Doppelporträts, die würde er loswerden wie warme Semmeln. Und dass es keine Schande sei, seine Begabung gewinnbringend einzusetzen. Ob sie da an so etwas wie Goldene Hochzeiten denke, hat er gefragt, das Jubelpaar im Faltbild, dreißig mal dreißig, Rahmen inklusive. Sie hat die Idee nicht abwegig gefunden, seinen Sarkasmus nicht verstanden und nicht gemerkt, dass sie ihn durch solche Vorschläge zum Bastler degradierte.

Sie hat keinen Respekt vor ihm und seiner Arbeit. Gestern wieder, bei dieser so fatal eskalierenden Auseinandersetzung, bei der es zum Schluss gar nicht mehr um die Ohrfeige oder deren Anlass gegangen war. Auf ihn hat sie sich eingeschossen, auf seinen verkorksten Charakter. »Ihr Künstler!«, hat sie ihm an den Kopf geworfen. »Ihr Künstler mit eurem abstrusen Weltbild, ihr pickt euch doch immer nur das raus, was ihr gebrauchen könnt.« Weil er gewagt hat, Emma in Schutz zu nehmen und anzudeuten, dass Luisa sich ab und an im Ton vergreift, auch den Kindern gegenüber.

Dass sie sich dazu hinreißen ließ, Emma zu schlagen, hat ihn ratlos gemacht, er hat nicht die leiseste Vorstellung, wie er die verfahrene Situation zwischen den beiden bereinigen könnte. Erst mal wird er mit dem Mädchen reden, Luisa ist wahrscheinlich der härtere Brocken. In ihr rotes Badelaken gewickelt, kam sie aus der Zelle, als er vorhin hineinwollte, sie ist wort- und blicklos an ihm vorbeigegangen und in der Elternkabine verschwunden, die Kratzer in ihrem Gesicht waren schon nicht mehr zu sehen. Wenn sie schmollt, das weiß er aus Erfahrung, lässt man sie am besten so lange in Ruhe, bis sie selber das Schweigen nicht mehr aushält.

Er tritt einen Schritt näher und klopft an den Türrahmen. »Schon auf? Guten Morgen. Na? Fühlst du dich besser heute?«

»Hi, Daddy.« Mit einem betretenen Lächeln schaut sich Emma zu ihm um. »Tut mir leid wegen gestern. Ich weiß, ich hätte … also ich hätte vielleicht nicht so wütend werden dürfen, aber …«

Sie streicht die Strähne zurück und macht eine hilflose kleine Grimasse.

»Darf ich reinkommen?«

»Frag doch nicht.«

Er zieht die Tür hinter sich zu und nimmt auf der Kante des unteren Bettes Platz.

»Ihr habt euch gegenseitig verletzt«, sagt er. »Das kommt vor. Da kann man jetzt alles wieder aufrollen und analysieren, wer was warum gesagt hat. Man kann aber auch großzügig sein und …«

Sie fällt ihm ins Wort. »Ich bin großzügig, Daddy! Ich kann mich auch bei ihr entschuldigen, wenn du das unbedingt willst? Ich finde nur, die Jungs hätten mich echt mitnehmen können. Wenigstens fragen, ja?«

Sie hat Tränen in den Augen. Und sie hat recht. Die Kinder sind zu viert, so gut wie alles machen sie gemeinsam, da kann man sich nicht einfach zu zweit abseilen, ohne was zu sagen. Jedenfalls ist es nicht besonders nett.

»Na ja«, meint er zögernd. »Vielleicht haben sie nur nicht daran gedacht. Nimm es nicht so schwer.«

»Ihr habt mich eingeladen, damit wir zusammen sind, oder? Ich mein, sonst hätt ich auch ins Camp gehen können oder so. In der Nähe von Santa Ana, mit drei Tennisplätzen.« Ihre Stimme wird immer wackliger. »Mom hat gesagt, ich kann es mir aussuchen. Ich hab mich für euch entschieden. Aber ihr euch nicht für mich.«

»Aber nein«, sagt Daniel gepeinigt, ihr Kummer ist ihm unerträglich, er streckt seine Hand nach ihr aus. »Das stimmt doch nicht. Komm mal her.«

»Hast du vielleicht ein Taschentuch?«

Sie bleibt vor ihrem Koffer auf den Knien, ihr Gesicht ist klein und trostlos, noch nie hat er sie ungeschminkt gesehen. Er zieht die Papiertücher aus der Tasche seines Bademantels und wirft sie ihr zu. Sie putzt sich die Nase.

»Wir kommen bestimmt noch irgendwohin, wo ihr zusammen losziehen könnt«, versucht er sie zu trösten. »Vielleicht nicht heute. Da, wo wir anlegen wollen, ist nicht so viel los, fürchte ich. Aber bestimmt irgendwann in den nächsten Tagen. Ich werde mit den Jungs reden.«

Mit dem Tuch vor der Nase erwidert sie: »Das ist nicht dasselbe. Wenn du es erst sagen musst? Sie hätten von allein draufkommen müssen. Sie mögen mich nicht.«

»Natürlich mögen sie dich. Ihr versteht euch doch gut. Das hätte ich gemerkt, Emma, wenn hier irgendwer etwas gegen dich hätte.«

Luisa, denkt er, Luisa hat seit über fünfzehn Jahren etwas gegen dieses Kind. Aber Luisa wird sich einkriegen müssen. Er wird ein Machtwort sprechen, heute noch. Er wird sich nie wieder für Emmas Existenz entschuldigen, nie wieder. Er hat es schon viel zu oft getan. Und nicht ein einziges Mal haben seine Entschuldigungen die Sache zum Besseren verändert.

»Lea redet manchmal nicht mit mir. Ganze Stunden.«

Sie knüllt das Tuch zusammen und stopft es in ihren Koffer zwischen die Kleider.

»Aber du solltest sie inzwischen kennen. Sie ist eine Leseratte. Und ihr Tagebuch, du weißt. Sie ist eine Einzelgängerin, war sie schon immer.«

Das Taschentuch im Koffer irritiert ihn, aus unerfindlichen Gründen macht es ihn traurig. Er verlässt seinen Platz und hockt sich neben sie auf den Boden.

»Stimmt überhaupt nicht«, sagt sie. »Sie hat eine Freundin. Diese Becky. Wenn die hier wäre und nicht ich, würden sie ständig was zusammen machen. Ich bin ihr einfach total egal.«

»Aber Becky ist in ihrer Klasse, ihre Freundschaft hat mit der Schule zu tun. Ich weiß, dass Lea sich wahnsinnig auf dich gefreut hat.«

»Ich will sie ja auch nicht schlechtmachen, ich find sie toll. Nur manchmal… also ich glaub, ich bin einfach ganz schrecklich eifersüchtig.«

»Aber dafür gibt es überhaupt keinen Anlass.«

»Das merkst du nur nicht. Du merkst überhaupt ganz vieles nicht, glaub ich.«

»Was meinst du damit?«

»Na ja…«

»Du kannst es mir sagen. Es bleibt unter uns.«

»Mhm. Ich bin keine Petze.«

Sie zieht das nächste Tuch aus der Plastikfolie und faltet es mit ihren dünnen Fingern umständlich auseinander.

»Und wen oder was betrifft es? Magst du mir das wenigstens sagen?«

Vielleicht war gestern Abend alles ganz anders, als Luisa es dargestellt hat. Vielleicht ging es um Dinge, von denen er nicht die geringste Ahnung hat. Er war nicht dabei, niemand war dabei außer Luisa und Emma.

»Irgendwas mit Luisa?«, fragt er leise, obwohl er genau weiß, dass er mit dieser Frage eine Grenze überschreitet, die er besser einhalten sollte. Sich mit einem Kind gegen den eigenen Partner zu solidarisieren ist ein Kardinalfehler.

Emma wirft ihm einen Blick zu, den er nicht deuten kann. Erst jetzt wird ihm klar, dass ihre Wimpern von Natur aus farblos sind, für den Bruchteil einer Sekunde erschreckt ihn diese Erkenntnis. Ohne die dunkle Umrandung wirken ihre Augäpfel fremd und stumpf. Sie legt das Taschentuch, ohne es benutzt zu haben, wieder zusammen, Knick auf Knick.

»Ich will dich nicht aushorchen«, sagt Daniel. »Wenn du mir irgendwas erzählen willst, sollst du das ganz freiwillig tun, okay? Das ist mir wichtig. Wär doch furchtbar, wenn wir uns gegenseitig unter Druck setzen. Ich möchte, dass in unserer Familie Vertrauen herrscht. Und Freiwilligkeit.«

»Unsere Familie«, flüstert sie.

»Ja. Deine, meine, unsere.«

»Das sagst du nur.«

»Das meine ich auch so, Emma.«

Sie legt das zusammengefaltete Tuch auf den Boden und zieht ein neues aus der Packung. Es schmerzt ihn, das mit anzusehen. Sie ist völlig verwirrt, sie merkt gar nicht, was sie da tut. Und noch mehr schmerzt ihn, was sie dann sagt.

»Ihr tut doch alle nur so. Ich hab gedacht, ich gehör so richtig dazu, ich hab mich gefreut, weißt du? Ich hab mir das jahrelang vorgestellt. Und dann lassen sie mich einfach allein. Sie fragen mich nicht mal.«

Großer Gott. Sie hat die Sache mit den Jungs gestern noch viel ernster genommen, als er befürchtet hat. Sie ist zutiefst verstört. Sie hat im Grunde nicht das geringste Selbstbewusstsein, alles nur Schein, eine Vorspiegelung von Stärke und Welterfahrenheit, eine Schutzhülle, hinter der sich ein endloser Mangel auftut. Er hat immer geahnt, dass Sophie zu wirklicher Liebe nicht fähig ist, sie hat auch dieses Kind nie geliebt, wahrscheinlich hat sie es einzig aus dem Grund zur Welt gebracht, ihn unter Druck zu setzen, und als das nicht funktioniert hat, war es nur noch Ballast. Wie soll ein Kind Selbstbewusstsein entwickeln, wie soll es eine in sich ruhende Persönlichkeit werden, wenn es nicht geliebt wird?

Er könnte heulen, von Mitleid überwältigt. Er zieht sie an sich, ihre Arme sind knochig und fühlen sich zu trocken an, sie ist überhaupt viel zu dünn, am ganzen Körper. Sie hat Defizite, körperliche und seelische, wie konnte er anfangs so verblendet sein und nur ihre schöne Hülle wahrnehmen, ohne jeden Blick für ihre Probleme. In Wahrheit ist sie ein Kind, das nach Hilfe schreit. Sie macht nicht Ordnung, sie packt. Sie gibt auf, sie will weg.

Die Autofahrt mit ihr vom Flughafen zum Boot kommt ihm in den Sinn. Wie großkotzig hat er sich da vorgenommen, ihr zur Seite zu stehen und alles nachzuholen, was er versäumt hat. Und wie schnell ist er unaufmerksam geworden, als er geglaubt hat, dass sie sich in die Familie einfügt. Er hat gedacht, es reicht aus, ja, es ist die beste aller Methoden, wenn er sie nicht anders behandelt als Jasper und Lea. Er hat sich darauf verlassen, dass es ihr gutgeht. Hat Fotos von ihr gemacht, um seine Ausstellung zu bestücken. Er hat sie benutzt. Für seine ganz persönlichen Zwecke, um Herringer zu imponieren und dem hochnäsigen Münchner Publikum. Und nicht gemerkt, dass sie die ganze Zeit schon leidet. Sie hat es perfekt überspielt, sie weiß ebenso gut wie Sophie, wie man sich nach außen präsentieren muss, damit niemand Verdacht schöpft, wie es dahinter aussieht.

»Und jetzt willst du nichts mehr mit uns zu tun haben?«, fragt er. »Aber das geht nicht. Ganz abgesehen davon, dass es technisch gar nicht möglich ist, dich mal eben zum Flughafen zu bringen, das hab ich dir gestern schon gesagt. Du kannst es mir nicht antun, Emma. Ich liebe dich.«

»Echt?«, haucht sie.

Es hört sich an wie »Hecht«, er muss lächeln.

»Hecht«, sagt er und legt seine Stirn an ihre Locken.

Auf merkwürdige Weise ist er erleichtert. Emma hat sich mit keinem Wort über Luisa beklagt, sie will sie sogar um Verzeihung bitten. Es geht überhaupt nicht um unüberwindliche persönliche Aversionen, wie er gedacht hat. Es geht einzig um Emmas subjektiven Mangel an Zuneigung. Dem kann er leicht abhelfen. Und wie ein heller Schimmer streift ihn der Gedanke, dass er sogar Herringer opfern würde, wenn er vor die Wahl gestellt würde: Erfolg – oder Emma.

44

Sie hatte sich eigentlich vorgenommen, auch an diesem Morgen wieder zu joggen, ihren Groll in die Erde zu trampeln, der sich gleich nach dem Aufwachen erneut in ihr breitgemacht hat, beißend und heftig. Sie hat hinter der saloon-Tür abgewartet, bis die Luft rein war und Emma nach der üblichen Duscharie wieder in der Mädchenkajüte verschwunden war, allein die Vorstellung, mit dem geschminkten Puppengesicht konfrontiert zu sein, hat ihren Herzschlag auf Touren gebracht. Sie hätte natürlich auch erst laufen und danach unter die Dusche gehen können, aber der Streit vom Vorabend klebt an ihrer Haut, ausgiebig unters Wasser, hat sie gedacht, dann eine halbe Stunde laufen und sich anschließend den Luxus einer zweiten Dusche gönnen, das Mädchen verbraucht schließlich auch jede Menge Wasser.

Aber dann hat sie alle Pläne umgeworfen, bei dieser unwürdigen Begegnung mit Daniel vor der Zelle, wo es heute wirklich unerträglich stinkt, mit seiner verstopften Nase kriegt er das natürlich nicht mit. Sie hätte ihn darauf hinweisen können, aber sie hat sich jede Bemerkung verkniffen, weil sie gewollt hat, dass er das erste Wort sagt, ausnahmsweise. Immer ist sie es, die einlenken muss, sie ist es leid. Von ihm kam natürlich nichts, nur dieser verlegene

Hundeblick mit dem Sechzehntel eines Grinsens, das ihr signalisieren sollte, dass er bereit war, sich ansprechen zu lassen. Warum kann nicht er das mal tun? Warum zum Teufel verhält sich dieser Mann nicht ein Mal so, dass sie ihn ernst nehmen kann. Im Streit gestern hat er ihr nahegelegt, wegen ihrer hysterischen Ausbrüche einen Psychiater zu konsultieren, aber wenn hier jemand einen Psychiater braucht, dann er. Er und sein respektloses Kuckucksbalg.

Sie hat sich gezwungen, seine Bettdecke nicht automatisch wie sonst im Vorbeigehen aufzuschlagen, ist sie hier das Mädchen für alles? Er kriecht da raus wie ein überdimensionales Insekt aus seinem Kokon, sie könnte sich schütteln, sie hat das noch nie leiden können, das weiß er genau. Nur das Fenster hat sie aufgerissen, um die abgestandene, säuerliche Krankenluft rauszulassen, schließlich hängen auch ihre Sachen hier im Schrank. Dabei hat sie Jasper und Lea und Can gesehen, vorn auf dem Steg. Sie hat nicht gehört, wann die Jungs in der Nacht zurückgekommen sind, jedenfalls sind sie wieder da, sie braucht sich keine Gedanken zu machen. Um Lea sowieso nicht, trotz all ihrer verbalen Spitzfindigkeiten gibt es kein angepassteres Kind auf dem Erdball.

Sie hat sich beeilt, der Zorn hat sie angetrieben. Statt der Jogginghose hat sie die bessere ihrer beiden Jeans angezogen, und die weiße Leinenbluse, die sie für einen besonderen Anlass aufgehoben hat, den letzten Abend vielleicht, in einem gepflegten Restaurant, alle zusammen um einen Tisch, braungebrannt, ausgeruht und voller wunderbarer Erlebnisse, das Kuckucksbalg selbstverständlich ein bisschen traurig, weil es wieder zurück zur Krampfhenne muss, bei Luisa und ihrer Familie ist das Leben ja so viel schöner und interessanter. Hat sie sich so vorgestellt, vor wenigen Tagen noch. Wie gutgläubig sie war.

Vor dem zersprungenen Spiegel hat sie sich die Haare zusammengebunden, ihre Perlen an die Ohren gesteckt und kontrolliert, ob sie die Kratzer wirklich perfekt weggeschminkt hat, sie tun immer noch weh, sobald sie das Gesicht bewegt. Sie hat ihre große Umhängetasche genommen, eine Sekunde lang an der Tür zur Mädchenkajüte gelauscht, nur Gemurmel gehört, ihre Jacke und den zweiten Schlüssel vom Garderobenhaken gefischt und das Boot über das Heck verlassen.

Auf der Oasis ist noch alles ruhig, auch der Hund ist nicht zu sehen. Ein Boot des Friedens, hat Luisa gestern neiderfüllt gedacht, als sie wegen des Adapters ein paar Sätze mit den Leuten aus Berlin gewechselt hat. Die Frau hatte draußen gesessen, ein Kreuzworträtsel gelöst und geraucht, ihr Partner war dazugekommen, ein attraktiver Typ, bestimmt zehn Jahre jünger, sexy, würde Emma sagen. Weiße Shorts, sonst nur braune Haut und diese modischen Igelhaare, die so jung machen. Nette Lachfältchen um die Augen. Ganz anders als Ivan, aber Luisa hat trotzdem an ihn denken müssen. Der Mann war gerade beim Kochen, er brachte einen Löffel mit einer Kostprobe raus, irgendetwas Indisches, es roch köstlich pikant, Luisa hätte gern probiert. Er hat den Arm um die Frau geschlungen und erzählt, dass sie bestimmt noch zwei Tage hierbleiben, nichts tun, nur essen und lesen und schlafen, beim Wort schlafen hat er sie zärtlich in den Oberarm gekniffen, unauffällig, aber Luisa hat es gesehen. Und dass sie sich um die Mädchen nicht zu kümmern brauchen, die beiden haben sich im Frühjahr bei einem Selbstverteidigungskurs kennengelernt, sie haben ihr Kanu und den Hund, es kann ihnen nichts passieren. Er hat gelacht und die Frau auf die Wange geküsst, und die Frau hat ihm gegen die Brust geboxt und dabei zu Luisa gesagt, dass sie ihn zwingt, jeden Tag mindestens eine Stunde Sport zu machen, damit er in Form bleibt. Dodo und Nick. Die beiden waren nicht nur nett miteinander, es hat geknistert zwischen ihnen. Sie haben gefragt, ob Luisa einen Drink möchte, Bier, Sherry, Rotwein, sie hätten alles da. Luisa hat abgelehnt und die Hühnerbrühe für ihren kranken Mann vorgeschoben, in Wahrheit hätte sie es nicht ertragen, dieses Paar noch länger mit sich und Daniel vergleichen zu müssen.

Ihre drei lungern immer noch vorn auf dem Steg herum, sie scheinen irgendetwas zu besprechen, hören jetzt aber auf zu reden und schauen ihr entgegen. Sie sehen übernächtigt aus, auch Lea. Sie hat sich den Eklat gestern mal wieder viel zu sehr zu Herzen genommen, dabei war sie in keiner Weise involviert. Wann wird sie endlich lernen, sich emotional aus den Problemen anderer Leute herauszuhalten, sie zerreibt sich zwischen den Fronten. Es würde allen Beteiligten helfen, wenn sie eine eigene Meinung entwickeln würde, einen persönlichen Standpunkt, der sie schützen würde.

»Na? Was steht ihr hier rum wie Falschgeld.« Luisa gibt sich demonstrativ fröhlich. »Was ist los? Wo habt ihr überhaupt geschlafen? Tut mir leid, Can, dass ich dein Bett okkupiert habe, Daniel mit seinem Schnupfen, du weißt ja. Er schnarcht wie ein Sägewerk, ich habe es einfach nicht ausgehalten. War es schön gestern? Habt ihr euch aufs Dach gelegt?«

»Und warum hast du dich so aufgebrezelt?«

Normalerweise lässt sie Jaspers Gegenfragen nicht durchgehen, sie erwartet auf ihre Fragen klare Antworten. Aber jetzt will sie nur weg, keine Auseinandersetzungen, über was auch immer. Sie bricht gerade aus dem Gefängnis aus, niemand darf sie aufhalten.

»Weil ich mir erlaube, mal ohne Eskorte loszugehen«, sagt sie. »Stell dir vor.«

»Mit Ohrsteckern«, sagt Jasper.

Luisa lächelt ihn breit an.

»Um diese Zeit.«

»Irgendwo werde ich schon einen Kaffee auftreiben, keine Sorge, mein lieber Sohn.«

»Und wann legen wir ab?«

»Besprecht das mit eurem Vater. Und vergesst nicht, den Adapter zurückzugeben, er liegt neben dem Steuer. Ach ja, und wartet nicht auf mich, ich treff euch heute Abend wieder, an dieser Burgruine, ihr wisst schon. Sagen wir, so zwischen fünf und sechs. Bis dann.« Im Weitergehen hebt sie ihre Hand und winkt.

»Und wie willst du da hinkommen?«, ruft Jasper ihr nach.

Sie tut, als hätte sie nichts gehört und schreitet mit schnellen Schritten aus, bevor sie wieder schwach wird, sich umdreht und durch Leas fassungslose Miene von ihrem Entschluss abhalten lässt. Es wird niemanden umbringen, wenn sie sich für ein paar Stunden abseilt, sich einen schönen Tag macht, ohne Dieselgestank, ohne Motorenlärm, ohne familiäre Querelen, vor allem ohne Emma. Sie wird irgendwo im Ort frühstücken und dann den Bus nehmen, die Haltestelle befindet sich direkt vor dem Supermarkt. Sie hat gestern auf den Fahrplan geschaut, man ist in knapp anderthalb Stunden in dem Dorf, von wo es nicht einmal zwei Meilen bis zur Ruine sind, vielleicht gibt es auch dort einen Bus, oder sie geht zu Fuß.

In der Wegbiegung klingelt es hinter ihr, Luisa tritt zur Seite und lässt eine Radfahrerin durch.

»Thanks, my dear. Nice day, isn't it!«

Eine Greisin mit löchrigem Pullover und Holzpantinen auf einer Uraltmühle, aber mit einem so ausgelassenen Zahnlückengrinsen, dass Luisa den absurden Wunsch verspürt, sich auf ihren Gepäckträger zu setzen und mit der Alten durch die Gegend zu gurken. Sie ruft ihr ein »Wonderful, indeed« nach.

Die Haare der Frau leuchten wie eine Mütze aus Schnee in der Morgensonne, sie tritt kräftig in die Pedale und fährt Schlangenlinien auf dem Kies, aus purer Lust, wie Luisa vermutet. Es gibt Menschen, die sind einfach glücklich.

Sie fragt sich, warum an ihr das Glück immer vorbeirauscht, in einer Entfernung, die offensichtlich unüberwindbar ist. Von außen wird keine Hilfe kommen, das weiß sie, und von Daniel schon gar nicht. Wenn sie jemals wieder eine zufriedene Frau sein will, dann muss sie selber dafür sorgen. Sie muss etwas verändern, und zwar grundsätzlich. Nägel mit Köpfen machen.

Was, wenn sie sich heute Abend nicht an der vereinbarten Stelle einfindet, wenn sie gar nicht erst hingeht? Wenn sie den Bus nimmt und in die nächste Stadt mit Bahnanschluss fährt? Ein paar Tage London. Oder gleich zurück nach München. Ihr Flugticket liegt auf der Darling, egal, sie kann sich ein neues kaufen. Auch kein Problem, dass sie ohne Handy auf die Reise gegangen ist, im Supermarkt hat sie eine Telefonbox gesehen, sie kann Daniel anrufen und ihm sagen, dass sie sich eine Auszeit nimmt und dass sie sich erst zu Hause wiedersehen werden.

Der Gedanke beflügelt sie. Im Vorbeigehen zupft sie ein Blatt ab, zerreibt es zwischen ihren Fingern und schnuppert daran, es riecht bitter und grün. Für Lea würde es nicht so einfach sein, sie würde wahrscheinlich nicht verstehen, warum ihre Mutter sich einfach entzieht. Und, was schwerer wiegt, sie wäre Emma ausgeliefert.

Aber eigentlich ist zwischen den beiden Mädchen nie etwas Gravierendes vorgefallen, jedenfalls kann Luisa sich nicht daran erinnern. Sie sind keine Busenfreundinnen geworden, na gut, oder besser Gott sei Dank, aber sie vertragen sich doch. Vielleicht nimmt sich die amerikanische Rotzgöre sogar besonders zusammen, wenn Luisa nicht dabei ist. Vielleicht ist es für alle nur gut, auch für Daniel. Kann er endlich mal Chef spielen und sein Selbstwertgefühl ein bisschen aufpolieren.

Auf der Terrasse des Pubs, wo sie gestern gegessen haben, stehen die Stühle auf den Tischen, ein schlaksiger Junge schiebt nachlässig einen Besen über die Steine, er erinnert Luisa an ihren Sohn. Für Jasper wäre es auch eine Erleichterung, ein paar Tage ohne sie zu sein, sie ist ja nicht blind, sie merkt genau, dass sie ihm permanent auf die Nerven geht. Sobald sie eine Frage an ihn richtet, macht er dicht. Aber sie hat nun mal keine andere Möglichkeit, irgendetwas von ihm zu erfahren, von allein sagt er nichts. Woher soll sie wissen, was in ihm vorgeht, sie war nie ein pubertierender Junge.

Einmal hat sie ein Experiment gemacht und ihn ganz bewusst nicht angesprochen, von morgens bis abends, Lea war auf Klassenreise und Daniel zu einer Kunstausstellung in Frankfurt. Ein Samstag, abends ist Jasper mit seiner Clique losgezogen, vorher war er mit Luisa allein in der Wohnung, er hat ein paarmal telefoniert, in seinem Zimmer, sie hat die Phasen des Gemurmels und des Gekichers zusammengerechnet, zweieinhalb Stunden. Sie haben zu zweit drei Mahlzeiten eingenommen, Luisa hat sich sogar zu ihm vor den Fernseher gesetzt, hat ihm eine Schüssel Chips hingestellt und einen Apfel für ihn geschält und kleingeschnitten. Er hat nicht ein einziges Mal den Mund aufgemacht, jedenfalls nicht, um mit ihr zu sprechen. Dem Moderator der Sendung hat er immerhin »altes Arschloch« zugerufen.

Daniel hat schallend gelacht, als sie ihm davon erzählt hat, und gemeint, dass er selber nicht anders war in dem Alter. Mütter seien nun mal nicht die richtigen Gesprächspartner für halbwüchsige Jungs, wenn man etwas zu bereden habe, mache man das mit Freunden. »Und die Väter?«, hat sie gefragt, und Daniel hat gegrinst und seine Hand in der Luft hin und her gedreht, »mal so, mal so« sollte das heißen. Beziehungsweise: »Ich kann nichts dafür, wenn er auch mit mir nicht redet. Ich bin unschuldig.«

Daniel hat sich immer rausgehalten. Dabei ist Luisa davon überzeugt, dass Jasper ein vertrauensvolles Verhältnis zu seinem Vater haben könnte, wenn der sich nur die

Mühe machen würde, sich geduldig und vor allem kontinuierlich mit seinem Sohn zu beschäftigen. Wenn sie ihre Erinnerung durchforscht, gab es eigentlich nur eine einzige kurze Phase, in der Daniel sich intensiv um die Kinder gekümmert hat, damals, als sie für ihr Examen lernen musste, bis heute ruht er sich auf diesen Heldentaten aus. Besonders viel ist ihm allerdings schon damals nicht eingefallen, anstatt an die frische Luft zu gehen, an die Isar oder in den Englischen Garten, hat er sie in den Tierpark geschleppt, Tag für Tag, ins Raubtierhaus, da konnte er bequem rumsitzen und Zeitung lesen. Lea hat sich in alles gefügt, mit Tieren konnte man sie schon immer zufriedenstellen, aber Jasper ist in den Nächten schreiend aufgewacht, hat von Bestien geträumt, die ihn verfolgt haben, und die ganze Wohnung hat gestunken, weil sich der Raubtiergeruch in ihrer Kleidung festgesetzt hatte. Angeblich hat Daniel da vor den Gitterstäben die revolutionärsten Ideen für irgendwelche Machwerke gehabt, aber so weit ist es damit nicht her gewesen, sonst säße er heute nicht da, wo er sitzt, nämlich im Abseits. Diese Geschichte mit Herringer, die er Emma anvertraut hat, unter dem lächerlichen Siegel der Verschwiegenheit, ist doch auch wieder nichts als ein Luftgespinst, wie oft hat er schon die großartigsten Pläne entwickelt, und keiner wurde realisiert. Während sie geackert hat. Mit Erfolg.

Vorm Supermarkt werden Kisten mit Obst und Gemüse aufgebaut, an der Bushaltestelle studiert ein Mann mit Rucksack und einem Baby auf dem Arm den Fahrplan, neben ihm redet seine Frau auf ihn ein und zerrt zugleich ein vielleicht fünfjähriges, heulendes Mädchen vom Kantstein weg. Luisa könnte wetten, dass diese Leute keinen harmonischen Ausflug vor sich haben. Vielleicht ist das auch gar nicht möglich, wenn man Kinder hat, und schon gar nicht, wenn man so naiv ist zu glauben, dass man außer den eigenen auch noch eine Tochter zur Linken mitschleifen kann, in Harmonie. Sie hätte nie auf Daniels Vorschlag eingehen dürfen, Emma mit auf diese Bootsreise zu nehmen.

Sie hat doch damals schon gemerkt, dass sie nicht kompatibel sind, an Leas sechstem Geburtstag, als die Krampfhenne urplötzlich mit ihrer Tochter im Tierpark auftauchte. Mit Abstand der peinlichste Moment ihres ganzen Lebens, als die Mutter des renitenten Görs oben auf der Elefantenrutsche sich als Daniels Kebsweib entpuppte, das Gör als seine leibliche Tochter. Luisa hat versucht, die Situation mit Anstand hinter sich zu bringen, mit Großmut und Güte. Sie hat versucht, das Kind in die Geburtstagsgesellschaft zu integrieren, hat es an die Hand genommen und ihm zugeredet, nachdem es sich endlich von der Rutsche bequemt hatte. Anstatt sich um das Geburtstagskind zu kümmern, ihre eigene Tochter, hat sie sich auf Emma konzentriert. Und schon während sie das Kind vom Abenteuerspielplatz zog, die Regeln einer Schnitzeljagd zu erklären versuchte und dass man jetzt nach einem roten Wollfaden Ausschau halten müsse, hat sie gewusst, dass ihr Verhalten falsch war. Ein einziger Blick in Leas Gesicht hat es ihr klargemacht. Aber sie konnte nicht zurück, sie wollte nicht zurück, sie war davon besessen, der Krampfhenne vorzuführen, wie man mit Kindern umgeht. Vor allem aber, wie man den Fehltritt des Partners zu einer Bagatelle herunterstufen kann.

Es hat nicht funktioniert. Mit ihrer Hilfe entdeckte Emma den ersten roten Faden, den zweiten holte sich Jasper, was Emma veranlasste, sich von Luisas Hand zu reißen und Jasper anzublöken. Beim dritten, der vorm Elefantenhaus an eine Sitzbank geknotet war und von einer Mitschülerin von Lea entdeckt wurde, bekam Emma einen Anfall, sie schmiss sich auf den Boden, schlug um sich und schrie. Nie hat Luisa dieses Gefühl der Ohnmacht vergessen, das sich wie eine Glocke über sie gestülpt hat, als sie vor dem hysterischen Kind hockte, zu dem ihre Worte nicht mehr durchdrangen. Sie hätte es packen und durchschütteln, ihm rechts und links eine pfeffern mögen. Aber sie durfte nicht, nicht vor Daniel, und erst recht nicht vor der Krampfhenne, die Arm in Arm dazukamen. Arm in Arm! Luisa ist die Luft weggeblieben vor Empörung.

Das war der Moment, in dem sie ihren Versuch abbrach, das Zusammentreffen zu einer harmonischen Angelegenheit werden zu lassen. Sie schnappte sich Lea und zog mit den Kindern weiter, ohne ein Wort für Daniel, geschweige denn für die Krampfhenne. Sollten die doch mit ihrem Produkt fertigwerden.

Damals ist sie einfach weggegangen, und es war richtig so. Und auch jetzt wird sie gehen, jedenfalls für ein paar Tage. Alle werden die Chance haben, in Ruhe darüber nachzudenken, wie es weitergehen soll. Daniel wird kapieren müssen, dass er sich zu entscheiden hat, zwischen ihr und Emma.

Während Luisa den Supermarkt betritt, um ein paar Äpfel, eine Flasche Wasser und eine Tafel Mokka-Sahne als Wegzehrung zu kaufen, beschleicht sie ein Gefühl der

Unsicherheit. Es könnte wie eine Flucht aussehen, eine Kapitulation vor Emma, das kleine Biest könnte den Eindruck bekommen, gewonnen zu haben. Also doch weder London noch München, sondern abends an der Ruine sein? Oder wieder zurück auf die Darling, jetzt gleich?

Sie darf nichts überstürzen, nach den Einkäufen wird sie sich in den nächsten Coffeeshop setzen und ihre Optionen sehr genau überdenken. Sie hat genügend Zeit, denn so, wie sie ihre Mannschaft kennt, wird die bestimmt nicht so schnell in die Socken kommen und weiterfahren.

45

Es ist der absolute Super-GAU. Wenn bloß das Zeug nicht so stinken würde und so blubberig aussehen, wenn sie wenigstens Gummihandschuhe hätten, Gasmasken, am besten Neoprenanzüge. Selbst Jaspers Vater mit seiner verstopften Nase sieht so aus, als würde er jeden Moment losreihern. Er hängt mit verzerrtem Gesicht überm Klo und hangelt mit der Suppenkelle die Scheiße raus, in den einzigen Eimer, den sie an Bord haben. Da kann Jasper tausendmal behaupten, dass da noch einer sein muss, er poltert sinnlos in den Küchenschränken rum und drückt sich davor, sich am Transport zu beteiligen. Dreimal ist Can mit dem Dreck schon an Land gewesen und hat ihn hinter die nächsten Büsche gekippt, beim ersten Mal hat er hinterhergekotzt, jetzt bleibt es hoffentlich bei diesem fiesen Würgen, das kann er runterschlucken, wenn er sich darauf konzentriert, an was anderes zu denken, im Magen hat er sowieso nichts mehr. Noch eine Ladung, und dann muss Jasper dran glauben, die faule Socke.

Can wartet mit zugehaltener Nase in der galley darauf, den nächsten Eimer zu übernehmen, seine Finger stinken nach Kloake, aber alles stinkt hier, wahrscheinlich hat er die Scheiße längst im Hals.

»Höchstens halbvoll, wenn's geht«, sagt er hinter zusammengebissenen Zähnen zu Jaspers Vater und wedelt die ekelhaften Brummer weg, die sich wie eine Invasion auf die Darling II gestürzt haben, kaum dass sie angelegt hatten. An einer Stelle, wo es nicht wirklich easy ist, mit einem Eimer voll Scheiße an Land zu kommen, das Zeug schwappt raus, wenn man nicht höllisch aufpasst.

Sie müssen die Sauerei möglichst unauffällig entsorgen, und zwar sofort, weil das Klo echt am Überlaufen war, nachdem Jaspers Vater versucht hat, die hochsteigende Kacke mit Spülen wegzukriegen. Klar darf man Fäkalien nicht einfach in den Fluss schmeißen, wie die amerikanische Nullcheckerin vorgeschlagen hat, streng verboten. Wenn man dabei erwischt wird, kann es richtig teuer werden. Also haben sie hier zwischen zwei Hängeweiden festgemacht, in der Nähe einer Kuhwiese, von da kommen wahrscheinlich die tausend Fliegen, die finden Menschenscheiße offensichtlich spannender als Kuhscheiße.

Was sie hier veranstalten, ist natürlich auch illegal, es gibt Tanks an den meisten Anlegestellen, da kann man das Zeug abpumpen lassen, auch da, wo sie letzte Nacht gelegen haben, war so ein Teil. Aber hat natürlich keiner dran gedacht. Er und Jasper und Lea sind so schlau gewesen, noch mal auf die öffentliche Toilette zu gehen, bevor sie zurück zur Darling sind, und dann kam die Sache mit Jaspers Mutter. Als Jaspers Vater gehört hat, dass die erst abends wieder zu ihnen stoßen will, ist ihm die Klappe runtergefallen, aber dann hat er sich erstaunlich schnell zusammengerissen. »Sie ist über sieben«, hat er gesagt und schräg gegrinst, »also Frühstück und Abfahrt, Leute!« Sah fast so aus, als wäre er ganz froh.

Irgendwie sind sie so schnell wieder auf dem Fluss gewesen wie noch nie, fast hätte Jasper vergessen, den ausgeliehenen Adapter auf die Oasis zu bringen, und dann ist er schon nach fünf Minuten zurück gewesen. Wie es aussieht, ist ihm seit der Sache mit dem Tagebuch diese superblonde Anne nicht mehr so wichtig. Can hat das Gefühl, dass Jasper die ganze Zeit auf Lea aufpassen will, beziehungsweise auf Emma. Wahrscheinlich hat er Schiss, Emma haut noch mal drauf und kräht rum, dass auch er im Tagebuch rumgeschnüffelt hat.

Bisher hält sie den Rand, sie hat sich im saloon verkrochen und die Tür zugemacht, ihr wird von dem Gestank so übel, dass garantiert demnächst ihr Kreislauf schlappmacht. Hat sie gesagt. Niemand hat widersprochen. Überhaupt hat die Scheißhaus-Katastrophe verhindert, dass sie sich bisher groß über den Weg gelaufen sind, wenigstens etwas, wozu das Desaster gut ist.

»Hier! Den nehmen wir.«

Jasper hält ihm den großen Kochtopf unter die Nase, in dem sie immer Kartoffeln und Spaghetti kochen.

»Mann, du spinnst ja wohl«, sagt Can. »Wir haben nur zwei Töpfe.«

»Würde aber doppelt so schnell gehen«, meint Jasper. »Während du mit dem Scheißeimer an Land gehst, kann er doch gleich weitermachen.«

»Es handelt sich auch um deine Scheiße, mein Sohn. Du bist dran.« Jaspers Vater lässt die Kelle im Klo stecken und reicht den vollen Eimer an Can weiter. »Ich muss erst mal eine rauchen.« Er geht ans Waschbecken und hält seine Hände unters Wasser.

»Also ich weiß nicht, ob ich dafür geeignet bin«, sagt Jasper. »Ich mein, ich hab so was noch nie gemacht.«

»Es wird dir gefallen«, sagt Can. »Wie ich zum ersten Mal mit der Suppenkelle ein Klo ausgeschöpft habe, mein schönstes Ferienerlebnis.«

Vorsichtig schleppt er den Eimer durch die galley. Bei der letzten Tour wär er um ein Haar ausgerutscht mit seiner stinkenden Fracht, der Fußboden ist längst vollgekleckert. Er hat die Hose hochgekrempelt und ist barfuß, um seine neuen Sneakers nicht zu ruinieren, wochenlang hat er seinen Vater bearbeitet, bis der endlich die zweihundert Euro rausgerückt hat. Füße kriegt man wieder sauber. Kaum ist er auf den Stufen zum Heck, schmeißen sich die verdammten Fliegen auf die braune Kloßbrühe. Aber besser da, als wenn sie sich in sein Gesicht setzen. Bei der ersten Fuhre hat er sie weggescheucht und nicht aufgepasst, und schon hat er die Kacke an der Jeans gehabt, die muss er nachher auch noch waschen.

Als er den Eimer auf der Reling absetzt, um von Bord zu steigen, spricht Lea ihn an. »Soll ich dir helfen?«

Sie haben sie auf dem Dach postiert, sie soll aufpassen, ob sich andere Boote nähern, in dem Fall müssen sie völlig harmlos tun. Sie hat violette Ringe unter den Augen, man kann sehen, dass sie Kummer hat und nicht zum Schlafen gekommen ist. Bei ihm hat die Aktion mit der Scheiße so viel Adrenalin ausgeschüttet, dass er sich total fit fühlt. Fragt sich nur, wie lange.

Erst, als er mit beiden Füßen sicher auf dem Grasstreifen steht, hebt er den Eimer rüber, dann grinst er zu ihr rauf: »Teşekkür.« Sie mag es, wenn er türkisch mit ihr spricht, und heute wird er alles tun, was ihr Freude macht und sie ablenkt. »Aber wenn du uns einen Schnaps besorgen könntest? Irgendwas Betäubendes?«

Mit möglichst weit vom Körper gestrecktem Arm trägt er den Eimer zu den Büschen, bloß nicht reingucken in die Brühe. Natürlich hat sich die amerikanische Bazille nicht an die Regel gehalten, das Papier nicht ins Klo, sondern in die danebenhängende Plastiktüte zu schmeißen. Überhaupt ist sie schuld an der Sauerei, zieht sich jeden Tag locker drei Liter Flüssigkeit rein, wegen ihrer kostbaren Haut, die auch von innen ständig Feuchtigkeit braucht. Neulich beim Essen hat sie eine geschlagene Viertelstunde darüber gequasselt, ihre Mom trinkt angeblich fünf Liter jeden Tag. Auf der anderen Seite ist sie zu zickig, ab und an auch mal ein öffentliches Klo zu benutzen wie alle anderen. »Ich kann da einfach nicht«, hat sie rumgequakt. »Doch nicht meine Schuld, wenn ich nicht so unsensibel bin wie ihr.« Und jetzt hockt sie mit zugekniffener Nase gemütlich im saloon und lässt andere für sich schuften.

Er atmet flach durch den Mund und kippt mit abgewandtem Kopf den Eimer aus, Ohrschützer wären echt die Rettung, das Pladdern ist ultra fies, er muss würgen. Jede Menge Brummer schwirren hoch, ein Schweißtropfen fließt ihm von der Stirn ins Auge, brennt tierisch. Nie wird er jemals wieder gedankenlos ein funktionierendes Klo benutzen. Aber okay jetzt, geschafft. Jetzt darf Jasper ran.

Lea steht wie eine Galionsfigur auf dem Dach. Mit einer Hand schirmt sie ihre Augen gegen die Sonne ab und kontrolliert den Fluss, sie haben echt Glück, dass noch kein Boot vorbeigekommen ist. Unter ihrem T-Shirt kann er die

Umrisse des Tagebuchs erkennen, sie hat es sich vorn in die Hose gestopft, sie lässt es nirgendwo mehr liegen, keine Sekunde lang. Würde ihn interessieren, was Emma da an Kommentaren reingeschmiert hat, aber Lea hat niemanden reingucken lassen, auch Jasper nicht. Total absurd, aber sie schämt sich für die Schweinereien, die jemand anders ihr antut. Anstatt zurückzuschlagen, macht sie sich klein. Schon komisch, wie anders sie ist als Jasper, der würde sich von seiner miesen Halbschwester garantiert nicht fertigmachen lassen.

»Ich glaub nicht, dass wir so was an Bord haben«, sagt sie. »Was Betäubendes, mein ich. Ich glaube, man erträgt es nur, wenn man sich innerlich ganz leer macht. Ein Vakuum, weißt du? Nichts denken, als wär man gar nicht da.«

»Kannst du das? An nichts denken?«

»Ich würd es gern lernen.«

Sie sieht so trostlos aus, dass Can schlucken muss. Er weiß, wie sie sich fühlt. Aber was könnte er ihr sagen? Dass er auch am liebsten gar nicht da wär? Hilft ihr doch nicht, wenn er ihr seinen eigenen Blues auch noch anhängt, und irgendwas Animierendes fällt ihm grad echt nicht ein. Also sagt er gar nichts, steigt wieder an Bord und reicht den Eimer an Jasper weiter, der gähnend in der Hecktür auftaucht.

»Ist dir klar, dass wir seit dreißig Stunden auf den Beinen sind?«

Can zieht nur einen Mundwinkel hoch und lässt seinen Zeigefinger kreisen, über die Kackespritzer und Fäkalpfützen, sie müssen anschließend gründlich putzen, die Zelle, die galley, die Stufen zur Hecktür, sonst stinkt es hier die nächsten Tage wie im Kuhstall, und die Brummer legen noch ihre Eier da rein.

»Kann das Ami-Girl machen, wir können ihr ja eine Wäscheklammer auf die sensible Nase drücken.« Jasper schlurft mit dem Eimer in die Zelle, seine Flip-Flops waren mal blau, jetzt sehen sie aus wie dreimal verdaut.

Can drückt die Tür hinter ihm zu und geht zum Spülbecken in der pantry, er hört Jasper in der Zelle fluchen. Er seift sich die Hände mit reichlich Spülmittel ein, am liebsten würde er die Abwaschbürste nehmen, um sich die Finger zu schrubben. Im saloon setzt Musik ein, Madonna, auch das noch, die Bazille macht es sich offenbar gemütlich. Man müsste sie da rauszerren und ihr mal so richtig die Meinung sagen, ihre Fresse in den Scheißeimer stopfen.

Man müsste, man müsste, man müsste. Vor allem muss er sich gut benehmen, er gehört nicht zur Familie, er muss aufpassen, dass er der Trulla gegenüber nicht ausfällig wird. Sie zu ignorieren ist das einzig Senkrechte, er muss das irgendwie hinkriegen. Wenn er sie reizt, kann es echt gefährlich werden, er hat keinen Bock, dass sie Jasper gegenüber das Thema Natalie erwähnt.

Ein kurzer Pfiff, dann Leas Warnruf. »Ein Boot!«

»Okay.« Can klopft an die Tür zur Zelle: »Kurze Pause, Alter.«

Er geht ins Heck, ein breiter, dunkelblauer Kahn tuckert ihnen entgegen. Garantiert wundern die Typen sich, wieso sie gerade an dieser Stelle angelegt haben und nicht an einem der idyllic spots, von denen es alle paar Meilen welche gibt. Wo steckt eigentlich Jaspers Vater, auch abgehauen? Eine rauchen kann doch nicht so lange dauern.

»Kommst du rauf?«, fragt Lea. »Sieht irgendwie verdächtig aus, wenn ich hier allein hocke, oder?«

Can klettert nach oben und setzt sich neben sie. »Tut mir leid, ich stink nach Scheiße.«

»Stört mich nicht.« Sie hat die Wasserkarte vor sich ausgebreitet und setzt ihren Finger auf den Fluss. »Kurz vor dem Castle kommen wir an einer Marina vorbei, da können wir das Klo richtig leer pumpen. Und lieber noch mal Wasser nachfüllen. Wenn ihr nachher duschen wollt? Wär blöd, wenn dann plötzlich der Tank wieder leer ist.«

Sie denkt echt mit, obwohl sie total fertig ist. Aus der Nähe sieht man, dass sie geheult hat, ihre Augen sind ganz klein.

»Wär super«, sagt er. »Wo liegt das Kaff genau?«

Sie schiebt ihm die Karte zu und hebt ihre Hand, um einem rotverbrannten Glatzkopf auf der Gold Gem zu winken, einem Riesenkahn, mit Ruderstand innen und außen. »Hast du's? Höchstens zwei Stunden entfernt, oder?«

»Kann hinkommen. Scheint eine richtige Stadt zu sein, sogar mit Bahnanschluss, British Rail. Wär doch die Gelegenheit.«

Lea schaut ihn erschrocken an, ihre Hand bleibt in der Luft stehen. »Gelegenheit? Willst du weg?«

»Ach Quatsch.« Und komisch, sein Drang, sich zu verpfeifen, hat sich tatsächlich verflüchtigt. »Ich hab da eher an jemand anders gedacht«, sagt er. »Sie hat doch gestern rumgekreischt, dass sie nach Hause will. Hast du jedenfalls erzählt. Wir setzen sie in einen Zug nach London und fertig.«

»Aber das geht nicht. Wir können sie doch nicht ganz allein…«

»Hältst du es etwa noch sieben Tage mit ihr aus?«

Er faltet die Karte so zusammen, dass ihre Tagesstrecke zu sehen ist. Sie schlingt die Arme um ihre Knie und legt den Kopf darauf. Ihr Leopardenfell sieht irgendwie räudig aus, jedenfalls ziemlich originell.

»Acht«, flüstert sie, »noch acht Tage.«

Und acht Nächte, daran will er gar nicht denken. Er streckt sich aus, verschränkt die Arme unterm Kopf und macht die Augen zu. Der blaue Kahn hinterlässt eine Dieselwolke, er atmet tief ein, vielleicht kriegt er so den Scheißegestank aus der Nase.

»Da spielen meine Eltern nie mit. Vor allem mein Vater nicht.«

»Weiß ich doch. Aber geil wär's. Du würdest sie doch auch gern loswerden. Wenn wir ein bisschen kriminelle Energie hätten?«

Die Bemerkung bleibt zwischen ihnen hängen. Ihm fällt die Nacht wieder ein, als er schwimmen war und Emma ihm gefolgt ist. Wie er sich gerade noch eingekriegt hat, in letzter Sekunde. Wenn er sie da in den Fluss geschmissen und runtergedrückt hätte, im Wasser ist Emma eine Null... Nichts denken, hat Lea gesagt, vielleicht kann man das ja wirklich lernen.

Die Sonne brennt fast senkrecht herunter, er ist schlagartig todmüde, er könnte auf der Stelle einschlafen. Er kann sich nicht mal aufraffen, die Fliegen zu verscheuchen, die sich auf sein schweißnasses Gesicht setzen. Das Motorengeräusch der Gold Gem wird schwächer, Madonnas Jodeltext ist wieder zu verstehen. Wenn er nicht so erledigt wär, könnte er glatt komisch finden, was die da singt:

I think I'll find another way
there's so much more to know
I guess I'll die another day
it's not my way to go …

Er ist so gut wie weggetreten, als Lea wieder zu flüstern anfängt. Er kann sie kaum verstehen, vielleicht hat sie Angst, die Schlampe lauscht irgendwo.

»Warum magst du sie eigentlich nicht? Dir hat sie doch eigentlich nichts getan, oder? Ich glaub, sie steht sogar auf dich.«

Bloß nicht das Thema jetzt. Er rappelt sich widerwillig hoch und hält Ausschau nach dem blauen Kahn, der gleich hinter der nächsten Flussbiegung verschwunden sein wird, die Luft über dem Wasser flimmert.

»Vergiss es«, sagt er. »Die meint mich doch gar nicht, die ist grundsätzlich hinter allen her. Ich sag mal Jasper Bescheid, dass er weitermachen kann, okay? Und du könntest deinen Vater suchen und ihm von dieser Marina erzählen.« Er schlägt nach einem Brummer. »Wir müssen hier weg, bevor die Biester uns auffressen.«

46

Ich wollte eigentlich nicht mehr schreiben nach der letzten Nacht, nie wieder. Das hatte ich mir jedenfalls vorgenommen, als wir da bei der Werft gesessen und geraucht haben. Es war übrigens nicht so fies, wie ich es mir vorgestellt hatte, mir ist ein bisschen schwindlig geworden, aber ich habe weder gehustet noch gekotzt. Ich kann mir vorstellen, dass ich es wieder tu, es lenkt einen irgendwie ab, man muss sich nur hinterher die Zähne putzen können, damit dieser bittere Pelz von der Zunge verschwindet.

Jedenfalls war ich entschlossen, dass dieses Tagebuch mein letztes sein muss. Eigentlich ist es ja gar nicht mehr meins, seitdem Emma alles gelesen und diese ekelhaften Sachen reingeschmiert hat. Und weil ich jetzt weiß, dass mir solche Sachen passieren können, wollte ich nie wieder eins haben, sondern meine Gedanken nur im Kopf aufbewahren. Aber irgendwie hab ich ein Problem mit dem Aufhören, ich hab mich so an das Schreiben gewöhnt, es ist wie eine Sucht, vielleicht noch viel stärker als Ps Zigaretten, und wahrscheinlich auch irgendwie ungesund, ich schreib ja nur deswegen so viel, weil ich niemanden hab, mit dem ich reden kann. Wenn doch bloß Becky hier wäre!!!

Ich bin total allein, obwohl J und Can echt nett zu mir sind. Vorhin haben sie gefragt, ob ich mit ihnen Stress spie-

len will, aber nur aus Mitleid, ich bin ja nicht doof. Ich will kein Mitleid, vor allem von Can nicht. Jetzt sitzen sie im Heck und schätzen Entfernungen, keine Ahnung, wie sie das kontrollieren. Ich glaube, sie schlagen nur die Zeit tot.

Komischer Ausdruck: die Zeit totschlagen. Wie man darauf kommen kann? Wenn ich darüber nachdenke, sehe ich Männer mit Knüppeln vor mir, die über ein nebliges Feld laufen, hinter einem Hasen her, den sie gar nicht sehen können und den sie nie einholen werden, in 1000 Jahren nicht.

Vielleicht schlag ich ja auch nur die Zeit tot.

P ist jedenfalls gut beschäftigt, ich hab mir wieder ein paar Blätter von seinem Skizzenblock genommen, ohne ihn zu fragen. Er bringt Emma das Bootfahren bei, sie reden und lachen, einmal hat sie gekreischt, weil sie zu schnell war, sie hat nicht gerafft, dass man den Gashebel nur ganz soft nach vorne ziehen muss. Und irgendwie hab ich das Gefühl, dass P auf dieser Reise sowieso keine Skizzen mehr macht, ganze vier Blätter hat er benutzt für seine Entwürfe, und was ist drauf? Okay, sie ist tausendmal hübscher als ich, aber wenn es wirklich nur darum geht, weiß ich nicht, was ich hier noch soll.

Sie nimmt mir alles weg, P sowieso und M auch irgendwie, weil die überhaupt kein anderes Thema mehr hat. Seit wir unterwegs sind, zofft sie sich mit P, und meistens wegen Emma. Und jetzt hat sie sich auch noch für den ganzen Tag abgeseilt, weil sie keinen Bock auf Emma hat. Wie es mir geht, ist ihr egal. Alles dreht sich nur um Emma, ich bin überhaupt nicht mehr vorhanden.

Ich glaube ihr kein Wort mehr. Ich glaube, dass sie lügt, wahrscheinlich kann sie nicht mal Tennis spielen, und diesen

Frederick gibt es vermutlich auch nicht, und wenn, dann hat er keinen orangeroten Cadillac und keinen reichen Vater und das Gartenhaus gleich dreimal nicht. Sie kennt bestimmt auch keinen, der aus Feuerland kommt, sie hat sich nur wichtiggemacht, weil sie toller sein will als alle anderen, vor allem als ich. Sie hat mich immer nur verarscht, und ich dumme Kuh hab gedacht, wir sind uns ähnlich und gehören zusammen.

Ich bin so k.o. wie noch nie. Ich hab versucht, hier auf Js Pritsche ein bisschen zu schlafen, in unserer Kajüte mag ich nicht mehr sein, alles riecht da nach ihr. Aber sobald ich die Augen zumache, seh ich mein Tagebuch vor mir. J und Can wollten unbedingt sehen, was sie reingeschmiert hat, ich hab es ihnen nicht gezeigt, ich konnte nicht. Ganz am Anfang hab ich mal geschrieben, dass sie aussieht wie ein Strohhalm mit Haaren, und da steht rot am Rand: Neidischer Fettsack, mit drei Ausrufungszeichen. An der Stelle mit dem Tanga im Baum hat sie einen Smiley dazugemalt. Erst habe ich nicht gewusst, was der bedeuten soll, aber ich bin ja nicht blöd.

Das andere, was sie nach dem Tanga noch alles dazugeferkelt hat, habe ich mir nicht mehr angeschaut, ich hab nur durchgeblättert und gesehen, dass da noch jede Menge kommt. Ich habe das Tagebuch zugeklappt, für immer, obwohl ich, ehrlich gesagt, schon ein bisschen neugierig war, aber auf eine Art, die weh tut. Ich habe mir geschworen, dass ich es nie wieder ansehe, es macht mich nur traurig und wütend. Alles Schöne, was ich aufgeschrieben habe, damit ich mich später darüber freuen kann, ist kaputt. Sie hat mir alle guten Erinnerungen genommen, jedes Mal, wenn ich in Zukunft an diese Ferien zurückdenke, werden mir nur ihre Gemeinheiten einfallen.

Wenn sie mein Tagebuch nur gelesen hätte, wäre das schlimm genug gewesen, aber ich hätte es ihr nach einer Weile vielleicht verzeihen können, ich bin auch manchmal neugierig und kann mich kaum beherrschen. Aber warum muss sie es auch noch vollstempeln und diese Sachen reinschreiben! Warum hasst sie mich so, ich verstehe es nicht! Ich habe ihr doch nie etwas getan, jedenfalls nicht mit Absicht.

Es gibt Leute, mit denen ich nicht so viel anfangen kann, in meiner Klasse mindestens fünf, die mir total egal sind. Aber die hasse ich nicht, auch wenn sie immer wieder sagen, dass ich eine Streberin bin. Ich habe immer gedacht, so richtig hassen kann man nur einen, der ein Kind umgebracht hat oder so was, oder Leute, die 120 Hühner in einem 60 qcm großen Käfig halten und sie zu Tierfutter machen, wenn sie keine Eier mehr legen. Aber so was mach ich doch alles nicht.

In Ethik haben wir neulich über den 2. Weltkrieg gesprochen, woher der Hass der Deutschen auf die Juden gekommen ist, wieso sie sich aufhetzen ließen, sie zu Millionen zu ermorden. Die Zwingler hat uns aus einem Psychologiebuch vorgelesen, da stand, dass ein Mensch, der hasst, generell schwach ist, und dass er seine eigene Hilflosigkeit nicht ertragen kann und sich für seine Ängste an noch Schwächeren rächen muss, weil er sich dann wenigstens für kurze Zeit stark fühlen kann.

Aber Emma ist alles andere als generell schwach, ich kenne kein Mädchen, das sich so durchsetzen kann und so genau weiß, was sie will. Ich verstehe es nicht. Fast hätte ich Känguru geschrieben…

Nach dieser Reise will ich nie wieder mit ihr zu tun haben. Ich weiß nicht, wie ich das hinkriegen soll, weil P bestimmt will, dass wir Kontakt halten, er denkt doch immer noch, dass wir uns gut verstehen. Vielleicht lädt er sie sogar für den Rest der Ferien zu uns ein, aber dann gehe ich weg, ich könnte zu Großmutter fahren, die freut sich, wenn ich komme. Auf keinen Fall werde ich M und P von dem Tagebuch erzählen, in 100 Jahren nicht, es ist zu peinlich. Aber vielleicht schaffe ich es, ihnen zu sagen, dass ich Emma nicht ausstehen kann. Auch wenn P dann enttäuscht von mir ist, aber inzwischen ist mir das egal. Ich bin nicht mehr die liebe Lea, die zu allen nett ist und jeden Scheiß glaubt und die man nach Strich und Faden verarschen kann. Ich weiß jetzt, dass es Menschen gibt, vor denen ich mich hüten muss. M wird sich vielleicht sogar freuen und sagen, dass ich endlich erwachsen werde, sie findet mich naiv und leichtgläubig. Sie will natürlich, dass ich genauso bin wie sie, sie hat immer noch nicht kapiert, dass jeder Mensch anders ist. Es gibt keine Tochter, die genauso ist wie ihre Mutter, das ist ein Naturgesetz. Es gibt auch keine Schneeflocke, die genauso konstruiert ist wie irgendeine von den Zentillionen Schneeflocken, die jemals vom Himmel geschneit sind oder schneien werden. Aber mal angenommen, ich bin eine Schneeflocke, dann ist Emma echt der Dreck unter ihrem eigenen Fingernagel. So verschieden sind wir.

Immerhin gibt es einen Lichtblick, nämlich dass J und Can zu mir halten. Sie finden Emmas Verhalten genauso ekelhaft wie ich und sind genauso wütend, das hilft mir. Ein gutes Gefühl, dass wir drei uns so einig sind und ehrlich voreinander.

Aber irgendwie glaube ich, dass Can wegwill, obwohl er es abgestritten hat. Ich könnte es verstehen, an seiner Stelle würde ich in den nächsten Zug steigen, also da, wo wir gleich anlegen werden, P hat schon mit Emma den Platz gewechselt, das Manöver traut er ihr immerhin auch nicht zu. Aber wenn Can geht, haut J garantiert auch ab. Für mich die absolute Katastrophe. Ich wäre ihr total ausgeliefert.

47

»Wann willst du mit ihr reden?«

Seit gestern Abend nimmt sie Luisas Namen nicht mehr in den Mund, sie redet nur von »sie« und »ihr«, ein Zeichen der Distanz wahrscheinlich, kein Wunder, so wie Luisa sich aufgeführt hat.

»So bald wie möglich«, sagt er. »Auf jeden Fall noch heute.«

Gut, dass er noch Zeit hat, sich eine Strategie zu überlegen. Luisa hat den frühen Abend für ihr Treffen an dem alten Castle festgesetzt, falls er die Kinder richtig verstanden hat. Ihr spontaner Alleingang ist wieder mal ein Versuch, ihn abzustrafen, sicher hat sie die Absicht, ihn zappeln zu lassen, sie wird kaum vor sechs Uhr dort erscheinen. Aber wenn sie glaubt, dass er sich von ihr auf Miniaturformat zusammenfalten lässt, liegt sie falsch.

»Und wenn sie nicht will? Weißt du doch auch, dass sie mich nicht leiden kann.«

Daniel zieht sie eine Spur näher an sich heran, ihr spitzer Ellbogen drückt sich in seine Seite, sie muss mehr essen, in Zukunft wird er darauf achten.

»Das stimmt nicht, Emma, glaub mir. Ich kenn sie besser als du, sie ist einfach im Moment ein bisschen…«

Wie soll er ausgerechnet ihr erklären, woher Luisas Groll

rührt und dass er noch so frisch ist wie vor über fünfzehn Jahren? Dass sie in Wahrheit ihn meint, wenn sie ihre negativen Gefühle ungebremst an diesem Kind auslässt. Emma würde sich sofort schuldig fühlen, wenn sie das wüsste. Schuldig, weil sie existiert.

Sie kommt ihm zu Hilfe. »Gestresst«, sagt sie.

»Genau. Überlastet, erschöpft, dünnhäutig. Wir kriegen das im Moment alle ab, nicht nur du, das hast du doch auch gemerkt.«

»Ja, stimmt.«

Sie schiebt ihren mageren Arm noch ein Stück weiter um seine Mitte, während sie über den Bootssteg schlendern. Sie mussten ganz am Ende anlegen, alle vorderen Plätze waren besetzt. Musikfetzen fliegen durch die Luft, es riecht nach gebratenem Fisch und Sonnenöl, vorne, an den Fischbuden und Andenkenshops, drängeln sich die Touristen. In Daniel kommt zum ersten Mal ungebremstes Urlaubsgefühl auf.

Er hat die Blicke bemerkt, die die beiden Männer auf dem Nachbarboot über Emmas Beine gleiten ließen, er hat sich darüber geärgert und war gleichzeitig stolz, dass dieses atemberaubende Geschöpf zu ihm gehört. Der eine hat ihn flüchtig an Herringer erinnert, der sich immer noch nicht gemeldet hat, aber merkwürdig, die Sache mit der Ausstellung quält ihn nicht mehr. Wenn sie nicht zustande kommt, wird er sich einen anderen Galeristen suchen, ganz einfach, er muss sich nur in Bewegung setzen, alles wird sich fügen.

Kein Zweifel, es ist Emma, die ihm diese neue Sicherheit verleiht. Vielleicht hat er sich zeit ihres Lebens nach ihr gesehnt, einen Mangel gehabt, ohne sich dessen bewusst zu sein. Bei Licht besehen völlig klar: Er hat dieses Kind in die Welt gesetzt, wenn auch unter geringerer Beteiligung als Sophie, aber er ist der Vater. Unter anderen Umständen hätte er seine Vatergefühle ausleben können, aber so, wie die Dinge lagen, musste er sich einschränken, in seinen Gefühlen, in seiner Verantwortung, in seiner Verbundenheit, auch in seinem Stolz. Es gab für ihn keine Möglichkeit, sein eigenes Kind zu lieben. Wie soll man jemanden lieben, den man nicht kennt, den man nicht sieht, von dem man höchstens einmal im Jahr ein paar Fotos bekommt. Da war nur immer eine große Lücke. Und daneben ein Gebirge aus Schuldbewusstsein.

Aber jetzt ist Emma an seiner Seite, der Mangel ist behoben. Von ihm aus könnte der Steg sich bis in alle Ewigkeit ausdehnen, so sehr genießt er es, mit ihr hier entlangzugehen, ihre Schritte im Gleichtakt, ohne dass sie sich darum bemühen müssten. Und ohne Luisas scheele Blicke und ihre Eifersucht.

Emma ist die Einzige gewesen, die ihm vorhin geholfen hat, die Jungs haben sich mal wieder sofort abgesetzt. Kaum hatte er bei der Wassertankstelle angelegt, sind sie kommentarlos vom Boot gesprungen und abmarschiert, ohne ein Wort der Erklärung. Wahrscheinlich haben sie keine Lust auf den Ausflug nachher, zur Burgruine, würden lieber in einen Club oder einen Pub gehen, was er verstehen kann. Andererseits sind sie letzte Nacht endlos unterwegs gewesen, sie könnten sich zusammenreißen.

Lea haben sie mit ihrer Unlust angesteckt, die ganze Fahrt über hat sie unansprechbar auf Jaspers Bett gehockt, und das bei diesem Prachtwetter. Eine derartige Zickigkeit ist er von ihr nicht gewöhnt, vielleicht sind die Hormone schuld, ein Pubertätsschub, vielleicht wird sie jetzt so launenhaft und renitent, wie Jasper es heute noch sein kann. Eigentlich passt es nicht zu ihr, aber das hat er früher von Jasper auch gedacht. Mit pubertierenden Mädchen geht man durch die Hölle, hat Luisas Mutter ihn schon des Öfteren vorgewarnt. Er muss sich da wohl auf so einiges gefasst machen.

Also hat er Lea nur ein einziges Mal um Mithilfe gebeten und ihren abwesenden Blick als Antwort hingenommen. Emma blieb bei ihm, auch beim Dieseltanken und beim Abpumpen der Toilette. Sie hat darauf bestanden, obwohl sie gegen ihre Übelkeit ankämpfen musste. »Ich lass dich doch nicht allein, Daddy«, hat sie gemeint, »dir macht das doch auch keinen Spaß.«

Schade, dass Luisa sie so nicht erlebt hat. Vielleicht wäre ihr dann endlich klargeworden, dass es einzig an ihr liegt, wenn es Streit gibt. Beim Anlegen hat Emma ihn sogar gebeten, ihr die Knoten beizubringen: »Ich will doch was von dir lernen.« Wann hätten jemals Lea oder Jasper diese Worte über die Lippen gebracht. Seit er ihr seinen Plan unterbreitet hat, sie am Steuer, er hinter ihr, die Hände auf ihren Schultern, ein unvergesslicher Moment, zeigt sie ihm auf rührendste Weise Dankbarkeit und Zuneigung.

Er wird sein Vorhaben durchsetzen, und wenn Luisa sich auf den Kopf stellt. Wahrscheinlich wird auch Sophie erst einmal Faxen machen, aber auch ihr muss er endlich energischer entgegentreten. Als Vater hat er schließlich nicht nur Pflichten, sondern auch Rechte. Die Melkkuh hat er lange genug gespielt.

Wie geschickt Emma sich mit den Knoten angestellt hat.

Die zweite Leine hat sie in Rekordgeschwindigkeit befestigt, ganz ohne seine Hilfe. Weder Jasper noch Can haben das auch nur einmal so mühelos hingekriegt, von Lea ganz zu schweigen. Das hat er nicht nur gedacht, sondern auch ausgesprochen und sofort Gewissensbisse bekommen, weil Lea ihn vielleicht gehört hat. Aber dann hat Emma wieder dieses Strahlen im Gesicht gehabt, ihre Freude über seine Anerkennung ist ihm so zu Herzen gegangen, dass er alles andere vergessen hat. Es verblüfft ihn, wie leicht sie glücklich zu machen ist, ein bisschen Lob, ein bisschen Aufmerksamkeit, mehr braucht sie nicht. Sophie hält sie absolut zu kurz mit positivem Feedback. Aber auch das wird sich ändern.

Mit Lea hat er es noch ein zweites Mal versucht und sie gefragt, ob sie mitkommt, auf einen Drink oder einen Snack, sie haben noch jede Menge Zeit. Sie hat den Kopf geschüttelt, ihn nicht einmal angesehen. Ob er sie mit einem Eis verführen kann, hat er in heiterem Ton nachgefragt, Lea steht auf Eis. Es kam nur ein kaum verständliches Gebrummel zurück: »Zu müde.« Gut, soll sie sich in Ruhe ausmuffeln, er wird sich durch ihre miese Stimmung nicht beeinträchtigen lassen, er ist nicht Luisa, die auf jede willkürliche Laune der Kinder reagiert wie ein Seismograph.

Zu seiner Erleichterung gehört Emma nicht zu der Spezies, die vor jeder Warenauslage haltmachen muss, sie ist völlig zufrieden damit, die Unmengen von maritim gestylten Klamotten, all die Ringelhemden und Seemannspullover, Öljacken und Gummistiefel im Vorbeigehen nur mit den Blicken zu streifen. Muschelkästen, Nebelhörner und Miniaturseehunde seien reiner Krempel, meint sie. Daniel muss lachen und bittet sie, das für ihn zu wiederholen, ihr amerikanisches R klingt in diesem Zusammenhang besonders lustig. Sie macht ein Spiel daraus, sucht nach Wörtern mit vielen Rs und baut sie zu absurden Sätzen zusammen. Daniel lacht Tränen.

Als sie nur noch wenige Meter von einer Caféterrasse entfernt sind und schon Ausschau nach einem freien Tisch halten, möglichst unter einem der Sonnenschirme, kommen ihnen Jasper und Can entgegen. Emma wedelt freudig mit ihrer Hand durch die Luft.

»Hi! Wo wart ihr so lange?«

Daniel lässt unauffällig seinen Arm von ihrer Schulter gleiten und ärgert sich sofort darüber. Darf er seine Tochter nicht umarmen?

»Das trifft sich ja gut«, sagt er und legt den Arm wieder zurück. »Lust auf einen kleinen Lunch?«

»Kein Hunger.« Jasper schaut ostentativ an ihm und Emma vorbei. »Wo ist Lea?« Unter seinem Arm ein rotweiß eingewickeltes Päckchen.

»Auf dem Boot. Ich nehme an, sie will schlafen. Nicht mal ein Sandwich? Auch du nicht, Can?«

Can greift nach seiner Sonnenbrille, die in den Haaren steckt, und zieht sie sich über die Augen. »Nein, vielen Dank.« Höflich, aber unverbindlich.

Hat er ihnen irgendwas getan?

»Kenn ich ja gar nicht von euch, diese Appetitlosigkeit«, sagt Daniel. »Geht's euch nicht gut?«

Jasper schiebt die Hände in die Jeanstaschen, zieht die Schultern hoch, stiert an Daniel vorbei. Nuschelt.

»Wann geht's weiter?«

»So gegen drei, hab ich gedacht. Keinen Stress.«

»Was habt ihr da gekauft?« Emma deutet auf das Päckchen unter Jaspers Arm. »Ein Geschenk?«

Sie versucht, die frostige Stimmung zu überwinden, sie benimmt sich einfach nett und unbefangen. Die abweisende Haltung der beiden Jungs dagegen ist kränkend, auch Emma gegenüber.

Ohne sie eines Blickes zu würdigen, rotzt Jasper ihm ein knappes »Okay, wir sehen uns nachher« vor die Füße und will weiter.

In Daniel kocht Ärger hoch. »Moment mal«, sagt er.

»Was denn jetzt noch!«, blafft Jasper zurück.

»Dein Ton gefällt mir nicht, mein Sohn. Warum werd ich hier behandelt wie ein Aussätziger. Hab ich irgendwas verbrochen?«

»Du nicht.«

Bevor Daniel realisiert, was Jasper damit meint, löst sich Emma von seiner Seite. »Da drüben gibt's Blumen, ich guck mal nach einem Strauß für Luisa. Mag sie Rosen, Jasper?«

Jasper reagiert nicht.

»Ja, klar«, sagt Daniel. »Gute Idee. Hast du Geld?«

»Hab ich.«

Er schaut ihr nach, wie sie zum übernächsten Shop geht, vor dem Kübel voller Sommerblumen aufgebaut sind. Sie hat offensichtlich beschlossen, Jaspers rüde Bemerkung zu ignorieren, gibt sich Mühe, die schlechte Stimmung ins Positive zu wenden, jetzt besorgt sie sogar Blumen für Luisa. Von wegen unerzogenes Balg. Diese Bezeichnung würde eher auf seinen Sohn passen, der Emma ebenfalls nachschaut, aber mit einer so kalten Verbissenheit, dass

Daniel erschrickt. Hat Emma vielleicht doch recht, und die Jungs mögen sie nicht? Aber seit wann? Und weshalb?

»Was sollte das gerade?«, fragt er, nachdem er sich vergewissert hat, dass Emma außer Hörweite ist.

Jaspers Gesicht wird leer, Daniel hasst und fürchtet diesen Moment. Obwohl er jetzt seinem Sohn in die Augen sehen kann, kommt kein Kontakt zustande, als hätte man ihm zwei resonanzlose Glaskörper eingesetzt. Jasper beherrscht die entsetzliche Kunst, sich quasi ins Koma zu versetzen. Stillhalten, schweigen und abwarten heißt seine Taktik, da geht gar nichts mehr.

Und sein Freund? Räuspert sich verlegen, tritt von einem Fuß auf den anderen, klar, die Szene ist ihm peinlich. Aber da muss Can jetzt durch, er verhält sich schließlich auch nicht viel besser.

»Ihr benehmt euch wie die letzten Arschlöcher«, sagt Daniel leise und wirft einen Blick über seine Schulter, Emma inspiziert das Blumenangebot. »Ich lass nicht zu, dass ihr sie so behandelt. Merkt ihr nicht, wie ihr sie kränkt?«

Can presst die Lippen zusammen und schnaubt leise, als wäre seine Nase verstopft. Jasper verharrt in seinem Koma.

»Dass ihr sie gestern Abend nicht mitgenommen habt, okay, kann ich noch verstehen. Aber was heute mit euch los ist, begreif ich beim besten Willen nicht. Ihr habt euch doch sonst gut verstanden. Ist irgendwas vorgefallen, was ich nicht mitgekriegt habe?«

Schweigen. Obwohl Can seine Position nicht verändert, scheint er dichter an Jasper heranzurücken.

»Also nicht. Dann erwarte ich ab sofort freundliches Benehmen. Sie ist unser Gast.«

»Ich hab sie nicht eingeladen.«

Ah! Sein Sohn hat also doch Interesse an der Unterhaltung. Allerdings stößt er seine Bemerkung mit einer Respektlosigkeit vor, die Daniel zur Weißglut bringt.

»Aber ich! Sie ist deine Schwester. Du gewöhnst dich besser an ihre Anwesenheit.«

»Überflüssig. In einer Woche ist der Fall eh abgehakt.«

»O nein, mein Lieber. Sie wird bleiben. Auf jeden Fall für den Rest der Ferien. Möglicherweise auch länger.«

Das rotweiße Päckchen plumpst zu Boden, Jasper und Can bücken sich synchron und stoßen mit den Köpfen zusammen. Was haben sie da eigentlich Geheimnisvolles eingekauft? Mit rotem Gesicht kommt Jasper wieder hoch, er umklammert das Päckchen mit beiden Händen.

»Bleiben? Was soll das heißen.«

Wieder schaut Daniel zu Emma hinüber, ein Typ mit Muscleshirt taucht aus dem Shop auf und spricht sie an, er hat tätowierte Arme, er sieht wenig vertrauenerweckend aus.

»Ich überlege, ob sie nicht zu uns nach München ziehen sollte. Zumindest für ihr erstes Schuljahr in Deutschland.«

»Und wir werden überhaupt nicht gefragt oder was!« Jasper klingt weniger wütend als fassungslos, wahrscheinlich zerbricht er sich schon den Kopf, ob er zu Hause sein Zimmer für Emma räumen und in die Kammer neben dem Bad ziehen muss. »Bloß weil du plötzlich irgendwelche Daddygefühle entdeckst, sollen wir mit der verfickten Schnalle …«

»Vorsicht!« Daniel hätte größte Lust, kurz auszuholen. »Halt ja den Mund, du wirst sie nie wieder so nennen, verstanden? Sonst kannst du mich kennenlernen.« Er schiebt

Jasper beiseite, spürt dessen Widerstand und verstärkt den Druck seiner Hand. »Du bist pünktlich an Bord, und bis dahin hast du dich eingekriegt.«

»Du bist so was von… von stupid«, brüllt Jasper ihm nach. »Voll daneben!«

Daniel zwingt sich, langsam zu gehen und Emma beruhigend zuzulächeln, einen Rosenstrauß im Arm schaut sie ihm erschrocken entgegen. Der Tätowierte lässt Geld in seine Börse fallen und beobachtet Emma mit amüsiertem Interesse.

Jasper legt noch einmal nach. »Null Peilung, was hier abgeht! Also echt!«

Daniel versucht, die empörte Stimme auszublenden, im Moment weiß der Junge nicht, was er tut und sagt, es wäre sinnlos, mit ihm sachlich reden zu wollen, soll er sich erst mal abkühlen. Ein gewisser Widerstand gegen seinen Plan war zu erwarten, jede Änderung des Status quo ist den Kindern zuwider, sie sind manchmal überraschend konservativ. Er hätte vielleicht auch einen geeigneteren Moment abpassen sollen, so etwas wie einen Familienrat einberufen, alle vier um einen Tisch, Luisa vorher einweihen und auf seine Seite ziehen. Von ihr erhofft er sich Verständnis, sie hat schließlich den ganzen Tag Zeit, über die Lage nachzudenken und ihre unbegründete Eifersucht zu den Akten zu legen. Sie ist von Haus aus warmherzig, sie liebt Kinder, sie ist eine großartige Frau, im Moment ist sie nur ein bisschen überfordert. Was ihr fehlt, ist einzig, dass er endlich die Führung übernimmt.

Emma hängt sich mit besorgter Miene an seinen Arm. »Was war los?«

Sie hat milchweiße Rosen ausgewählt, als hätte sie gewusst, dass Luisa diese Sorte besonders liebt.

»Eine Lappalie. Alles okay. Schöne Blumen, sie wird sich freuen.«

Ein kurzer Drohblick zum Tätowierten, dann gibt er Emma einen liebevollen Klaps auf die Hand und zieht sie zum Café.

48

Dieser Trip ist echt das Letzte, worauf er Bock hat. Kann auch nur seiner Mutter einfallen, einen Treffpunkt irgendwo total abseits vom Fluss festzusetzen, nur weil sie auf bröselnde Gemäuer scharf ist. Vielleicht auch nur ein ganz mieser Trick, sie durch die Gegend zu scheuchen, ewig will sie alle zum Wandern bringen, allein schon das Wort findet er zum Kotzen, voll antiquiert.

Hat er noch nie kapiert, warum seine Eltern jedesmal in Begeisterung ausbrechen, kaum dass sie einen Fuß aus der Stadt setzen. Mindestens einmal im Jahr steht eine Wanderung über mindestens zwanzig Kilometer auf dem Programm, die ganze family raus in die sogenannte schöne Natur, seine Mutter quengelt jedes Mal so lange rum, bis er nachgibt, Blasenpflaster und hartgekochte Eier im Rucksack. Sie akzeptieren einfach nicht, dass er ein Stadtmensch ist, der Englische Garten ist ihm Natur genug, aber nicht über den Mittleren Ring raus, und die Berge mag er nur zum Snowboarden.

Schätzungsweise vier Meilen sind sie schon durch die Gegend gelatscht, jetzt geht's noch mal bestimmt eine halbe Stunde diesen fiesen Hang rauf, Felsen und Geröll, den ganzen Tag hat die Sonne draufgeknallt, ein einziger Wärmespeicher, an dem sie sich hochquälen müssen. Unten am

Fluss kühlt es um diese Zeit ab, da könnten sie jetzt geil mit einem kleinen Guinness die Füße hochlegen.

Er geht nur wegen Can und Lea mit, die haben ihn bequatscht. Dabei wär nichts passiert, wenn sie sich geweigert hätten, zu dritt. Die beiden sind einfach zu soft, von Lea hat er es ja gewusst, aber dass Can ständig den Schwanz einzieht? Bei der Nummer heute Mittag hat er die Schnauze auch nicht aufgekriegt, okay, geht Can nicht wirklich was an, die Sache mit der verfickten Schnalle, stimmt schon. Trotzdem hat Jasper sich im Stich gelassen gefühlt. Schon der zweite große Zoff innerhalb von paar Tagen, das sagt ja wohl alles über diesen entspannenden Familienurlaub.

Vor ihm steigt sein Vater hoch, dreimal ist er schon gerutscht, beim letzten Mal wär um ein Haar seine kostbare Kamera auf den Boden geknallt. Hat wieder seine peinlichen Bermudas an, echt geschickt bei all dem Dornengestrüpp und den Disteln, die wild in den Weg reinwuchern, wahrscheinlich sehen seine Beine nachher wie Feuermelder aus. Aber lässt sich natürlich nichts anmerken, labert irgendwas vom elften Jahrhundert und den Normannen rum. Hat er aus dem Reiseführer, interessiert außer ihm kein Schwein, auch garantiert die Schlampe nicht, die vor ihm geht, aber die tut natürlich so, als wär's ultra spannend. Die weiß echt genau, wie sie's anstellen muss, damit sein Vater ihr aus der Hand frisst. Null Menschenkenntnis, der Alte, aber echt. Könnte ja ein Mal einen Gedanken daran verschwenden, warum weder er noch Can noch Lea was mit ihr zu tun haben wollen. Wieso weiß er nicht, dass sie im Prinzip total gutmütig sind, alle drei. Merkt er nicht, wie scheiße es Lea geht seit gestern? Oder ist es ihm etwa egal.

Er sieht sich nach ihr um. Blick nach unten, trottet sie hinter ihm her, gefolgt von Can, der sich einen Stock geschnappt hat und im Vorbeigehen auf das Unkraut eindrischt.

»Alles klar?«, fragt Jasper.

Auf ihrer Stirn Schweißperlen. »Mir geht's gut.«

Gelogen natürlich, er macht sich echt Sorgen um sie. Wenn sie erst hört, welche Überraschung sich der Alte ausgedacht hat, dreht sie doch durch. Emma bestenfalls noch wochenlang bei ihnen, im worst case Jahre! Er hat es ihr eigentlich gleich erzählen wollen, sich mit ihr zusammen irgendwelche Maßnahmen ausdenken, wie man den Horror verhindert. Mit ihrer Mutter können sie hoffentlich rechnen, auf noch ein Kind ist die bestimmt nicht scharf, jedenfalls sagt sie dauernd, dass sie sich tierisch auf die Zeit freut, wenn er und Lea aus dem Haus sind. Meint sie natürlich nicht so, aber Bock auf die Schnalle hat sie null, das hat man ja wohl gemerkt.

Aber dann hat er Lea gesehen, als er mit Can zurück auf die Darling kam. Total depri hat sie im Heck vor dem großen Kochtopf gekauert, und er hat noch gedacht, warum nimmt sie nicht den Eimer, wenn sie kotzen muss. Weil sie den Topf nach der Klo-Arie echt stundenlang geschrubbt haben. Und wenn jemand kotzen muss, kann man ihm nicht auch noch die heftigsten news aller Zeiten reinreichen, da gibt's echt Grenzen. Sie haben ihr stattdessen das Geschenk gegeben.

In dem Shop hatten sie nicht so die mega Auswahl, sie mussten den ganzen Papierkram durchsuchen, bis sie das Teil gefunden haben. Nicht direkt ein Tagebuch, eher so ein Ding für Notizen, aber für ihre Zwecke ganz okay. Auf dem roten Einband ist ein Vogel abgebildet, mit blauen Federn und einer geilen Punkfrisur, sie haben beide gedacht, es gefällt ihr. Sie hat sich bedankt und sogar ein mikroskopisches Grinsen hingekriegt, aber dann hat sie gesagt, sie nimmt es für die Schule, weil sie nie wieder Tagebuch schreibt. Nur ganz zufällig hat er in den Topf geguckt. Ihr war gar nicht schlecht, sie hatte das Ding als Feuerstelle benutzt. Von ihrem geschändeten diary war nur noch Asche übrig.

War fast wie bei der Beerdigung von seinem Großvater, als sie dann den Topf ausgeleert haben, so urnen- und aschemäßig, und dieses fiese Halsgefühl, als ob einem ein angegammeltes Stück Fleisch quer steckt. Die Ascheflocken sind ewig lange durch die Luft gesegelt, bevor sie aufs Wasser runtergingen, zu dritt haben sie zugesehen, keiner hat was gesagt, und Lea war schon wieder kurz vorm Heulen. Dann hat sie entdeckt, dass ein bisschen Asche an der Bordwand hängengeblieben ist, sie hat den Eimer geholt und stundenlang nachgespült, wie besessen.

Der bloße Anblick des Tagebuchs muss ihr jedes Mal weh getan haben, ihre Niederlage schwarz auf weiß, beziehungsweise rot auf schwarz auf weiß. Er kennt das Gefühl, das Foto von Natalie, an ihrem Geburtstag in Flips Armen, konnte er auch nur ein einziges Mal ansehen, dann hat er es von seinem Laptop gelöscht. Hat ihn echt genervt, obwohl er wusste, dass es nichts zu bedeuten hatte. Bevor Flip bei Natalie landet, hat sogar er bessere Karten. Man darf in solche Sachen einfach nicht zu viele Emotionen reinhängen, das muss Lea noch lernen.

Außerdem sind sie jetzt ziemlich angearscht, weil sie nicht mehr beweisen können, was die Schlampe Lea angetan hat, die streitet doch glatt alles ab, falls die Sache je zur Sprache kommt. Und hundertpro wird man ihr mehr glauben als Lea, weil die Sauerei dermaßen abartig ist. So was kann man sich vielleicht ausdenken, aber doch nicht tun.

Von oben kommen ihnen zwei zerknitterte Ladies mit walking sticks und Touri-Hütchen entgegen, Jasper stellt sich in die Disteln und lässt sie vorbei, auch Lea und Can machen Platz.

»Nice lonely place there above«, sagt die eine, Zähne wie Klaviertasten. »But you better not climb up the tower, it's most dangerous, you know?« Die andere schwallt im Vorbeigehen auf Can ein, Jasper versteht nur was von »broken steps« und »damaged parapet« oder so ähnlich. Parapet? Kennt er nicht, die Vokabel.

Sie bleiben einen Moment stehen und schauen hinterher, die Mumien haben ein erstaunliches Tempo drauf.

»Geile Stockenten«, sagt Jasper. »Garantiert ausrangierte Lehrerinnen. Habt ihr die Zähne gesehen?«

Lea wischt sich den Schweiß vom Gesicht. »Was wollten die?« Sie sieht aus, als könnte sie keinen Schritt mehr weitergehen.

»Die haben Schiss, der Turm kracht zusammen«, sagt Can. »Wir sollen da nicht rauf. Sie waren oben, und irgendwie sind da wohl paar Steine runtergeflogen.«

»Ahnung, was parapet heißt oder so?«

Can hebt nur einen Mundwinkel. Lea gähnt.

Jasper streckt ihr seine Hand hin. »Komm, ich zieh dich den Rest.«

Dabei pfeift er selbst aus dem letzten Loch, unter der Dusche vorhin wär er fast im Stehen eingeschlafen. Vorm Ablegen, jaja, pünktlich um drei, hat er sich für eine Weile hinhauen wollen, aber nach der Story mit der Schlampe war Schlafen natürlich nicht drin. Wie viele Stunden sind sie jetzt auf den Beinen?

»Und ich schieb von hinten.« Can versucht, witzig zu sein. Nicht besonders originell, aber immerhin.

Lea verzieht ihren Mund, soll wohl so was wie ein Grinsen sein. »Ich kipp schon nicht um«, sagt sie, nimmt aber trotzdem Jaspers Hand.

Als sie endlich oben ankommen, steckt sich sein Vater gerade eine Zigarette ins krebsrote Gesicht. Die Schnalle simuliert Interesse und glotzt mit offenem Mund auf die Ruine, als ob's da was zu sehen gäbe außer schmutzigweißen Steinen. Paar Mauerreste, bisschen Turm und massenhaft Gestrüpp, das ist alles, echt eine Verarsche, einem dieses Teil als historical monument zu verkaufen. Abfall liegt rum, Dosen, verregnete Chipstüten, Schokoladenpapier. Der Turm? Na ja. Zwanzig Meter, wenn's hochkommt, echt nicht weltbewegend. Die ganze Chose hier ist eher poplig, und dafür der ganze Aufstand.

Die Schlampe bindet sich die Haare zusammen. »Na?«, trillert sie. »Habt ihr Lokomotive gespielt? Wie im Kindergarten?«

Fresse, denkt Jasper. Er hasst sie schon allein dafür, dass sie heute Nacht mindestens sieben Stunden geschlafen hat und jetzt hier total fit rumturnt. Er schlurft rüber zum Turm, seine Knie sind wacklig, kein Wunder, Lea ist nicht gerade ein Fliegengewicht. Am Eingang eine Tafel mit den üblichen Erklärungen, Texte, Fotos, jede Menge Jahreszahlen, muss er sich nicht reinziehen. Jedenfalls kein »Keep Off«, die Treppe innen sieht eher so aus, als hätte man sie vor kurzem ausgebessert. Die Stockenten haben die Flöhe husten gehört, vielleicht ist irgendwo ein Stückchen Stein abgebröselt, na und? Völlig normal bei Ruinen.

Can verschwindet hinter einem Mauerrest, muss wahrscheinlich pissen. Durch den Himmel flitzen jede Menge Schwalben. Sein Vater tritt die Zigarette aus, setzt sich auf einen Steinbrocken und kratzt sich die Beine, die Schlampe klemmt sich natürlich gleich daneben.

»Ich geh mal kurz hoch«, sagt Jasper so laut, dass auch Can hinter seiner Pinkelmauer es hören muss.

Cans Kopf taucht über den Steinen auf. »Sekunde!«

»Ich finde, wir sollten hier alle zusammen auf Luisa warten«, sagt sein Vater. »Und dann rauf.«

»Und warum?«

Keine Antwort. Gibt auch keine auf die Frage. Mal wieder typisch, Befehle austeilen, die total sinnlos sind. Stattdessen sagt die Schlampe: »Ich bleib jedenfalls solange bei Daddy. Viel Spaß!«

Ob sie wohl neben ihrem Daddy sitzen bleiben würde, wenn sie wüsste, dass Can schon auf dem Boot den fettesten Joint aller Zeiten gedreht hat, in der Hoffnung auf ein paar ungestörte Minuten? Wär spannend, das zu testen. Die Vorstellung macht Jasper Spaß, gleichzeitig wird er von einer solchen Gier nach Dope überwältigt, dass er die Fäuste in die Taschen stopfen und in den Knien wippen muss.

»Hey«, ruft die Schlampe. »Ich hab Pfefferminz, Lea. Magst du?«

Klar, dass Lea null auf die verlogene Anmache reagiert, sie kommt mit Can zum Turm rüber. Vielleicht kifft sie ja sogar mit, gegen die Fluppe heute Morgen hat sie schließlich auch nichts gehabt.

»Und du?«, grinst Can. »Kein Bock auf Pfefferminz?«

Jasper lässt ihm wortlos den Vortritt, winkt Lea hinterher und steigt hinter ihnen die enge Wendeltreppe hoch. Echt fiese Stufen, nicht mal an der Außenwand sind sie so groß, dass seine Füße ganz draufpassen, die Steine sind abgetreten und glatt, an manchen Stellen sind Stücke rausgebrochen, und es gibt kein Geländer oder so was, man muss sich an der Wand langtasten und höllisch aufpassen, weil es zwischendurch so gut wie dunkel wird, nur alle paar Windungen ein winziges Fensterloch, höchstens Din A4. Er versucht, die Schlampe und seinen Vater unten zu sehen, kriegt sie aber nicht in den Fokus.

Lea zählt die Stufen, nach einer Weile nervt es ihn, aber er sagt nichts, er hat genug damit zu tun, seine Füße immer wieder hochzukriegen, fühlen sich an wie Bleiklötze. Seine Knie kann er wahrscheinlich wegschmeißen, wenn sie oben sind. Bei »hundertsechzig« hat er das Gefühl, es zerreißt ihm die Lungen, aber dann wird es heller, Lea schnauft: »Hundertzweiundsiebzig«, er schafft die letzten Stufen, schleppt sich nach draußen und setzt sich erst mal auf den Arsch, er sieht Sterne, er kriegt kaum Luft. O Mann, er ist echt fertig.

»Ich glaub, ich seh Mami.«

Lea klingt echt erleichtert, kleine Schwester eben. Die Brüstung reicht ihr grad bis unter die Schultern, sie hat die Arme draufgelegt, mit angewinkelten Ellenbogen, den Kopf mit dem Mäusefraß auf den Händen, und massiert mit dem rechten Fuß die linke Wade, sieht witzig aus, wie ein Liliputaner, der Turnübungen macht. Neben ihr Can, sein Freund, in seiner linken hinteren Tasche zeichnet sich die berühmte Blechdose ab. Genießt offensichtlich die garantiert phänomenale Aussicht.

»Wie weit ist sie noch weg?«

Jasper braucht weder seine Mutter noch eine phänomenale Aussicht, er braucht eine minimale Verschnaufpause, und dann will er sein Dope. Für irgendwas muss dieser beschissene Tag doch gut sein.

»Weiß nicht«, sagt Lea. »Bestimmt zehn Minuten. Oder, Can?«

»Eher zwanzig, schätze ich.«

Okay. Erst mal wird sie sowieso mit seinem Vater quatschen, die beiden haben ja wohl so einiges miteinander zu klären, sonst wär sie nicht abgehauen. Er kann also noch eine Weile relaxen und sich auf die warmen Steine fläzen.

Echt gigantische Klötze, die sie hier raufgeschafft haben, und das ohne Kran und die ganze Technik, schon irre. Allein für die Brüstung müssen sie pro Quadratmeter schätzungsweise zwanzig von den Kalibern hochgehievt haben, kommt drauf an, wie dick die Mauer ist. Irgendwie eine Art Rundbalkon, das Teil hier oben, in der Mitte das Treppenhäuschen, auch aus diesen grauen Klötzen. Da drüben haben sie wohl mal abgesperrt, jedenfalls liegt da ein Fetzen gelbes Plastikband rum, ein Stück weiter ist die Brüstung meterweise weggekracht. Schon krasse Typen, diese Insulaner, in Deutschland würden sie unten die Eingangstür verrammeln und »Eltern haften für ihre Kinder« draufschreiben.

»Es ist so toll«, sagt Lea. »All die Schwalben. Und man sieht den Fluss. Ich glaub, ich erkenn sogar die Darling.«

Can schlendert an der Brüstung entlang, schubst mit dem Fuß das Plastikband zur Seite und beguckt sich die Stelle, wo die Mauer rausgebrochen ist.

»Also runterfallen möchte ich hier nicht«, sagt er und zieht die Blechschachtel aus der Tasche.

Jasper rappelt sich auf die Beine. »Reine Luft?«

Can geht zur anderen Seite und beugt sich über die Brüstung. »Alles klar«, sagt er. »Sieht so aus, als wenn sie eurem Vater noch eine Runde von ihrem grandiosen Pfefferminz ausgibt.«

»Wollt ihr jetzt etwa kiffen?«, fragt Lea. »Und wenn Papa das mitkriegt?«

»Wie denn.«

Jasper reckt sich, irgendwie tun ihm alle Knochen weh. Aber scheiß drauf, gleich wird er sich über das Balkongeländer hängen und in Anwesenheit seines Alten super gepflegt einen reinpfeifen, absolute Premiere.

»Der pafft doch selber wieder neuerdings. Den Unterschied riecht er nie.«

»Ich schon«, sagt Lea. »Ich hab's immer gerochen.«

Und nichts gesagt, heißt das, sie ist echt in Ordnung. Eigentlich komisch, dass er das nie gemerkt hat, wahrscheinlich, weil Can ihm immer wichtiger war. Der lehnt am Treppenhäuschen, das Klicken seines Feuerzeugs ist Musik in Jaspers Ohren. Dieser endlos geile Geruch! Er muss sich echt beherrschen, nicht nach der Tüte zu grapschen.

Can atmet aus und aus und aus, dann reicht er endlich

weiter, mit dieser giga lässigen Handbewegung, um die ihn Jasper mehr beneidet als um alles andere. Jetzt mit dem Teil an die Brüstung. Unten sein Alter und die Schlampe. Inhalieren. O Mann! Tut das gut!

»Stört es dich?«, hört er Can fragen.

»Muss jeder selbst wissen.« Lea geht einen Schritt zur Seite und wedelt den Rauch weg. »Ich mag einfach keine Drogen.«

»Ich eigentlich auch nicht«, sagt Can. »Aber ich steh drauf, was sie mit mir machen.«

Jasper lacht auf und verschluckt sich. Der Rauch beißt wie Sau in seinem Hals, die Luft bleibt ihm weg, er hustet und würgt, bloß nicht ersticken jetzt, wo Can endlich wieder der Alte wird, der coole Typ, mit dem man Spaß haben kann. Er lässt es zu, dass beide ihm auf den Rücken klopfen, sein Freund und seine kleine Schwester, er findet es sogar super, dass sie sich um ihn kümmern. Es besteht also immer noch die Chance, dass dieser Urlaub nicht zu einem Oberflop ausartet. Sie müssen nur zusammenhalten, dann überstehen sie alles. Gemeinsam kriegen sie vielleicht sogar die Schlampe in den Griff. Slut, fällt ihm ein, Schlampe heißt slut. Und parapet natürlich Brüstung, Can hat reichlich reingepackt, bringt sämtliche Synapsen zum Klingeln. Wenn der Stoff in der Schule erlaubt wär, könnte er locker jede zweite Klasse überspringen.

Irgendwie liegen sie dann plötzlich alle drei auf dem warmen Steinboden, Lea quasselt was von Schwalben oder Mauerseglern, irgendwer von denen kann im Schlaf rückwärtsfliegen, dreimal über den Ozean und zurück, kann er auch, tut er gerade, voll der Wahnsinn. Und knallt runter, als Lea gegen sein Bein tritt und ein Zeichen gibt. In der Türöffnung steht die Schlampe.

»Na?« In ihrem Gesicht das typische Grinsen, von dem man nicht weiß, ob es ehrlich ist oder fake. »Wieder mal bei eurer Lieblingsbeschäftigung? Wenn das Daddy wüsste.«

Sie steigt mit ihren Storchbeinen über Jasper weg, er ist zu stoned, um auf die Schnelle irgendwas unter ihrem Rock zu erkennen. Sie drapiert sich an die Brüstung, fummelt was aus der Rocktasche, quasselt was von einem Pfefferminz danach. Sie will auch mal ziehen.

»Verpiss dich«, murmelt Jasper.

Sie sagt, er soll netter zu ihr sein oder so was, ihre dämlichen Lutscher landen an seiner Stirn.

»Hör auf mit dem Scheiß«, knurrt er. »Du störst.«

Was labert sie da? Dass sie Lea auch gern die Story mit Salı erzählen kann? Und was hat jetzt Natalie damit zu tun?

Scheiße, irgendwas kriegt er hier nicht richtig mit, er hört nur Leas schrille Stimme, was für eine Story das ist. Er will ihr erklären, dass es keine Story gibt, dass die Pfefferminztante lügt, sobald sie das Maul aufreißt, aber er kriegt die Wörter nicht zusammen, und er kapiert auch nicht, warum Can jetzt so hektisch aufspringen muss und auf sie losstürzt, er sieht nur die Kippe in hohem Bogen durch die Luft fliegen, über die Mauer, ein Mauersegler! Er kichert. Er brüllt vor Lachen, es schüttelt ihn, es ist so dermaßen gigantisch mega abgefahren. Wenn der Mauersegler direkt vor Daddys Füßen landet!

49

»Natürlich muss Sophie auch einverstanden sein«, sagt Daniel. »Wahrscheinlich wird sie erst mal Zicken machen, aus Prinzip, aber wenn wir einen vernünftigen Modus aushandeln? Dass Emma sie zum Beispiel jedes Wochenende in Köln besucht, oder jedes zweite?« Er zieht die nächste Zigarette aus seinem Päckchen.

Dass er in ihrer Gegenwart so hemmungslos raucht, zeigt Luisa, wie angespannt er ist, klar, bei dem Thema. Bis jetzt hat sie ihm ruhig zugehört, ohne ihn zu unterbrechen, dabei brennt sie darauf, ihre Ansprache loszuwerden, die sie vorbereitet hat. Mit seinem absurden Plan macht er es ihr allerdings unerwartet leicht.

Das Streichholz bricht ab, er muss ein zweites nehmen. Er hat Angst. Angst vor ihr ganz generell, und im Besonderen vor ihrer Reaktion auf seinen Vorschlag. Ein Grund mehr, zu tun, was sie sich vorgenommen hat. Sie sind kaum zehn Minuten zusammen, und schon sehnt sie sich zurück nach der Leichtigkeit der vergangenen Stunden. Wahrscheinlich geht es ihm ähnlich, aber er wird es nie zugeben.

»Ich weiß, dass es für dich überraschend kommt.«

Auch das zweite Zündholz zerbricht zwischen seinen Fingern, er schiebt die Schachtel in seine Hemdtasche, stopft die Zigarette zurück ins Päckchen.

»Es wär schön, wenn du dich trotzdem darauf einlassen könntest. Wenigstens probeweise, am Ende der Ferien können wir weitersehen.« Er schaut hinauf zur Turmspitze und sagt: »Du bist ja sowieso den ganzen Tag in der Praxis.«

Luisa folgt seinem Blick, von den Kindern ist nichts zu sehen, Gott sei Dank, an dieser Seite ist die Brüstungsmauer kaum noch vorhanden, große Teile sind treppenförmig rausgebrochen, an der Wetterseite, es sieht gefährlich aus. Aber es wird da oben eine Absicherung geben, und die Kinder werden vorsichtig sein, sie sind ja alle vernünftig. Sie scheinen jedenfalls guter Dinge zu sein, vorhin war Jaspers Lachen zu hören, auf der anderen Seite, vielleicht erzählen sie sich Witze, dabei wird Emma sich bestimmt wieder mal hervortun. Das Mädchen hat die besondere Fähigkeit, von jetzt auf gleich die Atmosphäre drückend werden zu lassen – oder aber aufzulockern, das Wiedersehen war bei weitem nicht so unangenehm, wie Luisa befürchtet hatte. Emma ist ihr entgegengelaufen und hat sich auf wirklich nette Weise für gestern entschuldigt, sie hat sogar Rosen gekauft für Luisa und auf lauter Wasserflaschen verteilt, weil es auf der Darling keine Vase gibt. Sie hat gesagt, dass sie sich Mühe geben will, mit allem, und Luisa erwartungsvoll angelächelt. Es blieb Luisa nichts übrig, als einen förmlichen Frieden mit ihr zu schließen, bevor sie Emma hinauf zu den anderen schickte, um mit Daniel unter vier Augen reden zu können.

Jetzt ist sie mit ihm bereits auf der zweiten Runde um das zerfallene Castle, sie folgen einer ins Gras getretenen Spur, nicht wirklich ein Weg, eher ein Trampelpfad, der immer wieder um flechtenbewachsene Felsbrocken und wilden

Holunder herumführt, es riecht nach Thymian. Ein friedlicher Ort, früher von Kämpfen überzogen, warum baut man sonst eine Burg. Doch nur, wenn man sich und sein Gebiet verteidigen muss. Jetzt nisten die Schwalben im Turm. Ungestört. Wahrscheinlich kommt selten jemand hierher, Ornithologen vielleicht oder Liebespaare, die allein sein wollen.

Auf Spaziergängen konnten sie immer am besten miteinander reden, oder während längerer Autofahrten, ohne die Kinder. Wer weiß, wann sie das nächste Mal ungestört sind, die Darling 11 mit ihren Pappwänden ist kein Ort für Aussprachen. Sie müssen es jetzt klären und Jasper und Lea vor vollendete Tatsachen stellen. Man soll Kummer nicht künstlich verlängern.

Sie hat den ganzen Tag gewartet, ob sich das Gefühl der Sehnsucht einstellt, das sie früher hatte, kaum dass sie ein paar Stunden getrennt waren. Als sie damals zur Fortbildung nach Leipzig musste, hat sie ihn bereits angerufen, als der Zug aus dem Münchner Hauptbahnhof fuhr. Heute hat sie ihn nicht vermisst, nicht ein einziges Mal. Sie hat den Tag vertrödelt, ein fast vergessener Luxus. In einem kleinen Ort ist sie spontan aus dem Bus gestiegen und durch die Straßen geschlendert, im Minigarten eines Cafés hat sie den ersten cream tea ihres Lebens bestellt, mit scones und jam und geschlagener Sahne, die Kalorien waren ihr egal, sie wird auch diese idiotischen Bauchübungen aufgeben. Sie hat unter einer blühenden Glyzinie gesessen und die anderen Gäste beobachtet. Am Nebentisch ein altes Ehepaar, der Mann mit Parkinsonsyndrom, er hat sein Hemd mit Tee bekleckert, seine Frau hat die Serviette genommen und ihm geholfen: »It's nothing, darling, don't worry.« Luisa sind die Tränen gekommen. Später hat sie die beiden an der Bushaltestelle wiedergetroffen, hat mit ihnen ein paar freundliche Sätze gewechselt. Wenn sie allein ist, verliert sie im Handumdrehen ihre Hemmungen, sich in der ungewohnten Sprache verständlich zu machen.

»Auch wenn du es nicht glaubst«, sagt Daniel nach längerem Schweigen, »ich kann mir vorstellen, dass sie uns allen guttut. Es wär eine Art Abenteuer, ein Luftwechsel, nenn es, wie du willst. Ich hätte jedenfalls nichts dagegen, wenn sich mal was Neues tut in unserem festgefahrenen Alltag. Du bist doch auch unzufrieden in letzter Zeit.«

Luisa schluckt runter, was ihr auf der Zunge liegt: Ob er es tatsächlich für eine geeignete Therapie hält, ihr sein Kuckuckskind aufs Auge zu drücken, so charmant es zwischendurch auch sein kann. Ob er versucht, sie für dumm zu verkaufen. Es spielt keine Rolle mehr.

Sie bleibt stehen, im Schatten des Turms, und lässt ihren Blick über die weite Landschaft schweifen, die Hügel, die Flussschleife unter silbrigem Dunst, kleine, scharf abgegrenzte dunkle Waldstücke, Kühe und Schafe, wie Spielzeug in der Ferne. Das Dorf, wo sie aus dem Bus gestiegen ist, eine Zusammenballung bunter Flecke. Die Schwalben im Himmel, dessen kräftiges Tagesblau allmählich verblasst.

Daniel wartet auf sie, drei Schritte entfernt. Sie bringt es nicht übers Herz, ihn anzuschauen.

»Du hast recht«, sagt sie und konzentriert ihren Blick auf den winzigen Kirchturm inmitten der bunten Flecke. »Ich bin nicht glücklich. Und ich muss etwas dagegen unternehmen. Deswegen will ich weg, Daniel.«

Das Schwerste ist gesagt. Jetzt muss sie sich ihm stellen, ihm in die Augen sehen.

»Nicht weg aus München natürlich, das geht ja schon wegen der Praxis nicht, jedenfalls nicht so schnell. Aber ich werde ausziehen. Gleich, wenn wir zurück sind.«

Er blickt sie unverwandt an, er sagt nichts, unter seinem linken Auge ein leichtes Zucken, er hat das oft, wenn er müde ist. Auch Luisa hat nicht gut geschlafen heute Nacht.

»Ich denke an eine Trennung auf Probe«, sagt sie. »Erst mal ein Jahr, wir werden sehen. Für mich ist es also kein Problem, wenn Emma für eine Weile zu dir geht.«

Der letzte Satz ist gelogen, sie hat sehr wohl etwas dagegen, wenn dieses Kind in Zukunft eine größere Rolle in seinem Leben spielt, auch wenn sie selber sich daraus entfernt. Aber sie hat das Bedürfnis, ihm wenigstens ein Zuckerstück zu reichen.

Er verschränkt seine Arme vor der Brust, senkt den Kopf und scharrt mit der Schuhspitze im Gras. »Wo willst du wohnen?« Er versucht, es sachlich zu nehmen, bemüht sich um Kühle, aber sie weiß, dass er geschockt ist.

»Die erste Zeit in der Praxis, denke ich. In dem hinteren Zimmer, du weißt schon. Und dann? Mal sehen. Ich weiß noch nicht. Im Moment weiß ich überhaupt nicht viel. Nur, dass ich gehen muss.«

Abrupt geht er weiter, stopft die Hände in die Hosentaschen. Verlässt sich darauf, dass sie ihm folgt. Oder war es das jetzt? Weil sie gesagt hat, dass sie geht, will er ihr zuvorkommen? Sie auf der Stelle abservieren? Das wäre infantil, dabei macht sie nicht mit, sie werden die Sache wie Erwachsene über die Bühne bringen.

Sie holt ihn ein. Ein paar Meter gehen sie wortlos nebeneinander her, aus dem Schatten zurück in die Sonne.

»Und die Kinder«, sagt er schließlich. »Bleiben bei mir?«

»Hab ich gedacht, ja. Wenn du einverstanden bist. Und die beiden natürlich auch.« Sie beobachtet ihn vorsichtig von der Seite. »Und schließlich bin ich ja nicht aus der Welt.«

Er nickt ein paarmal, kurze, fast zittrige Bewegungen, sie muss an den Parkinsonkranken im Café denken, Mitleid steigt in ihr auf. Aber Mitleid hilft jetzt weder ihm noch ihr. Er braucht ziemlich lange, bis er die nächste Frage stellt. Sie ist darauf vorbereitet.

»Hast du einen anderen?«

Er spricht so leise, er klingt so entsetzlich unterwürfig, dass sie ihren Vorsatz, ihm nichts von Ivan zu erzählen, über den Haufen wirft. Ende der Schonzeit. Denn wie könnte sich je etwas zwischen ihnen ändern, wenn sie nicht ehrlich miteinander sind.

»Wenn du meinst, ob ich eine Affäre habe, dann nein«, sagt sie. »Aber ich hab mich verliebt. Vor Monaten schon.«

»Verliebt«, wiederholt Daniel.

»Ja. Aber es ist nichts daraus geworden, ich bin dir nicht untreu gewesen, jedenfalls nicht körperlich.«

Er darf jetzt bloß nicht weiterfragen, um wen es geht. In diesem Punkt kann sie ihm nicht die Wahrheit sagen, er hat Ivan kennengelernt, er würde sie auslachen, und das könnte sie nicht ertragen.

»Die Geschichte hat mir nur gezeigt, dass zwischen uns beiden etwas nicht stimmt«, sagt sie hastig. »Ganz grundsätzlich. Dass etwas zu Ende gegangen ist.«

»Endgültig, meinst du?«

Er macht auf dem Absatz kehrt und marschiert zurück, die Hände in den Taschen. Wie auf dem Bahnsteig, denkt Luisa, als würde er auf einen Zug warten.

»Auch das weiß ich nicht«, sagt sie und bleibt jetzt hinter ihm. »Ich werde es herausfinden müssen. Auch deshalb möchte ich eine Zeitlang allein leben.«

Dabei weiß sie in diesem Moment absolut sicher, dass es kein Zurück geben wird, ihre Gefühle für Daniel sind zusammengeschrumpft auf einen armseligen Rest, der nur aus Vertrautheit und Gewöhnung besteht. Sie kann sich nicht vorstellen, dass daraus noch einmal etwas wächst, das mit Leidenschaft zu tun hat, mit Sehnsucht, mit Zärtlichkeit, wie bei Dodo und Nick auf der Oasis. Gleich wird er Auskunft verlangen, ob sie ihn noch liebt, alles läuft schließlich auf diese Frage hinaus. Sie wird behaupten, auch das nicht zu wissen. Sie darf ihm nicht alles auf einmal vor die Füße knallen, das hat er nicht verdient.

Seine Waden sind zerkratzt, seine Schuhe voller brauner Spritzer, und seine Haare sind zu lang. Wenn die Situation nicht so traurig wäre, könnte Luisa darüber lachen, dass sie sich immer noch verantwortlich für ihn fühlt. Vorbei, sagt sie sich, es ist vorbei.

Aber irgendetwas liegt noch in der Luft, sie kennt Daniel gut genug, um seinen verkrampften Schultern anzusehen, dass da noch etwas kommt. Dass er auf irgendetwas wartet. Vielleicht soll sie ihm weitere Erklärungen liefern, Details über ihre Gefühle oder Nichtgefühle, aber sie kann nicht. Sie ist auf einmal entsetzlich erschöpft, am liebsten würde sie sich ins Gras legen, auf der Stelle. Lieber noch in ihr eigenes Bett, zu Hause. Aber das gibt es für sie nicht mehr.

Als sie den kleinen Platz vor dem Eingang zum Turm erreichen, sagt er: »Weißt du eigentlich, wie oft ich das schon wollte? Weggehen von dir?«

Wieder bleibt er so plötzlich stehen, fast prallt sie gegen ihn.

»Und?«, sagt sie. »Warum hast du's nicht getan?«

»Tja. Warum hab ich es nicht getan.«

Er atmet hörbar aus und lässt den Kopf hängen, als wäre die Antwort aus dem zertrampelten Gras abzulesen.

Sie wartet ab. Im Grunde interessiert sie seine Antwort nicht. Er hat es nicht getan. Punkt. Wie er so vieles nicht getan hat. Immer hat er sich in der Abhängigkeit sicherer gefühlt. Und wenn er jetzt behauptet, dass er oft schon gehen wollte, dann sagt er das nur, um sein Gesicht zu wahren. Was für ein jämmerlicher Versuch, Stärke zu demonstrieren. Es macht sie zornig.

»Lass uns raufgehen«, sagt er und wendet sich dem Eingang zu. »Können wir beide gebrauchen, ein bisschen Weitblick.«

Sie hält ihn am Arm fest, sein selbstmitleidiger Ton ist ihr unerträglich. »Erst will ich eine Antwort. Also, warum bist du geblieben? Weil du mich so liebst? Oder die Kinder? Oder die schöne Wohnung? Weil du so glücklich bist mit uns?«

Er schiebt ihre Hand weg. »Hör auf, Luisa.«

Sie wird laut, es ist ihr egal. »Oder doch eher, weil du zu phlegmatisch bist, dich auf die eigenen Füße zu stellen. Und dich lieber von deiner unleidlichen Frau ernähren lässt.«

Er setzt zu einer heftigen Antwort an – und hält inne. Ein Telefon klingelt. Sein Handy.

»Sie mal wieder, was wollen wir wetten«, sagt Luisa. »Würde doch perfekt passen. Geh nicht dran.«

Aber Daniel hat den Apparat schon in der Hand, schaut aufs Display, sein Gesichtsausdruck verändert sich. Er drückt auf den Knopf.

»Hallo, Herr Herringer«, sagt er.

Luisa wendet sich ab. Dass ihm ausgerechnet in diesem Moment ein Telefonat wichtiger ist als ihr entscheidendes Gespräch, schmerzt sie weniger. Was sie aus seinem Gesicht abliest, das ist es, was ihren Herzschlag stolpern lässt. So hat er früher ausgesehen, so erwartungsvoll und optimistisch, wenn sie nach Hause kam, erledigt von der Arbeit. Wenn er sie in seine Arme genommen hat: »Schön, dass du endlich da bist. Küss mich. Hab ich dir heute schon gesagt, dass ich dich liebe?«

Verspielt und vorbei. Und das Schlimmste daran – sie ist selber schuld.

50

Das Zeug macht echt happy. Baust du mir noch einen?« Sie schielt doch schon, sie hat längst mehr als genug. Wenn sie noch was kriegt, kommt sie für Stunden nicht mehr auf die Beine und schon gar nicht die fiese Wendeltreppe runter. Sie hat ihn echt erpresst, sie hat gesagt, sie erzählt es Jaspers Eltern. Stimmt, er ist ihr an die Gurgel gesprungen, vielleicht hätte er sie tatsächlich über die Brüstung gekippt, wenn Lea nicht dazwischengegangen wär. Er ist total ausgerastet, als sie mit Natalie anfing, er war zugekifft, seine Finger zittern immer noch.

Er hatte ihr den Joint gedreht, den sie haben wollte, und sie hat sich damit in die Türöffnung gesetzt, quer, die Beine schräg hochgestellt, keiner soll durch. Sie hat geraucht und Storys erzählt, irgendwelchen banalen Quatsch aus ihrer Ami-Schule, er hat nicht hingehört, er hat nur versucht, wieder runterzukommen.

Und Lea hockt die ganze Zeit da drüben an der Brüstung und kaut auf den Fingernägeln, fix und alle. Er wollte, dass sie runtergeht, zu ihren Eltern, und irgendeine Ausrede erfindet, damit die nicht raufkommen, aber Lea hat nur den Kopf geschüttelt. Vielleicht will sie ihren Bruder nicht im Stich lassen, nach seinem idiotischen Kicheranfall ist Jasper für eine ziemliche Weile weg gewesen, hat nur geknurrt und um sich geschlagen, wenn man ihm zu nahekam. Jetzt scheint er allmählich wieder fit zu sein, er steht an der Brüstungslücke und versucht runterzupinkeln, aber trifft natürlich nur die bröckeligen Mauerreste, weil er sich nicht nah genug an den Abbruch wagt. Sieht aber klasse aus im Gegenlicht, der Pissestrahl. Wenn der jetzt labormäßig untersucht würde, da käm ganz schön was zutage.

»Was jetzt«, sagt das Miststück. »Du willst nicht?«

»Mehr gibt's nicht.«

Er klemmt seine Hände zwischen die Knie. Er würde seinen gesamten Vorrat an sie verheizen, wenn er sie dazu bringen könnte, die Schnauze zu halten, aber auch das wär nur eine Rettung auf Zeit. Und unten sind Jaspers Eltern. Er sitzt in der Falle.

Jasper zieht seinen Reißverschluss hoch und kommt wieder rüber, total grau im Gesicht. »Also ich finde, wir gehen jetzt«, sagt er.

Seine Stimme ist wieder fast normal, nur ein bisschen leiser. Der Anfall vorhin war echt nicht so witzig, hat Minuten gedauert, Lea muss in Panik gewesen sein, die kennt so was doch nicht. Der hat sogar immer noch gelacht, als Can längst wieder in der Realität angekommen war und kapiert hat, dass er sich fast an dem Miststück vergriffen hätte. Lea hat ihm ins Gesicht geschlagen, das hat ihn aufgehalten. Das hat ihn gerettet. Das wird er ihr nie vergessen. Hätte echt schiefgehen können. Er muss aufpassen, er muss die Finger vom Dope lassen.

»Okay.« Er steht auf. »Deine Alten noch zu sehen?«

Wenn die jetzt hier oben auftauchen, wird's brenzlig. Auch, wenn sie sich auf der Treppe begegnen. Der Haschgeruch. Und wer ist der edle Spender? Na toll. Das Miststück bleibt natürlich auch unten ein Problem, die Tante schwallt einfach zu viel, wenn sie high ist, aber vielleicht geschieht ja ein Wunder, und sie schwitzt den Stoff auf dem Abstieg irgendwie aus.

»Na gut«, sagt sie. »Ich komm mit. Aber erst, wenn der Katzenfreund da einmal ganz rumgegangen ist.« Sie schlenkert Kreise mit ihrer Hand. »Auf der Brüstung.«

»Sonst noch was«, sagt Jasper, ohne sich umzuwenden. »Also er telefoniert. Und sie liegt im Gras. Alles okay so weit.«

»Kneifst du etwa? Hätt ich jetzt nicht gedacht. Schließlich warst du auch nicht zu feige, das mit Salı zu erledigen.«

Was die immer mit dem Kater hat, Can begreift's nicht. Salı ist in der Nacht abgehauen, als er schwimmen war, als sie ihm nachgeschlichen ist. Ungefähr da, wo am nächsten Morgen der blöde Tanga im Baum hing. Wieso hat Jasper was damit zu tun?

»Welche Sache mit Salı«, piepst Lea. »Ich will das jetzt endlich wissen. Jasper!«

»Nichts! Da gibt's nichts zu wissen. Weil da nichts war.«

An der Art, wie Jasper zwischen den Mädchen hin und her guckt, zack, zack und wieder weg, ist was faul. Da war was mit dem Kater, garantiert.

»Ich würd's auch gern wissen«, sagt Can.

»Von dem? Der ist doch viel zu feige.« Das Miststück kommt erstaunlich schnell auf die Beine. »Ich zeig euch mal, wie man das macht.«

Nicht schlecht, wie sie sich auf die Brüstung stemmt

und sofort auf den Füßen ist, sie ist gelenkig, könnte locker im Zirkus auftreten. Aber sie spinnt, was sie da macht, ist lebensgefährlich, jedenfalls in ihrem Zustand.

»Komm da gefälligst runter«, sagt Can. »Und zwar subito.«

Lea hält sich die Augen zu, Jasper steht mit offenem Mund.

»Super hier oben. Komm doch, Can, oder hast du etwa auch Schiss?«

Sie breitet ihre Arme aus und balanciert auf der Brüstung entlang, als wär's ein Seil, und nicht eine mindestens meterbreite Steinmauer.

»Ich kann die Darling sehen. Weißt du noch, Jasper? Wie der arme kleine Kater an der Bordwand gekratzt hat und nicht hochkam?«

Sie macht Krallen, sie kratzt in der Luft und miaut, dabei setzt sie Fuß vor Fuß. Jasper macht ein Gesicht wie heute Mittag in der Marina, als sein Vater ihn angemacht hat. Wenn er so aussieht, geht's ihm echt scheiße.

»Abmarsch«, sagt Can und klopft ihm auf die Schulter. »Ich will's eigentlich gar nicht wissen. Komm, Lea. Wenn die sich unbedingt den Hals brechen will, soll sie doch.« Er streckt Lea die Hand hin, um sie hochzuziehen.

»Er hat ihn ins Wasser geschmissen«, sagt das Miststück. »Er ist ersoffen.«

Lea zieht ihre Hand zurück. »Wer!«

»Unser Bruder. Ich meine, Salı ist ersoffen, unser Bruder ist ja noch da, der Feigling.«

Sie geht Schritt für Schritt weiter, auf die Stelle zu, wo die Mauer rausgekracht ist. Auf den Bruchstellen schwarze Flecke, Jaspers Pisse.

»Ist das wahr? Ob das wahr ist, Jasper!«

Von Jasper nichts. Der steht nur da und glotzt das Miststück an. Lea kommt stolpernd auf die Füße und zerrt an seinem T-Shirt.

»Ob das wahr ist, du Idiot! Jetzt sag was!«

Sie trommelt wie verrückt auf ihn ein, und Jasper rührt sich nicht, lässt es einfach zu. Also hat er den Kater echt ins Wasser geschmissen. Aber warum, zum Teufel!

»Ach, und Can, was ich dich fragen wollte. Wegen dieser Natalie, die ja wohl was Klitzeklitzekleines erwartet. Von dir?«

Irgendwie hat er damit gerechnet. Eigentlich von dem Moment an, als er sie das erste Mal gesehen hat. Er hat gewusst, dass sie ihn fertigmachen will. Und komisch, er wird schlagartig total ruhig. Fast fühlt er sich erleichtert, dass es endlich so weit ist. Geh schön weiter, denkt er. Geh weiter, erzähl uns was, erzähl uns irgendwelche Scheiße, aber bleib nicht stehen, geh einfach weiter.

Noch nie hat er einen so glasklaren, zielgerichteten Gedanken gehabt, wie ein Laserstrahl, den er in seinem Gehirn produziert und auf das Miststück richtet, auf ihre Füße in den roten Turnschuhen. Geh weiter. Er merkt, dass Jasper ihn anschaut, und schüttelt nur leicht den Kopf, ohne die roten Schuhe aus den Augen zu lassen. Die heulende, auf Jasper einschlagende Lea kriegt er kaum mit. Unwichtig. Wichtig sind nur die Füße auf der Brüstung. Noch zwei Meter, dann kommt die Stelle. Geh weiter.

»Also ja? Wusste ich's doch. Aber trotzdem musstest du unbedingt auch mir an die Wäsche. Ich sag nur Tanga. Ganz schön sexbesessen, oder wie nennt man das, wenn einer sich so durch die Gegend vögelt? Du weißt doch immer alles, Lea. Na?«

Neben Can wird es total still. Er hört die Schwalben, viel zu laut plötzlich. Er darf sich nicht ablenken lassen, er muss sie durch seine Gedankenkraft dazu kriegen, dass sie weitergeht.

»Wir haben echt gestaunt, wie superklug du bist, weißt du? Als wir dein Tagebuch gelesen haben, nachts, wenn du geschlafen hast. Wie viele Samen hat noch mal dieser Baum da in Dänemark gemacht? Erinnert ihr euch, Jungs?«

»Schweden.« Leas kaum hörbares Flüstern.

Schritt. Und Schritt. Gut so. Weiter.

»Hab ich was Falsches gesagt, oder warum steht ihr da so rum. Habt ihr etwa Angst um mich?«

Einen Fuß in der Luft, macht sie genau vor der Abbruchstelle halt. Weitergehen! Nicht umkehren, weitergehen und runterfallen. Nicht so laut atmen, Lea, halt still.

Der Fuß in dem roten Schuh senkt sich langsam und wird neben den anderen Fuß gestellt. Scheiße. Scheiße. Scheiße.

»Das hättet ihr jetzt wohl gern, ha? Dass ich da runterknalle. Mach ich aber nicht.« Sie springt von der Brüstung, geht an ihnen vorbei und verschwindet im Treppenhaus. »Ihr seid echt Schisser, alle zusammen.«

Und dann, sie muss schon einmal um die Rundung sein, wie ein Echo ihr Ruf: »Schisser!« Dann nichts mehr. Ziemlich lange nichts mehr.

Lea bewegt sich als Erste, sie legt den Kopf zurück und guckt rauf zu den Vögeln. Zwischen ihren Augenbrauen diese kleine Falte, die taucht immer auf, wenn sie sich nicht gleich an ein türkisches Wort erinnert. Yeryüzü, die ganze Welt. Zwei Ypsilon, zwei Ü, ein Zett, die Eselsbrücke hat sie sich eingeprägt, trotzdem fliegt ihr das Wort immer wieder aus dem Kopf, dabei hat sie echt ein gutes Gedächtnis.

Dann fängt Jasper an, diese Zischer zu machen, Zungenspitze hinter den Zähnen, ein abgehackter, unregelmäßiger Rhythmus. Geht zur Brüstung, Hände in den Taschen, schaut runter, dreht sich wieder um, wippt in den Knien, hört wieder auf damit. Schaut Can an und sagt: »Natalie, ja? Du.«

Can weicht seinem Blick aus, er sieht sich nach Lea um, sie ist nicht mehr da. Er weiß, dass Jasper eine Antwort will, aber die wird er nicht kriegen. Was soll er schon sagen.

»Hätt's nicht 'ne andere sein können? Bei der Auswahl, die du hast?«

»Hör zu, Jasper.«

»Einen Scheiß werd ich. Aber mit der verfickten Schlampe drüber quatschen, das kannst du. Toller Freund!«

»Hab ich nicht. Sie hat meine SMS gelesen. Ich hab auch nicht mit ihr.«

»Was hast du nicht.«

»Na ja, mit Emma gefickt. Weil sie gesagt hat, ich bin ihr an die Wäsche gegangen.«

»Interessiert mich null. Also es stimmt, ja? Das mit Natalie? Dass sie ein Kind kriegt?«

Jasper kommt einen Schritt näher, reckt sein Kinn vor, er riecht nach Schweiß. Seine Augen sind nur noch Striche.

»Glaubst du etwa, ich hab das gewollt? Ich steck bis zum Hals in der Scheiße. War ein Versehen, verstehst du?«

»Ein was?!«

»Wir sind da irgendwie reingerutscht. Ich weiß selber, dass ich Mist gebaut hab, du brauchst es mir nicht zu sagen. Mann, ich bin komplett am Arsch.«

»Soll ich dich jetzt bemitleiden oder was. Weil du ganz aus Versehen in sie reingerutscht bist. Weißt du, was ein Präser ist? Und hast du auch nur die leiseste Ahnung, wer Natalie ist?«

Can beißt die Zähne zusammen. Nichts mehr sagen jetzt, geht nur nach hinten los.

Wieder diese abgehackten Zischlaute, gut möglich, dass Jasper im nächsten Moment die Fäuste aus den Taschen holt und zuschlägt, wär vielleicht sogar ganz gut. Aber er zieht nur die Schultern hoch und lässt sie wieder fallen.

»Und sie kriegt es auch oder was?«, sagt er.

Auch Can zuckt die Schultern, er weiß es ja wirklich nicht absolut sicher, und er will es auch nicht wissen.

»Du machst ihr ein Kind, und das war's dann für dich.«

»Ich hab mit ihr noch nicht so richtig gequatscht, sie ist in Dänemark, ja? Ich weiß es doch auch erst seit ein paar Tagen. Was soll ich denn machen!«

»Hättst du dich bisschen früher fragen können, bevor du ihr das ganze Leben versaust. Weißt du was? Du bist echt der letzte Arsch. Du kannst mich mal!« Jaspers Spucke klatscht neben Cans Füßen auf die Steine.

Das war's dann also.

Can sieht ihm nicht nach, alles wird ganz weiß und leer in ihm. Und gleichzeitig so was wie ein Ziehen, als hätte Jasper ihm in die Gedärme gefasst, die er jetzt im Schlepptau die Treppe mit runternimmt. Eigentlich gar nicht mal unangenehm, nur ein total fremdes Gefühl. Als wär nicht er es, der hier auf dem Turm steht, sondern irgendein ausblutender Zombie.

Irgendwann merkt er, dass er immer noch atmet. Und ihm fällt ein, dass er hier nicht bleiben kann, sonst holen sie ihn. Er muss runter. Hundertzweiundsiebzig Stufen Zeit, sich für das zu wappnen, was unten auf ihn wartet.

Aber schlimmer kann's kaum kommen, und so, wie er diese Familie kennt, tun vielleicht alle erst mal so, als wär nichts, und sogar das Miststück hält die Klappe, solange ihr Daddy dabei ist. Eins steht jedenfalls fest: Er wird abhauen, noch in dieser Nacht. Von der Bildfläche verschwinden. Was anderes bleibt ihm gar nicht übrig. Vielleicht kriegt er es hin und kann auf dem Rückweg zur Darling einen Vorsprung rausschinden, hoffentlich machen seine Beine mit, die waren vorhin schon Pudding. Er muss sich zusammenreißen, reicht, wenn er zehn Minuten vor ihnen auf dem Boot ist, Klamotten in die Tasche und weg. Wenn er in Sicherheit ist, kann er ihnen ja eine SMS schicken, um den guten Ton zu wahren.

51

Er wartet ab, bis auch Luisa und Lea in der Sonne sind, er hat sie im Sucher, alle fünf in der Rückenansicht. Wie Pilger trotten sie mit gesenkten Köpfen auf dem staubigen Weg hintereinander her, als würden sie von ihren schräg fallenden Schatten vorangezogen. Nur Can, ganz vorn, legt ein energisches Tempo vor, der Junge hat eine erstaunliche Kondition. Allen anderen merkt man an, dass sie einen anstrengenden Tag hinter sich haben, aber jetzt müssen sie nur noch den Fußmarsch zurück zur Darling II hinter sich bringen. Die Missstimmung wegen Emma heute Mittag scheint verflogen zu sein, die Kinder waren endlos lange auf dem Turm, alle vier, und Emma bester Laune, als sie runterkam. Sie werden untereinander geklärt haben, was auch immer da vorgefallen sein mag.

Erst hat Emma versucht, Can einzuholen, hat es aber nicht geschafft, jetzt sind die Abstände zwischen Can und ihr und Jasper fast gleich groß, ihr bunter Rock und ihre Mähne leuchten, Jaspers Schlurfschritte wirbeln kleine Staubwolken auf. Dahinter Luisa, dann Lea. Und witzig, alle haben die Hände in den Taschen vergraben, als hätten sie sich abgesprochen. Die Komposition mit den markanten Senkrechten und Schrägen gefällt ihm, im Hintergrund eine Reihe von Pappeln, auf die der Weg in einem minimalen

Winkel zuläuft, bevor er scharf abbiegt und an einem Gehöft vorbei zur Landstraße führt, man hört den Verkehr. Schon auf dem Hinweg hat Daniel sich vorgenommen, die eindrucksvolle Baumreihe zu fotografieren und auf genau diese Beleuchtung bei tiefstehender Sonne gehofft, den staubigen grüngoldenen Schimmer auf dem Laub. Mit seinen fünf Pilgern davor ein perfektes Arrangement. Er drückt auf den Auslöser. Und gleich noch einmal, bevor er seiner Crew folgt.

Ein Abendbild mit einer ganz besonderen Atmosphäre von Zeitlosigkeit. Er kann es vielleicht mit einer Aufnahme kombinieren, die er nachmittags gemacht hat, alle frontal hintereinander beim Aufstieg zum Castle, allerdings fehlt da Luisa. Er könnte sie aus dem Abendbild rausretuschieren, oder aber mit ein bisschen Fummelei in den Aufstieg einarbeiten, das muss er zu Hause entscheiden. Auf keinen Fall wird er noch einen einzigen Schritt ohne die Kamera tun, er muss so viel Material sammeln wie möglich, um nach der Reise gleich loslegen zu können. Herringer hat was von Mitte Januar gesagt, Daniels Scanalati sollen sieben Wochen lang hängen. Falls der Verkauf gut läuft, muss er ausreichend viele Arbeiten im Hintergrund bereithalten, es gibt immer Leute, die nachfragen, ob sie noch mehr sehen können als das, was in den Galerien ausgestellt ist. Atelierbesuche sind beliebt. Wenn sie beim Künstler direkt kaufen, haben sie das Gefühl, zu sparen und außerdem noch eine gute Nase zu haben, weil sie sich in Bewegung setzen, unabhängig vom Galeristen. Sie wollen selber aussuchen und entscheiden, er muss für einen üppigen Fundus sorgen. Vielleicht kleinformatige Paare bauen, die niemand auseinanderreißen möchte, die im Doppelpack gekauft werden, bestimmt kein schlechter Schachzug. In gewisser Weise hat Luisa mit ihren Vorschlägen damals recht gehabt, er muss neben den Großformaten unbedingt auch Scanalati bauen, die ein normaler Mensch bezahlen kann.

Über die Preise wird er nachdenken müssen, auch mit Herringer darüber reden, fünfundvierzig Prozent Provision steckt der Mann ein, vielleicht kann er ihn um ein paar Prozente runterhandeln. Am besten versucht er es gleich, wenn Herringer das nächste Mal kommt, um sich die neuen Sachen anzusehen. Anschließend ein Glas Wein etcetera, man könnte ihn auch zum Essen einladen, das Ganze auf eine freundschaftliche Ebene heben, Luisa könnte ihre berühmte Lammfleischlasagne machen.

Sie wird natürlich bleiben, gar keine Frage. Die Geschichte vorhin, da oben bei der Ruine, musste ja mal kommen, ein Ventil für all den aufgestauten Frust bei ihr und ja auch bei ihm, aber jetzt wird alles anders. Sie hat sich gefreut, sie hat ihm gratuliert, sie hat gesagt, sie ist sicher, dass die Ausstellung ein Erfolg wird. Kein Wort mehr davon, dass sie sich trennen will. Wär ja auch verrückt in diesem Moment, wo sich das Blatt endlich wendet.

Durchaus möglich, dass er demnächst doppelt so viel verdient wie sie, wenn seine Scanalati Anklang finden. Die Leute wollen wieder was zu gucken haben, die Minimalisten und Abstrakten und Monochromen, all diese modernistischen Trends sind doch längst out. Luisa weiß das auch, sie hat immer gut gefunden, was er macht und dass er sich in seiner Methode nicht beirren ließ. Sie hat es in den letzten Jahren nur nicht ausdrücklich betont, weil das auch gar nicht nötig war. Er kennt ja ihre Einstellung. Dass er heute Morgen noch daran gezweifelt hat, ist völlig normal, jeder Künstler giert nach permanenter Anerkennung, da macht er selber keine Ausnahme.

Luisa ist absolut loyal, darauf kann er sich verlassen. Gut, sie hat sich verliebt. So was kommt vor, wenn man so lange zusammen ist wie sie beide. Vor Monaten, hat sie gesagt. Wenn es wirklich etwas Ernstes gewesen wäre, hätte sie längst die Konsequenzen gezogen. Wie oft hat er sich in irgendwelche Frauen verguckt, in den letzten Jahren, mal flüchtig, mal intensiver. Vorübergehend hat er sogar mal von ihrer Praktikantin geträumt, dieser Steffi, noch gar nicht so lange her. Kein Mensch kann jahrzehntelang mit seinen Gefühlen immer nur beim Partner bleiben, permanent tauchen Versuchungen auf. Warum sollte ausgerechnet Luisa davon verschont bleiben. Dass sie ihm davon erzählt hat, ehrt sie, aber sie hätte es auch lassen können.

Er wirft die Kippe vor seine Füße und zertritt sie, als Can um die Wegbiegung zurückkommt, im Dauerlauf. Eilig zieht Daniel die Kamera raus, stellt die Schärfe ein. Das Gesicht, die Erschöpfung, die schweißnassen Haare.

»Ich darf doch, oder?«

Can lässt den Oberkörper hängen und atmet stoßweise aus. »Mir egal. Kann ich den Schlüssel haben?«

Daniel macht schnell hintereinander ein halbes Dutzend Aufnahmen. »Fürs Boot? Klar. Was wird das, ein Wettlauf?« Er gibt ihm den Schlüssel.

»So ähnlich. Danke.«

»Wenn du bei Luisa vorbeikommst, sagst du ihr, sie soll auf mich warten?«

Er könnte sich natürlich auch anschließen und einen kleinen Spurt einlegen, aber Cans Tempo kann er garantiert nicht halten, das versucht er lieber gar nicht erst. Doch die Chance, mit Luisa noch mal ungestört zu reden, darf er nicht verstreichen lassen.

Can hebt nur kurz die Hand, er ist schon wieder losgetrabt, wahrscheinlich stehen Spaghetti und seine scharfe Soße auf dem Herd, wenn der Rest der Mannschaft eintrudelt. Obwohl Cans Spaghetti nicht wirklich das sind, was Daniel sich für diesen Abend vorstellt. Den Kindern hat er noch nichts gesagt, er würde ihnen die Neuigkeit lieber in einer etwas feierlicheren Umgebung mitteilen, er hat sich nun mal in den Kopf gesetzt, dass formvollendet angestoßen werden soll. Nicht mal so eben nebenbei mit schartigen Gläsern, lauwarmem Bier und Soßeflecken auf dem Tisch. Vielleicht kann man die Spaghetti für morgen aufheben, ohne Can zu beleidigen.

Er muss Luisa fragen, wie sie den Abend organisieren wollen. Und vor allem mit ihr die Planung für Emma besprechen, das muss alles entschieden sein, bevor die Kinder ihren Senf dazugeben. Wenn er demnächst eine Ausstellung nach der anderen hat, können sie vielleicht sogar daran denken, eine größere Wohnung zu nehmen, oder ein ganzes Haus zu mieten, mit Garten und Tischtennisplatte. Alles ist möglich.

In der Biegung sieht er, dass Luisa auf ihn wartet. Can ist längst schon wieder an Lea vorbei, überholt gerade Jasper, hat jetzt nur noch Emma vor sich, die sich nach ihm umsieht und nun auch schneller wird, vielleicht doch ein Wettlauf. Hoffentlich denken sie an die Abkürzung, die sie nachmittags entdeckt haben, den Pfad, der sich gleich hinter dem Gehöft durch eine Pflaumenplantage schlängelt, man spart bestimmt zehn Minuten, vor allem ein gutes Stück der Landstraße mit dem Feierabendverkehr. Je weniger Zeit sie für den Rückweg brauchen, desto eher kommt der große Moment. Gleich auf der Darling wird er im Reiseführer nachschauen, ob für diese Gegend ein Restaurant empfohlen wird, notfalls rufen sie ein Taxi. Am meisten freut er sich auf Jaspers Reaktion. Solche Szenen wie heute Mittag werden in Zukunft nicht mehr vorkommen, sein Sohn wird Respekt vor ihm haben.

Luisa kramt in ihrer Umhängetasche, holt einen Apfel heraus und geht neben Daniel weiter. »Magst du?«

»Nicht jetzt. Den Kindern hast du hoffentlich nichts erzählt?«

»Noch nicht. Ich hab mir überlegt, dass sie es besser erst erfahren, wenn wir nicht mehr auf dem Boot sind. Ich weiß ja nicht, wie sie es aufnehmen, jedenfalls dürfen wir ihnen nicht die Ferien verderben. Und Can. Den geht es nun wirklich nichts an.« Sie steckt den Apfel wieder weg.

»Wieso die Ferien verderben?«

Sie haben den Schleichweg nicht vergessen, Can verschwindet kurz vor Emma zwischen den Bäumen. »Jetzt warte doch«, schreit sie, »ich muss dir was sagen!« Ein paar Hühner stieben erschrocken über den Weg und schimpfen, man hört Emma lachen, dann ist auch sie nicht mehr zu sehen.

»Ich hab gedacht, wir feiern nachher ein bisschen«, sagt er. »Ich hab mir das so oft vorgestellt, verstehst du? Dass ich ihnen endlich mal einen Triumph präsentieren kann.

Immer bist du diejenige, die mal die Praxis erweitert, mal einen hoffnungslosen Fall wieder auf die Beine stellt oder ein Hausboot bezahlt. Zum Beispiel. Sie können doch nur die Achtung verlieren, wenn von mir nie was kommt.«

Sie sagt nichts. Vor dem Bauernhaus fährt ein kleiner Junge auf einem Plastiktrecker um eine Blechtonne herum. Eine Frau putzt Fenster. Viermal wird »Hello« gesagt.

»Außerdem muss ich sie fragen, ob sie überhaupt damit einverstanden sind, wenn ich Fotos von ihnen verarbeite und in die Öffentlichkeit bringe. Meinst du, Jasper könnte was dagegen haben?«

In der Pflaumenplantage riecht es wie in den Sommern seiner Kindheit, in der Zwischenzeit ist zwischen den Bäumen gemäht worden, dicke Grasschwaden verdecken den Pfad, aber man sieht, wo die Kinder langgelaufen sind. Lea hat sich unter einen Baum gesetzt, wartet offensichtlich auf sie. Daniel bleibt stehen.

»Dieser Abend ist mir wirklich wichtig, Luisa. Lass uns etwas ganz Besonderes daraus machen. Er ist der Anfang, unser Leben wird sich total ändern.«

»Das seh ich auch so«, sagt sie und geht weiter.

Er muss ihr folgen. »Wenn alles so klappt, wie ich es mir vorstelle, brauchst du demnächst vielleicht nur noch halbe Tage zu arbeiten. Wir werden es gut haben miteinander.«

»Ach Daniel, hör doch auf. Offensichtlich hast du vor lauter Herringer vergessen, was wir besprochen haben.«

»Aber das kannst du nicht im Ernst gemeint haben. Oder gut, du hast es vielleicht im Ernst gemeint, aber jetzt wird doch alles ganz anders. Es geht los, Luisa! Seit Jahren steck ich in den Startlöchern, wir haben doch nicht umsonst so lange darauf gewartet, dass meine Scanalati ausgestellt werden. Und gekauft!«

»Du vermischst zwei Sachen, die nichts miteinander zu tun haben«, sagt sie. »Deine Arbeit und unsere Beziehung. Und wenn du in der Nationalgalerie ausstellen würdest, es würde nichts an meinem Entschluss ...«

Durchdringendes Hupen und das Quietschen von Bremsen lassen sie stocken. Die Straße, durchfährt es Daniel, die Kinder. Emma!

Er sprintet los, er springt über die Grasschwaden, er läuft an Lea vorbei, sie ist Gott sei Dank in Sicherheit, er läuft, Zweige schlagen in sein Gesicht, er merkt es nicht, er konzentriert sich auf seine Beine, er darf nicht straucheln, sein Herzschlag füllt seinen Brustkorb, seinen Hals, seine Schläfen. Dann sieht er hinter Ästen die Warnlichter blinken.

Der Laster steht quer auf der Straße. In beiden Richtungen haben Personenwagen angehalten, Leute beugen sich über etwas, das auf dem Asphalt liegt, genau da, wo der Pfad zwischen den Pflaumenbäumen auf die Straße trifft.

Er bleibt stehen, er ringt um Atem. Er weiß, dass er nicht ertragen wird, was er dort zu sehen bekommt.

52

München, 20. Januar

Ich habe dich gesehen, du hast mir genau in die Augen geguckt. Ich war total erschrocken, ich habe nicht damit gerechnet. Du bist außer Atem, deine Haare fallen dir in die Stirn, und dein Gesicht ist ganz nass, auf deiner Wange ist ein kleiner Schmutzstreifen. Du siehst aus, als ob du unbedingt etwas sagen möchtest, aber nicht genug Luft hast oder vielleicht auch keine Zeit mehr. Je länger ich dich angeschaut habe, desto verzweifelter hast du ausgesehen, und als ich von der anderen Seite den Lastwagen sah, habe ich es nicht mehr ausgehalten. Es ist nicht besonders groß, vielleicht 50x50 cm, es ist unverkäuflich, »Leben« steht darunter. Es hängt in einem Nebenraum, mit ein paar anderen kleineren Bildern, ich bin da nicht wieder reingegangen, aber ich habe gewusst, ich muss dir schreiben.

Heute war die Vernissage, genau 5 Monate, nachdem wir uns zum letzten Mal gesehen haben. Ich wollte erst nicht hingehen, weil ich Angst hatte, Emma vor die Füße zu laufen, aber dann habe ich es doch getan, wegen meines Vaters. Es waren viele Leute da, obwohl es seit vorgestern wie verrückt regnet, auf der Straße direkt vor der Galerie war ein Gully übergelaufen, ich musste an die Zelle denken, und wie ihr mit der Suppenkelle das Klo leergemacht habt. Das war auch an dem Tag, obwohl es mir immer so vorkommt, als wäre es Wochen vorher gewesen.

Mein Vater wurde dauernd interviewt und fotografiert, alle wollten wissen, wie er auf die Idee mit seinen Scanalati gekommen ist. Er war total glücklich. Ich habe ihn noch nie so gesehen. Meine Mutter ist nicht mitgegangen. Sie will sich die Ausstellung später ansehen, wenn da nicht so viel Betrieb ist, auf einer Vernissage gibt es nur Gedränge und aufgeblasenes Kunstgeschwätz, sagt sie. Das ist natürlich nur ein Vorwand.

Es ist gut, dass sie nicht dabei war. Sie haben dauernd gewollt, dass mein Vater sich mit Emma vor das große Triptychon stellt, zum Fotografieren. Drei riesige geriffelte Tafeln, auf denen nur Teile von Emmas Gesicht zu sehen sind, total vergrößert. Wenn man vorbeigeht, verändert sich alles, aus ihrem Kinn wird ihre Stirn, ihre Augen sind erst geschlossen, dann öffnen sie sich, du kennst ja seine Technik. Wer nicht Bescheid weiß, erkennt Emma gar nicht, aber sie wissen natürlich alle Bescheid. Für die Fotografen hat er seinen Arm um sie gelegt, und sie haben sich angelächelt, mir ist eigentlich zum ersten Mal aufgefallen, wie ähnlich sie sich sind, so dünn und groß, sie haben echt die gleichen Nasen. Sie hat ein schwarzes Kleid angehabt, und ich habe gedacht, sie trägt es für dich.

Der Galerist hat eine Rede gehalten, über meinen Vater und seine Sachen, ich habe nicht besonders aufmerksam zugehört, weil ich immer nur auf die Bilder gucken musste. Fast alle haben mit Emma zu tun, ich weiß nicht, ob sie mir gefallen. Klar sind sie schön, mein Vater kann gar keine schlechten Bilder machen. Aber ich kann sie nicht ansehen, ohne dass ich an die Darling II denken muss und an Jasper und Salı und mein Tagebuch und den Turm. Und an dich. Aber an dich denke ich sowieso jeden Tag.

Mein Vater hat auch was gesagt, aber nur ganz kurz. Er hat sich beim Galeristen bedankt und bei seiner Familie. Meine Familie, hat er gesagt, ganz pauschal. Nur Emma hat er extra erwähnt, weil sie ihn zu einer neuen Helligkeit angeregt hat oder so ähnlich. Es stimmt, seine Bilder sind voller Gold, wie Emmas Haare, er hat Goldstaub draufgetan, an vielen Stellen, vielleicht so ein goldener Puder aus der Kosmetikabteilung, keine Ahnung. Früher hat er jedenfalls eher dunkle Sachen gemacht. Er raucht auch nicht mehr, er wohnt jetzt in einem Atelier in der Frauenstraße, es geht ihm gut. Aber kann auch sein, dass ich mich täusche, und er wacht nachts auf, so wie ich, und kann nicht wieder einschlafen.

Jasper ist natürlich nicht gekommen. Eine Woche nach unserer Rückkehr aus England ist er verschwunden, zwei Tage vor seinem Geburtstag. Wir haben uns schreckliche Sorgen gemacht, aber dann hat er mir eine SMS geschickt, dass er auf Kreta ist und als Animateur jobbt. Seitdem bekomme ich jede Woche eine Postkarte, jetzt ist er in Tunesien, weil es da wärmer ist. Es steht nie besonders viel drauf, aber das macht nichts, auch kein Absender. Meine Mutter wollte unbedingt in den Weihnachtsferien hinfliegen und ihn suchen, ich habe es ihr ausgeredet. Er will nicht, dass man ihn besucht oder ihm schreibt, ich kann das gut verstehen. Außerdem gibt es so viele Ferienanlagen in Tunesien, dass sie bis Ostern suchen könnte, und dann wäre er vielleicht schon wieder ganz woanders. Ich habe ihr gesagt, sie soll ihn einfach lassen, ich glaube, sie hat es inzwischen kapiert. Seine Postkarten hängen alle an der Pinnwand in meinem neuen Zimmer, meine Mutter und ich sind kurz nach den Sommerferien in das Haus direkt neben ihrer Praxis gezogen, da war gerade eine Dreizimmerwohnung frei. Die Schule habe ich aber nicht gewechselt, obwohl der Weg jetzt viel länger ist. Ich wollte mich nicht von Becky trennen, und mir war es egal, ob die anderen sich das Maul zerreißen, Flip war der Schlimmste, er hat echt Horrorstorys über dich und Jasper und Natalie erzählt, alles erstunken und erlogen. Inzwischen haben sie sich einigermaßen beruhigt, nur Flip kommt noch manchmal in der Pause an und fragt, ob ich was von meinem flüchtigen Bruder gehört habe, als würde Jasper von der Polizei gesucht. Ich habe ihn von meiner Liste gestrichen, Flip meine ich.

Natalie ist auch weg. In der Schule sagen sie, dass sie in einem Internat ist, aber niemand weiß es genau. In den Weihnachtsferien habe ich sie gesehen, aber nur von weitem, auf der Leopoldstraße. Sie hatte einen dicken Daunenmantel an, ich konnte nichts erkennen. Sie war mit ihrem Vater unterwegs, und ich mochte sie nicht ansprechen.

Mit meinem Vater bin ich auch manchmal in der Stadt, wir treffen uns immer donnerstags, weil ich freitags erst zur Dritten muss, nur in den letzten Wochen hatte er zu viel zu tun, wegen der Ausstellung. Einmal haben wir deine Eltern und Ipek getroffen, wir sind am Stachus aus der S-Bahn gekommen, und sie stiegen ein. Sie haben an uns vorbeigeschaut, alle drei, dabei haben wir uns fast berührt. Es war schrecklich, ich habe überhaupt nicht gewusst, was ich tun soll, mein Vater ist auf dem Bahnsteig stehengeblieben und hat ausgesehen, als würde er gleich umkippen. Dann ist er zum nächsten Kiosk gegangen und hat einen Schnaps getrunken, das tut er sonst nie. Und mir wollte er auch einen kaufen, er war völlig durcheinander. Danach sind wir ins Kino gegangen, wir hatten die Karten schon, aber ich habe die ganze Zeit nur an dich gedacht, und wie deine Eltern auf die Darling 11 gekommen sind und wie dein Vater geweint hat. Und deine Mutter hat nicht ein einziges Wort gesagt, nicht einmal guten Tag oder auf Wiedersehen. Sie hat sich ganz lange das Klappsofa angesehen, auf dem du geschlafen hast, und die ganze Zeit hat sie deinen grauen Pullover um die Schultern gehabt und ihn festgehalten, obwohl es total heiß war. Ich glaube, es war der schlimmste Tag in meinem Leben.

Dein Vater hat uns verboten, zu dem Bestattungsunternehmer mitzukommen und dich noch mal zu sehen, wir durften auch nicht auf deine Beerdigung, ich weiß nicht mal, wo dein Grab ist. Ich hoffe, dass sie dich in die Türkei gebracht haben, irgendwie kann ich mir das besser vorstellen, als wenn du hier irgendwo liegst. Eigentlich mag ich überhaupt keine Gräber.

Ständig versuche ich, möglichst nur an die schönen Sachen zu denken, wie wir in Cosy Corner so lange im Wasser waren oder wie du mir türkische Wörter beigebracht hast, yeryüzü und so was, und wie du gelacht hast, weil ich es nicht behalten konnte. Aber dann schiebt sich immer der Turm dazwischen und der Rückweg zur Darling 11. Ich habe mir den Kopf zerbrochen, warum du unbedingt als Erster auf dem Boot sein wolltest. Vielleicht wolltest du ungestört mit Natalie telefonieren, aber das hättest du auch unter-

wegs machen können. Keiner weiß, warum du so gelaufen bist, ich kann mir höchstens vorstellen, dass du von meiner ganzen Familie die Nase voll hattest und alleine sein musstest. Wenn du irgendwie gefrustet warst, bist du immer gelaufen oder schwimmen gegangen, das habe ich ja oft genug mitgekriegt.

Ich hätte mit dir reden müssen, als du mich überholt hast, ich hätte dir sagen können, dass eure Schnüffelei in meinem Tagebuch echt fies war, aber dass ich dir verzeihe. Du wärst nicht weitergelaufen, das weiß ich. Wir wären zusammen bis zur Straße gegangen und hätten auf den Linksverkehr geachtet, ich bin ganz sicher. Du hast ihn vergessen, weil wir uns auf dem Fluss immer nur rechts gehalten haben, und du hast nur ans Laufen gedacht. Sie haben den Unfall rekonstruiert, der Lastwagenfahrer hat gesagt, du bist so schnell zwischen den Bäumen rausgekommen, dass er gar keine Chance hatte, rechtzeitig zu bremsen. Die Leute in dem Chevrolet, der von der anderen Seite kam, haben es auch gesehen.

Aber wahrscheinlich weißt du das alles, vielleicht stimmt es ja, und die Seele schwebt irgendwie eine Zeitlang über dem Körper, wenn man gestorben ist, und kriegt alles mit. Dann hast du gesehen, wie Jasper am Straßenrand gehockt hat und nicht zurück auf die Darling wollte, als sie dich abgeholt hatten und die Polizei mit allem fertig war. Wie er Emma beschimpft hat, weil sie an allem schuld ist, letzten Endes. Und wie mein Vater ihn angebrüllt hat, er soll sich zusammennehmen, weil da eine Polizistin auf uns gewartet hat, die alles hören konnte. Die hat uns dann zum Boot gefahren.

Es war komisch, vorhin, meine ich, auf der Vernissage. Als ich Emma gesehen habe, mit meinem Vater vor dem Triptychon und all dem Gold, wusste ich plötzlich, dass ich sie ansprechen muss, sie hatte noch gar nicht mitgekriegt, dass ich da war, sie hat immerzu mit irgendwelchen Leuten geredet. Im Sommer, als das mit dir passiert ist, bin ich ihr nur noch aus dem Weg gegangen. Als deine Eltern weg waren, hat mein Vater ein Leihauto organisiert, wir sind gleich nach London gefahren und nach Hause geflogen, um das andere Auto und die Darling 11 hat sich die Bootsfirma gekümmert oder irgendeine Versicherung. Wir haben so schnell gepackt, dass wir alles Mögliche auf der Darling 11 vergessen haben, sie haben uns die Sachen nachgeschickt, Bücher und Klamotten, auch der Adapter war dabei, den wir ewig gesucht haben, und ein Foto, das meiner Mutter gehörte, mit ihren Praxisleuten. Sie hat alles weggeworfen, auch die Bücher, sie wollte nicht an die Reise erinnert werden, sie hat geweint.

Emma haben sie in ein Flugzeug nach Köln gesetzt, weil ihre Mom dort war. Meine Eltern hatten einen ziemlich schlimmen Streit deswegen, mein Vater hätte sie lieber mit zu uns genommen. Das hätte ich nicht ausgehalten.

Ich bin zu ihr gegangen, vorhin, und weißt du, was sie als Erstes gefragt hat, als sie mich gesehen hat? Ob ich meine Haare wachsen lasse. Nach 5 Monaten und allem, was passiert ist, kommt sie damit. Siehst du doch, habe ich gesagt, und ob sie kurz mit nach draußen kommt. Sie wollte sowieso gerade eine rauchen, sie hat ihren Mantel geholt, wir haben uns an die Hauswand gestellt und zugesehen, wie die Feuerwehr den Gully leergepumpt hat. Sie hat ge-

raucht, und ich habe sie gefragt, warum sie das alles gemacht hat. Und warum sie auf dem Turm all diese Sachen gesagt hat, sie hat doch genau gewusst, dass sie uns alle auseinanderbringt. Sie hat gesagt, sie erinnert sich nicht so genau, sie war bekifft, es tut ihr leid. Ich habe ihr das nicht abgekauft, sie ist ja nicht die ganze Zeit bekifft gewesen, und ganz bestimmt nicht, als sie Jasper überredet hat, Salı ertrinken zu lassen, sonst hätte er es mir gesagt, auf dem Rückflug. Wir haben vier Reihen hinter meiner Mutter gesessen, mein Vater war noch weiter vorne, jedenfalls konnten sie nicht mithören. Da hat Jasper mir alles erzählt. Es tut immer noch weh.

Früher habe ich gedacht, es macht keinen Unterschied, ob ein Tier stirbt oder ein Mensch, diese Einteilung in wertvolle Lebewesen und nicht so wertvolle Lebewesen habe ich total falsch gefunden. Aber dann habe ich mir vorgestellt, ich müsste entscheiden, ob ich dich rette oder Salı, jetzt mal rein theoretisch. Oder ich dürfte entscheiden, wer von euch beiden wieder lebendig sein soll. Du weißt, dass ich total verknallt war in Salı, aber ich würde ihn opfern, ohne mit der Wimper zu zucken. Ich würde einen Mord begehen, ich könnte gar nicht anders.

Vielleicht ist es für Emma so ähnlich gewesen. Als wir da vorhin im Regen standen, hat sie nach einer Weile gesagt, sie hat sich ausgeschlossen gefühlt, von Anfang an. Ich habe ihr gesagt, dass wir alle uns echt große Mühe mit ihr gegeben haben, und sie hat zugegeben, dass es so war. Aber ihr hat das nicht gereicht, sie hat das Gefühl gehabt, dass wir immerzu gelogen haben und sie eigentlich nur loswerden wollten. Deswegen hat sie all den Scheiß angezettelt, damit wir irgendwie wach werden oder so was. Sie hat gesagt, sie musste das tun.

Es stimmt, dass wir sie loswerden wollten, spätestens auf dem Turm, als sie auf der Brüstung rumlief. Ich habe gewünscht, dass sie runterfällt, ich habe es mir so sehr gewünscht wie noch nie etwas in meinem Leben. Und ich weiß von Jasper, dass er es auch gewollt hat. Und du hättest sie über die Brüstung gestoßen, schon vorher, wenn ich dir nicht ins Gesicht geschlagen hätte. Ich weiß nicht, was schlimmer ist: Wenn man so ist wie Emma, oder wenn man ihr den Tod wünscht. Das Schlimmste ist, dass du nicht mehr da bist. Canım. Mein Leben. Mein Herz. Meine Seele. Mein Geist.

Neulich habe ich irgendwo gelesen, wenn ein Mensch zur Welt kommt, wird ein Pfeil abgeschossen, dessen Flug zu Ende geht, wenn der Mensch stirbt. Dass das Leben also wie eine Flugbahn ist, wie ein Bogen durch die Luft. Dabei fallen mir die Schwalben ein, die um den Turm herumgeflogen sind, wie kleine Pfeile. Schwalben können 8 bis 10 Jahre alt werden, theoretisch. Aber die meisten schaffen nur 2.

Bitte beachten Sie
auch die folgenden Seiten

Martina Borger & Maria Elisabeth Straub im Diogenes Verlag

Katzenzungen

Roman

Was als heiterer Ausflug beginnt, entpuppt sich für die langjährigen Freundinnen Dodo, Nora und Claire als Reise in eine Vergangenheit, die alles andere als unbelastet war. *Katzenzungen* erzählt die Geschichte dreier eng miteinander verbundener Frauen, aus jeweils wechselnder Perspektive. Aus den verschiedenen Sichtweisen setzt sich allmählich ein Bild zusammen, das so vielschichtig ist wie das Leben und die drei Protagonistinnen selbst – mal witzig, mal traurig, mal verletzend kaltschnäuzig, mal überraschend liebevoll.

»Was zwei italienische Herren konnten, gelingt auch zwei deutschen Damen. Und wie! Borger & Straub wohnen an die tausend Kilometer voneinander entfernt und schreiben dennoch aus einem Guß.«
Ditta Rudle/Buchkultur, Wien

Kleine Schwester

Erzählung

Wir sind nur irgendwie ins Unglück geraten, alle zusammen. Wir haben nie etwas Böses gewollt, wir wollten nur eine glückliche Familie sein, sonst nichts.
Die zwölfjährige Lilly sitzt vor einer Polizeibeamtin und schweigt. Sämtliche Versuche, sie zum Reden zu bringen, scheitern. Lilly kann die unerbittliche Chronologie der Ereignisse, die ihre Familie ins Unglück gestürzt haben, nicht erklären, sie kann sich nur erinnern: An ihre Kindheit, die überschattet ist von verstörenden Ereignissen, aber auch schönste Glücksmomente bereithält, an ihre Eltern, »die besten auf der

Welt« – und an ihre Pflegeschwester Lotta, die aus dem Heim geholt wird, um aus ihnen allen endlich eine ›richtige‹ Familie zu machen – und die eine Katastrophe ins Rollen bringt, die nicht mehr aufzuhalten scheint, bis Lilly den schwersten Entschluß ihres Lebens faßt…

»Eindringlich schildern Borger & Straub in *Kleine Schwester* den Zerfall einer Familienidylle. Die scheinbar heile Welt gerät bei ihnen unerbittlich aus den Fugen.« *Günter Keil/Frankfurter Allgemeine Zeitung*

»Das Buch geht unter die Haut und beschäftigt einen lange.« *Young Miss, Hamburg*

Im Gehege

Roman

Jon Ewermann kann mit seinem Leben zufrieden sein: Bei seinen Schülern an einem Hamburger Gymnasium ist der Deutsch- und Lateinlehrer äußerst beliebt, von den Kollegen wird er respektiert und bewundert. Seine Ehe mit Charlotte ist nach über zwanzig Jahren zwar schal geworden, aber diverse Affären entschädigen ihn dafür. Doch dann kommt ausgerechnet an seinem Geburtstag eine neue Kollegin an die Schule, Julie, jung, schön und rätselhaft. Und zum ersten Mal in seinem Leben begreift Jon, was Liebe eigentlich ist.
Als er feststellt, daß Julie seine Leidenschaft erwidert, entschließt er sich, sein altes Leben hinter sich zu lassen und für eine Zukunft mit ihr zu kämpfen, auch wenn er dabei über Leichen gehen muß.

»Borger & Straub schießen ihren Helden mit straffem Spannungsbogen ins amouröse Verderben – für ihn nicht schön, für uns sehr unterhaltsam.«
Brigitte, Hamburg

Martina Borger
Lieber Luca
Roman

Diese Briefe sind für eine rote Keksdose bestimmt und nicht für ihren Adressaten. Denn sonst würde Simone niemals zu Papier bringen, was sie ihnen anvertraut. Die Geschichte einer großen Liebe, einer ebensolchen Kränkung und der Versuch, dem Leben eine neue Wendung zu geben.

Plötzlich drängen die Erinnerungen aufs Papier, sie versetzen ihre Schreiberin und den Leser gleichermaßen unter eine Hochspannung, die erst nachlässt, wenn das Seelendrama enthüllt und der so lange unter Verschluss gehaltene Schmerz eingestanden ist. Eine kunstvoll aufgebaute allmähliche Eskalation zu einem familiären *worst case* – mit so viel komischen und anrührenden Momenten, dass der Leser nicht weiß, ob er lachen oder weinen soll.

»Brief für Brief taucht man tiefer ein, wird bewusst verwirrt, auf falsche Fährten gelockt. Eine deutsch-italienische Familienaufstellung wird betrieben. Und die Spannung auf geradezu fabelhafte Weise hoch gehalten.« *Die Welt, Berlin*

Maria Elisabeth Straub
Das Geschenk

Roman

Eine Nacht vor zweitausend Jahren in einem Bergdorf namens Nazareth. Die Frau eines Zimmermanns sitzt am Sterbebett ihres betagten Gatten und läßt ihr Leben vor ihrem geistigen Auge vorüberziehen, ihr bewegtes und bewegendes Schicksal, das aufs engste verwoben ist mit dem mysteriösen Schicksal ihres Erstgeborenen. Am kommenden Morgen wird sie ihren geliebten Sohn aus ihrer Obhut entlassen müssen.
Der neue Blick auf diesen besonderen Moment in der Menschheitsgeschichte ist von großem Ernst, voller Komik, Liebe und Weisheit zugleich und macht die Mitglieder der heiligen Familie wieder zu dem, was sie ursprünglich einmal waren: zu Menschen.
Eine alte Geschichte, neu und verblüffend stimmig erzählt.

»Maria Elisabeth Straub deutet in *Das Geschenk* das Leben der biblischen Maria radikal neu – schockierend und doch plausibel. Selten geht ein Buch so unter die Haut.« *Andrea Braunsteiner / Woman, Wien*

»Ein provokativer, manchmal komischer und immer berührender Roman.«
Kerstin Hellberg / Hamburger Abendblatt

»Maria Elisabeth Straub gelingt mit *Das Geschenk* ein grandioses, fast frommes Buch über die Kraft und die Liebe einer Frau, die – Wahrheit oder Legende – die Welt für immer verändern sollte.«
Fiona Ehlers / Der Spiegel, Hamburg

Ivana Jeissing im Diogenes Verlag

Unsichtbar

Roman

Ist es ein Kompliment, wenn man mit einem berühmten Gemälde verglichen wird? Für Jane Terry ist es der Höhepunkt in einer jahrelangen Kette von Irritationen, die dazu geführt haben, dass auch sie, ganz der Tradition der Frauen in ihrer Familie folgend, unsichtbar geworden ist: Sie folgt dem Schicksal ihrer Mutter, einer ehrgeizigen Schattentaucherin, und dem ihrer Großmutter, einer begnadeten Totstellperfektionistin, und führt, im Unterschied zu ihrer Cousine, die eine erfolgreiche Verhaltensbiologin, Liebesexpertin und anpassungsfähige Chamäleondame geworden ist, ein Leben, das nur deshalb funktioniert, weil sie tut, was man von ihr verlangt oder erwartet. Doch die Protagonistin findet auf dem Weg in die Sichtbarkeit überraschend Helfer, vor allem den alten Fred, Besitzer eines nostalgischen Kinos in einer Seitenstraße des Kudamms. Seine »Revoltiermanege« und ein Strudel denkwürdiger Ereignisse rücken Jane schließlich ins rechte Licht.

»Gute Unterhaltungsromane sind gar nicht so häufig. Um so mehr sticht das Debüt *Unsichtbar* von Ivana Jeissing aus der Menge. Höchst amüsant.«
Claudia von Dehn / Hessische Allgemeine, Kassel

Felsenbrüter

Roman

So frei zu sein und unerschrocken zu schweben wie die Felsenbrüter ist Marthas Wunschvorstellung, und von nichts ist sie, verlassene Ehefrau Anfang vierzig, weiter entfernt. Ihre 70-jährige Großtante Maud nimmt sie ins Schlepptau und mit auf die kleine Kanalinsel

Sark, ein Vogelparadies, so grün und nass, dass »sogar die Hunde verheult aussehen«.
Maud ist alles andere als eine verständnisbereite Psychologin, ihr Lebenspartner ist das Teleskop, ihre Sehnsucht gilt dem Nachthimmel, den sterbenden Sternen und schwarzen Löchern. Mit dieser Reisegemeinschaft – Martha, die vor Selbstmitleid und Verzweiflung zerfließen will, und Maud, die alles in ganz anderen Dimensionen sieht – beginnt ein Abenteuer von einer subtilen Komik und befreienden Heilsamkeit.

»Ivana Jeissings Erzählstil ist eigenwillig, bildhaft, stark und unverwechselbar, er entfaltet beim Lesen eine poetische Kraft, die einen sofort gefangen nimmt.«
Jury, DeLiA-Literaturpreis 2008

Yadé Kara im Diogenes Verlag

Selam Berlin

Roman

Die Geschichte Hasans, neunzehn, der mit seiner Familie jahrelang zwischen Bosporus und Spree hin- und hergependelt ist und der am Tag des Mauerfalls beschließt, Istanbul zu verlassen und ganz nach Berlin zurückzukehren. Er will mit dabei sein, wenn die große Berlin-Party steigt. Was noch keiner von ihnen weiß: Auch für Familie Kazan wird bald nichts mehr so wie früher sein.
Ein atemberaubend tragikomischer Roman voll farbigster Charaktere und Episoden aus Ost und West. Er handelt vom Erwachsenwerden, von Freundschaft, von der Suche nach der großen Liebe, von Verrat und Identität. Ein kosmopolitisches Buch, das Klischees aufzeigt und zerstört.

»Dynamisch, flippig, farbig, chaotisch. Yadé Kara hat vielleicht den Wende-Roman geschrieben, nach dem die Kritik seit langem ruft.«
Franziska Wolffheim / Brigitte, Hamburg

»Yadé Kara entlarvt deutsch-türkische Klischees mit Witz und Biss. Ein erfrischend anderer Blick auf die jüngere Geschichte – und ein tragikomischer Roman übers Erwachsenwerden.«
Uwe Baltner / Stuttgarter Nachrichten

»Es sind die ganz eigenen Berliner Geschichten aus der unbekannten Welt von nebenan, die Karas Buch so besonders machen.« *Stern, Hamburg*

Ausgezeichnet mit dem Adelbert-von-Chamisso-Förderpreis der Robert-Bosch-Stiftung.

Deutscher Bücherpreis 2004 für das beste Debüt.

Cafe Cyprus

Roman

Sie heißen Khan und Betty, Kazim und Sukjeet, Ali und Ayşe, die Freunde, mit denen Hasan – moderner Nomade – im London der frühen Neunziger Umgang hat. In Green Lanes, Nordlondon, arbeitet er in ›Ali's Supermarket‹, bedient im Cafe Cyprus alte Zyprioten, die noch immer erbittert über die Lösung des Zypernkonflikts diskutieren, verkauft Kebab mit Kazim und Klamotten mit dem Künstlerpaar Khan und Betty auf dem Portobello Market, verliebt sich in die Modedesignstudentin Hannah, führt seine Mutter, die aus Istanbul anreist, und Cousine Leyla zu den touristischen Highlights der Stadt, philosophiert über Englishness und vergleicht, was er erlebt, mit Berlin und Istanbul, den Städten, in denen er aufgewachsen ist. Zweifellos – in London ist alles einen Zacken schärfer und tougher.
Ein Roman, der nationale Gewohnheiten und Vorurteile durcheinanderpurzeln lässt und neue Lebensformen aufzeigt: die Mentalität der »neuen« Europäer mit Migrationshintergrund.

»Hasan ist das vereinte Europa.«
Freie Presse, Chemnitz

Jakob Arjouni im Diogenes Verlag

»Ein großer, phantastischer Schriftsteller, der genau und planvoll und lesbar schreibt.«
Maxim Biller / Tempo, Hamburg

»Seine Virtuosität, sein Humor, sein Gespür für Spannung sind ein Lichtblick in der Literatur jenseits des Rheins, die seit langem in den eisigen Sphären von Peter Handke gefangen ist.« *Actuel, Paris*

»Seine Texte haben Qualität. Sie sind ambitioniert, unaufdringlich-provokativ, höchst politisch.«
Barbara Müller-Vahl / General-Anzeiger, Bonn

»Arjouni weiß als Dramatiker genauso wie als Krimiautor, wie er Spannung erzielt, ohne platt zu wirken.«
Christian Peiseler / Rheinische Post, Düsseldorf

Happy birthday, Türke!
Ein Kayankaya-Roman
Auch als Diogenes Hörbuch erschienen, gelesen von Rufus Beck

Mehr Bier
Ein Kayankaya-Roman

Ein Mann, ein Mord
Ein Kayankaya-Roman
Auch als Diogenes Hörbuch erschienen, gelesen von Rufus Beck

Magic Hoffmann
Roman

Ein Freund
Geschichten
Daraus vier Geschichten auch als Diogenes Hörbuch erschienen: *Schwarze Serie*, gelesen von Gerd Wameling

Kismet
Ein Kayankaya-Roman

Idioten. Fünf Märchen

Hausaufgaben
Roman

Chez Max
Roman
Auch als Diogenes Hörbuch erschienen, gelesen von Jakob Arjouni

Der heilige Eddy
Roman
Auch als Diogenes Hörbuch erschienen, gelesen von Jakob Arjouni

Anthony McCarten im Diogenes Verlag

Anthony McCarten, geboren 1961 in New Plymouth/Neuseeland, schrieb als 25-Jähriger mit Stephen Sinclair *Ladies Night,* einen Theaterhit um vier Loser ohne Job und Liebesleben, die eine Männerstrip-Gruppe gründen; die unautorisierte Adaption *The Full Monty* wurde eine der weltweit erfolgreichsten Filmkomödien der 1990er Jahre. Seither schrieb McCarten weitere Theaterstücke, Drehbücher, Gedichte, Kurzgeschichten und Romane. Er lebt in Los Angeles, Wellington und im englischen Gloucestershire.

»Anthony McCarten hat die unglaubliche Gabe, Geschichten so aufzuschreiben, dass es einem das Herz zerreißt, während man über sein Einfälle, Sprüche und seinen unbesiegbaren Humor lacht.«
Annemarie Stoltenberg / Hamburger Abendblatt

»Anthony McCarten ist unter den literarischen Exporten aus Neuseeland einer der aufregendsten.«
International Herald Tribune, London

Superhero
Roman. Aus dem Englischen
von Manfred Allié und
Gabriele Kempf-Allié
Auch als Diogenes Hörbuch erschienen,
gelesen von Rufus Beck

Englischer Harem
Roman. Deutsch von Manfred Allie
und Gabriele Kempf-Allié
Auch als Diogenes Hörbuch erschienen,
gelesen von Rufus Beck

Hand aufs Herz
Roman. Deutsch von Manfred Allié
Auch als Diogenes Hörbuch erschienen,
gelesen von Rufus Beck